Puro

Puro

Julianna Baggott

Traducción de
Julia Osuna Aguilar

Rocaeditorial

Título original: *Pure*
Copyright © 2012 by Julianna Baggott

Primera edición: marzo de 2012

© de la traducción: Julia Osuna Aguilar
© de esta edición: Roca Editorial de Libros, S. L.
Av. Marquès de l'Argentera, 17, pral.
08003 Barcelona
info@rocaeditorial.com
www.rocaeditorial.com

Impreso por Liberduplex, s.l.u.
Crta. BV-2249, km 7,4, Pol. Ind. Torrentfondo
Sant Llorenç d'Hortons (Barcelona)

ISBN: 978-84-9918-433-3
Depósito legal: B. 5.131-2012

A Phoebe, que hizo un pájaro de alambre.

Prólogo

Durante la semana que siguió a las Detonaciones sonó un zumbido constante. Costaba llevar la cuenta del tiempo. Los cielos se combaban bajo el peso de los bancos de nubes ennegrecidas por el aire cargado de ceniza y de tierra. Si pasó algún avión o aeronave, no podíamos saberlo; así de encapotado estaba el cielo. Tal vez vi, no obstante, una panza metálica, un brillo apagado de un armazón que bajó por un momento y luego desapareció. Tampoco se veía aún la Cúpula; ahora tan brillante sobre la colina, antes era solo un destello borroso en la distancia. Parecía cernirse sobre la tierra, como un orbe, una borla iluminada, desgajada del todo.

El zumbido provenía de una especie de misión aérea, y nos preguntamos si habría más bombas. Pero ¿de qué servirían? No quedaba nada, todo había sido arrasado o tragado por las llamas. Había charcos oscuros de lluvia negra, y hubo quienes bebieron de esa agua y murieron. Teníamos las cicatrices a flor de piel, las heridas y las deformaciones en carne viva. Los supervivientes cojeaban en una procesión de muerte con la esperanza de encontrar un sitio que hubiese quedado en pie. Nos rendimos; fuimos descuidados y no buscamos refugio. Puede que algunos desearan que hubiese una operación de rescate; tal vez yo también.

Los que pudieron salir de los escombros lo hicieron. Yo no pude, había perdido la pierna derecha de rodilla para abajo y tenía las manos llenas de ampollas de utilizar una tubería por bastón. Tú, Pressia, solo tenías siete años y eras menuda para tu edad, aún con el dolor por la herida abierta de la muñeca y las quemaduras que relucían en tu cara. Pero eras rápida. Trepaste a toda prisa por los restos para acercarte al sonido, atraída por aquel ruido imperioso que provenía del cielo.

Ahí fue cuando el aire tomó forma, cuando se hinchó poco a poco con un movimiento ondeante: un cielo de alas insólitas e incorpóreas.

Hojas de papel.

Tocaron tierra y se posaron alrededor de ti como copos de nieve gigantes, igual que aquellos que los niños recortaban en papeles plegados para pegarlos luego en las ventanas de las aulas, aunque oscurecidos ya por el aire y el viento cenicientos.

Cogiste uno, como hicieron todos los que pudieron hasta que no quedó ninguno. Me lo tendiste y te lo leí en voz alta.

SABEMOS QUE ESTÁIS AHÍ, HERMANOS Y HERMANAS.
UN DÍA SALDREMOS DE LA CÚPULA PARA REUNIRNOS
CON VOSOTROS EN PAZ.
DE MOMENTO SOLO PODEMOS OBSERVAROS DESDE
LA DISTANCIA, CON BENEVOLENCIA.

«Como Dios —susurré—, nos observan como el ojo benevolente de Dios.»

No fui la única que pensó lo mismo. Y hubo quienes quedaron fascinados y quienes montaron en cólera. Todos, no obstante, seguíamos aturdidos, perplejos. ¿Nos pedirían a alguno que traspasásemos las puertas de la Cúpula? ¿Nos rechazarían?

Los años pasaron y se olvidaron de nosotros.

Al principio, sin embargo, las hojas de papel se convirtieron en un bien preciado, una especie de moneda de cambio... que no duró. El sufrimiento era demasiado grande.

Tras leer el papel, lo plegué y te dije: «Me aferraré a él por ti, ¿vale?».

No sé si me entendiste. Seguías distante y muda, con la cara tan inexpresiva y los ojos tan abiertos como los de tu muñeca. En lugar de asentir con tu propia cabeza lo hiciste con la de la muñeca, ya parte de ti para siempre. Cuando parpadeó, tú parpadeaste a la vez.

Así fue durante mucho tiempo.

11

Pressia

Armarios

*P*ressia está tendida en el armario. Así dormirá cuando cumpla los dieciséis años dentro de dos semanas: con la dureza del contrachapado presionándole la espalda, el aire cerrado y las motas de ceniza acumuladas. Tendrá que ser fuerte para sobrevivir a esto; fuerte, sigilosa y, por la noche, cuando la ORS patrulle las calles, invisible.

Empuja la puerta con el codo y ahí está el abuelo, acomodado en su silla junto a la puerta del callejón. El ventilador que tiene alojado en la garganta da vueltas sin hacer ruido; las pequeñas aspas de plástico giran hacia un lado cuando inspira y hacia el otro cuando espira. Pressia está tan acostumbrada al ventilador que pueden pasar meses sin que se fije en él, hasta que llega uno de esos días, como hoy, en que se siente desapegada de su propia vida y todo la sorprende.

—Entonces, ¿qué? ¿Crees que podrás dormir ahí? —le pregunta el abuelo—. ¿Te gusta?

Pressia detesta el armario pero no quiere herir sus sentimientos.

—Me siento como un peine en su estuche —se le ocurre decir.

Viven en la trastienda de una barbería quemada. Es una estancia pequeña con una mesa, dos sillas, dos palés viejos en el suelo —uno donde duerme ahora su abuelo y el suyo antiguo— y una jaula hecha a mano colgada de un gancho en el techo. Entran y salen por la puerta trasera del almacén, la que da al callejón. En el Antes, en ese armario se guardaban los enseres de la barbería: estuches de peines negros, frascos azules de Barbasol, botes de espuma de afeitar, toallas de mano dobladas en cuatro, baberos blancos para poner alrededor del cuello. Está convencida de que acabará soñando con que es de color azul Barbasol y está atrapada en un frasco.

El abuelo empieza a toser, con el ventilador girando a todo trapo, hasta que se le pone la cara de color púrpura carmesí. Pressia baja del armario, corre hacia él y le da unas palmaditas en la espalda a la vez que le golpea las costillas. Ha sido la tos lo que ha hecho que la gente haya dejado de reclamar sus servicios. En el Antes el abuelo trabajaba en una funeraria y luego, con el tiempo, empezaron a llamarlo el Cosecarnes, pues aplicaba sus técnicas con los muertos a los vivos. Ella lo ayudaba a limpiar las heridas con alcohol, a disponer el instrumental y, en ocasiones, a sujetar a los niños cuando se revolvían de dolor. Ahora la gente cree que está infectado.

—¿Estás bien? —le pregunta Pressia.

Poco a poco recobra el aliento y asiente:

—Estoy. —El anciano recoge el ladrillo del suelo y lo deja sobre el muñón que tiene por pierna, justo por encima del cúmulo de cables cauterizados. El ladrillo es su única protección contra la ORS—. El armario para dormir es nuestra mejor opción —le dice el abuelo—. Tienes que darle tiempo.

Pressia sabe que tendría que ser más agradecida. Le construyó el escondrijo hace unos meses. Los armarios se extienden por la pared del fondo, la que comparten con la propia barbería. Casi todo lo que queda del local en ruinas está expuesto al aire porque un gran trozo de tejado salió volando. El abuelo ha quitado los cajones y las baldas a los armarios y en la pared del fondo ha instalado un panel falso que funciona como una trampilla que da a la barbería, y que Pressia puede accionar si tiene que escapar por allí. Pero luego, ¿adónde irá? El abuelo le ha enseñado un viejo conducto de irrigación donde esconderse mientras la ORS registra el almacén, encuentra el armario vacío y el abuelo les cuenta a los soldados que hace semanas que ha desaparecido, probablemente para siempre, y que quizá ya esté muerta. El viejo intenta convencerse de que lo creerán, de que la niña podrá regresar y de que la ORS los dejará en paz. Por supuesto, ambos saben que es harto improbable.

Ha conocido a unos cuantos chicos mayores que han huido: un chaval que se llamaba Gorse y su hermana pequeña Fandra

—muy amiga de Pressia antes de su partida, hace unos años—, un niño sin mandíbula y otros dos muchachos que decían que iban a casarse muy lejos de allí. Se cuentan historias sobre un movimiento clandestino que saca a los niños de la ciudad y se los lleva más allá de los fundizales y las esteranías, donde es posible que haya más supervivientes… civilizaciones enteras. ¿Quién sabe? Pero son solo rumores, mentiras bienintencionadas concebidas para consolar. Esos chicos desaparecieron y nadie ha vuelto a verlos.

—Creo que voy a tener tiempo de acostumbrarme, todo el tiempo del mundo, a partir de dentro de dos semanas —comenta Pressia.

En cuanto cumpla los dieciséis años se verá confinada al almacén y a dormir en el armario. Su abuelo le ha hecho prometer, una y otra vez, que no saldrá a la calle. «Sería muy peligroso —suele decirle—. Mi corazón no lo soportaría.»

Ambos conocen los rumores sobre lo que les ocurre a los que no se presentan en el cuartel general de la ORS el día de su decimosexto cumpleaños: les dan caza mientras duermen o mientras caminan a solas por los escombrales; les dan caza sin importar a quién hayan sobornado o por cuánto. El abuelo, ni que decir tiene, no puede permitirse pagarle nada a nadie.

Al que no se presenta por las buenas lo arrestan. Eso no es un rumor, es la verdad. Se cuenta que te arrestan y te llevan a la periferia, donde te desenseñan a leer (en el caso de que sepas, como Pressia). Su abuelo le enseñó y le mostró el Mensaje: «Sabemos que estáis ahí, hermanos y hermanas…» (Ya nadie habla del Mensaje. El abuelo lo tiene escondido en alguna parte). Se rumorea que después te enseñan a matar utilizando blancos humanos. Y se dice también que o aprendes a matar o, si las Detonaciones te dejaron demasiado deforme, te usan como blanco humano y se te acabó la historia.

¿Qué les pasa a los chicos de la Cúpula cuando cumplen los dieciséis? Pressia se imagina que es como en el Antes: tartas y regalos envueltos en papel brillante, y esos animales de cartón rellenos de caramelos y colgados del techo a los que se pega con un palo.

—¿Puedo ir al mercado? Casi no nos quedan raíces. —A Pressia se le da muy bien preparar algunos tipos de tubérculos;

prácticamente se alimentan solo de eso. Y además quiere salir a la luz del día. El abuelo la mira con inquietud—. Todavía no han puesto mi nombre en la lista —esgrime la chica.

La lista oficial de los que tienen que presentarse ante la ORS se pega por toda la ciudad: en ella figuran los nombres y días de nacimiento en dos columnas ordenadas, datos todos ellos cosechados por la ORS. La organización surgió poco después de las Detonaciones, cuando se llamaba Operación Rescate y Salvamento. Formaron unidades médicas, recabaron listas de supervivientes y de caídos y, con el tiempo, crearon una pequeña milicia para mantener el orden. Sin embargo, depusieron a sus cabecillas y la ORS pasó a ser Operación Revolución Sagrada. Sus nuevos líderes han impuesto el gobierno del miedo y pretenden tomar la Cúpula algún día.

Ahora la ORS ordena registrar a todos los recién nacidos, so pena de castigar a los padres que desobedecen. Aparte, hace registros de casas al azar. La gente se muda con tanta frecuencia que ya no pueden tener localizados los domicilios. Ya no existen las señas: todo lo que queda está derrumbado, desaparecido, y los nombres de las calles se han borrado. Hasta que Pressia no vea su apellido en la lista no le parecerá real; vive con la esperanza de no aparecer nunca: tal vez se hayan olvidado de su existencia, quizás hayan perdido una montaña de expedientes y el de ella sea uno de esos.

—Además, hay que ir guardando reservas.

Tiene que conseguir toda la comida que pueda para los dos antes de que sea el abuelo quien se encargue de ir al mercado. A ella se le dan mejor los trueques, siempre ha sido así. Le inquieta lo que pueda ocurrir cuando lo tenga que hacer él.

—Vale, está bien —cede el abuelo—. Kepperness todavía nos debe algo por la costura del cuello de su hijo.

—Kepperness —repite la niña. Hace tiempo que el hombre pagó su deuda. A veces el abuelo se acuerda solo de lo que quiere.

Va hasta la repisa que hay bajo la ventana astillada, donde tiene colocados en fila unos pequeños seres que ha hecho con trozos de metal, monedas antiguas, botones, goznes y engranajes que va cosechando en sus paseos. Son juguetitos de cuerda: pollitos que saltan, orugas que reptan, una tortuga con el morro picudo. Su favorito es la mariposa; ha hecho ya una media docena ella sola. Forma el armazón con púas de viejos peines negros de barbero y las alas con trozos de baberos blancos. Aunque ha conseguido que las mariposas batan las alas cuando se les da cuerda, todavía no ha logrado que vuelen.

Coge una de las mariposas y le da cuerda. Al instante aletea y despide un poco de ceniza, que se arremolina. Ceniza arremolinada... no todo es malo. De hecho ese remolino de luz puede ser bonito. No quiere ver su belleza pero tampoco puede evitarlo: percibe breves destellos de belleza por doquier, incluso en lo feo, en la espesura de las nubes que cubren el cielo, a veces de un azul rayano en lo negro; aún hay rocío que surge de la tierra y cubre con sus perlas trozos de cristal ennegrecido.

Se asegura de que el abuelo está mirando por la puerta del callejón antes de meter la mariposa en la bolsa. Lleva utilizándolas para trocar desde que la gente dejó de recurrir al Cosecarnes para sus remiendos.

—Sabes que somos unos afortunados por contar con este sitio... y ahora con ruta de escape y todo —le dice el abuelo—. Tuvimos suerte desde el principio. Suerte de que fuese al aeropuerto con tiempo a por ti y tu madre, a la recogida de equipajes. ¿Qué hubiese pasado si no hubiese oído que había tráfico? ¿Y si no hubiese salido tan temprano? Y tu madre era tan guapa... tan joven...

—Ya, lo sé —contesta Pressia haciendo un esfuerzo por no parecer impaciente, pero están tan trilladas esas palabras...

El abuelo habla del día de las Detonaciones, hace ya nueve años, cuando ella tenía siete. Su padre estaba en un viaje de negocios. Era arquitecto, con el pelo claro; al anciano le gustaba contarle que era un poco patizambo pero un buen *quarterback* de fútbol americano, ese deporte muy ordenado que se jugaba en un campo de hierba, con unos cascos abrochados y agentes que usaban silbatos y agitaban pañuelos de colores.

—De todas formas, ¿qué sentido tiene que mi padre fuese un *quarterback* patizambo si no lo recuerdo? ¿De qué sirve una madre guapa si no puedes evocar su cara en tu mente?

—No digas eso. ¡Claro que los recuerdas!

Pressia no logra discernir entre las historias que le cuenta el abuelo y sus propios recuerdos. La recogida de equipajes, por ejemplo; el abuelo se lo ha explicado un montón de veces: que si bolsas con ruedas, que si un cinturón móvil muy grande o mucha seguridad alrededor y perros pastores entrenados... Pero ¿es eso un recuerdo? A su madre le cayó encima una cristalera con todo su peso y murió al instante, según le ha contado el abuelo. ¿Pressia lo recuerda de verdad o solo se lo ha imaginado? Su madre era japonesa, de ahí que ella tenga el pelo negro brillante, los ojos almendrados y la piel impecable..., salvo por la lustrosa marca de la quemadura en forma de media luna rosada que le rodea el ojo izquierdo. También tiene una fina capa de pecas heredada de su familia paterna. Escocésirlandés, según proclama el abuelo, aunque a ella todas esas cosas le dicen poco: ¿japonesa, escocés, irlandés? La ciudad donde se encontraba su padre de viaje fue diezmada y desapareció, como el resto del mundo, por lo que sabían. Japoneses, escoceses, irlandeses... nada de eso existe ya.

—BWI —prosigue el abuelo—, así se llamaba el aeropuerto. Y logramos salir de allí siguiendo a los que no habían muerto. Fuimos dando tumbos en busca de un lugar seguro. Nos detuvimos en esta ciudad, que apenas permanecía en pie, pero que no quedaba lejos de la Cúpula. Vivimos un poco al oeste de Baltimore, al norte del DC. —De nuevo todo aquello no le dice nada: BWI y DC para ella son solo letras.

Sus padres no son algo que pueda llegar a conocer, y eso es lo que mata a Pressia. Si no sabe nada de ellos, ¿cómo va a conocerse a sí misma? A veces tiene la sensación de haber sido desgajada del mundo, como si flotara, una mota de ceniza arremolinada en el aire.

—Mickey Mouse —dice el abuelo—. ¿No te acuerdas de él? —Al parecer, eso es lo que más le preocupa al anciano, que no se acuerde de Mickey Mouse ni del viaje a Disney World del que regresaban su madre y ella—. ¿Con orejas grandes y guantes blancos?

Pressia va a la jaula de *Freedle*, construida con viejos radios de bicicleta, una fina lámina de metal en la base de la jaula y una puertecita que sube y baja. Dentro, posada en su percha, está *Freedle*, una cigarra con alas mecanizadas. La chica mete el dedo entre los delgados barrotes y acaricia las alas de filigrana. El bichillo lleva con ellos tanto tiempo como alcanza a recordar.

Aunque viejo y oxidado, todavía bate las alas de vez en cuando. Es la única mascota de Pressia, quien le puso el nombre cuando era pequeña porque cuando la soltaban y volaba por el cuarto producía una especie de chirrido, como si dijese: «¡Freedle! ¡Freedle!» Todos estos años se ha asegurado de que funcione con la ayuda del aceite que el barbero utilizaba para engrasar los engranajes.

—Me acuerdo de *Freedle* —dice—, pero no de ningún ratón gigante al que le gustasen los guantes blancos. —Se jura para sus adentros que algún día le mentirá al abuelo, aunque solo sea para que deje de sacar el tema.

¿Qué recordaba de las Detonaciones? La luz brillante... como sol sobre sol sobre sol. Y se acuerda de que tenía la muñeca en la mano. ¿No era muy mayor para jugar con muñecas? La cabeza estaba unida a un cuerpo de trapo de color tostado y brazos y piernas de goma. Las Detonaciones provocaron una explosión de luz cegadora en el aeropuerto que nubló su visión antes de que el mundo estallase y, en algunos casos, se derritiese. Las vidas se enmarañaron entre sí y la cabeza de la muñeca pasó a ser su mano. Y ahora, claro, la conoce porque forma parte de ella: sus ojos que parpadean cuando se mueve, las filas negras y puntiagudas que tiene por pestañas, el agujero entre los labios de plástico donde tendría que ir el biberón, una cabeza de goma donde antes tenía el puño.

Se pasa la mano buena por la cabeza de muñeca. Nota los surcos de los huesos de sus dedos por dentro, las pequeñas subidas y bajadas de los nudillos, la mano desaparecida fusionada con la goma del cráneo de muñeca. ¿Y la propia mano? Al tocarla con la mano buena, le parece sentir la consistencia de la desaparecida. Así es como siente el Antes: está ahí, lo nota, en esa ligera sensación de nervios, solo superficialmente. Los ojos de la muñeca se cierran; el agujero de los labios fruncidos está lleno de ceniza como si el propio juguete estuviese respirando también ese mismo aire. Se saca un calcetín de lana del bolsillo y cubre la cabeza de plástico: siempre lo hace antes de salir.

Si se queda más rato el abuelo empezará a contar historietas sobre lo que les pasó a los supervivientes tras las Detonaciones: luchas cruentas en lo que quedaba de los hipermercados SuperMart, los supervivientes quemados y contrahechos pe-

19

leándose por un hornillo de cámping o un cuchillo de pesca.

—Tengo que irme antes de que cierren los puestos —dice Pressia. Antes de las patrullas nocturnas, en realidad. Va hacia donde está sentado el abuelo y lo besa en la mejilla, áspera.

—Al mercado solo. Nada de rebuscar —le advierte el abuelo que, a continuación, baja la cabeza y tose en la manga de la camisa.

Pressia piensa ir a rebuscar; es lo que más le gusta, coger trozos de cosas de la basura para elaborar sus creaciones.

—No, nada.

El anciano sigue con el ladrillo en la mano, pero ahora a ella se le antoja triste y desesperado, como quien admite su debilidad. Puede que fuera capaz de noquear al primer soldado de la ORS con él, pero no al segundo o al tercero, y siempre van en grupos. La chica tiene ganas de decir en voz alta lo que ambos saben: que no servirá de nada. Puede ocultarse en ese cuarto y dormir en un armario, puede sacar el panel falso en cuanto oiga el camión de la ORS en el callejón y echar a correr. Pero no tendrá adonde ir.

—No tardes mucho —dice el abuelo.

—No —responde Pressia. Y entonces, para hacerle sentir mejor, añade—: Tienes razón, somos unos afortunados.

En realidad no lo cree. Los afortunados son los de la Cúpula, que juegan a sus deportes de cascos abrochados, comen tarta, todos tan amigos… y sin creerse nunca motitas de ceniza arremolinada.

—Pues que no se te olvide, pequeñaja.

Le vibra el ventilador de la garganta. Cuando estallaron las Detonaciones —fue en verano—, llevaba un ventilador eléctrico en la mano y ahora el aparato está con él para siempre. A veces le cuesta respirar porque el mecanismo de giro se queda atascado con la ceniza y la saliva. Algún día acabará con él, cuando se le acumule el polvo en los pulmones y el ventilador decida pararse.

Pressia va a la puerta del callejón y la abre. Oye un rechinar que casi parece un pájaro y después algo oscuro y peludo sale corriendo por unas piedras cercanas. Ve uno de sus ojos húmedos clavado en ella. Gruñe, despliega unas alas pesadas y romas y se impulsa hacia arriba, hacia el cielo gris.

A veces le parece oír el zumbido del motor de una aeronave allí arriba. Se sorprende a sí misma buscando en el cielo las hojas de papel que una vez lo llenaron… ¡Ay, qué bonito lo contaba el abuelo, todo eso de las alas! Tal vez algún día haya otro Mensaje.

«Nada durará —se dice Pressia—. Todo está a punto de cambiar para siempre.» Puede sentirlo.

Mira hacia atrás de reojo antes de internarse en el callejón y sorprende al abuelo mirándola de esa forma en que lo hace a veces: como si ya se hubiese ido, como si estuviera ensayando la pena.

21

Perdiz

Momias

*P*erdiz está en la clase de historia mundial de Glassings intentando concentrarse. En teoría la ventilación del aula debe aumentar en función del número de cuerpos presentes, y unos estudiantes adolescentes —motores de energía revolucionados— pueden hacer que el ambiente de una estancia esté realmente cargado y caluroso si no se revisa el funcionamiento. Por suerte el pupitre de Perdiz no está muy lejos de una rejilla de ventilación del techo y es como si se encontrara bajo una columna de aire fresco.

La clase de hoy de Glassings versa sobre culturas antiguas. Lleva como un mes entero hablando de lo mismo. La pared frontal está cubierta de imágenes de Bryn Celli Ddu, Newgrange, Dowth y Knowth, las murallas de Durrington y Maeshowe…, todos ellos ejemplos de túmulos neolíticos que se remontan aproximadamente al año 3000 a. C. Los primeros prototipos de la Cúpula, en palabras de Glassings.

—¿Creéis que fuimos los primeros en concebir una cúpula?

«Vale, lo pillo —piensa Perdiz—: antiguos, túmulos, tumbas, bla, bla, bla…»

Delante de la clase, Glassings viste su americana almidonada de siempre, con el emblema de la academia, y una corbata azul marino con el nudo demasiado apretado, como es habitual en él. Perdiz preferiría que Glassings abordase la historia reciente, aunque nunca se lo permitirían. Solamente saben lo que les han contado: Estados Unidos no empezó la pelea pero actuó en defensa propia. Las Detonaciones fueron cada vez a más y llevaron a la destrucción casi total. Gracias a las precauciones que se tomaron en la Cúpula de forma experimental —como un prototipo de vida sostenible ante posibles detonaciones, ataques víricos y catástrofes medioambientales—, esa zona es probablemente el único lugar de la Tierra donde hay supervivientes, y ahora los miserables de las inmediaciones están gobernados por un régimen militar débil. La Cúpula vela por los miserables y un día, cuando la Tierra se haya recuperado, volverán para cuidar de ellos y empezar de cero. Tal y como lo cuentan parece sencillo, pero Perdiz sabe que la cosa tiene más miga y está convencido de que el propio Glassings tendría bastante que decir al respecto.

A veces el profesor se emociona dando clase, se desabrocha la chaqueta, se aparta de los apuntes y se queda mirando a la clase, fijando los ojos en un muchacho tras otro por un momento, como si quisiera que entendiesen algo que desea recalcar, que asimilen una lección del pasado y la apliquen en el presente. A Perdiz le gustaría, siente que sería capaz, al menos si tuviese algo más de información.

El chico alza la barbilla para que el aire frío le dé de lleno en la cara y entonces, de repente, recuerda a su madre preparándoles la comida a su hermano y a él, vasos de leche con burbujas hasta los bordes, salsas aceitosas, el interior hueco y blando de los bollos de pan. Comida que te llenaba la boca, que despedía vapor… Ahora come pastillas con la formulación perfecta para una salud óptima. Perdiz se las mete en la boca y no puede evitar recordar que incluso las que su hermano y él tomaban antes sabían ácido, se te pegaban a los dientes y tenían forma de animales. Y en ese momento el recuerdo se desvanece.

Estos breves recuerdos viscerales le resultan bruscos. Últimamente le sobrevienen como un golpe repentino, en un choque entre el ahora y el ayer, incontrolables. No han hecho más que empeorar desde que su padre le aumentó las sesiones de codificación: el extraño cóctel de medicamentos que recorre su flujo sanguíneo, la radiación y, lo peor de todo, los moldes corporales donde lo encierran para que solo ciertas partes de su cuerpo y de su cerebro queden expuestas en cada sesión. «Moldes de momia»: así empezaron a llamarlos los amigos de Perdiz después de una de las últimas clases de Glassings, cuando les habló de culturas antiguas que envolvían a sus muertos. Para las sesiones de codificación los muchachos de la academia forman filas y son conducidos al centro médico, donde los meten en cuartos individuales. Una vez dentro, se desvisten y se introducen en uno de esos moldes de momia, donde los dejan confinados en aquel traje caliente; luego se visten de nuevo con los uniformes y los conducen de vuelta. Los técnicos avisan a los chicos de que hasta que el cuerpo se acostumbre a los nuevos ajustes pueden experimentar vértigos o pérdidas repentinas del equilibrio que remiten una vez que la fuerza y la velocidad se asientan. Los muchachos están ya acostumbrados, solo son retirados del equipo un par de meses porque se vuelven torpes durante una temporada, tropiezan y se caen de bruces en el césped. El cerebro sufre la misma descoordinación, de ahí los extraños recuerdos repentinos.

—Un hermoso barbarismo —dice ahora Glassings sobre una de las culturas antiguas—: reverenciar a los muertos.

Es uno de esos momentos en que no lee los apuntes. Se queda mirándose las manos extendidas sobre la mesa. En teoría no debe hacer comentarios aparte, como «un hermoso barbarismo»; ese tipo de cosas pueden malinterpretarse, podría perder su trabajo. Pero no tarda en reaccionar y le pide a toda la clase que lea en voz alta al unísono lo que pone en el prómpter.

—Los modos autorizados de deshacerse de los muertos y conservar los objetos personales en los Archivos de Seres Queridos... —lee Perdiz con todos.

Unos minutos después Glassings está hablando de la importancia del maíz en las culturas antiguas. «¿El maíz? —piensa Perdiz—. ¿Es broma? ¿El maíz?»

En ese momento llaman a la puerta y Glassings levanta la vista del libro, extrañado. Todos los muchachos se ponen firmes en su sitio. Una segunda llamada.

—Perdonadme, clase —se excusa el profesor, que pone bien las notas y mira de soslayo el pequeño ojo negro brillante de una de las cámaras que hay encaramada en una esquina del aula.

Perdiz se pregunta si los agentes de la Cúpula se habrán enterado de su comentario sobre el «hermoso barbarismo». ¿Puede ocurrir tan rápido? ¿Serían capaces de cargárselo por eso? ¿Lo quitarían de en medio allí mismo, delante de toda la clase?

Glassings sale al pasillo y el chico oye voces y murmullos.

Arvin Weed, el cerebrito de la clase, sentado delante de Perdiz, se vuelve y lo mira inquisitivo, como si él tuviera que saber lo que está pasando. Perdiz se encoge de hombros. La gente tiene la fea costumbre de pensar que él sabe más que nadie, y todo porque es hijo de Ellery Willux. Incluso a alguien en un puesto tan alto se le tienen que escapar cosas, eso es lo que creen todos. Pero no es así, a su padre nunca se le escapa nada, y precisamente esa es una de las razones por las que está en un puesto tan alto. Además, desde que vive interno en la academia, apenas han hablado por teléfono y menos aún se han visto. Perdiz es uno de los internos que se quedan todo el año, como su hermano Sedge, que fue a la academia antes que él.

Glassings regresa al aula y dice:

—Perdiz, recoge tus cosas.

—¿Cómo? ¿Yo?

—Ahora.

A Perdiz se le encoge el estómago, pero mete el cuaderno en la mochila y se levanta. A su alrededor el resto de chicos empieza a murmurar: Vic Wellingsly, Algrin Firth, los gemelos Elmsford... Uno de ellos suelta un chascarrillo —Perdiz oye su apellido pero no entiende el resto— y todos se echan a reír. Esos chicos siempre lo hacen todo juntos, «el rebaño», así los llaman. Son los que llegarán al final del camino, a entrenarse para el nuevo cuerpo de élite, las Fuerzas Especiales. Es su destino, no está escrito en ninguna parte pero se sobreentiende.

Glassings le ordena a la clase que guarde silencio.

Arvin Weed le hace una seña a Perdiz, un gesto que parece querer decir: «Que tengas suerte».

Perdiz va hacia la puerta y le pregunta a Glassings:

—¿Me pasará los apuntes luego?

—Claro —le responde el profesor, que le da una palmadita en la espalda—. No pasa nada. —Habla de los apuntes, por supuesto, de que podrá ponerse al día, pero mira a Perdiz con esa forma que tiene de hacerlo, queriendo dar a entender algo más allá. El chico sabe que está intentando tranquilizarlo: ocurra lo que ocurra... «no pasa nada».

Una vez en el pasillo, Perdiz ve a dos guardias y pregunta:

—¿Adónde vamos?

25

Ambos son altos y musculosos, aunque uno, el que le responde, es algo más corpulento que el otro.

—Tu padre quiere verte.

Perdiz siente un frío repentino. Empiezan a sudarle las palmas de las manos y se las frota. No tiene ganas de ver a su padre... nunca las tiene.

—¿Mi viejo? —pregunta Perdiz intentando mostrarse relajado—. ¿Vamos a tener una charla padre-hijo?

Lo conducen por los pasillos resplandecientes, pasan por delante de los retratos al óleo de dos directores —el uno, despedido; el otro, nuevo—, ambos pálidos y austeros y, en cierto modo, muertos; y bajan luego al sótano de la academia, donde tiene una parada la línea del monorraíl. Esperan en silencio en el espacioso andén. Es el mismo tren con el que los muchachos van al centro médico, donde el padre de Perdiz trabaja tres días a la semana. En el edificio hay dos plantas solo para enfermos, plantas precintadas. La enfermedad es un tema muy serio en la Cúpula. Un contagio podría acabar con todos, de modo que el más mínimo atisbo de fiebre conlleva un breve periodo de cuarentena. Alguna vez ha estado en una de esas plantas, en un cuarto pequeño, aburrido y estéril.

¿Y los moribundos? Nadie va a verlos. Los llevan a una planta aparte.

Perdiz se pregunta para qué querrá verlo su padre. No pertenece al rebaño, no está destinado a nada en la élite; ese era el papel de Sedge. Cuando Perdiz ingresó en la academia no era capaz de decir si lo conocían más por su padre o por su hermano, aunque lo mismo daba: no estaba a la altura de la reputación de ninguno de ellos. Nunca había ganado un reto físico y en la mayoría de los partidos, fuese el deporte que fuera, se sentaba en el banquillo. Y tampoco era lo suficientemente inteligente para entrar en el otro programa de formación, el de potenciación cerebral. Les estaba reservado a los listos como Arvin Weed, Heath Winston, Gar Dreslin... Siempre había sacado notas mediocres. Como la mayoría de chicos que se someten a codificación, él era, sin duda, del montón, una sencilla pieza más para mejorar la especie.

¿Querrá su padre solamente ver cómo anda su hijo del montón? ¿Le habrá entrado un repentino deseo de afianzar la-

zos? ¿Tendrán algo de que hablar? Perdiz intenta recordar la
última vez que hicieron algo juntos por pura diversión. Una
vez, tras la muerte de Sedge, su padre lo llevó a nadar a la pis-
cina cubierta de la academia. Solo se acuerda de que nadaba es-
tupendamente, que se desplazaba por el agua como una nutria
marina y de que, cuando salió del agua, sin la toalla, le vio el
pecho desnudo por primera vez hasta donde tenía memoria.
¿Lo había visto antes así, a medio vestir? Tenía seis pequeñas
marcas en el torso, en el costado izquierdo, por encima del corazón. No podía ser de un accidente, las marcas eran demasiado
simétricas y ordenadas.

El monorraíl se detiene y Perdiz siente un deseo fugaz de
huir. Pero los guardias le darían una descarga eléctrica por la espalda. Lo sabe, le quedaría una marca roja de quemadura en la
espalda y los brazos, y se lo contarían a su padre, por descon-
tado. Solo empeoraría las cosas. Además, ¿por qué huir?
¿Adónde iría?, ¿a dar una vuelta? Al fin y al cabo es una cúpula.

El monorraíl los deja a las puertas del centro médico, donde
los guardianes enseñan sus placas. Registran a Perdiz, le esca-
nean las retinas, pasan por los detectores y entran al centro.
Serpentean por los pasillos hasta llegar a la puerta de su padre,
que se abre antes de que al guardia le dé tiempo a llamar.

Hay una técnica en medio de la sala y, por detrás, Perdiz ve
a su padre. Está sermoneando a media docena de técnicos,
mientras todos miran el banco de pantallas que hay en la pared
y señalan cadenas de código ADN, unos primeros planos de
una doble hélice.

La técnica da las gracias a los guardias y luego acompaña a
Perdiz hasta una pequeña silla de cuero a un lado del enorme
escritorio de su padre, justo enfrente de donde trabaja con los
técnicos.

—Aquí lo tienen —está diciendo su padre—. La irregulari-
dad en la codificación conductiva. Resistencia.

Los técnicos son todos necios con ojos como platos, aterra-
dos ante su padre, que sigue ignorándolo. No es nada nuevo,
Perdiz está acostumbrado a que así sea.

Se queda contemplando el despacho y se fija en unos originales de los planos de la Cúpula que hay enmarcados en la pared de encima del escritorio de su padre.

27

¿Por qué está aquí?, vuelve a preguntarse. ¿Será que su padre quiere presumir, estará intentando demostrarle algo? Como si Perdiz no supiese ya que es inteligente e impone respeto e incluso miedo…

—Con el resto de tipos de codificación no ha habido problemas. ¿Por qué con la codificación conductiva sí? —pregunta el padre a los técnicos—. ¿Alguien lo sabe? ¿Alguna respuesta?

Perdiz tamborilea con los dedos sobre el brazo de la silla mientras observa los mechones de pelo gris de su padre, que parece enfadado; de hecho, se diría que le tiembla la cabeza de la rabia. No es la primera vez que ve cómo se apodera la ira de él desde el funeral de su hermano. Sedge murió cuando había completado la codificación y se disponía a ingresar en las Fuerzas Especiales, el cuerpo de élite que estaría compuesto por solo seis recién licenciados de la academia. «Una tragedia», así lo había calificado su padre, como si al definirlo de algún modo pudiese asimilarse mejor.

Los técnicos se miran entre sí y dicen:

—No, señor, todavía no.

Su padre clava la vista en la pantalla, con el ceño fruncido y su carnosa nariz colorada, para al cabo fijar la mirada en el chico, como si acabase de reparar en su presencia. Despacha a los técnicos con un gesto displicente y estos salen a toda prisa y se escabullen por la puerta. Perdiz se pregunta si suspirarán aliviados cada vez que se despiden de su padre, igual que él. ¿Lo odiarán en secreto? No podría culparlos.

—Bueno —dice el chico, jugueteando con un asa de la mochila—, ¿cómo va la cosa?

—Seguro que te preguntas por qué te he hecho venir.

Perdiz se encoge de hombros y contesta:

—¿Felicidades atrasadas? —Cumplió diecisiete años hace casi diez meses.

—¿Por tu cumpleaños? —se extraña el padre—. ¿No te llegó el regalo que te mandé?

—¿Qué era? —pregunta Perdiz dándose toquecitos en la barbilla.

En realidad se acuerda: le regaló un bolígrafo muy caro con una bombillita en la punta. «Para que puedas estudiar hasta tarde —había escrito su padre en la nota que acompañaba al paquete— y les saques la delantera a tus compañeros.» ¿Recuerda su padre el regalo? Lo más probable es que no. ¿Escribió tan siquiera él mismo la nota? Perdiz no reconocería la letra. Cuando era pequeño su madre solía escribir adivinanzas para que encontrasen los regalos que había escondido, y le contó que era una tradición que había empezado su padre cuando eran novios: acertijos rimados y regalos. Perdiz lo recuerda porque le extrañó que hubiesen estado enamorados en algún momento y ya no fuese así. De lo que no se acuerda es de su padre en ningún cumpleaños.

—No te he hecho venir por nada relacionado con tu cumpleaños.

—Ah, entonces supongo que ahora viene lo del interés paterno por mi vida académica. Vas a preguntarme: «¿Has aprendido algo importante?»

Su padre deja escapar un suspiro. ¿Le hablará alguien así? Probablemente no.

—¿Has aprendido algo importante? —le pregunta.

—Pues que no fuimos los primeros en inventar una cúpula. Son prehistóricas: Newgrange, Knowth, Maeshowe, etcétera.

Su padre se recuesta en la silla y el cuero del respaldo rechina.

—Me acuerdo de la primera vez que vi una fotografía de Maeshowe; era un crío, tendría unos catorce años o así. Lo vi en un libro de enclaves prehistóricos. —Se detiene y se lleva la mano a la sien, que frota en un pequeño círculo—. Era una forma de perdurar, de construir algo duradero. Un legado. Se me quedó grabado en la mente.

—Yo creía que el legado de los hombres era tener descendencia.

El padre mira al hijo fijamente, como si acabase de aparecer en la habitación.

—Sí, tienes razón. Y esa es una de las razones por las que te he llamado. Hay cierta resistencia en determinados aspectos de tu codificación.

Los moldes de momia. Algo va mal.

—¿Qué aspectos de mi codificación?

—El cuerpo y la mente de tu hermano se acoplaron fácilmente a la codificación... —comentó su padre—. Y tú eres muy parecido a él genéticamente pero...

—¿Qué aspectos? —insistió en su pregunta Perdiz.

—Por extraño que parezca, la codificación conductiva. Fuerza, velocidad, agilidad... todos los aspectos físicos van bien. ¿Has notado algún efecto mental o físico? ¿Falta de equilibrio? ¿Pensamientos inusitados o recuerdos?

Los recuerdos, sí... Cada vez piensa más a menudo en su madre, pero no quiere contárselo a su padre.

—Sentí mucho frío nada más decirme que me llamabas. Todo el cuerpo, frío, frío.

—Interesante —dice su padre y, tal vez, por un segundo, el comentario hasta le duele.

Perdiz señala el cuadro de la pared.

—¿Y estos planos originales? Son nuevos.

—Veinte años de servicio. Me los han regalado.

—Muy bonitos. Me gustan tus diseños arquitectónicos.

—Nos salvaron.

—¿Nos? —incide Perdiz entre dientes. Son los únicos que quedan ya, una familia reducida a un solo par enfrentado entre sí.

Y entonces, como si aquello marcase una transición natural, su padre empieza a hacerle preguntas sobre su madre antes de las Detonaciones, de las semanas previas a su muerte, y en concreto, sobre un viaje a la playa que hicieron madre e hijo solos.

—¿Te dio unas pastillas para que te las tomaras? —le pregunta el padre.

Lo más probable es que haya gente al otro lado de la pared recubierta de pantallas de ordenador. Tiene un puesto de observación tras un espejo falso. O quizá no; a lo mejor su padre les ha hecho un gesto para que se marchasen ellos también. Pero los están grabando, es obligatorio. Hay una cámara acechando en cada esquina.

—No me acuerdo, era pequeño.

Pero sí que se acuerda de las pastillas azules. En teoría eran para prevenir la gripe pero parecían empeorarla. Temblaba de la fiebre bajo las mantas.

—Te llevó a la playa, ¿no te acuerdas? Justo antes. Tu hermano no quiso ir porque tenía un partido, eran los campeonatos.

—A Sedge le encantaba el béisbol. Le encantaban muchas cosas.

—Esto no tiene nada que ver con tu hermano.

El padre apenas era capaz de pronunciar el nombre del hermano. Desde que falleció, Perdiz lleva la cuenta del número de veces que se lo ha oído decir a su padre: las puede contar con los dedos de una mano. Su madre murió intentando ayudar a supervivientes a alcanzar la Cúpula el mismo día de las Detonaciones; y antes su padre hablaba de ella como de una santa, una mártir, hasta que poco a poco dejó de mencionarla. Perdiz recuerda cuando su padre le dijo: «No se la merecían. La arrastraron con ella». En otros tiempos su padre hablaba de los supervivientes como «nuestros hermanos y hermanas menores», mientras que a los líderes de la Cúpula, entre los que se incluía, los llamaba «supervisores benevolentes». Ese tipo de discurso todavía aparecía de vez en cuando en los mítines públicos pero en las conversaciones del día a día a los supervivientes de fuera de la Cúpula se los llama «miserables». Le ha oído el término a su padre en muchas ocasiones, y ha de admitir que se ha pasado gran parte de la vida odiando a los miserables por arrebatarle a su madre. Sin embargo, en los últimos tiempos, en las clases de historia mundial de Glassings no puede evitar preguntarse qué ocurrió en realidad. Glassings insinúa que la historia es maleable, que se puede alterar. ¿Por qué? Para contar otra más bonita.

—Con lo que tiene que ver es con el hecho de que tu madre te diese unas pastillas, te obligara a tomarte algo durante esos días en que os ausentasteis.

—No me acuerdo. Solo tenía ocho años… ¿Qué quieres?

Mientras lo dice se acuerda de que ambos se quemaron a pesar de que estaba nublado, y de que, cuando se pusieron malos, su madre le contó un cuento sobre una esposa cisne con pies negros. Su madre… la ve a menudo en su mente: su pelo rizado, sus manos suaves de huesos finos como los de un pajarillo. La esposa cisne tenía también una canción, y una melodía. Era con palabras que rimaban y un movimiento de manos. Su madre le decía: «Cuando te cuente la versión cantada del cuento, aprieta este colgante en la mano». Y él lo guardaba con fuerza en el puño hasta que las puntas de las alas extendidas del cisne le pinchaban, pero no lo soltaba.

Una vez Perdiz le contó el cuento a Sedge. Fue ya en la Cúpula, un día en que echaba muchísimo de menos a su madre. Su hermano le dijo que era un cuento de niñas, para críos que creían en las hadas: «Madura, Perdiz. Se ha muerto, para siempre. ¿Es que no lo ves?, ¿estás ciego?»

Ahora su padre le presiona:

—Vamos a tener que hacerte más pruebas, una serie de ellas. Te pincharemos con tantas agujas que parecerás una almohadilla de esas para alfileres, un acerico. —«Acerico», una de esas palabras que ya no se utilizan. ¿Una almohadilla para alfileres? ¿Es una amenaza? A eso suena—. Nos ayudaría mucho si nos pudieras contar lo que pasó.

—No puedo. Quisiera hacerlo, pero no me acuerdo.

—Escucha, hijo. —A Perdiz no le gusta cómo suena la palabra «hijo» en boca de su padre, como si fuese un reproche—. Necesitas que te ajusten bien la cabeza. Tu madre… —El hombre tiene los ojos cansados y los labios secos. Parece estar hablándole a otra persona, con esa voz que pone por teléfono: «Hola, al habla Willux». Cruza los brazos sobre el pecho y se le relaja la cara por un momento, como si hubiese recordado algo. Vuelve a sacudir la cabeza y hasta sus manos parecen temblarle de la rabia—. Tu madre siempre ha sido muy problemática.

Intercambian una mirada fugaz. Perdiz no dice nada pero en su interior no para de repetirse: «Ha sido. Problemática. Siempre ha sido». No es un pretérito, no es así como se habla de alguien muerto.

Su padre recobra la compostura y dice:

—No estaba bien de la cabeza. —Se frota las manos contra los muslos y luego se echa hacia delante—. He hecho que te pongas triste —dice. Eso también es raro: nunca habla de emociones.

—Estoy bien.

El padre se levanta.

—Voy a llamar a alguien para que nos hagan una foto. ¿Cuándo fue la última vez? —«En el funeral de Sedge probablemente», piensa Perdiz—. Así la puedes poner en tu cuarto para cuando te entre la pena y eches de menos tu hogar.

—No lo echo de menos —le contesta Perdiz. Nunca ha sentido que su hogar fuese su hogar, al menos no aquí en la Cúpula, de modo que ¿cómo va a echarlo de menos hasta el punto de sentir pena?

Así y todo su padre llama a una técnica, una mujer con flequillo y nariz nudosa, y le manda que vaya a por una cámara.

Perdiz y su padre posan ante los planos recién colgados, codo con codo, tiesos como soldados. Un flash se dispara.

33

Pressia

Rebuscando

*P*ressia puede oler el mercado hasta a una manzana de distancia: carne y pescado pasados, fruta podrida, chamusquina y humo. Es capaz de distinguir las sombras cambiantes de los vendedores ambulantes y reconocerlos por sus toses. A veces la muerte se mide así, por los distintos tipos de toses: las que carraspean secamente, las que empiezan y acaban con un resuello, las que empiezan y no pueden parar, las que revuelven flema y las que terminan con un ahogo, que según el abuelo son las peores porque significa que los pulmones están encharcados y puede producirse una muerte por infección, como ahogarse desde dentro. El abuelo carraspea durante el día, pero de noche, mientras duerme, le da la tos con ahogo.

Avanza siempre por en medio del callejón. Al pasar los cobertizos oye una riña familiar: el bramido de un hombre, algo metálico que impacta contra una pared, y el chillido de una mujer y de un crío que rompe a llorar.

Cuando llega al mercado ve que los vendedores están recogiendo. Utilizan señales metálicas de la carretera a modo de techados y cobertizos herrumbrosos. Tapan los puestos con cartón prensado enmohecido, cargan la mercancía en carretas renqueantes y cubren los tenderetes con lonas andrajosas.

Pressia pasa por delante de un grupo que cuchichea: un círculo de espaldas jorobadas, siseos, alguna risotada de tanto en tanto y más susurros. Mira de reojo las caras jaspeadas de metal, vidrio brillante y cicatrices tirantes. El brazo de una mujer parece tapizado en cuero, lacrado a la muñeca por donde se une a la piel.

Ve un puñado de muchachos, no mucho más pequeños que

ella. Hay dos niñas —gemelas, ambas con las piernas visiblemente mutiladas y oxidadas por debajo de las faldas— que balancean una cuerda para una tercera con un brazo recortado que salta entre ellas. Cantan:

Quema a un puro y mira cómo berrea.
Cógele las tripas y hazte una correa.
Trenza su pelo y hazte una cuerda.
Y haz jabón de puro con la tibia izquierda.
A lavar, a lavar, a lavar, tocotó.
A lavar, a lavar, a lavar, puro soy yo.

«Puros» es como se llama a los que viven en la Cúpula. Los niños están obsesionados con los puros; se mencionan en todas las canciones infantiles, a menudo muertos. Pressia se sabe esa rima de memoria, de haber saltado con ella siendo pequeña. Había anhelado lavarse con ese jabón, por estúpido que parezca. Se pregunta si a esas niñas les pasará lo mismo. ¿Cómo será ser puro?, ¿qué se sentirá al borrársete las cicatrices, al volver a tener una mano y no una muñeca en su lugar?

Hay un chiquillo con los ojos muy separados, unos ojos idos, casi a los lados de la cabeza, como un caballo. Está cuidando una fogata en un bidón metálico sobre el que penden dos espetones de carne carbonizada. Lo que hay en los pinchos es pequeño, del tamaño de un roedor. Todos esos niños eran bebés cuando las Detonaciones, criaturas fuertes. A los niños nacidos antes de las Detonaciones se los llama «pres» y a los que nacieron después «posts». Aunque en teoría los posts deberían ser puros, la cosa no funciona así; las mutaciones causadas por las Detonaciones se enquistaron en los genes de los supervivientes. Los bebés no nacen puros: están mutados, nacen con restos de las deformaciones de sus padres. Los animales también; en lugar de partir de cero, las crías son al nacer un revoltijo cada vez más enrevesado, un híbrido de humanos, animales, tierra y objetos.

Sin embargo, la gente de la edad de Pressia hace una distinción importante: los que recuerdan la vida antes de las Detonaciones y los que no. A veces, tras presentarse, los chavales de su edad juegan al Me Acuerdo, intercambiando recuerdos como si

35

fuesen monedas. Lo íntimo que sea el recuerdo demuestra lo dispuesto que se está a abrirse a la otra persona: la moneda es la confianza. A quienes son demasiado pequeños para acordarse se les tiene tanta lástima como envidia, una mezcla que resulta odiosa. Pressia se sorprende a veces fingiendo recordar más de la cuenta, tomando prestadas las evocaciones de los demás y mezclándolas con las suyas. Pero le preocupa llegar a fantasear hasta tal punto con los recuerdos de los demás que los suyos pierdan verosimilitud. Tiene que aferrarse con todas sus fuerzas a los que conserva.

Se queda mirando una cara tras otra, rostros en los que el fuego arroja sombras, hace resplandecer trozos de metal y vidrio e ilumina cicatrices, quemaduras y nódulos de queloides brillantes. Una de las niñas alza la vista hacia ella; aunque la reconoce, Pressia no es capaz de ponerle nombre.

—¿Quieres un trocito de puro tostadito y crujiente? —le pregunta.

—No —le contesta Pressia con más fuerza de lo que pretendía.

Los niños se ríen, excepto el que está cuidando del fuego. Le da vueltas a su espetón con unos dedos pequeños y delicados, como si estuviese dándole cuerda a algo, a una especie de instrumento o motor. Se llama Mikel, y no es como los demás niños. Tiene una actitud fría; se nota que ha visto mucha muerte, que hace ya tiempo que perdió a sus padres.

—¿Seguro, Pressia? —le insiste Mikel muy serio—. ¿No quieres un poquito antes de que te quiten de en medio para siempre?

A ella le sorprende el comentario porque, aunque el chaval tiene una vena de maldad, no suele dirigirla contra ella.

—Muy amable por tu parte, pero paso.

Mikel la mira como desconsolado. Tal vez lo que quería era que Pressia le gritara que nunca iban a quitarla de en medio. A ella, de todas formas, el chico le da pena; esa crueldad suya siempre lo ha hecho vulnerable, justo lo contrario de lo que quiere transmitir.

Ve a lo lejos a Kepperness, el hombre al que ha mencionado el abuelo. Lleva tiempo sin encontrárselo. Calcula que tiene la edad que tendría ahora su padre. Está echando unas cajas vacías en una carretilla y lleva la camisa arremangada, lo que deja a la vista unos brazos incrustados en vidrio, delgados y nervudos. La ve y luego aparta la vista. Lleva unos cuantos tubérculos oscuros en una cesta. Pressia inclina la cabeza hacia delante para esconder las cicatrices de un lado de la cara.

—¿Cómo está tu hijo? ¿Se le ha curado del todo el cuello? —le pregunta con la esperanza de que el hombre sienta así que le debe algo.

Kepperness se incorpora y estira la espalda con una mueca. Uno de sus ojos brilla con un velo anaranjado tirando a dorado, una catarata de las quemaduras de la radiación, algo bastante corriente.

—Tú eres la chica del Cosecarnes, ¿verdad? Su nieta. ¿No se supone que no tendrías que rondar ya por aquí? ¿No eres demasiado mayor?

—No —le contesta Pressia a la defensiva—. Solo tengo quince años. —Hace como que se encoge por el viento pero en realidad intenta parecer más pequeña y joven.

—¿Ah, sí? —Kepperness calla y se queda mirándola. Pressia se concentra en el ojo bueno del hombre, el único con el que ve—. Me he jugado la vida por estos tubérculos. Los he cogido de al lado del bosque de la ORS, se habían dejado unos cuantos.

—Pues yo tengo aquí un artículo único, algo que solo alguien con una fortuna importante podría permitirse. Vamos, que no lo puede comprar cualquiera.

—¿De qué se trata?

—Es una mariposa.

—¿Una mariposa? —pregunta con sorna—. Pues no quedan muchas que digamos.

Es cierto, son bastante raras. Aunque en el último año Pressia ha visto unas cuantas más, pequeños presagios de recuperación.

—Es un juguete.

—¿Un juguete? —En realidad los niños ya no tienen juguetes; juegan con vejigas de cerdo y muñecas de trapo remendadas—. Déjame verlo.

Pressia sacude la cabeza y le dice:

—¿Para qué quieres verlo si no puedes pagarlo?

—Tú déjame.

La chica suspira y finge cierta reticencia; luego saca la mariposa y se la enseña desde lejos.

—Más cerca —le dice el hombre. Pressia se da cuenta entonces de que las Detonaciones le dañaron ambos ojos, aunque uno mucho más que el otro.

—Me apuesto algo a que de pequeño tenías juguetes de verdad.

El hombre asiente y le pregunta:

—¿Qué hace?

Pressia da cuerda a la mariposa, que, al posarse sobre el carro, empieza a batir las alas.

—Me pregunto cómo era ser niño en tu época… La Navidad, los cumpleaños…

—De niño creía en la magia. ¿Te lo imaginas? —comenta el hombre al tiempo que ladea la cabeza y se queda mirando el juguete—. ¿Cuánto?

—Normalmente cobro bastante. Es una evocación de algo del pasado. Pero, por ser tú… con que me des lo que te queda de tubérculos… No necesitamos más.

El hombre le tiende la cesta y la chica se guarda las raíces en la bolsa y le entrega la mariposa al hombre.

—Se la daré a mi hijo. No le queda mucho… —Pressia ya se ha vuelto para irse; oye el ruido del mecanismo de cuerda y el aleteo—. Seguro que le anima un poco.

«No —se dice la chica—. Sigue andando, no preguntes.» Pero se acuerda del hijo, un niño muy dulce y fuerte también. No lloró cuando el abuelo le cosió el cuello, y eso que no había nada para el dolor.

—¿Le ha pasado algo más?

—Lo atacó un terrón. Estaba al otro lado de los campos, cerca de los desiertos, de caza. Vio el parpadeo de un ojo en la tierra y acto seguido se vio arrastrado bajo la arena. Su madre, que estaba con él, lo salvó. Pero el animal lo mordió y ahora tiene la sangre infectada.

Los terrones son los que se fusionaron con la tierra; en la ciudad se fusionaron con los edificios derruidos. La mayoría murió poco después de las Detonaciones: no tenían qué comer, o no tenían boca, o sí pero no tracto digestivo. Sin embargo, algunos sobrevivieron porque se volvieron más piedra que humanos, mientras que otros demostraron ser de utilidad en connivencia con las alimañas, los que se fusionaron con animales. Cuando Pressia rebusca entre los escombros siempre va con cuidado, no sea que algún terrón alargue la mano, le agarre la pierna y tire de ella hacia abajo. Pero nunca ha estado en las afueras, donde cogieron a ese niño. Allí algunos se fusionaron con la tierra. Ha oído que se les ve parpadear en medio de la arena cenicienta de las esteranías y que a muchos de los precavidos que creyeron ver venir el Fin antes de las Detonaciones y se refugiaron en los bosques se los tragaron entre los árboles. Ha oído decir que una mordedura es una forma horrible de morir. A veces el crío echa espuma por la boca y sufre convulsiones.

—No lo sabía. Toma, quédate con los tubérculos y la mariposa.

—No —rechaza Kepperness mientras se guarda el juguete en un bolsillo interior del abrigo—. Vi a tu abuelo no hace mucho. Él tampoco está muy allá. Todos tenemos a alguien. Un trato es un trato.

No sabe qué decir, el hombre tiene razón, todos tienen a alguien que se ha muerto o se está muriendo. Pressia asiente y dice:

—Vale. Lo siento mucho.

Kepperness, que ha vuelto a echar cajas a la carretilla, sacude la cabeza.

—Todos lo sentimos mucho.

A continuación desenrolla un gran trozo de tela y cubre con él la mercancía. Mientras no mira, Pressia vuelca su bolsa y deja caer en la cesta un par de tubérculos.

Se da media vuelta y echa a andar. Sabe que no habría sido capaz de comérselos todos, no con el hijo de Kepperness moribundo y habiéndole cobrado más de lo que suele ganar por su trabajo.

Aun así tiene que ir a rebuscar. Kepperness lleva razón, su abuelo no está bien, no durará mucho. ¿Qué pasaría si la atrapasen o si se viese obligada a huir dentro de poco? Tiene que hacer todos los juguetes posibles para que él los pueda trocar y sobreviva. Acelera el paso.

Se detiene al llegar al final del mercado. Allí, colgada en un murete bajo de ladrillo, está la nueva lista de la ORS, ondeando en el viento helado. Algunos vendedores pasan de largo con sus carros, entre ruidosos traqueteos. Espera a que se vayan y luego se acerca a la lista. Pone la mano en la hoja para que no se vuele. La letra es muy pequeña y tiene que arrimarse más. Los ojos corretean por el papel.

Hasta que lo ve.

El nombre «PRESSIA BELZE» y su fecha de nacimiento.

Pasa la yema del dedo por encima de las letras.

Ahora ya es innegable. Se acabó lo del expediente perdido con sus datos. Ahí está, es real.

Da un paso atrás y se tropieza con unos ladrillos tirados. Dobla por la primera calle a la que llega.

Está congelada, el aire es muy húmedo. Se sube el jersey interior hasta cubrirse el cuello y luego se tira de la manga de la sudadera, que ha dado de sí de tanto taparse el puño de cabeza de muñeca; aunque todavía lo lleva escondido en el calcetín, ahora lo mete bajo el otro brazo para cruzarlos sobre el pecho. Es una costumbre que ha cogido, lo hace siempre que está en público, cuando se siente nerviosa. Un consuelo, o algo así.

Entre las ruinas a ambos lados hay edificios que conservan el armazón interior que la gente ha utilizado para improvisar sus hogares. Ahora pasa por delante de un edificio completamente demolido. Son los mejores para excavar; muchas veces ha encontrado cosas bonitas entre sus escombros —alambre, monedas, enganches metálicos, llaves—, pero son peligrosos. Los terrones más humanos y algunas de las alimañas humanoides que han excavado sus hogares en los escombros los calientan con fuegos, cocinan lo que cazan y forman estelas de humo. Se imagina al hijo de Kepperness en medio de las esteranías y un ojo en la arena a sus pies… y de repente una mano que aparece de la nada y lo arrastra hacia las profundidades. Ella está sola; si la cogen y se la llevan abajo, se la comerán hasta que no quede una migaja.

Como no ve rastro alguno de humo, sube a una inestable montaña de piedras y va avanzando con cuidado, mirando dónde pisa y buscando destellos de metal, restos de cableado… Aunque la zona está más que peinada, logra encontrar lo que en otros tiempos pudo ser una cuerda de guitarra, unos trozos de plástico fundido que parecen de un viejo juego de mesa y un tubito metálico.

A lo mejor hace algo especial para su abuelo: un regalo que merezca la pena conservar. Aunque no quiere pensar en «recuerdo» —porque le trae a la memoria que tal vez pronto se haya ido—, la palabra le da vueltas en la cabeza: «recuerdo».

Cuando regresa a casa por la calle del mercado, todos los puestos han cerrado ya. Va tarde, tiene que darse prisa o el abuelo empezará a preocuparse. En el otro extremo del mercado vuelve a ver al niño de los ojos separados, Mikel. Está cocinando otro bicho sobre el cubo; es muy pequeño, parece un ratoncillo, apenas tendrá carne.

Hay un niño pequeño a su lado que alarga la mano para tocar la carne.

—¡No, que te quemas! —le grita Mikel, que acto seguido tira al niño al suelo.

El pequeño está descalzo y se le ven los dedos, apenas muñones. Se rasca la rodilla, chilla al ver sangre y echa a correr hacia una puerta en penumbra de donde salen tres mujeres fusionadas entre sí, con una maraña de trapos cubriéndoles la cintura ingurgitada. En las tres caras hay partes brillantes y rígidas que parecen fundidas con plástico. Amasoides, así los llaman. Una de las mujeres tiene los hombros caídos y la columna arqueada. Hay muchos brazos, algunos pálidos y pecosos y otros morenos. La de en medio coge al niño de un brazo y le dice:

—A callar. Chitón ya.

La de la columna arqueada, que parece la menos fusionada, como colgada de las otras dos, le grita a Pressia:

—¿Has sido tú? ¿Qué le has hecho al niño?

—Yo no lo he tocado —se defiende Pressia, que se tira de la manga hacia abajo.

—Ya es hora de entrar —le dice la mujer al niño, y luego mira a su alrededor como si notara algo en el ambiente—. Rapidito.

El crío se zafa de la mujer y sale corriendo calle abajo, hacia el mercado vacío, llorando ahora con más fuerza.

La de la columna arqueada mira de reojo por encima del hombro y esgrime un puño huesudo contra Pressia:

41

—¿Has visto lo que has hecho?

En ese momento, a su espaldas, oye a Mikel gritar:

—¡Una alimaña, una alimaña!

Pressia se gira en redondo y ve a una alimaña de aspecto lobuno, más animal que humana. Está recubierta de pelo, aunque con cristal alojado en las costillas. Va corriendo a cuatro patas, renqueante, pero cuando se detiene y se levanta sobre los cuartos traseros, es casi tan alta como un adulto. Con pezuñas pero sin hocico, tiene una cara humana rosada y casi sin pelo, con mandíbula y dientes protuberantes. Sus costillas suben y bajan aprisa, en un pecho con tela metálica incrustada.

Mikel se sube al bidón de gasolina y trepa como una bala por una techumbre metálica. El amasoide se escabulle en el interior del cobertizo y tapia la puerta con un tablón de madera. Ni siquiera se molesta en llamar al niño perdido, que sigue corriendo solo calle abajo.

Pressia sabe que la alimaña irá primero a por el crío. Es más pequeño que ella, lo que lo convierte en el blanco perfecto. Aunque también puede que ataque a los dos, pues es lo suficientemente grande.

La chica agarra bien la bolsa y sale disparada, impulsándose con los brazos y moviendo las piernas ágilmente. Es una buena corredora, siempre ha sido muy veloz. A lo mejor su padre, el *quarterback*, era rápido. Como tiene los zapatos gastados por los talones, nota el suelo a través de sus finos calcetines.

Con el mercado cerrado la calle se le hace rara. Tiene la alimaña pisándole los talones. El crío y ella son los únicos que han quedado fuera. El pequeño debe notar que ha cambiado algo, el peligro en el aire. Se vuelve y del miedo se le abren los ojos como platos. Tropieza y, aterrado, es incapaz de ponerse en pie. Ahora que está más cerca de él, Pressia ve que tiene la cara escaldada en torno al ojo, que brilla con un azul blanquecino, como una canica.

Pressia corre hacia él.

—¡Ven! —le grita, al tiempo que lo coge por las axilas y lo levanta. Como solo tiene una mano buena, necesita que el niño ponga de su parte—. ¡Agárrate fuerte!

Mira como loca en todas direcciones, en busca de un sitio por donde trepar. A su espalda, la alimaña se aproxima. No hay más que escombros a ambos lados pero entonces ve un edificio enfrente que solo está medio derrumbado. Tiene una verja de barrotes ante una puerta metálica, parece la entrada de una antigua tienda con una cristalera en la fachada, como la barbería. Recuerda que el abuelo le contó que allí había una casa de empeños, y que fue lo primero que la gente saqueó porque estaba llenas de armas y oro, aunque al final este mineral perdió todo su valor.

La puerta esta entornada, se ve una rendija.

El niño no para de chillar a pleno pulmón y pesa más de lo que Pressia creía. Tiene los brazos agarrados con fuerza alrededor de su cuello y le corta la respiración. La alimaña está tan cerca que oye sus jadeos.

Corre hasta la puerta de barrotes, la abre de golpe, entra y la cierra de un portazo, todavía con el niño en brazos. El pestillo de la puerta se cierra automáticamente.

Se encuentran en una estancia vacía, con tan solo unos palés por el suelo. Le tapa la boca al niño chillón.

—Chist, ¡cállate! —le dice, y retrocede hasta la pared del fondo. Se sienta con el niño en el regazo en el rincón más oscuro de la habitación.

La alimaña no tardará en llegar a la puerta, en arañarla y pegar zarpazos a través de los barrotes. No habla ni tiene manos, a pesar del rostro y los ojos humanos. La puerta tiembla estrepitosamente. Frustrada, la bestia se agacha y gruñe, para luego volver la cabeza y olisquear el aire. Distraída por algo, se da media vuelta y se va.

El niño le muerde la mano con toda su fuerza.

—¡Auuu! —aúlla Pressia frotándose la palma de la mano contra los pantalones—. ¿A qué ha venido eso?

El niño mira los ojos de asombro de la chica como si él también estuviese sorprendido.

—Yo esperaba que me dieses las gracias.

Se oye un fuerte estrépito al otro lado de la estancia. Pressia resuella y se da la vuelta; el niño también mira.

Desde una habitación inferior se ha abierto una trampilla y han aparecido la cabeza y los hombros de un chico con el pelo

43

revuelto, moreno y de mirada seria. Es algo mayor que Pressia.

—¿Has venido por la reunión? —le pregunta.

El crío vuelve a gritar como si no supiera hacer otra cosa. «No me extraña que la mujer le mandase callar. Es un chillón», piensa Pressia. En ese instante el niño corre hacia la puerta de barrotes.

—¡No salgas! —le grita ella.

Pero el crío es demasiado rápido: quita el pestillo, sale disparado por la puerta y desaparece.

—¿Quién era? —le pregunta el chaval.

—No tengo ni idea —reconoce Pressia, al tiempo que se pone en pie y ve que el chico está montado en una endeble escalerilla plegable que da a un sótano lleno de gente.

—Yo te conozco. Eres la nieta del Cosecarnes.

Pressia se fija en las dos cicatrices que le recorren un lado de la cara, posiblemente de puntos hechos por su abuelo. La costura no es muy antigua: seguro que no tiene más de un año o dos.

—No recuerdo que nos hayan presentado.

—No nos presentaron —le explica el muchacho—. Además yo estaba bastante fastidiado. —Se señala la cara—. A lo mejor tú no me reconoces, pero yo me acuerdo de haberte visto allí.

Cuando la mira, Pressia se pone colorada. Le suena de algo, al menos el brillo oscuro que tiene en los ojos. Le gusta su cara, el rostro de un superviviente, con una mandíbula pronunciada y esas dos largas cicatrices dentadas. Los ojos… hay algo en ellos que le hace parecer al mismo tiempo irritado y dulce.

—¿Has venido a la reunión? Vamos a empezar ya, la verdad. Hay comida.

Es la última vez que estará fuera antes de cumplir los dieciséis años. Su nombre figura en la lista. Todavía le late con fuerza el corazón; ha salvado al niño, se siente valiente y está muerta de hambre. La idea de la comida le resulta atractiva, tal vez hasta haya suficiente para robar algo para el abuelo sin que se den cuenta.

Se oye un aullido no muy lejano: la alimaña sigue rondando.

—Sí. He venido a la reunión.

El chico va a esbozar una sonrisa pero se detiene. No es de esos que sonríen por cualquier cosa. Se vuelve y grita a los de abajo:

—¡Una más! ¡Haced sitio! —Y Pressia percibe entonces una especie de revoloteo en la espalda del chico, bajo la camisa azul, que se ondea igual que agua.

Ahora se acuerda de él: es el chico de los pájaros en la espalda.

45

Perdiz

Caja metálica

*T*odos los alumnos de la clase de historia mundial de Glassings están callados, algo extraño teniendo en cuenta que, por lo general, las excursiones suelen sacar lo peor de ellos. Solo se escuchan sus pisadas, que reverberan por las hileras de cajas metálicas en orden alfabético. Hasta Glassings, siempre con algo que decir, se ha quedado mudo. Tiene la cara tensa y encendida, como si se estuviera debatiendo contra algo; dolor o esperanza, Perdiz no sabría decirlo. Glassings se aleja arrastrando los pies y desaparece por uno de los pasillos.

Aunque el aire en la Cúpula suele ser seco y estéril, como una presencia estática, aquí en los Archivos de Seres Queridos el ambiente parece cargado casi con electricidad. Perdiz no puede asegurarlo; por supuesto, se dice para sus adentros, no es posible que las pertenencias de los muertos almacenadas en ese lugar tengan un ajuste molecular distinto al de otros objetos, pero lo parece.

O tal vez no sean ni las pertenencias de los muertos ni el aire. A lo mejor son los muchachos de la academia los que están cargados, cada cual enfrascado en la búsqueda de un nombre en particular. Todos perdieron a alguien en las Detonaciones, al igual que Perdiz, y si había sobrevivido algún objeto de toda la existencia de esa persona se ponía en una caja metálica y pasaba a etiquetarse, clasificarse y permanecer allí atrapada para siempre… ¿en conmemoración? Y luego están los chicos que conocen a alguien que ha muerto después de las Detonaciones en la propia Cúpula. Perdiz también tiene una de esas cajas. Pero cuando se te muere alguien en la Cúpula, no se hace gran cosa. Hay que aceptar las pérdidas como vienen; ante la cantidad de bajas globales, ¿cómo tomarse una muerte cercana tan a pecho? Además, las enfermedades graves no suelen darse..., o puede que, en realidad, se den pero se escondan.

Glassings llevaba años solicitando la autorización para esa excursión una y otra vez. Por fin había recibido el visto bueno, por eso están ahí ahora. Suena una narración grabada a través de unos altavoces que no se ven; es una mujer que dice: «A cada persona que fallece se le destina una pequeña caja metálica para sus pertenencias. Los cuerpos se incineran porque el espacio es un bien escaso. Debemos reducir las huellas al mínimo. De momento esa es la normativa, hasta que la Tierra vuelva a ser habitable y recobremos nuestro lugar legítimo como participantes de pleno derecho y recreadores del paisaje natural».

—¿Podemos abrir las cajas? —pregunta a lo lejos Arvin Weed—. He encontrado a una tía mía.

—¡Tita Weed! —chilla uno de los chicos, mofándose de él.

—Sí —responde Glassings, que sin duda está distraído con su propia búsqueda—. No se os permite venir aquí todos los días, así que sed respetuosos y no toquéis nada.

Eso quiere decir que si Glassings encuentra la caja que está buscando la abrirá. Perdiz había dado por hecho que no les dejarían abrir nada, que solo vería las filas de cajas metálicas. Empieza a latirle con fuerza el corazón. Apresura el paso, no sea que Glassings cambie de opinión, no sea que llegue otro de los docentes y les diga que no. Está casi corriendo y se siente mareado. Da la impresión de que el resto de chicos también han echado a correr, doblando las esquinas a toda velocidad, con pequeños tambaleos por el efecto de la codificación en su sentido del equilibrio.

Recorre las largas filas hasta el final del alfabeto: Willux. Encuentra el nombre de su hermano, Sedge Watson Willux, y las fechas, tan definitivas, en letras de molde. Pasa los dedos por la cinta, donde la tinta no está descolorida como en otras; Sedge solo lleva un año muerto. En cierto modo parece que lleva muerto desde siempre y, al mismo tiempo, que todavía está vivo y todo ha sido un error burocrático. Se acuerda de la última vez que lo vio: estaban en su cena de reclutamiento.

Sedge y los otros cinco chicos de la academia recién licenciados eran los primeros miembros del nuevo cuerpo de élite. Sedge llevaba puesto el uniforme. La codificación estaba a pleno rendimiento: era más alto, más robusto, con la mandíbula más ancha. Le dijo a Perdiz que estaba demasiado enclenque: «Dobla las raciones de barritas proteínicas —le dijo; y luego en otro momento miró a su hermano pequeño y le preguntó—: ¿Te acuerdas de las historias que me contabas? ¿De los cuentos infantiles?» Perdiz negó con la cabeza. «Todavía pienso en ellos de vez en cuando.» Sedge se rio. Después, justo antes de irse, su hermano le dio un abrazo y le susurró al oído: «A lo mejor a ti no te pasa esto». En el momento Perdiz lo entendió como algo negativo, como si no fuese lo suficientemente hombre para superar la instrucción. Pero después de que encontraran el cuerpo de Sedge, Perdiz se preguntó si había sido un deseo sincero, una esperanza.

No sabe qué le ocurrió a los otros cinco que fueron reclutados aquel día. Oyó rumores de que estaban en un entrenamiento intensivo y de que sus familias solo sabían de ellos por cartas. Perdiz dio por sentado que las familias no se quejarían: estarían agradecidas solo de saber que sus chicos estaban aún vivos.

Ahora introduce los dedos en el asa pero por alguna extraña razón no es capaz de abrir la caja. Sedge ya no está. En la pequeña etiqueta bajo su nombre hay escrita una sola línea: «Causa: herida de bala, autoinfligida». Al contrario que en la vida anterior a la Cúpula, el suicidio ya no se ve como algo negativo. Los recursos son para los sanos y para aquellos con una voluntad de vivir inquebrantable. A los moribundos no se les destinan muchos recursos, sería poco práctico. Algún día, con suerte no muy lejano, todos regresarán al mundo exterior, al Nuevo Edén como algunos lo llaman, y tendrán que ser fuertes. El suicidio de Sedge fue trágico porque se trataba de un joven fuerte y sano, pero el acto en sí de quitarse la vida era un síntoma de debilidad, y había algo admirable en el hecho —o al menos esa retórica habían utilizado con Perdiz— de que Sedge hubiese visto ese defecto en sí mismo y se hubiese sacrificado en beneficio del resto. Detestaba cuando hablaban así. «Mi hermano está muerto —quiere decirles a todos—. Fue el asesino y la víctima. Nunca lo recuperaremos.»

Perdiz no quiere ver a qué han reducido a su hermano, al contenido de una caja metálica… No lo soporta.

Le sorprende ver la caja de su madre al lado —Aribelle Cording Willux—, que le hayan concedido un sitio. Al contrario que con Sedge, Perdiz piensa llevarse cualquier recuerdo de ella que encuentre, esté metido en una caja o no. Tira de la pequeña asa metálica, coge la caja y la lleva hasta la mesa estrecha que hay en medio de la fila. Levanta la tapa. No le ha hecho muchas preguntas a su padre sobre ella; sabe que lo incomodarían. Dentro de la caja encuentra una tarjeta de cumpleaños con globos y sin sobre que su madre le escribió por su noveno cumpleaños —aunque cuando murió él aún no había cumplido los nueve—, así como una cajita de metal y una vieja fotografía de ambos en la playa. Lo que más le fascina es lo reales que son esas cosas. Su madre debió de llevarlas a la Cúpula antes de las Detonaciones. A todos se les permitió llevar unos cuantos objetos pequeños, los que fuesen más especiales para ellos. Su padre, claro está, decía que era solo en caso de emergencia, una emergencia que según él era probable que nunca tuviese lugar. Su madre debió de llevar con ella las cosas de la caja.

Ella existió. Piensa ahora en las preguntas que le hizo su padre. ¿Interfirió su madre en su codificación? ¿Le dio unas pastillas? ¿Sabía su madre más de lo que su padre había querido creer?

Abre la tarjeta y lee el mensaje escrito a mano:

Camina siempre en la luz. Sigue tu alma, que ojalá tenga alas. Tú eres la estrella que me guía, como la que se alzaba en Oriente y mostró el camino a los Reyes Magos. ¡Feliz noveno cumpleaños, Perdiz! Te quiere, mamá.

¿Sabía ella que no iba a estar con él en su noveno cumpleaños? ¿Lo había planeado con anterioridad? Trata de oír las palabras con la voz de su madre. ¿Así es como hablaba en los cumpleaños? ¿De verdad era él la estrella que la guiaba? Toca los garabatos; apretó tanto al escribir que ahora él siente los surcos que dejó con el bolígrafo.

Coge la cajita de metal y ve que tiene un pequeño meca-

49

nismo de cuerda por detrás, junto a los goznes de la tapa. Al abrirla surgen unas cuantas notas: es una caja de música. Cierra la tapa rápidamente, con la esperanza de que todos estén demasiado inmersos en sus propios hallazgos como para haberse fijado.

Escondida bajo la caja de música, Perdiz encuentra una cadenita con un colgante, un cisne de oro con una piedra azul brillante por ojo. Al coger el collar, el colgante da vueltas. Si existió, ¿no sería posible que todavía existiera? Vuelve a escuchar la voz de su padre: «Tu madre siempre ha sido muy problemática…» Siempre ha sido.

Perdiz sabe que tiene que pasar al otro lado. Si existe —si hay la más mínima esperanza—, tiene que intentar encontrarla.

Mira a ambos lados de la fila: no hay nadie. Coge todas las pertenencias, a toda prisa se las guarda una por una en los bolsillos de la chaqueta y luego devuelve la caja a su hueco, metal contra el metal y un chirrido final.

Pressia

Reunión

*L*a sala donde se reúnen es pequeña y estrecha. Solo hay una docena de personas, todas de pie, y en cuanto ven bajar a Pressia por la escalera se mueven y refunfuñan, molestos de que haya venido a quitarles el sitio. La chica se imagina que debe de fastidiarles tener que compartir la comida con otra persona más. En la estancia huele como a vinagre. Nunca ha comido *sauerkraut* pero el abuelo se lo ha descrito, le ha contado que es una comida alemana, y se pregunta si será eso lo que van a comer.

El chico que ha aparecido por la trampilla se aposta en la pared del fondo. Pressia tiene que hacerse un hueco en el corro para poder verlo bien. Es ancho y musculoso. La camisa azul que lleva tiene varios desgarrones y está gastada por los codos. Donde faltan botones ha hecho agujeros en la tela y los ha atado con cordel.

Ahora recuerda la primera vez que lo vio. Regresaba a casa por el callejón, un día que había ido a rebuscar, cuando oyó unas voces por la ventana. Se detuvo para mirar por ella y vio a ese chico —con dos años menos que ahora pero aun así fuerte y nervudo— tumbado a un lado de la mesa mientras el abuelo trabajaba inclinado sobre su cara. Aunque la escena era borrosa a través del cristal cuarteado, está convencida de que vio el rápido aleteo de los pájaros alojados en su espalda: unas plumas grises alborotadas y el destello veloz de un par de patitas naranjas acurrucadas bajo una barriga con pelusilla. El chico se incorporó y se puso la camisa. Pressia fue hasta la puerta y se quedó allí sin ser vista. El muchacho no llevaba dinero y se ofreció para volver y llevarle un arma como pago al abuelo, que le dijo, en cambio, que se la quedara: «Necesitas protegerte. Además, dentro de un tiempo tú serás más fuerte y yo más viejo y más débil. Prefiero que me debas un favor». «No me gusta deber favores», repuso el chico. «Qué pena, porque eso es lo que yo necesito», insistió el abuelo. Acto seguido el muchacho se fue a toda prisa y cuando dobló la esquina se chocó con Pressia, que estaba allí apostada. Cuando se cayó hacia atrás él la cogió de la mano. La había agarrado por el brazo del puño de cabeza de muñeca y, al notarlo, le dijo: «Perdón». ¿Por chocarse con ella o por su deformación? Pressia se zafó de su mano y le dijo: «Estoy bien». Pero, en realidad, se sentía avergonzada porque probablemente se había dado cuenta de que lo había estado espiando.

Y ahora ahí está, el chico al que no le gusta tener deudas pendientes pero que le debe un favor a su abuelo; el chico de los pájaros en la espalda.

La reunión da comienzo.

—Hoy tenemos a alguien nuevo entre nosotros —dice el chico señalando a Pressia.

Todos se vuelven para mirarla; como todo el mundo, tienen cicatrices, quemaduras, grandes trozos de tejido cicatrizado rojo y nudoso, casi como cuerdas. Una de las caras culmina en una mandíbula con una capa de piel retorcida, tan rugosa que parece la corteza de un árbol. Solo reconoce una cara, la de Gorse, el chico que desapareció hace unos años junto con su hermanita Fandra. Pressia la busca con la mirada, su fino pelo dorado y su muñón en el brazo izquierdo. A veces bromeaban sobre que eran perfecta la una para la otra: Fandra tenía bien la mano derecha y Pressia la izquierda. No la ve, sin embargo. Gorse cruza la mirada con ella pero la aparta. Su presencia tiene aturdida a Pressia. El movimiento clandestino… tal vez no solo existe, también funciona. Ahora sabe que al menos uno ha sobrevivido, y además el resto de personas de la habitación parecen mayores que ella. ¿Será esto la clandestinidad? ¿Será el chico de los pájaros en la espalda su cabecilla?

¿Y qué ven cuando la miran a ella? Pega la cabeza al pecho para esconder la cicatriz en forma de media luna y se tira de la manga del jersey para cubrir la cabeza de muñeca. Saluda con un gesto al grupo, deseando que aparten pronto la mirada.

—¿Cómo te llamas? —le pregunta el chico de los pájaros en la espalda.

—Pressia —responde, pero al instante se arrepiente. Ojalá hubiese usado un nombre falso. No sabe quién es esa gente; ha sido un error, ahora lo comprende claramente. Quiere irse pero se siente atrapada.

—Pressia —repite el chico entre dientes, como si practicara la pronunciación del nombre—. Bien —le dice al grupo—, empecemos.

Otro muchacho del corro levanta la mano. Tiene la cara parcialmente descompuesta por las infecciones donde el metal de su mejilla —algo que en otros tiempos era cromo pero ahora está oxidado— se une a la piel fruncida. Una parte de piel está bastante purulenta: si no se echa un ungüento antibiótico podría morir. Ha visto a otra gente morir de infecciones como esa. A veces venden el remedio en los puestos del mercado, pero no siempre, y además es caro.

—¿Cuándo nos vas a dejar ver lo del baúl? —pregunta.

—Cuando acabe, como siempre, Halpern. Ya lo sabes.

Halpern mira a su alrededor, avergonzado, y se rasca una costra de la mejilla.

Pressia no se había fijado en el baúl, que está pegado a una pared. Se pregunta si será ahí donde guardan la comida.

Se fija en las chicas presentes. A una le salen cables del cuello mientras que otra tiene una mano intrincada con el manillar de una bici, con el metal recortado surgiendo de su muñeca como un hueso protuberante. Le sorprende que no escondan esas cosas. Una podría ponerse una bufanda y la otra un calcetín, como Pressia. Su actitud, sin embargo, es seria, serena y casi orgullosa.

—Para los que sois nuevos en la reunión —dice el chico de los pájaros en la espalda mirando a Pressia—, os diré que soy un muerto. —Eso quiere decir que figura en las listas de los que murieron en las Detonaciones: la ORS no lo busca. Es algo bueno, dentro de lo que cabe—. Mis padres eran ambos profesores y murieron antes de las Detonaciones. Tenían ideas peligrosas. Conservo los restos de un libro en el que estaban trabajando, del cual he sacado mucha información. Tras su muerte fui a vivir con mis tíos; allí estaba cuando estallaron las Deto-

53

naciones. Ninguno de los dos sobrevivió, de modo que me he valido por mí mismo desde que tenía nueve años. Me llamo Bradwell y esto es Historia Eclipsada.

Bradwell. Recuerda haber oído rumores sobre él, como un teórico de la conspiración que recorre los escombrales evangelizando a la gente. Le habían contado que ponía en entredicho muchas de las ideas sobre las Detonaciones y la Cúpula, en particular sobre aquellos que adoran la Cúpula y la han confundido con una deidad, un dios lejano pero benevolente. Aunque ella no era ninguna adoradora de la Cúpula, al punto lo odió por lo que representaba. ¿Por qué fraguar teorías de la conspiración? Todo ha acabado, ya está. Esto es lo que hay. ¿Para qué darle más vueltas?

Conforme Bradwell se va enfrascando en su charla, paseando con las manos en los bolsillos, empieza también ahora a odiar lo que es. Es un chulo y un paranoico. Suelta sus teorías sobre los agentes de la Cúpula como si tal cosa: que si tiene pruebas de que provocaron ellos la destrucción total para poder aniquilar a toda la población mundial salvo a unos pocos protegidos por la Cúpula; que si fue diseñada con ese fin, no como un prototipo ante un brote bacteriológico, una catástrofe medioambiental o un ataque de otra nación; que si lo que querían era que sobreviviera solo la élite en la Cúpula mientras esperaban a que la Tierra se regenerase por sí sola, momento en el cual volverían haciendo tabla rasa…

—¿Os habéis preguntado alguna vez por qué no hemos experimentado un invierno nuclear total? Pues bien, porque lo orquestaron así para evitarlo. Utilizaron un cóctel de bombas: los satélites del Sistema Neutrónico de Radiación Aumentada Focalizada de Órbita Baja, el SNRAFOB, y los satélites del Sistema Neutrónico de Radiación Aumentada Focalizada de Órbita Alta, el SNRAFOA, y todo eso potenciando el Pulso Electromagnético, el PEM. —Ahonda en la diferencia entre bombas atómicas y nucleares, también incluidas en el cóctel, y sobre los pulsos diseñados para derribar todas las comunicaciones—. ¿Y cómo aparecieron los terrones? Las bombas trasmutaron las estructuras moleculares. El cóctel incluía la dispersión de nanotecnología para ayudar a acelerar la recuperación de la Tierra, la cual propicia el autoensamblaje de moléculas. La nanotecnología, acelerada por el ADN (que, aunque sea material informativo, es excelente para el autoensamblaje de células), fortaleció nuestra capacidad de fusión. Y la que alcanzó a los humanos atrapados en escombros o campos abrasados los ayudó a regenerarse. Aunque los terrones no pudieron liberarse del todo, sus células humanas se hicieron más potentes y aprendieron a sobrevivir.

Explica una conspiración tras otra y las va enlazando con tal rapidez que Pressia apenas logra seguirlo. Aunque tampoco tiene claro si se le pide que entienda esas teorías. La charla no está pensada para no iniciados. Es un grupo de gente ya convertida, y todos asienten al unísono, como si fuese un cuento para antes de dormir y lo hubiesen memorizado para poder trasmitírselo los unos a los otros. Pressia recita el Mensaje en su cabeza: «Sabemos que estáis ahí, hermanos y hermanas. Un día saldremos de la Cúpula para reunirnos con vosotros en paz. De momento solo podemos observaros desde la distancia, con benevolencia». Y luego la cruz antigua, la que el abuelo llamaba cruz irlandesa. Puede que no sea el ojo benevolente de Dios, como muchos han pensado de la Cúpula, pero está claro que no es un mensaje de una fuerza diabólica. El pecado que han cometido ha sido sobrevivir, y no puede culparlos por ello. Ella también ha cometido el mismo pecado.

Se le ocurre de repente que si ella ha oído hablar de Bradwell, también la ORS tiene que saber que existe. Un cosquilleo de temor le recorre la piel. Es peligroso estar ahí. Bradwell tiene casi dieciocho años y, por mucho que esté en la lista de los muertos, seguro que es un objetivo prioritario de la ORS. De su charla se desprenden unas cuantas cosas: que odia la ORS, a la que considera frágil, debilitada por su codicia y su maldad, e incapaz de conquistar la Cúpula o efectuar ningún cambio real. «Otro tirano corrupto más», la define. Desprecia en particular la falta de transparencia: nadie conoce el nombre de los oficiales de la plana mayor de la ORS, y en su lugar dejan que sean los soldados rasos los que hagan el trabajo sucio de calle.

Al mismo tiempo no puede dejar de pensar en qué es lo que habrá dentro del baúl. El chico al que ha llamado Halpern también quiere pasar a ese tema. Ha de contener cosas valiosas. ¿Dónde está la comida? Lo que quiere más que nada es que

Bradwell se calle, porque habla de las cosas de las que nadie habla: las corrientes de aire ascendentes y descendentes que se llevaron por delante las casas, los ciclones de fuego, la piel de reptil de los moribundos, los cuerpos carbonizados, la lluvia negra aceitosa, las piras donde quemaron a los muertos y a los que fallecieron a los días, que empezaron con una nariz sangrante y acabaron pudriéndose por dentro. Está intentando hacerle callar en su cabeza: «¡Para, por favor, para! ¡Para ya!»

El chico, sin embargo, empieza a fijar sus ojos en ella mientras habla y se va acercando cada vez más a su lado de la habitación. Entrecierra los ojos como si fuese muy duro, pero conforme su rabia va en aumento —cuando habla de cómo el movimiento político llamado Retorno al Civismo, bajo la vigilancia del brazo militar nacional, la Ola Roja de la Virtud, no fue sino la antesala de las Detonaciones, el control de todo en nombre del miedo, las cárceles colectivas, los sanatorios para los enfermos, las instituciones para los disidentes…, todos esos edificios cuyos restos se extienden por doquier en cuanto se sale de las áreas residenciales— se le humedecen los ojos. Bradwell no va a llorar, de eso está segura, pero es una persona compleja. En cierto punto dice:

—Era enfermizo… todo. —Y luego se le dibuja un hoyuelo sarcástico en la mejilla y añade—: ¡Ya sabéis que Dios os quiere porque sois ricos!

¿Así es como era antiguamente? ¿De verdad? Su padre era contable y su madre la había llevado a Disney World. Vivían en un barrio residencial, tenían un pequeño jardín. El abuelo le ha enseñado fotos de todo. Sus padres no eran profesores con ideas peligrosas, así que ¿de qué parte estaban? Da otro paso más hacia la escalerilla.

—Tenemos que recordar lo que no queremos —les dice—. Debemos trasmitir nuestras historias. Mis padres ya habían muerto, asesinados de un tiro a quemarropa en su propia cama. Me dijeron que habían sido unos intrusos pero entonces yo ya sabía que no era así.

Bradwell empieza a hablar como si solo se lo estuviese contando a ella, como si fuese la única persona de la habitación. Tiene los ojos clavados en los suyos y eso la retiene. Es una sensación extraña, como si estuviese clavada a la tierra, sin una sola mota de ceniza. Está contando su historia, sus Me Acuerdo.

Después del asesinato de sus padres, lo mandaron a vivir con sus tíos en una zona residencial. A su tío le habían prometido tres sitios en la Cúpula, le habían contado una ruta para entrar en ella cuando saltase la alarma, un camino particular que atravesaba las barricadas. Tenía hasta las entradas, había pagado por ellas. Cargaron el coche con garrafas de agua y dinero contante.

Ocurrió un sábado por la tarde. Bradwell no estaba en casa, había ido a dar un largo paseo; por esa época le gustaba salir a andar. En realidad no se acuerda de mucho, solo de un fogonazo deslumbrante y del calor atravesándole el cuerpo, como si le ardiese la sangre. La sombra de los pájaros alzándose tras él... Y ahí está, eso es lo que Pressia vio hace dos años cuando estaban dándole puntos sobre la mesa, las ondas bajo la camisa... eran alas.

A Bradwell se le quemó todo el cuerpo, estaba lleno de ampollas, en carne viva; los picos de los pájaros dolían como dagas. Logró regresar a casa de sus tíos, entre las brasas del fuego, el aire cargado de ceniza y los gritos de la gente sepultada por los escombros. Había otros que vagaban sin rumbo, cubiertos de sangre y con la piel derretida. A su tío le pilló trabajando en el coche: se quería asegurar de que estuviese en perfecto estado para la ruta especial a través de las barricadas. Estaba debajo del coche cuando estallaron las Detonaciones y se fusionó con el motor, que se le quedó empotrado en el pecho. Su tía estaba toda quemada, padecía unos dolores horribles y se asustó al ver el cuerpo de Bradwell, con los pájaros... Pero le dijo: «No nos dejes». El olor a muerte, a pelo y piel quemada era omnipresente y el cielo estaba gris, cuajado de ceniza.

—Había sol pero estaba todo tan encapotado por el polvo que cuando era de día parecía que estaba anocheciendo constantemente. —Eso cuenta Bradwell. ¿Se acuerda Pressia de algo tan simple como eso? Quiere hacerlo. Después del sol sobre sol sobre sol, vino el anochecer, un día tras otro.

Bradwell se quedó con su tía en la cochera, que estaba incendiada y desmoronada aunque extrañamente intacta: con sus cajas carbonizadas, el árbol de Navidad de plástico, las

57

palas, las herramientas. Pese a estar al borde de la muerte, su tío intentó explicarle a la mujer cómo liberarlo. Le habló de cosas como un cortafríos y una polea que podían enganchar al techo. Pero ¿a quién podía ella recurrir? Los que no se habían ido estaban muertos, moribundos o atrapados. La tía intentaba dar de comer a su marido, pero este se negaba.

Bradwell encontró un gato muerto en el césped chamuscado, lo metió en una caja e intentó resucitarlo en vano. Su tía se había quedado ronca y le costaba respirar…, y estaba ya un poco trastornada, posiblemente. Se encontraba desorientada, débil; cuidaba de sus quemaduras y heridas, mientras veía morir lentamente a su marido.

El chico para de hablar por un momento, fija la vista en el suelo y luego de nuevo en Pressia.

—Y entonces un día se lo pidió por favor. Le susurró: «Enciende el motor. Enciéndelo». —Toda la habitación está en silencio e inmóvil—. Mi tía cogió las llaves y me gritó que saliese de la cochera. Y eso hice.

Pressia se siente mareada y apoya la mano en la pared de cemento para no caerse. Alza los ojos hacia Bradwell. ¿Por qué les cuenta esa historia? Es enfermizo. En teoría el Me Acuerdo es una forma de regalarle algo a la gente, pequeños recuerdos agradables como los que a Pressia le gusta coleccionar, en los que necesita creer. ¿A qué viene eso? ¿Qué bien puede hacer a nadie? Recorre la habitación escrutando a los demás con la vista; no parecen enfadados como ella, sus caras están más que nada serenas. Hay quienes tienen los ojos cerrados, como si quisieran visualizarlo todo en sus cabezas. Eso es lo último que Pressia desearía, pero aun así lo ve todo: la bandada de pájaros, el gato muerto, el hombre atrapado bajo el coche.

—Le dio al contacto —prosiguió Bradwell— y el motor renqueó por unos instantes. Al ver que no salía, entré yo. Vi la sangre y la cara azulada de mi tío. Mi tía estaba hecha un ovillo en un rincón de la cochera. Cogí el agua embotellada, metí dinero en una bolsa y me lo pegué con cinta a la barriga. Y regresé a casa, a la de mis padres, que estaba quemada hasta los cimientos. Pero encontré el baúl que habían guardado en una habitación que era una especie de búnker. Arrastré el baúl conmigo por la oscuridad de este mundo y aprendí a sobrevivir. —Sus ojos negros sobrevuelan a los presentes—. Todos tenemos una historia. Ellos nos hicieron esto. No hubo ningún agresor exterior, ellos querían un apocalipsis, querían el fin. Y lo consiguieron, lo orquestaron todo, quién entraría y quién no. Había una lista desde un principio y nosotros no figurábamos en ella. Nos dejaron aquí para que muriésemos. Quieren borrarnos de la faz de la tierra, junto con el pasado, pero no se lo vamos a permitir.

Así acaba. Nadie aplaude. Bradwell se limita a darse la vuelta y abrir el cerrojo del baúl.

En silencio empiezan a formar una fila y uno a uno, con solemnidad, se adelantan para echar un vistazo. Otros meten la mano en el baúl y sacan papeles, algunos en color y otros en blanco y negro. Pressia no alcanza a ver de qué se trata. Quiere saber lo que hay en el cofre pero el corazón le late a cien por hora. Tiene que salir de ahí. Ve a Gorse, que está hablando con gente en un rincón. Le alegra ver que está vivo, pero no quiere saber qué le pasó a Fandra. Solo desea salir de ahí. Va hacia el fondo del cuarto y tira de la maltrecha escalerilla, que se despliega desde el techo. Pero, cuando empieza a subir, Bradwell le dice desde abajo:

—No has venido por la reunión, ¿verdad que no?

—Pues claro que sí.

—No tenías ni idea de qué iba.

—Tengo que irme —se excusa Pressia—. Es más tarde de lo que creía. Le he prometido a…

—Si sabías lo de la reunión dime qué hay en el baúl, venga.

—Pues papeles y eso… —responde la chica.

Bradwell le coge de los bajos deshilachados del pantalón y tira de ellos suavemente.

—Ven a verlo.

Pressia mira hacia la trampilla.

—El pestillo se cierra de forma automática por los dos lados en cuanto se tapa —le explica—. Vas a tener que esperar a que Halpern lo abra, él tiene la única llave.

Le tiende la mano para ayudarla a bajar, pero Pressia lo ignora y baja por su cuenta.

—No puedo quedarme mucho rato.

—No pasa nada.

La fila se ha dispersado. Todos tienen papeles y hablan en corrillos, entre ellos Gorse, que la mira. Pressia lo saluda con la cabeza y él le devuelve el gesto. Tiene que hablar con él; está al lado del baúl y quiere ver lo que hay dentro. Avanza hacia allá.

—Pressia —la saluda Gorse.

Bradwell está detrás de la chica.

—¿Os conocéis?

—De hace tiempo —aclara Gorse.

—Desapareciste y sigues vivo. —Pressia no puede disimular su asombro.

—Pressia, no le digas a nadie que me has visto. A nadie.

—No, claro. ¿Y…?

Gorse la interrumpe:

—No —le dice, y ella entiende que Fandra ha muerto. Desde que desaparecieron ha pensado que estaba muerta, pero no se ha dado cuenta de las esperanzas que ha alimentado desde que ha visto a Gorse, pensando que podía estar viva, que a lo mejor volvía a verla.

—Lo siento.

El chico sacude la cabeza y cambia de tema:

—El baúl. Anda, échale un vistazo.

Pressia se adelanta hasta el baúl, donde hay gente agolpada a ambos lados, y siente una extraña turbación. Escruta el interior y ve que está lleno de carpetas tiznadas de ceniza; en una pone «Mapas», en otra «Manuscrito». La de arriba está abierta y dentro hay trozos de revistas, periódicos y embalajes. Pressia no alarga la mano, al principio no es capaz de tocar nada. Se agacha y se agarra al borde del baúl. Hay imágenes de gente tan contenta por haber perdido peso que se envuelven las barrigas con cintas métricas, perros con gafas de sol y sombreritos de fiesta, y coches con grandes lazos rojos en el techo. Hay abejorros sonrientes, «garantía de devolución», cajitas de peluche con joyas dentro. Las fotografías están algo rasgadas y estropeadas; las hay con agujeros y bordes ennegrecidos; otras están borrosas por el gris de la ceniza. Pero aun así son bonitas. «Así es como era», piensa Pressia. Nada de ese rollo que acaba de contarles Bradwell. Era así. Son fotos, pruebas reales.

Extiende la mano y toca una fotografía de una gente que lleva gafas con lentes de colores y están en una sala de cine.

Miran la pantalla mientras ríen y comen de unos cubiletes de colores.

—Lo llamaban 3D. Veían pantallas planas pero con las gafas puestas el mundo salía de ellas, como en la vida real —explica Bradwell. Coge la foto y se la tiende.

Al cogerla, a Pressia le empieza a temblar la mano.

—Es que no lo recordaba con tanto detalle. Es alucinante. Como… —Pressia le mira a los ojos—. ¿Por qué has dicho todo eso cuando tienes aquí estas fotos? Vamos, solo hay que verlo.

—Porque lo que he contado es la verdad. Historia Eclipsada. Esto no.

La chica sacude la cabeza y repone:

—Puedes decir lo que quieras; yo sé cómo era. Lo tengo en la cabeza y se parece más a esto. No me cabe duda.

Bradwell se echa a reír.

—¡No te rías de mí! —exclama Pressia.

—Ya veo qué clase de persona eres.

—¿Qué? No me conoces en absoluto.

—Tú eres de la clase de personas que quieren que todo vuelva a ser como el Antes. No se puede mirar hacia atrás así. Es probable que hasta te encante la Cúpula, donde todo es fácil y agradable.

Da la impresión de que la está ridiculizando.

—Yo no soy la que miro hacia atrás. ¡Eres tú quien va por ahí dando clases de historia!

—Solo miro hacia atrás para que no cometamos los mismos errores.

—Como si fuéramos a tener ese lujo —replica Pressia—. Espera, ¿es eso lo que planeas con tus clases?, ¿una forma de infiltrarte en la ORS, de acabar con la Cúpula? —La chica le tira el trozo de papel al pecho y se dirige hacia Halpern—. Abre la puerta —le ordena.

Halpern la mira confuso.

—¿Qué? Pero ¿se cierra?

Pressia vuelve la vista a Bradwell.

—¿Te crees muy gracioso?

—No quería que te fueses. ¿Qué tiene eso de malo? —le responde Bradwell.

61

La chica se apresura hacia la escalera y Bradwell la sigue.

—Ten, quédatelo —le dice a Pressia tendiéndole un papel doblado.

—¿Qué es esto?

—¿Has cumplido ya los dieciséis?

—Todavía no.

—Es donde puedes encontrarme. Cógelo. Puede que te haga falta.

—¿Para qué? ¿Por si quiero más charlas? Por cierto, ¿dónde está la comida?

—¡Halpern! —lo llama Bradwell—. ¿Dónde está la comida?

—Déjalo —dice Pressia, que tira de la escalerilla.

Pero cuando pone el pie en el primer escalón, el chico le mete el papel doblado en el bolsillo.

—No te hará daño.

—¿Sabes una cosa? Tú también eres de una clase —dice Pressia.

—¿De cuál?

No sabe qué decir; nunca ha conocido a nadie como él. Los pájaros de su espalda parecen intranquilos, las alas se agitan bajo la camisa. Los ojos del chico parecen rumiar algo, la mirada es intensa.

—Eres un chico listo, seguro que lo averiguas tú solito.

Mientras sube la escalera Bradwell le dice:

—¿Te das cuenta de que acabas de decir algo bueno de mí? Ha sido un cumplido, todo un piropo.

Aquello no hace sino enfadarla aún más.

—Espero no volver a verte nunca. ¿Te ha gustado ese piropo?

Sube lo suficiente para abrir de un empujón la trampilla, que se abre de golpe y resuena contra la madera. En el cuarto de abajo todo el mundo se detiene y se la queda mirando.

Y por alguna extraña razón espera mirar en la habitación de arriba y ver una casa con flores cosidas al sofá, ventanas iluminadas con cortinas agitadas por el viento, una familia con cintas métricas comiendo un pavo deslumbrante, un perro con gafas de sol sonriéndole y, fuera, un coche con un lazo puesto… y tal vez incluso a Fandra, viva y peinándose su fino cabello dorado.

Sabe que nunca olvidará las fotografías que ha visto. Han entrado en su mente para quedarse; al igual que Bradwell, con su pelo alborotado, su doble cicatriz y todas lo que ha salido de su boca. ¿Que le ha dicho un piropo? ¿De eso la ha acusado? ¿Acaso eso importa algo ahora que ha escuchado que las Detonaciones fueron orquestadas, que los dejaron allí para que muriesen todos?

No hay ningún sofá, ninguna cortina, ni rastro de familias, perros o lazos.

Lo único que hay es el cuarto con los palés polvorientos y la puerta de barrotes.

63

Perdiz

Tictac

*E*l compañero de cuarto de Perdiz, Silas Hastings, va al espejo que hay detrás de la puerta del baño y se da palmaditas en las mejillas con la loción post-afeitado.

—No me digas que hoy también tienes que estudiar hasta el último minuto. Es un baile, joder, colega.

Hastings es buena gente. Es enjuto y bastante alto, todo piernas y brazos, siempre con un aspecto desgarbado. A Perdiz le cae muy bien. Pero, aunque es un buen compañero —bastante ordenado y estudioso—, tiene una pega: se lo toma todo muy a pecho; eso, y que a veces es un poco pesado.

Lo que ha hecho que haya cierta tirantez entre ellos es que Perdiz ha estado dándole largas a su amigo, esgrimiendo que tenía que estudiar más, quejándose de la presión a la que lo tiene sometido su padre. Sin embargo, en realidad lo que intenta es pasar todo el tiempo posible a solas —cuando Hastings va a echar unas canastas o a vaguear en el salón, cosas que Perdiz solía hacer con él— para poder estudiar los planos de la fotografía que les hicieron en el despacho, que su padre le ha mandado al apartado postal que tiene Perdiz en la academia. A veces le da cuerda a la caja de música y la deja sonar; lo que se oye es la melodía de una cancioncilla que solía cantarle su madre sobre la esposa cisne, la que le enseñó cuando fueron de viaje a la playa. ¿Será una casualidad? Tiene la impresión de que significa algo más. Eso es lo que está deseando hacer en cuanto Hastings salga por la puerta: escuchar la canción y estudiar los planos mientras el resto de chicos va al baile.

Perdiz está dejando pasar el tiempo, todavía con la toalla puesta, el pelo mojado de la ducha y la ropa que se va a poner extendida a su lado. Ha ampliado la fotografía de él y su padre para poder ver los detalles del plano y ha dado con el sistema de filtrado del aire, los ventiladores que hay en los túneles a intervalos de seis metros. Cuando apagan las luces ilumina los planos con la bombillita del bolígrafo que le regaló su padre por su cumpleaños; al final le ha venido bien.

También ha estado poniéndole excusas a Hastings porque su padre ha cumplido sus amenazas. Le han hecho un montón de análisis, «series de pruebas», como le había dicho. Se ha convertido en un acerico, y ahora comprende mejor lo que esa palabra significa: se siente perforado. La sangre, las células, el ADN... Su padre le ha programado una prueba tan invasiva que van a tener que anestesiarlo: otra aguja en el brazo que sujetarán con esparadrapo y se convertirá en una vía conectada a una bolsa transparente de algo que lo sumirá en la inconsciencia.

—Luego voy —le dice Perdiz—. Ve tú primero.

—¿Has echado un vistazo por las zonas comunes? —pregunta Hastings, asomado a la ventana que da al césped que separa los dormitorios de las chicas de los de los chicos—. Weed le está mandando mensajes con su lápiz láser a una chica. ¿Te imaginas al muy friki pidiéndole salir a otra friki a través de un mensaje de lápiz láser?

Perdiz mira al césped y ve los pequeños zigzagueos de un punto rojo por la hierba. Alza la vista hacia las ventanas iluminadas de los dormitorios de las chicas, donde tiene que haber alguna que sepa interpretarlo. Es alucinante lo que tienen que inventarse para poder hablar con las chicas.

—Supongo que cada cual tiene su estratagema —comenta Perdiz.

Hastings no tiene ninguna estratagema con las chicas, de modo que no está en posición de juzgar a Weed en ese aspecto, y lo sabe.

—Que sepas, compañero, que me parte el corazón que ni siquiera puedas venir conmigo al baile. Vas a acabar conmigo poco a poco.

—¿Qué? —pregunta Perdiz haciéndose el tonto.

—¿Por qué no me cuentas lo que te pasa de verdad, eh?

—¿De verdad?

—Has estado pasando de mí porque no me soportas. ¿Por qué no me lo dices a la cara y ya está? No me lo tomaré como algo personal. —Hastings es conocido por decir que no se toma los insultos como algo personal, pero nada más lejos de la realidad.

Perdiz decide decirle parte de la verdad, aunque solo sea un poco, para que se relaje.

—Mira, tengo muchas cosas encima. Mi padre me quiere llevar a una sesión especial de moldes de momia. Me van a anestesiar y todo.

Hastings se apoya en el respaldo de su silla de escritorio; se ha quedado en blanco.

—Hastings, que es a mí, no a ti. No te lo tomes tan a pecho.

—No, no. —El chico se aparta el pelo de la cara, en un tic nervioso que tiene—. Es que… ya habrás oído los rumores sobre esa clase de sesiones. Por lo que dicen, así es como te intervienen.

—Ya lo sé, te pueden poner lentillas en los ojos y grabadoras en los oídos y vas por ahí paseándote como un espía, quieras tú o no.

—No son los típicos cacharros con chips que ponen los padres histéricos a sus hijos para saber dónde están en todo momento. Es tecnología punta: lo que ves y lo que oyes es monitorizado a todo color a través de pantallas de alta definición.

—Bueno, pero eso no va a pasar, Hastings. ¿A quién se le iba a ocurrir convertir al hijo de Willux en un espía?

—¿Y si es peor aún? ¿Y si te ponen una tictac?

En teoría una tictac es una bomba que implantan en la cabeza de la gente y que se acciona por control remoto. Si de buenas a primeras les resultas más peligroso que útil, pulsan el interruptor. Perdiz se niega a creer que las tictacs existan.

—Eso no es más que una leyenda, Hastings. Esas cosas no existen.

—Entonces ¿qué es lo que quieren?

—Obtener información biológica, nada más.

—Para eso no hace falta que te anestesien. Tienen ADN, sangre, orina… ¿Qué más pueden necesitar?

Perdiz sabe lo que quieren de él: están tratando de alterar su codificación conductiva pero por alguna razón no son capaces. Y su madre tiene algo que ver con eso. Ya le ha contado a Hastings más de la cuenta. Y es que no debe contarle a nadie que está planeando salir. Sabe cómo escapar de la Cúpula; ha investigado, ha hecho cálculos y va a salir a través del sistema de filtrado del aire. Solo necesita una cosa más, un cuchillo, y lo va a conseguir esa misma noche.

—No hay de qué asustarse, Hastings. No me va a pasar nada; nunca me pasa, ¿no es verdad?

—No debe de ser agradable tener una tictac, tío, no debe ser nada agradable.

—Mira que elegante vas, Hastings. Anda, no te preocupes y ve a divertirte. Como tú dices, ¡es un baile, joder!

—Vale, vale —concede Hastings, que de una zancada de sus largas piernas se planta en la puerta—. No me dejes ahí esperando media vida, ¿vale?

—Si dejases de darme la vara iría más rápido.

Hastings se despide con el saludo militar y cierra la puerta.

Perdiz se deja caer en la cama con todo su peso. «Será idiota este Hastings», se dice para sus adentros, pero no sirve de nada. Su compañero le ha asustado al hablarle de la tictac; ¿por qué iban a querer unos oficiales aniquilar a sus propios soldados? Tendría que haberle dicho que se preocupase por sí mismo. Es muy probable que la codificación conductiva de su compañero ya esté algo alterada; tal vez sea incluso una de las razones por las que no quiere llegar tarde al baile: en la Cúpula la puntualidad es una virtud.

Perdiz no puede ni imaginarse cómo debe de ser empezar a actuar de forma distinta, aunque sea en detalles mínimos. «Es como hacerse mayor, madurar», eso es lo que piensan los padres de la codificación conductiva, al menos para los chicos. A las chicas no las codifican por algo relacionado con lo delicado de sus órganos reproductores, salvo que no sean válidas para la reproducción; en tales casos, se les aplica potenciación cerebral. A Perdiz no le hace ninguna gracia cambiar; quiere saber en qué se convierte por sí mismo, aunque no sea bueno. En cualquier caso tiene que escapar antes de que consigan manipular su codificación conductiva o, de lo contrario, nunca lo sabrá. Se pondrá trabas a sí mismo y puede que no vuelva a experimentar el impulso de salir. Pero ¿qué hay fuera de la Cúpula? Lo único que sabe es que es una tierra llena de miserables, la mayoría de los cuales fueron o demasiado tontos o demasiado testarudos para unirse a la Cúpula; o estaban mal de la cabeza, o eran criminales desequilibrados o enfermos peligrosos, de esos que ya estaban por entonces ingresados en instituciones. En aquella época la cosa no iba nada bien, la sociedad había enfermado, el mundo había cambiado para siempre. Ahora la mayoría de los miserables que sobrevivieron son engendros, con deformidades que hacen difícil reconocerlos como humanos, distorsiones de sus formas vitales anteriores. En clase les han enseñado fotografías, imágenes sacadas de los vídeos nublados por la ceniza. ¿Será capaz de sobrevivir fuera en aquel ambiente mortecino, entre aquellos miserables violentos? Además, es posible que, una vez fuera, no lo busquen, a fin de cuentas no se permite salir de la Cúpula a nadie bajo ningún pretexto, ni siquiera para reconocer el terreno. ¿Es la suya una misión suicida?

Demasiado tarde. Ya ha tomado una decisión y no puede permitirse distracciones, ni de Hastings ni suyas. Oye el clic del sistema de ventilación y mira el reloj. Se levanta y sube por la escalerilla de la litera, de donde saca una libreta escondida entre el colchón y el somier. La abre, anota la hora y vuelve a meterla en su sitio.

Esté donde esté, bien tumbado en su molde de momia sometido a radiaciones, esperando a que le saquen otra muestra en una ampolla, bien en clase o en su cuarto por la noche, estudia el zumbido regular de los ventiladores de filtrado, el débil ronroneo que suena por toda la Cúpula a intervalos fijos. Lo va anotando todo en una libreta que en teoría tendría que utilizar para llevar el control de sus citas y sesiones de codificación. Antes apenas se había percatado del ruido, pero ahora a veces hasta anticipa el tic justo antes de que se encienda el motor. Sabe que el sistema de filtrado del aire conduce hasta el exterior de la Cúpula y que las aspas de los ventiladores se apagan en determinados momentos por un espacio de tiempo de tres minutos y cuarenta y dos segundos.

Va a salir porque puede que su madre exista. «Tu madre siempre ha sido muy problemática.» Eso había dicho su padre, y desde que robó las pertenencias de su madre de los Archivos de Seres Queridos, la siente cada vez más real. Si hay alguna posibilidad de que esté ahí fuera, tiene que intentar encontrarla.

Se viste a toda prisa, se pone los pantalones y la camisa, se anuda y se aprieta la corbata. Tiene el pelo tan corto que no le hace falta ni peinarse. Ahora tiene que concentrarse en una única cosa: Lyda Mertz.

Lyda

Magdalenas

Cuando Lyda ayudó a decorar la cafetería con guirnaldas y a pegar estrellas de cartulina doradas por el techo, todavía no tenía acompañante. Aunque había unos cuantos con los que no le importaría ir, el único que la chica deseaba que se lo pidiese era Perdiz. Cuando lo hizo junto a las gradas metálicas de las pistas de atletismo, en uno de los pocos momentos en que no rondaba por allí ninguna profesora, Lyda pensó: «¿No sería bonito que hiciese un poco de fresco, que nos azotase el viento y el cielo estuviese revuelto, como en un día de otoño auténtico?» Por supuesto, no comentó nada de eso; lo único que dijo fue:

—¡Sí, me encantaría ir contigo! ¡Qué bien! —Acto seguido se metió las manos en los bolsillos por miedo a que el chico quisiese cogérselas y viese que las tenía sudadas.

Perdiz miró a su alrededor cuando Lyda aceptó, como si esperara que nadie los hubiese escuchado, para poder echarse atrás si alguien lo había oído.

—Pues entonces, guay. Nos vemos allí mismo si te parece bien —dijo.

Y aquí están ahora, sentados el uno junto al otro ante las mesas vestidas. Perdiz tiene un aspecto estupendo, y unos ojos grises tan bonitos que cuando la mira siente como si el corazón le fuese a estallar, aunque apenas la ha mirado, a pesar de que están sentados codo con codo.

Han puesto música, todo canciones antiquísimas de la lista permitida. La que suena ahora es una canción melancólica pero algo inquietante sobre alguien que está vigilando cada paso y cada respiración que da otra persona. La hace sentir un poco paranoica, como si alguien la estuviese escrutando, y ya siente bastante vergüenza por lo bajo que lleva el escote del vestido.

El compañero de cuarto de Perdiz está apoyado en la pared del fondo y habla con una chica. Cuando mira hacia donde está la pareja y ve a Perdiz, este lo saluda con la cabeza. Hastings le responde con una sonrisa y cara de tonto, y luego vuelve con la chica.

—¿Se llama Hastings, no? —le pregunta Lyda, en un intento por sacar conversación, aunque Hastings no le importa en realidad, tal vez para insinuar que ellos dos podrían sentarse más juntos y hablar entre susurros.

—Es todo un milagro —comenta Perdiz—. No se le dan muy bien las mujeres. —Lyda se pregunta si a Perdiz sí se le dan bien pero, por alguna razón, con ella no está desplegando todos sus encantos.

Como es una ocasión especial, las pastillas alimenticias —las balas, como las llaman los chicos de la academia— han sido sustituidas por magdalenas en bandejitas azules repartidas por todas las mesas. Observa cómo Perdiz se mete en la boca unos buenos pedazos con el tenedor. Lyda piensa que le va a dar algo comiendo tanto, con lo poco acostumbrados que están. Ella prefiere picotear su dulce, saborearlo, para que dure.

Hace un nuevo intento por iniciar una conversación, aunque esta vez habla sobre la clase de plástica, su favorita.

—Han elegido mi pájaro de alambre para la próxima exposición de la galería del Salón de los Fundadores, una muestra de estudiantes. ¿Tú tienes clase de plástica? Según tengo entendido, a los chicos no os dejan escoger plástica, a no ser que tenga aplicaciones prácticas, como en ciencias. ¿Es verdad?

—Yo doy clases de arte. Se nos permite dar algo de cultura. Pero, en realidad, ¿para qué íbamos a querer nosotros hacer un pájaro de alambre? —pregunta sin mucho tacto. Acto seguido se recuesta en su silla y se cruza de brazos.

—¿Qué pasa? ¿He dicho algo malo? —pregunta Lyda. Perdiz parece enfadado con ella. Entonces, ¿para qué le ha pedido salir?

—Ya no importa —le responde él, como si ciertamente hubiese dicho algo malo y la estuviese castigando por ello.

Lyda hunde el tenedor en la magdalena.

71

—Mira, no sé qué es lo que te pasa, pero si tienes algún problema me lo puedes contar.

—¿Eso es lo que te gusta? ¿Hurgar en los problemas de la gente? ¿A eso te dedicas?, ¿a buscarle pacientes a tu madre?

La madre de Lyda trabaja en el centro de rehabilitación al que mandan a los alumnos cuando tienen problemas de adaptación mental. De vez en cuando alguno de ellos regresa pero, por lo general, no se les vuelve a ver.

A Lyda le duele la acusación.

—No sé por qué tienes que tratarme así, pensaba que eras una buena persona.

No quiere irse enfadada pero sabe que tiene que hacerlo, le acaba de decir que es mala persona. ¿Qué puede hacer, si no? Tira la servilleta y se dirige hacia la ponchera. Se niega a mirar atrás.

Perdiz

Cuchillo

*P*erdiz se siente culpable antes incluso de que Lyda se vaya, aunque también aliviado. Lo que ha hecho forma parte del plan: quiere la llave que lleva la chica en el bolso. Se ha comportado como un capullo con la esperanza de que ella se levantase y se fuese sin cogerlo. Pero ha estado a punto de pedirle perdón varias veces; le ha resultado más duro de lo que creía. Es más guapa de lo que recordaba —con esa naricilla respingona, las pecas y los ojos azules— y no estaba preparado para eso. No le había pedido ser su acompañante porque fuese guapa.

Mueve las manos por detrás de la espalda, saca el llavero con las llaves del bolso de la chica y se lo mete en el bolsillo de la chaqueta. Retira la silla con fuerza, como si estuviese enfadado y todo formase parte de la pelea, y sale apresurado en dirección al baño, que está al fondo del pasillo.

—¡Perdiz! —Es Glassings, que lleva pajarita.

—Va usted de punta en blanco —le dice Perdiz intentando sonar lo más natural posible. Glassings le cae bien.

—He venido acompañado —le dice el profesor.

—¿En serio?

—¿Tanto cuesta creerlo? —pregunta Glassings poniendo cara de pena, pero está de broma.

—Con esa pajarita todo es posible —replica Perdiz.

Glassings es el único profesor con el que puede bromear así…, tal vez incluso el único adulto. Desde luego con su padre no puede. ¿Y si fuese hijo de Glassings? La idea revolotea por la mente de Perdiz. Le contaría la verdad; de hecho, se lo quiere contar todo, pero mañana a estas horas ya se habrá ido.

—¿Piensa bailar esta noche? —le pregunta Perdiz sin poder mirarlo a los ojos.

—Claro. ¿Estás bien?

—Muy bien —responde sin saber muy bien qué ha hecho para disparar las alarmas de Glassings—. Solo un poco nervioso, no sé bailar muy bien que digamos.

—En eso no te puedo ayudar. Soy un patoso de campeonato. —En ese punto la conversación se estanca por un momento. Acto seguido el profesor finge ponerle bien la corbata y el cuello a Perdiz al tiempo que le susurra—: Sé lo que te reconcome, pero no pasa nada.

—¿Que sabe lo que me reconcome? —repite Perdiz en un esfuerzo por parecer inocente.

Glassings lo mira fijamente y le dice:

—Venga, Perdiz, que no me chupo el dedo.

El chico se siente mareado. ¿Tan descarado ha sido? ¿Quién más conoce sus planes?

—Has robado las cosas de la caja de tu madre de los Archivos de Seres Queridos. —Glassings relaja el gesto y le sonríe—. Es normal, quieres recuperar una parte de ella. Yo también me llevé algo de las cajas.

Perdiz se mira los zapatos. Las cosas de su madre, conque se trata de eso… Cambia el peso de pierna y dice:

—Lo siento, no era mi intención, fue un impulso.

—Tranquilo, no se lo contaré a nadie —le dice en voz baja el profesor—. Si alguna vez quieres hablar, ven a verme.

Perdiz asiente.

—No estás solo —susurra Glassings.

—Gracias.

El profesor se le acerca aún más y le dice:

—No te vendría mal juntarte con Arvin Weed. Ha hecho progresos en el laboratorio, está dando grandes pasos, la verdad. Es un chico listo y llegará lejos. No es que quiera escogerte los amigos, pero Arvin está hecho de buena pasta.

—Lo tendré en cuenta.

Glassings le da un puñetazo amistoso en el hombro y se aleja. Perdiz se queda allí parado un minuto, con la sensación de haber desbarrado, aunque no es así; solo ha sido una falsa alarma. Se dice que tiene que concentrarse. Finge que ha perdido algo, se palpa los bolsillos de la chaqueta —donde tiene guardadas las llaves— y los del pantalón y luego sacude la cabeza. ¿Lo está mirando alguien? Al cabo, dobla por el primer pasillo en penumbra, por donde se vuelve a las habitaciones. Sin embargo, nada más torcer la esquina, cambia de nuevo de dirección, hacia la puerta del Salón de los Fundadores, donde saca las llaves de Lyda, escoge la más grande y la mete en la cerradura.

El Salón de los Fundadores es el principal espacio expositivo de la Cúpula, donde esos días hay una muestra de hogar. Perdiz saca su bolígrafo-linterna y desplaza el haz sobre unas cucharas metálicas para medir, un pequeño temporizador blanco y platos con los bordes muy elaborados. Lyda es la encargada de la muestra de hogar; por eso la abordó, fue un movimiento calculado para conseguir las llaves, aunque suena peor de lo que es. Perdiz se recuerda que nadie es perfecto; ni siquiera Lyda. ¿Por qué había aceptado ella? Probablemente porque es hijo de Willux. Esa circunstancia había empañado todas y cada una de sus relaciones personales. Al haberse criado en la Cúpula, nunca ha estado seguro de si le cae bien a la gente por sí mismo o por su apellido.

75

La luz recae sobre una fila de objetos destellantes: el estuche de los cuchillos. Va hasta allí a toda prisa, pasa los dedos por el cierre y acerca el llavero de Lyda, que repiquetea en la oscuridad. El ruido de las llaves retumba en su cabeza por culpa de la codificación, resuenan como campanas muy agudas. Prueba una llave tras otra hasta que una entra. Acto seguido la hace girar con un leve chasquido y levanta la tapa de cristal.

Y entonces escucha la voz de Lyda:

—¿Qué estás haciendo?

Vuelve la vista y ve el suave perfil de su vestido, su silueta.

—Nada.

La chica pulsa el interruptor de la luz y se encienden los apliques de la pared, que no iluminan mucho. Parpadea hasta que los ojos se adaptan a la luz.

—¿Quiero saberlo?

—No lo creo.

Lyda mira hacia atrás, hacia la puerta.

—Miraré para otro lado y contaré hasta veinte —le dice clavándole la mirada, como si le estuviese confiando algo. Perdiz, de pronto, también quiere confesarse. Está muy hermosa: la cintura entallada del vestido, el brillo de los ojos, el delicado arco rojo de sus labios. Confía en ella movido por un impulso que no es capaz de explicar.

El chico asiente y ella se da la vuelta y empieza a contar.

El estuche está tapizado con un suave tejido aterciopelado y el cuchillo tiene el mango de madera. Pasa el dedo por la hoja… está menos afilada de lo que le gustaría, pero servirá.

Se mete el cuchillo entre el cinturón y el pantalón, escondido bajo la americana. Cierra el estuche con llave y se dirige hacia la puerta.

—Vamos —le dice a Lyda.

La chica se lo queda mirando un segundo en la tenue luz y él se pregunta si lo interrogará. Pero no es así. Lyda se reúne con él y apaga la luz sumiendo la habitación en la oscuridad. El chico le tiende las llaves y sus manos se rozan. Cuando ambos salen, ella cierra la puerta.

—Actuemos como la gente normal —le sugiere Perdiz mientras recorren el pasillo—, así nadie sospechará.

Lyda asiente:

—Vale.

Perdiz desliza la mano en la de ella. Así actúa la gente normal: se coge de la mano.

Cuando regresan al comedor engalanado, Perdiz se siente distinto, como otra persona. Solo está de paso, se va, todo eso no durará ya. Su vida está a punto de cambiar.

Bajo las falsas estrellas doradas del techo, se adelantan hasta el centro de la pista, donde se mece el resto de parejas. Lyda se le acerca y entrelaza los dedos en su nuca mientras él le rodea la cintura con las manos. La seda del vestido es suave. Perdiz, que es más alto que ella, baja la cabeza para estar más cerca. A la chica le huele el pelo a miel y tiene la piel caliente, tal vez ruborizada. Cuando acaba la canción hace ademán de apartarse pero se detiene cuando están cara a cara. Lyda se alza de puntillas y lo besa. Sus labios son suaves. Huele su perfume de flores y le responde al beso al tiempo que sube un poco las manos por los costados de la chica. Y entonces, como si acabase de darse cuenta de que están en una sala llena de gente, Lyda se aparta y mira a su alrededor.

Glassings da cuenta de un plato de dulces y vuelve a por más. La señorita Pearl está junto a la puerta, ociosa.

—Es tarde —dice Lyda.

—Una canción más —le ruega Perdiz.

La chica asiente.

Esta vez la coge de la mano, la alza a su hombro e inclina la cabeza hasta que roza la de ella. Cierra los ojos porque no quiere recordar lo que ve, sino lo que siente.

Pressia

Regalos

*E*n la mañana de su decimosexto cumpleaños Pressia se despierta en el armario tras una mala noche. Oye la voz de Bradwell preguntándole si ha cumplido ya los dieciséis. Y ahora sí que sí. Aún siente el tacto de las letras al pasar el dedo por su nombre impreso en la lista oficial.

Podría quedarse en el armario a oscuras todo el día, cerrar los ojos y fingir que es una mota de ceniza que flota muy alto en el cielo y que simplemente está mirando hacia abajo, a una niña en un armario. Intenta imaginarlo pero entonces la distrae la tos carrasposa del abuelo y vuelve a su cuerpo, a su columna contra la madera, a los hombros encogidos, al puño de cabeza de muñeca encajado bajo la barbilla.

Es su cumpleaños, no hay vuelta de hoja. Sale del armario y ve al abuelo sentado a la mesa.

—¡Buenos días!

Tiene dos paquetes ante él. Uno es solo un cuadrado de papel puesto encima de un pequeño montículo coronado por una flor, una campanilla amarilla tiznada de ceniza. El otro es algo enrollado y envuelto en un trozo de tela atado con un cordel que termina en un lazo. Pressia deja atrás los regalos y va a la jaula de *Freedle*, donde mete los dedos entre los barrotes. La cigarra bate sus alas metálicas, que resuenan contra la jaula.

—No tenías por qué comprarme regalos.

—Por supuesto que sí —responde el abuelo.

No quiere ni cumpleaños ni regalos.

—No me hace falta nada.

—Pressia —susurró el anciano—, tenemos que celebrar lo poco que podamos.

—Este no. Este cumple no.

—Este regalo es mío —le dice el abuelo señalándole el que tiene la flor encima—. Y este otro me lo he encontrado esta mañana en la puerta.

—¿En la puerta?

Quien quiera averiguar cuándo es su cumpleaños lo tiene fácil: está escrito en las listas que empapelan la ciudad. Pero Pressia no tiene muchos amigos. Cuando los supervivientes llegan a los dieciséis los lazos se rompen: todos saben que tendrán que valerse por sí mismos. En las semanas que precedieron a la desaparición de Gorse y Fandra, esta última se mostró fría con Pressia, quiso cortar los lazos antes de tener que despedirse. Por entonces Pressia no lo entendió pero ahora sí que lo comprende.

El abuelo gira el regalo y deja al descubierto unos garabatos en la tela. Pressia va a la mesa, se sienta en la silla de enfrente y lee lo que pone: «Para ti, Pressia». Y lo firma «Bradwell».

—¿Bradwell? —pregunta el abuelo—. Yo lo conozco, una vez lo cosí. ¿De qué te conoce a ti?

79

—No me conoce —replica Pressia.

«¿Por qué me hará un regalo? —se pregunta—. Cree que soy de esa clase de gente que desea que todo vuelva a ser como era, que regrese el Antes, de los que adoran la Cúpula. ¿Y qué tiene de malo? ¿No es eso lo que cualquier persona normal querría?» Siente un extraño calor, una rabia que se expande por debajo de las costillas. Piensa en la cara de Bradwell, en las dos cicatrices, en la quemadura, en cómo se le humedecen los ojos y luego los entorna para volver a parecer duro.

Ignora su regalo y, en cambio, coge el del abuelo.

—Quería decirte que me hubiese gustado que fuese algo bonito —se excusó el abuelo—. Te mereces cosas bonitas.

—No pasa nada.

—Anda, venga, ábrelo.

La chica se inclina sobre la mesa, aprieta el paquete y lo coge entre aspavientos. Le encantan los regalos, aunque le dé vergüenza admitirlo. Desenvuelve un par de zapatos, un cuero grueso extendido sobre madera pulida.

—Zuecos —le informa el abuelo—. Los inventaron los holandeses, como los molinos de viento.

—Yo pensaba que los molinos eran para el grano. Y para el papel. Pero ¿para el viento?

—Tenían forma de faros —le dijo el abuelo, que también le había explicado lo que era un faro. De pequeño había vivido rodeado de barcos—. Pero en lugar de una luz tenían aspas, ventiladores para convertir el viento en fuerza. Hubo un tiempo en que se puso de moda utilizarlos para generar energía.

«¿Quién querría moler viento? —se pregunta—. ¿Y a quién se le ocurriría llamar "zueco" a un zapato? Como si hablases en sueco al ponértelos.»

—Pruébatelos —la anima el abuelo.

La chica pone los zuecos en el suelo y desliza los pies en las oquedades de madera. El cuero todavía está rígido y, al incorporarse, se percata de que las suelas de madera la hacen más alta. No quiere ser más alta; quiere ser bajita y pequeña. El abuelo ha sustituido los zapatos gastados de Pressia por unos nuevos que dan la impresión de no gastarse nunca. ¿Cree el anciano que vendrán pronto a por ella? ¿Cree que huirá con esos zapatos puestos? ¿Adónde? ¿A los escombrales? ¿A los fundizales, a las esteranías? ¿Qué hay después de eso? Se habla de vagones de tren volcados, de vías, de túneles excavados, grandes fábricas, parques de atracciones —no solo existía Disney World—, zoológicos, museos y estadios. También había puentes en otros tiempos; antes se cruzaba un río que supuestamente hay más al oeste. ¿Habrá desaparecido todo?

—Cuando tenías dos años alquilaron un poni para tu fiesta de cumpleaños —le cuenta el abuelo.

—¿Un poni? —se extraña Pressia mientras traquetea por el suelo con los pesados zapatos, como si también ella tuviese cascos.

Lleva pantalones y calcetines de punto y un jersey. La lana con la que se hace la ropa proviene de las ovejas de los pastores de las afueras de la ciudad, donde surgen de la tierra unas pequeñas franjas de hierba espinosa y unas hileras de árboles que lindan con territorio de la ORS. Algunos supervivientes cazan allí nuevas especies, cosas con alas y bichos peludos que arañan los bulbos y las raíces y se alimentan los unos de los otros. A algunas de las ovejas apenas se las puede llamar así, pero por muy deformes que sean, por muy retorcidos o llenos de pinchos que tengan los cuernos y por mucho que su carne no sea comestible, dan buena lana. Hay supervivientes que la han convertido en su forma de vida.

—¿Un poni para qué? —pregunta—. ¿Dónde metieron un poni?

—Daba vueltas por el jardín de atrás y los niños se montaban.

Es la primera vez que oye lo del poni. El abuelo le ha contado muchas historias sobre sus cumpleaños: tartas heladas, piñatas, globos de agua. ¿De dónde se habrá sacado todo eso?

—¿Mis padres alquilaron un poni para que diese vueltas?

—Para Pressia son unos completos desconocidos; el mínimo asomo de ellos despierta en ella una especie de hambre insaciable.

El abuelo asiente, pero de pronto parece cansado, muy viejo.

—A veces me alegro de que no vivan para ver esto.

Pressia no dice nada, aunque las palabras la queman por dentro. Ella sí quiere que sus padres vivan. Intenta retener en la cabeza ciertos momentos de su vida para poder contárselos algún día, por si acaso. Y por mucho que sepa que están muertos, no puede evitarlo. Incluso ahora mismo está pensando que les contará lo de hoy, los zuecos y la charla sobre los molinos de viento. Y si alguna vez vuelve a verlos, aunque sabe que no será el caso, les hará muchas preguntas y ellos le contarán historias. Les preguntará por lo del poni. Desea que de algún modo la estén vigilando, que estén viéndolo todo, igual que algunas religiones que creen en el Cielo y en que el alma no muere. De vez en cuando casi siente que la observan... ¿será su madre o su padre? No lo tiene claro. Y tampoco se lo puede confesar a nadie, pero la consuela.

—¿Y este otro regalo, el de Bradwell? —El tono del abuelo es entre burlón y suspicaz; nunca antes se lo ha oído.

—Será algo tonto o cruel. Puede ser muy cruel.

—Bueno, ¿lo vas a abrir o no?

Parte de ella no quiere hacerlo, pero eso no haría sino darle al regalo más importancia de la cuenta. Para zanjar el tema le pega un tirón al cordel del lazo, que se desata y cae sobre la mesa. La chica lleva la cuerdecilla a la jaula de *Freedle* y la mete por los barrotes. A la cigarra le gusta juguetear con cosas pequeñas, o al menos le gustaba cuando era más joven.

—A por él.

El insecto fija los ojos en el cordel y bate las alas.

Pressia vuelve a la mesa, se sienta y desenrolla el trapo.

Es un recorte, el que había visto en el baúl de Bradwell y le había fascinado, ese de la gente con las gafas de colores en un cine comiendo algo de unos cubiletes de cartón de colores, el que hizo que le temblasen las manos sin saber por qué, el que estaba mirando cuando él le dijo que conocía a las de su clase. A Pressia le late con fuerza el corazón y se ha quedado sin aliento. ¿Es un regalo cruel? ¿Lo hace para reírse de ella?

Tiene que tranquilizarse; es solo un papel, se dice para sus adentros.

Pero no es solo un papel. Existía en los tiempos en que tenía una madre y un padre y daba vueltas a lomos de un poni en el jardín de su casa. Toca la mejilla de alguien que ríe en la sala. Bradwell tenía razón, después de todo: es de esa clase. ¿Por eso le ha hecho ese regalo? Pues vale, eso es lo que quiere y nunca tendrá: que vuelva el Antes. ¿Por qué no envidiar a la gente de la Cúpula? ¿Por qué no desear estar en cualquier otra parte menos allí? No le importaría ponerse unas gafas 3D en una sala de cine y comer de cajas acompañada de su guapa madre y su padre contable. No le importaría tener un perro con un sombrerito de fiesta y un coche con un lazo o una cinta de medir. ¿Tan malo es?

—El cine —dice el abuelo—. Mira eso, gafas 3D. Me acuerdo de ver películas así cuando era joven.

—Es tan real —comenta Pressia—. ¿No sería bonito si…?

—Este es el mundo en el que vivimos —la interrumpe el abuelo.

—Ya lo sé —replica Pressia, que se queda mirando a *Freedle* en su jaula, al viejo y herrumbroso *Freedle*. Se levanta sin llevarse la foto y se queda mirando la fila de creaciones que adornan la repisa de la ventana. Por primera vez le parecen infantiles. Ahora tiene dieciséis años. ¿Qué hace con juguetes? Los contempla unos instantes y luego mira la imagen de la revista, las gafas 3D, las butacas de terciopelo. En comparación con aquel mundo resplandeciente, sus pequeñas mariposas parecen mustias. Juguetes… por llamarlos de alguna manera. Coge una de las más nuevas y se la pone sobre la palma. Le da cuerda y deja que mueva las alas con un ruidoso claqueteo. Devuelve la mariposa a su sitio y lleva la mano buena contra el cristal cuarteado de la ventana.

83

Perdiz

3 minutos y 42 segundos

*H*asta un tiempo después de la excursión con Glassings a los Archivos de Seres Queridos, Perdiz no supo cómo acceder al sistema de filtrado. Más tarde, sin embargo, se dio cuenta de que uno de los puntos de acceso al sistema estaba comunicado con el centro donde todos los chicos de su curso acudían a sesiones semanales de codificación en los moldes de momia.

Así es como lo ha planeado.

Cuando suena la campana por la mañana va a formar con la mochila a la espalda, donde lleva las cosas de su madre, un frasco de soja texturizada, un par de botellas de agua y el cuchillo que robó de la exposición de hogar. A pesar de que hace algo de calor, lleva puestas una sudadera con capucha y una bufanda.

Como es habitual, llevan a los chicos en el monorraíl, donde se mantiene apartado del rebaño. En realidad nunca ha tenido muchos amigos en la academia: Hastings supone la excepción, no la regla. Perdiz era demasiado famoso cuando llegó, por su padre y por su hermano mayor, pero luego Sedge se suicidó y la fama de Perdiz cambió de cariz. Todo acercamiento se vio sustituido por miradas de compasión y caras de «¡arriba ese ánimo!», al menos, por amagos de ello.

Ahora se abre paso por el rebaño y se sienta entre Hastings, que suele dormir durante todo el trayecto, y Arvin Weed, que siempre está leyendo algún archivo científico en su portátil (cosas que no se dan en ciencias y nunca se darán: nanotecnología, biomedicina, neurociencia…). Si le das cancha, se te pone a hablar sin parar sobre células autogeneradas, fuerza sináptica o placas cerebrales. Como se pasa la mayor parte del tiempo en el laboratorio de ciencias de la escuela —«haciendo progresos, dando grandes pasos; es de buena pasta, llegará lejos», en palabras de Glassings—, Arvin es prácticamente invisible, incluso delante de todos. Mientras este va hojeando un documento tras otro, Hastings ya ha hecho una bola con la chaqueta para usarla de almohada.

Perdiz, en cambio, no ha pasado desapercibido. Vic Wellingsly, uno del rebaño, le grita desde el otro lado del vagón:

—¿Qué pasa, Perdiz? Me han dicho que hoy te van a anestesiar. ¿Te van a poner una tictac o qué?

Perdiz mira a Hastings, que le devuelve la mirada con los ojos muy abiertos y luego fulmina a Wellingsly.

—¿Qué? —dice Wellingsly—. ¿Se supone que no tenía que decir nada? Como si no lo supiese ya todo el mundo...

—Perdona —susurra Hastings a Perdiz al tiempo que se aparta el pelo de los ojos. Siempre está buscando congraciarse con el rebaño. A Perdiz no le extraña que haya cambiado esa información por un poco de reconocimiento, aunque le fastidia.

—¿Y bien? —prosigue Wellingsly—. ¿Tic, tac, tic, tac?

Perdiz sacude la cabeza y contesta:

—No es nada, lo de siempre. Sin más historia.

—Imaginaos a Perdiz con una tictac —interviene uno de los gemelos Elmsford—. Pulsarían el botón para librarlo de su sufrimiento. ¡Eutanasia pura y dura!

El rebaño ríe.

Arvin alza la vista del libro como si, por un momento, se estuviese planteando salir en defensa de Perdiz, pero luego se arrellana en su asiento y prosigue con la lectura. Hastings cierra los ojos y hace como que duerme. El otro Elmsford comenta:

—¡La cabeza de Perdiz es un melón-bomba!

—Salpicando el vestido de Lyda Mertz —dice Vic—. ¡Perdona, Lyda, el pobre Perdiz se ha excitado más de la cuenta!

—¡A Lyda la dejáis en paz! —salta Perdiz, con un tono más serio del que pretendía.

—¿O qué? Sabes que estoy deseando darte un escarmiento.

—¿Ah, sí? ¿De verdad? —lo desafía Perdiz, y todo el mundo sabe lo que quiere decir: «¿Le vas a pegar al hijo de Wi-

85

llux? ¿Crees que es muy inteligente por tu parte?» Se odia al instante por haberlo dicho, pero le ha salido así sin más. Odia ser el hijo de Willux: hace de él un blanco en la misma medida en que lo protege.

Vic no dice nada y el vagón se sume en el silencio. Perdiz se pregunta si rememorarán este momento cuando haya huido o esté muerto… depende de cómo vayan las cosas. Tiene que pasar por varios tramos de ventiladores. Puede acabar hecho picadillo, un melón bien troceado. ¿Qué pensarían de él entonces?, ¿que era un cobarde que había muerto intentando huir?, ¿que era defectuoso, como Sedge?

Mira por la ventana, al paisaje cambiante: las pistas de deporte, los muros de piedra de la academia, las altas casas apiladas unas sobre otras, los recintos comerciales, los edificios de oficinas y, más allá, las cosechadoras automáticas que trabajan los campos… hasta que entran en la oscuridad del túnel. Se imagina a los miserables enfermos, la tierra y el agua envenenadas, las ruinas. No morirá ahí fuera, ¿verdad? Es un riesgo que tiene que asumir. Aquí no puede quedarse sabiendo que tal vez su madre esté viva, que si se queda lo modificarán hasta la médula y nunca llegará a recordar del todo.

Como si alguien le hubiese dado al interruptor de la luz, el vagón se queda a oscuras antes de que salten las luces automáticas. Los lleva directos al corazón del centro de codificación. Los frenos chirrían y los chicos se tambalean por un momento pero, en cuanto se detiene, se ponen todos en pie.

Por los pasillos van en silencio, solo se intercambian algunos «hasta luego» a media voz.

Perdiz coge a Hastings antes de separarse y le dice:

—Eh, no puedes hacer esas cosas.

—Lo siento —se disculpa Hastings—. No tendría que habérselo dicho. Es un bocazas.

—No, no te lo digo por mí. Es por ti. Algún día vas a tener que plantarles cara.

—A lo mejor.

—Podrás hacerlo, estoy convencido. —Perdiz se siente mal por dejar colgado a Hastings; su compañero se quedará un poco desorientado sin él. Y no quiere que caiga en el rebaño, donde se convertiría en el hazmerreír de todos—. Igual hoy no voy a la cena, me quedaré estudiando. Ve con Arvin Weed, siéntate en su mesa, ¿vale?

—¿Pretendes organizar mi vida social o algo?

—Tú hazlo, ¿vale? Recuerda lo que te he dicho.

—Estás un poco raro.

—No sé de qué hablas.

Dos escoltas los recogen y los llevan en direcciones opuestas.

—Te veo luego, rarito —se despide Hastings.

—Adiós —le dice Perdiz.

Lo conducen a un pequeño cuarto blanco sin ventanas. El molde de momia está sobre la camilla, impecable y con bisagras en un lateral para que Perdiz pueda meterse dentro. Por encima y a los lados hay instrumental —brazos robóticos, tenazas, tubos de aspiración—, todo en cromo resplandeciente, recién pulido. Un escritorio con un ordenador y una silla con ruedas ocupan una de las esquinas; el tablero está adornado por un jarrón con una flor falsa en el borde. «¿Un recordatorio del hogar o la naturaleza?», se pregunta Perdiz. Por lo general ese tipo de detalles no son corrientes en la Cúpula.

Y de repente Perdiz empieza a arrepentirse: no hay necesidad de pasar por todo eso. Nadie tiene por qué enterarse: puede ir a cenar con Hastings y pedirle a Lyda que le ayude a devolver el cuchillo. Se acuerda del tacto de su cintura estrecha y de sus costillas al pasar las manos por el vestido de seda mientras la besaba. Le encantaría volver a oler su pelo de miel.

Alguien ha tenido que notar la ausencia del cuchillo, algún profesor o conserje. Es perfectamente posible que estén interrogando en ese mismo instante a Lyda en el despacho del director. Si lo pillan, su padre se pondrá furioso. Puede que lo expulsen de la academia y lo envíen al centro de rehabilitación para que hable con alguien como la madre de Lyda, la señora Mertz. ¿Y la chica? También se metería en problemas si lo pillasen. Tendrá que contarles cómo consiguió entrar en la sala de exposiciones.

En Glassings podía confiar. Pero ¿qué haría su profesor? Lo llevaría a la biblioteca, donde mantendrían una conversación secreta, tal vez con la ayuda de cuadraditos de papel y lápices enanos. Glassings sudaría, como de costumbre, y se enjugaría las gotitas que le perlarían la frente hacia las entradas. Sin duda le aconsejaría que no hablase. Se portaría bien con él.

Ahí está su horma, esperándolo, un molde perfecto de su cuerpo. Le sorprende lo grande que es; hace tan solo unos años era el más bajo de la clase, y también bastante fofo. Pero el molde es tan largo y delgado que parece de otra persona, de alguien mayor, más de la edad de Sedge. Si su hermano viviese aún, ¿sería Perdiz más alto que él? Nunca lo sabrá.

Quiere echarse atrás pero ya es demasiado tarde.

Solo tiene unos minutos antes de que aparezca el técnico. Sale aire frío por la rejilla de ventilación. Coge la silla con ruedas y la pone debajo del conducto. Se sube con la esperanza de que aguante, desatornilla la tapa y la empuja hacia arriba. Se alza rápidamente, doblando las manos por el marco de metal, y luego, tras empujar la silla hacia su sitio con el pie, trepa al conducto oscuro. A gatas, vuelve a colocar la tapa en el agujero. No engañará a nadie mucho tiempo pero tal vez gane unos minutos.

Los conductos están más oscuros de lo que esperaba, y también hay más ruido. El sistema está encendido y vibra como un descosido. Gatea todo lo rápido que puede. Tiene que haber llegado al primer tramo de filtros para cuando se detenga el sistema. Llegado a ese punto solo tendrá tres minutos y cuarenta y dos segundos de cuenta atrás para pasar por ese primer tramo y su fila de ventiladores y luego por la segunda barrera de filtros. Para salir al mundo tendrá que abrirse camino con el cuchillo. Eso si llega a tiempo y las aspas no lo han hecho picadillo para entonces.

Según indican los planos, si va gateando por la red de conductos, llega al gran túnel de purificación del aire. De pie casi roza el techo con la cabeza. La lámina de metal está perfectamente redondeada y le viene a la cabeza la palabra «hojalata»; pero siempre le ha parecido raro ese concepto: ¿cómo pueden ser de lata las hojas de los árboles?

Justo enfrente tiene el primer tramo de filtros rosas, muy tensos, como una densa cortina fija que le bloquea el camino. A Perdiz le sorprende que los filtros sean tan rosas, de color lengua, y que todo esté tan iluminado. Se pregunta por qué. ¿Cuestiones de mantenimiento?

Saca el cuchillo de cocina y se acuerda de Lyda, de su voz contando hasta veinte, despacio, en la sala medio a oscuras, y de sí mismo pasando los dedos por la hoja. Empieza a serrar los filtros. Las fibras son recias, de hilos gruesos, como los nervios de la carne. Comienzan a ceder y se desprenden partículas que giran y suben, lo que hace que le venga a la cabeza otro recuerdo de su infancia, aunque no sabe qué: ¿algo parecido a la nieve?

Perdiz ha oído que las fibras tienen pinchos y que se te pueden meter en los pulmones y causarte una infección. No sabe qué hay de cierto en todo eso. Ha acabado por desconfiar de todo lo que le han presentado por hecho. Pero tampoco quiere correr riesgos innecesarios, de modo que se sube la bufanda y se la ata por encima de la boca.

Cuando ya ha perforado lo suficiente el filtro se cuela por el agujero. Con la sudadera llena ahora de polvo rosa ve la serie de ventiladores monstruosos que tiene ante él, con las aspas afiladas e inmóviles.

Corre hacia el primer ventilador y, sin tocarlas, encuentra un triángulo entre las aspas por el que se cuela, pero le resbalan las botas en el suelo deslizante y se cae sobre un costado, con un porrazo que reverbera por los conductos, todo por culpa de la torpeza producida por la codificación. Se pone rápidamente en pie y pasa por el siguiente ventilador y el otro, cogiendo ritmo. ¿Se habrá dado cuenta ya el técnico de que el molde de su cuerpo está vacío? ¿Habrá dado alguien la voz de alarma? ¿Estarán las Fuerzas Especiales sobre aviso? Perdiz sabe que en cuanto se corra la voz de que el hijo de Willux —su único hijo vivo— ha desaparecido, la búsqueda no tendrá fin.

Cada vez avanza más rápido de un ventilador a otro, como en una carrera de obstáculos. Se acuerda de un jardín, posiblemente el de su propia casa cuando era niño, o quizás el de otra persona. Había un césped verde con briznas de hierba que se podían arrancar de la tierra, árboles con troncos que no estaban alisados ni pulidos… y hasta un perro. Su hermano mayor y otra persona, una chica alta, construyeron un recorrido con cuerdas que tenían que esquivar y saltar con una pelota en la mano que al final del todo lanzaban a un cubo. Había latas de

refresco con pajitas. El cuello de estas era como un pequeño
acordeón y se doblaban para llevárselas a la boca.

De pronto siente que le pesa mucho la cabeza y que el
cuerpo se le va. Se sujeta en una de las aspas, pero está muy
afilada y le sale sangre. Las gotas caen al suelo. Solo ha san-
grado un par de veces en su vida: en la consulta del dentista,
por ejemplo, una vez que las máquinas estaban muy fuertes y
la espuma de la boca se le volvió rosa. La visión se le estrecha
hasta un puntito blanco de luz y luego vuelve del todo.

Mira el reloj: le quedan treinta y dos segundos y once
ventiladores más. Le sorprende pensar que puede que no lo
consiga, que tal vez muera hecho picadillo y que, como ha
cortado los filtros, su cuerpo será expulsado y su sangre
arrastrada por la fuerte corriente de aire junto con el resto de
fibras más pequeñas, que se volverán rojas de la sangre. Los
operarios tendrán que cerrarlo todo. Alguna gente tendrá que
ser reubicada en viviendas temporales. Difundirán rumores y
encubrirán la historia verdadera; no dirán ni una palabra sobre el problema con el filtrado del aire porque todos darán
por hecho que los miserables se han rebelado y han organi-
zado una guerra bacteriológica. Puede que hasta piensen que
la ORS, ese endeble régimen militar, los ha atacado. Cundirá
el pánico entre las masas y se encargarán de inventar alguna
excusa; en cuanto a Perdiz, algo se les ocurrirá, con suerte alguna historia digna. Pobre Willux; su padre volvería a recibir
tarjetas de pésame… No habría un entierro real, igual que la
otra vez. Nadie quiere ver un cadáver; el hermoso barbarismo
no es plato de buen gusto. El bueno de Willux, pobre hombre,
con su mujer y sus dos hijos muertos: tres cajas en los Archivos de Seres Queridos.

Perdiz avanza deslizándose por el suelo y saltando entre las
aspas. Siente otro arañazo en la mejilla. Oye un traqueteo lejano, el motor. Sortea el penúltimo ventilador y echa a correr.
Ve el último tramo de filtros rosas al final del túnel. Quiere salir, quiere volver a sentirlo todo de nuevo: el viento, el sol…
Encontrar la calle donde vivía, su antigua casa, que seguro que
no está porque voló por los aires, pero aun así. Hay resistencia
en su codificación conductiva. ¿Por qué? ¿Qué tiene que ver
con su madre? Todo ha cambiado desde que encontró las cosas

90

de ella en la caja. Lleva el sobre con sus pertenencias —el colgante de cisne en la cadenita de oro, la tarjeta de cumpleaños, la cajita de música metálica y la foto— metido en una funda de plástico. Lo siente todo contra él, en la espalda.

El ventilador del final se acciona hacia atrás, tan solo un centímetro, y Perdiz se lanza por el último tramo de aspas justo cuando los ventiladores empiezan a rugir a sus espaldas y succionan el viento como un profundo respirar sin fin desde el otro lado de los últimos filtros. La corriente lo arrastra hacia atrás. Así es como siente su memoria, como una inspiración sostenida que lo arrastra hacia el pasado. Se cae al suelo pero apoya los talones y, a cuatro patas, logra apartarse de las aspas. La codificación de su fuerza le está haciendo efecto: siente un arrebato de energía. Cuando llega lo suficientemente cerca extiende el brazo, clava el cuchillo de cocina en los filtros y tira de su cuerpo hacia delante, contra el viento. Las fibras rosas ceden y, al pasar a su lado succionadas por los ventiladores, le viene a la cabeza la palabra «confeti».

91

Pressia

Golpe

*E*s bien entrada la noche y Pressia está trabajando en sus pequeños seres. El abuelo duerme junto a la puerta del callejón, sentado muy recto en su silla de ruedas y con el ladrillo sobre el muslo. Desde que él ha empezado a encargarse de los trueques, ha tenido que hacer más seres para venderlos por menos. Hay días en que está demasiado enfermo para ir al mercado y entonces ambos se sienten inútiles, algo que los dos detestan. Ahora lleva la cuenta del tiempo por el hambre. En las últimas noches ha empezado a comprender que puede morir aquí de una muerte lenta, consumirse en ese armario cubierto de ceniza en un cuartucho lleno de cachivaches. Mira a su abuelo, su muñón lleno de cables, sus tiernos ojos cerrados, el viso de sus quemaduras, el trabajoso subir y bajar del pecho, el leve rumiar de las cenizas en sus pulmones, el ventilador que gira en su garganta. Tiene la cara contraída incluso en sueños.

Ha puesto en la mesa el regalo de Bradwell, la fotografía de la revista y, aunque a veces odia a esa gente con gafas 3D —un feo recordatorio de lo que nunca tendrá—, no se ve capaz de quitar de allí la imagen.

Desde que abrió el regalo ha tenido más recuerdos en breves fogonazos: una pequeña pecera con peces nadando de un lado a otro, el tacto de la lana de la borla del bolso de su madre, esas fibras suaves en su puño, un conducto caliente bajo una mesa que ronroneaba como un gato. Se acuerda de ir sobre lo que debían de ser los hombros de su padre mientras paseaban bajo unos árboles floridos, de que la envolviese en su abrigo cuando se quedaba dormida y la llevase en volandas del coche a la cama. Se acuerda de peinarle el pelo a su madre con un cepillo de púas mientras sonaba una canción en un ordenador portátil: la imagen de una mujer cantando una nana sobre una chica en un porche a la que un muchacho ruega que le coja de la mano para que vaya con él a la Tierra Prometida. Solo la voz de ella, sin ningún instrumento. Debía de ser la nana favorita de su madre porque ponía esa grabación todas las noches cuando Pressia se acostaba. En aquella época se cansó de la canción pero ahora daría casi cualquier cosa por volver a oírla. Su madre olía como a jabón de hierbas, a limpio y a dulce; su padre, a algo más sabroso, como a café. Por alguna razón la fotografía del cine le revuelve la memoria, y echa tanto de menos a sus padres que a veces le falta el aire. Pese a no recordarlos como un todo, se acuerda de sentirse arropada por su madre, de la suavidad de su cuerpo, su pelo sedoso, la dulzura de su esencia, el calor. Cuando su padre la envolvía en su abrigo, se sentía como en un capullo protector.

Piensa en eso mientras sus dedos van pegando mañosamente las alas al armazón de una mariposa, cuando llaman a la puerta. El golpe es seco, el sonido de un solo nudillo. No se oye ningún motor de los camiones de la ORS. ¿Quién puede ser?

93

El abuelo duerme profundamente con unos ronquidos graves y carrasposos. Se levanta y va hasta la puerta de puntillas, aunque los zuecos de origen holandés no son de mucha ayuda. ¿Acaso los holandeses no tenían que andar nunca con sigilo? Pone la mano en el hombro del anciano y lo sacude.

—Hay alguien —le susurra.

Se despierta aturdido al tiempo que suena otro golpe al otro lado de la puerta.

—Al armario —le dice. Han quedado en que ella se esconda en el armario si alguien llama a la puerta; si hace sonar el bastón (pamparapampan, pampán) tiene que escapar por el panel-trampilla. El abuelo le ha explicado que es una especie de cancioncilla. Ese es su santo y seña.

Pressia va corriendo al armario y se mete dentro, aunque dejando una mínima rendija en la puerta para poder ver qué pasa.

El anciano va cojeando hacia la puerta y atisba con cautela por la mirilla que ha abierto en la madera.

—¿Quién es? —pregunta.

Del otro lado llega una voz de mujer. Pressia no logra oír lo que dice pero debe de haber tranquilizado de algún modo al abuelo porque este abre la puerta y la señora entra a toda prisa y sin resuello. Cierra la puerta tras ella.

Pressia ve a la mujer en pequeños destellos: el óxido de los engranajes incrustados en la mejilla, el brillo del metal alojado sobre uno de los ojos. Es delgada y bajita, y tiene los hombros prominentes. Sujeta un trapo ensangrentado contra el codo.

—¡Muertería! —le dice al abuelo de Pressia—. ¡Sin avisar! Y no hace ni un mes de la última. Me he escapado por los pelos.

¿Muertería? No tiene sentido. La ORS siempre anuncia las muerterías, una competición en la que permiten que durante veinticuatro horas los soldados se organicen en tribus y maten a gente, para más tarde llevar los cadáveres a un círculo balizado en campo enemigo y recibir puntos según el número de muertos; los que más consiguen ganan. La ORS lo considera un método para eliminar a los más débiles de la población civil. Anuncian las muerterías unas dos veces al año, pero hace nada hubo una. Precisamente el abuelo de Pressia aprovechó ese día para vaciar los armarios y hacer el panel-trampilla: con las estampidas y la locura de gritos nadie oiría su trabajo de carpintería. Nunca han hecho dos muerterías tan seguidas, y menos sin avisar. Decide que la mujer está loca o en estado de choque.

—¿Seguro que era una muertería? —la interroga el abuelo de Pressia—. Yo no he oído ningún cántico.

—¿Y cómo iba a haberme hecho la herida si no? Estaban al otro lado de los escombrales y se dirigían hacia el oeste, todavía arrasando con fuerza. He venido aquí corriendo en vez de a casa. —Ha venido para que la cosa, pero hace tanto que el abuelo no sutura que tiene que buscar su instrumental, que está al fondo del armario, y desempolvarlo—. ¡Dios santo, vaya día! Primero todo el jaleo de los rumores y luego una muertería. —La mujer se sienta a la mesa y contempla las figurillas de Pressia. Ve la foto y la toca ligeramente con un dedo. La chica siente curiosidad: ¿preguntará algo sobre el recorte? Ojalá hubiese pensado en quitarla de la mesa antes de meterse en el armario—. Habrá oído usted los nuevos rumores que corren, ¿no?

—La verdad es que hoy no he salido. —El anciano se sienta enfrente de la mujer y contempla la carne abierta.

—¿No se ha enterado?

El abuelo sacude la cabeza y se pone a limpiar el instrumental con alcohol. El cuarto se llena del fuerte hedor a antiséptico.

—Un puro —le dice bajando la voz—. Un niño sin cicatrices, sin marcas y sin fusiones. Dicen que era ya mayorcito, un chaval alto y delgado, con el pelo afeitado, rapado.

—No puede ser —replica el abuelo. Eso es lo que piensa también Pressia; a la gente le gusta inventarse historias sobre puros. No es la primera vez que oye algo parecido, y los otros rumores nunca llevaron a nada.

—Lo vieron por los secarrales, pero luego se perdió de vista.

El abuelo se echa a reír, una risa que pronto se convierte en tos. Gira la cabeza y tose hasta jadear.

—¿Está usted en condiciones de hacer esto? —se interesa la señora—. ¿No tendrá los pulmones encharcados?

—Estoy bien. Es el ventilador de la garganta, que acumula mucho polvo y lo tengo que ir expulsando.

—En cualquier caso, no ha sido muy amable por su parte reírse.

El abuelo empieza a coser y la mujer hace una mueca de dolor.

—Pero ¿cuántas veces hemos oído lo mismo?

—Esta vez es distinto —replica la mujer—. No han sido amasoides borrachos, lo han visto tres personas diferentes. Y cada una lo vio e informó del suceso por su cuenta. Dicen que él no las vio y que tampoco quisieron acercársele porque despedía un aura sagrada.

—No son más que rumores, eso es todo.

Se quedan callados un rato mientras el abuelo cose la herida. A la mujer se le tensa la cara y se le cierran los engranajes. El anciano detiene la hemorragia; trabaja rápido, embadurna la herida con alcohol y luego la envuelve.

Cuando el abuelo dice «listo», la mujer se baja la manga de

la camisa y se cubre el vendaje. Acto seguido le tiende una la-
tita de carne y luego saca un fruto del bolso, de un color rojo
vivo pero con la piel gruesa como la de una naranja.

—Es una belleza, ¿no le parece?

Se la da en pago por los servicios prestados.

—Es un placer hacer negocios con usted.

La mujer se detiene entonces para decirle:

—Puede creerme o no, pero ¿sabe lo que le digo? Que si un
puro ha salido, ya sabe lo que hay.

—No, ¿el qué? Dígamelo.

—Pues que si hay una forma de salir tiene que haber también una forma de entrar. —Pressia siente un repelús. La mujer se lleva el dedo a la oreja y añade—: ¿Ha oído eso?

También Pressia oye algo ahora: los cánticos lejanos de la
muertería. ¿Y si la mujer no está loca? Desea que el rumor sobre el puro sea cierto. Sabe que en ocasiones los rumores pueden servir de algo, a veces traen algo de cierto, aunque, por
norma general, no son más que cuentos y mentiras. Este es de
la peor clase, de esos que te engañan y te dan esperanzas.

—Si hay una forma de salir —repite la mujer, esta vez muy
lenta y serenamente—, tiene que haber también una forma de
entrar.

—Nunca vamos a entrar —le contesta el abuelo, impaciente.

—¡Un puro! —prosigue la mujer—. ¡Un puro aquí entre
nosotros!

Y en ese momento todos oyen el traqueteo de un camión
por el callejón. Se quedan quietos y en silencio.

Un perro ladrando como loco en el exterior, un disparo…, y
se acabaron los ladridos. Pressia sabe qué perro era, ha reconocido el ladrido; era un animal que había sufrido muchas palizas
y solo sabía aovillarse asustado o atacar. Siempre había sentido
lástima por él y a veces le daba algo de comer, aunque no directamente de la mano, porque tampoco te podías fiar completamente de él.

Aguanta la respiración. Todo se queda en silencio salvo por
el ruido del camión en el callejón. Mañana por la mañana alguien habrá desaparecido para siempre.

El abuelo golpea el suelo con el bastón: pamparapampan,

pampán. Pressia no está preparada para irse; no quiere dejar al abuelo, que ahora se apresura a volver a su silla, de donde coge el ladrillo.

La mujer se agarra la herida y va hasta la ventana para otear el panorama.

—La ORS —susurra, aterrada.

El abuelo mira hacia donde está su nieta y sus ojos se encuentran por la pequeña rendija de la puerta del armario. Se le acelera la respiración y se le abren los ojos. Perdido, parece perdido...

Paralizada por el miedo, Pressia se pregunta qué será de él sin ella. A lo mejor la ORS viene a por otra persona, se dice. Quizás a por el chico que se llama Arturo, o a por las mellizas que viven en el cobertizo. Aunque no es que quiera que se lleven a las mellizas ni a Arturo, por supuesto. ¿Cómo iba a desearle eso a nadie?

Es incapaz de moverse.

En el callejón oye un grito ahogado y unas botas sobre la acera.

—Aquí no —murmura para sus adentros—. Por favor, aquí no.

Espera oír arrancar el motor, el chasquido del embrague... pero sigue allí, un ronroneo constante en el callejón.

El abuelo vuelve a golpear la punta de goma del bastón, esta vez con más fuerza: ¡pamparapampan, pampán!

Tiene que irse, pero antes dibuja con el dedo un círculo, dos ojos y una boca sonriente en la ceniza acumulada en la puerta del armario. Quiere decir: «Volveré pronto». ¿Lo verá el abuelo; lo entenderá? ¿Y si no regresa pronto? ¿Y si le pasa algo y no puede volver nunca?

La chica toma aire y a continuación empuja con el puño de cabeza de muñeca la trampilla, que cede un poco hasta que se abre de golpe y resuena contra el suelo polvoriento de la barbería. La luz baña el armario.

A Pressia le martillea el corazón en el pecho. Contempla los restos de la barbería en la penumbra; la mayor parte del techo salió volando, de modo que ahora se entrevé el cerrado cielo nocturno. Se siente desamparada al pasar del cálido abrazo del armario al raso.

Solo queda una silla en la barbería, una silla que se gira y que tiene una bomba de pie que la sube y la baja. La repisa de enfrente está también intacta. Tres peines flotan en un tubo de cristal cubierto de polvo y lleno de botes de agua azul turbia, como suspendidos en el tiempo.

Anda a tientas pegada a la pared y pasa por delante de los espejos rotos. Oye otro camión renqueante. Es raro que haya más de uno. Se agacha y aguanta la respiración, inmóvil. Oye una radio en el camión, una versión enlatada de una vieja canción con guitarras estridentes y bajos retumbantes, una que no conoce. Le han contado que cuando se llevan a la gente le atan las manos a la espalda y le ponen cinta en la boca. Pero ¿tienen la radio encendida mientras lo hacen? Por alguna razón esto se le antoja lo peor de todo.

Se agacha aún más y procura no respirar. ¿Vienen solo a por ella, con un camión que bloquea todo el callejón y otro por la calle paralela? Todos los espejos están rotos salvo uno de mano que hay sobre la repisa. Una vez le preguntó al abuelo por los espejos de mano y este le explicó que solían usarse para enseñarles la nuca a los clientes. No entiende para qué iba a querer nadie verse la nuca. ¿Qué necesidad podían tener?

Desde donde está alcanza a ver la Cúpula por encima de la loma, hacia el norte. Es un orbe brillante y resplandeciente salpicado de grandes armas negras, una fortaleza deslumbrante coronada por una cruz que brilla incluso tras el aire impregnado de ceniza. Piensa en el puro, al que en teoría han visto por los secarrales, alto y delgado, con el pelo muy corto. Tiene que ser solo un rumor, no puede ser verdad. ¿Quién va a salir de la Cúpula para ir allí a que lo atrapen?

El camión se pone en marcha y un foco inunda la estancia con su luz. Se queda quieta. El haz recae sobre un fragmento triangular y, por un segundo, mirándolo fijamente, ve sus propios ojos, almendrados como los de su madre japonesa... tan guapa, tan joven... Y las pecas de su padre por encima del puente de la nariz. Y la media luna quemada que le cerca el ojo izquierdo.

Si se va, ¿qué será de *Freedle*? La cigarra no lo resistirá.

La luz pasa de largo y el camión surge y desaparece, las iniciales ORS y una garra negra pintadas en un lateral. Pressia se queda completamente quieta mientras el motor aullante y la canción de la radio se desvanecen en la noche. El primer camión sigue en el callejón. Oye un grito, pero no es la voz de su abuelo.

Escruta el exterior por los grandes huecos donde en otros tiempos estaba la cristalera: está oscuro, hace frío y no hay nadie por la calle. Avanza pegada al muro hasta los restos de la puerta de la calle. Al lado hay un extraño tubo oxidado pintado con espirales azules y rojas descoloridas, partido y combado. El abuelo dice que antes se solía poner en todas las barberías, que es un símbolo que en otros tiempos significó algo. Traspasa el umbral y camina sin apartarse del muro medio en ruinas.

¿Cuál era el plan? Esconderse. La boca de riego que le enseñó el abuelo está a tres manzanas. Él creía que allí estaría segura, pero ¿había acaso algún sitio seguro?

«Bradwell —se dijo Pressia—. El movimiento clandestino.» Todavía tiene el plano doblado que le metió el chico en el bolsillo. Seguro que está en casa, preparando la siguiente clase de Historia Eclipsada. ¿Y si se llega a darle las gracias por el regalo y finge que le ha parecido un detalle muy amable y nada cruel? ¿La acogerá? Aunque le debe un favor al abuelo por lo de los puntos, nunca se le ocurriría plantarse en su casa para pedírselo. Jamás. Con todo, decide intentarlo hasta allí. Fandra no sobrevivió pero su hermano sí.

En el suelo, junto a la puerta, hay una campanilla chamuscada. Le sorprende. La coge pero le falta el badajo y no suena. Puede hacer algo con ella, algún día.

Aprieta la campanilla con tanta fuerza que los bordes se le clavan en la mano.

Perdiz

Pezuña

*P*erdiz oye las ovejas antes de verlas: el roce contra las zarzas oscuras del bosque que tiene enfrente, los balidos erráticos. La forma en que balbucea una de ellas le recuerda a Vic Wellingsly cuando se rio de él en el vagón del monorraíl. Pero eso fue en otro mundo. El sol se ha puesto y todo rastro de calor se ha desvanecido del aire. Está a las afueras de la ciudad, en sus restos calcinados y arrebujados. Huele el humo de las fogatas, oye voces en la distancia, algún grito ocasional. Un puñado de alas se baten sobre su cabeza.

Ha conseguido cruzar la franja de terreno arenoso donde se ha bebido todo el agua y donde en dos ocasiones le ha parecido ver un ojo en la tierra, un parpadeo aislado que se ha perdido rápidamente en la arena. ¿Una alucinación? No está seguro.

Va bordeando el bosque. Si la tierra puede estar tan viva entonces el bosque tiene que ser demasiado peligroso. Asume que ahí es donde viven algunos de los miserables. Piensa en su madre, «la santa», como solía llamarla su padre, y en los miserables a los que en teoría salvó. Si ella sigue viva, ¿vivirán ellos también?

Un gran pájaro de plumaje negro graso cae en picado a poca distancia de su cabeza. Ve el pico puntiagudo como una bisagra retorcida y las garras que se abren y se cierran en el aire. Asombrado, contempla su vuelo hasta que se pierde en el bosque. Piensa en el pájaro de alambres de Lyda en su jaula y le sobrevienen la culpa y el miedo. ¿Dónde está ella ahora? No puede ignorar la sensación de que está en peligro, de que su vida ha cambiado. ¿Le harán unas cuantas preguntas y la dejarán volver a su vida normal? En realidad Lyda no tiene nada que contarles. Le vio llevarse el cuchillo, pero si lo confiesa, parecerá que se está guardando algo, que sabe más de lo que dice. ¿Los vio alguien besarse? En caso afirmativo, eso la hará parecer sospechosa. Recuerda el beso. Le viene a la cabeza una y otra vez, dulce y suave. Lyda olía a flores y a miel.

En ese momento las ovejas aparecen entre los árboles, renqueantes sobre unas pezuñas delgadas y deformes, y Perdiz corre a esconderse entre las zarzas para observarlas. Da por hecho que son salvajes. Van hasta una grieta socavada en la tierra que está llena de agua de lluvia. Tienen lenguas rápidas, casi picudas, algunas brillantes como cuchillas. Su pelaje está lleno de gotas de agua y enredos. Cada ojo va por un lado y los cuernos son grotescos: algunas tienen muchísimos, a veces en fila, como un risco de púas por el lomo del animal, y otros semejan trepadoras, forman espirales, se entrelazan y luego viran cada uno a un lado. Una de las ovejas los tiene hacia atrás, como una melena, y se han fusionado con el espinazo de modo que la cabeza se ha quedado fija en el sitio.

Por muy aterradores que puedan resultarle los animales, Perdiz agradece saber que el agua es potable. Le ha entrado una tos irregular... ¿será por haber aspirado las fibras con púas? ¿O de la ceniza arenosa? Esperará a que las ovejas se alejen y rellenará las botellas.

Pero el rebaño no es salvaje. Un pastor con un brazo sajado y las piernas arqueadas sale a trompicones de la espesura, pegando gritos desagradables y blandiendo un palo afilado. Tiene la cara afeada por las quemaduras y uno de los ojos parece haberse escurrido y asentado en el pómulo. Calza unas bastas botas cubiertas de barro y va arreando a los animales con varazos, mientras produce unos extraños sonidos guturales con la boca. De pronto se le cae el palo y se agacha para cogerlo. Al volver la cara —tensada por las heridas y los verdugones—, clava los ojos en Perdiz. Tuerce el gesto y le dice:

—Eh, tú. ¿Quieres robar? ¿Carne o lana, eh?

Perdiz se tapa la cara con la bufanda, se pone la capucha y sacude la cabeza.

—Solo quiero agua —dice, y avanza hacia la charca.

—Si bebes de ahí se te pudrirá el estómago —le advierte el hombre, cuyos dientes brillan como perlas ennegrecidas—. Ven, anda, yo tengo agua.

Las ovejas y sus grupas grises retroceden hacia el bosque con el pastor en cabeza y Perdiz a la zaga. Los árboles aún están negros pero empieza a surgir algo de verde aquí y allá. Al poco llegan a un cobertizo y a un corral hecho con alambre y estacas adonde el hombre conduce las ovejas; cuando algunas se resisten les atiza en el morro y balan. El corral es tan pequeño que los animales apenas caben; se cubre entero de lana.

—¿A qué huele? —pregunta Perdiz.

—A estiércol, a meado, a roña, a lana podrida. Un poco a muerto. Tengo licor casero. Te puedo vender.

—Solo agua —responde Perdiz, humedeciendo la bufanda con el aliento.

El chico saca una botella de la mochila y se la tiende al hombre, que se queda mirándola un instante. A Perdiz le preocupa que algo en ella haya alertado al pastor, pero este entra en el cobertizo. Perdiz atisba unos segundos por la puerta alabeada y atrancada en el barro: el lustre de animales despellejados que cuelgan de ganchos por las paredes; como no tienen cabeza no puede identificarlos. Aunque tampoco sus cabezas tienen por qué decirle mucho.

Perdiz siente un pinchazo en el brazo. Se da un palmetazo y ve un escarabajo acorazado con unas grandes tenazas. Intenta espantarlo pero parece clavado en la piel, de modo que hunde los dedos y se lo arranca de cuajo.

El hombre regresa con la botella rellena de agua.

—¿De dónde vienes?

—De la ciudad —responde Perdiz—. Tendría que ir volviendo.

—¿De qué parte de la ciudad? —indaga el hombre. Su ojo hundido parpadea por debajo del otro. Perdiz mira por turnos a uno y a otro.

—De las afueras —le dice Perdiz, que se dispone a volver por donde ha venido—. Gracias por el agua.

—Hace poco he sufrido una pérdida —le cuenta el hombre—. Mi mujer, que ha fallecido. Murió hace nada y necesito un par de brazos aquí. Hay trabajo para más de uno.

Perdiz mira las ovejas en el corral. Una de ellas tiene una pezuña con forma de pala, oxidada y dentada. El chico se atrinchera en una esquina.

—No puedo.

—Tú no eres normal, ¿verdad?

Perdiz no se mueve.

—Tengo que volver.

—¿Dónde están tus marcas? ¿A qué estás fusionado? No veo que tengas nada.

El hombre coge la vara y señala con ella a Perdiz, que ahora distingue mejor las cicatrices de la cara del pastor, un amasijo de rasguños.

—Quieto ahí —le dice el hombre lentamente al tiempo que se agacha.

Perdiz se da la vuelta y echa a correr sobre sus propios pasos. Su velocidad se activa, el movimiento de sus brazos y piernas es rápido y estable como el de un pistón. Cuando sale del bosque por donde entraron, tropieza con un tronco no muy grueso y se cae al suelo. Ahí tiene de nuevo el agua de lluvia estancada donde han bebido antes las ovejas. Vuelve la vista hacia el tronco y ve que no es tal, sino una maraña de juncos, algunos verdes y otros marrones anaranjados. Piensa en las cosechadoras que hay cerca de la academia. Aguza el oído para ver si oye al pastor pero no se escucha ningún ruido. Va hasta los juncos y ve el brillo del cable que los mantiene atados; cuando mira con más detenimiento distingue un destello más claro, algo húmedo e inerte. Alarga una mano temblorosa. Se desprende un olor dulzón pero viciado. Aparta los juncos, que están húmedos, casi gomosos, y deja al descubierto una cara humana, con una mejilla grisácea y la otra rojo oscuro, la carne como a la parrilla, la boca amoratada de la falta de aire y de sangre. La mujer del pastor «murió hace nada». Así es como la ha enterrado.

¿Qué parte de ella está húmeda e inerte? Sus ojos, de un luminoso verde oscuro.

103

Lyda

Rehabilitación

*L*a habitación blanca y acolchada está helada. Eso le recuerda a Lyda que en otros tiempos, antes de las Detonaciones, había un envase dentro del gran espacio del frigorífico. Ahora solo existen neveras pequeñas porque la gente come más que nada soja texturizada. Pero la cajita grande de la nevera era donde su madre guardaba las lechugas redondas. ¿Eran demasiado delicadas para el espacio común del frigorífico? Piensa en los bordes rizados de las hojas exteriores, como el dobladillo de una falda.

Su madre ha ido a verla dos veces a título personal. En esas visitas se ha mostrado relativamente tranquila, aunque Lyda podía adivinar su rabia. Se puso a charlar sobre los vecinos y el jardín de la cocina, y en una ocasión, en voz muy baja, le soltó:

—¿Tienes la más remota idea de lo que nos va a costar lo que has hecho? Nadie me mira a la cara.

Pero también la abrazaba, al final de las visitas, brusca y rápidamente.

Hoy su madre vendrá como parte del personal para evaluarla. Entrará como el resto, con la bata blanca y un portátil en la mano, como un escudo delante del pecho, tapando sus senos bien envueltos. Bajo la presión del sostén y la carne adiposa de los pechos hay un corazón. Lyda sabe que está ahí y que late con fuerza.

La estancia es pequeña y cuadrada, con apenas una cama, un váter, un lavabo enano y una ventana falsa que brilla en lo alto de una pared. Recuerda que su madre peleó por esa mejora en los cuidados hace unos años. Llevó el caso ante la junta; al parecer alguien había investigado y había descubierto que la luz del sol era buena para las enfermedades mentales. Aunque, por supuesto, las ventanas con luz natural de verdad eran impensables. Se llegó a un acuerdo y ahora la ventana arroja luz cronometrada por un reloj empotrado en la pared. Lyda no se fía ni del reloj ni de la imagen de la ventana. Cree que manipulan el tiempo mientras duerme porque pasa demasiado rápido; o tal vez sea la medicación para dormir. Cuanto más tiempo pasa confinada, más severamente catalogan su enfermedad mental y sus posibilidades de salir se reducen. Por la mañana tiene que tomarse unas pastillas para despertarse y otras para calmar los nervios, a pesar de que ha insistido en que no tiene ningún problema de nervios. ¿O sí? Dadas las circunstancias, tiene la impresión de que lo lleva bastante bien. Al menos de momento...

Independientemente de que salga o no, la mancha está ahí. ¿Quién la querría casada con algún familiar? Nadie. Y aunque no fuera así, no le permitirían tener hijos. Incapacitada para la repoblación genética: el fin.

La imagen falsa de luz solar de la ventana parpadea como si hubiesen pasado unos pájaros por delante. ¿Forma parte del programa? ¿Cómo van a estar pasando unos pájaros por la ventana? Apenas hay aves en la Cúpula. De vez en cuando alguna se escapa del aviario, pero es raro. ¿Se los habrá imaginado? ¿Algún resquicio de recuerdo enquistado?

Hasta la fecha lo peor de todo, aparte del pánico siempre presente, es el cabello. Se lo raparon al llegar. Ha calculado que tendrán que pasar al menos tres años para volver a tenerlo tan largo como antes. Las pocas chicas a las que ha conocido que han vuelto de rehabilitación llevaban peluca al principio. Con el miedo a una recaída instalado en sus caras y el brillo falso del pelo parecían extraterrestres, lo que hacía que diesen aún más miedo. Lyda lleva ahora un pañuelo en la cabeza, blanco para que combine con el mono de algodón fino que le queda holgado y se cierra por delante: una talla vale para todas. El pañuelo lo lleva anudado en la nuca, y le pica. Se pasa los dedos por debajo del nudo y se rasca.

Piensa en Perdiz, en su mano en la suya mientras recorrían el pasillo hasta el baile. A veces aparece tan rápidamente en su cabeza que se le hace un nudo en el estómago. Está aquí por su

105

culpa. Todas las preguntas que le han hecho se remontan a esa noche. Lo cierto es que apenas lo conoce, pero ya puede repetirlo una y otra vez que nadie la creerá. Lo dice ahora en el espacio en silencio de su calabozo: «Apenas lo conozco». Ni siquiera ella se lo cree. ¿Estará vivo? Tiene la sensación de que, si estuviese muerto, su cuerpo lo sabría de algún modo, en lo más hondo.

A las tres en punto llaman a la puerta y, antes de que pueda responder, la abren. El grupo entra: son dos doctoras y su madre. Lyda mira a esta última esperando algún tipo de señal, pero tiene la cara tan quieta como el estanque de la academia. Aunque mira hacia su hija, en realidad tiene los ojos fijos en la pared de detrás, y los mueve del suelo al lavabo, y luego de nuevo a la pared.

—¿Cómo te encuentras? —pregunta la doctora más alta y espigada.

—Bien. La ventana es bonita.

A la madre le recorre un estremecimiento imperceptible.

—¿Te gusta? —pregunta la doctora alta—. Fue toda una mejora para nosotros, muy importante.

—Una vez más vamos a hacerte unas preguntas breves —interviene la otra doctora, que es regordeta y habla con voz entrecortada—. Nos han ordenado que indaguemos en la naturaleza de tu relación con Ripkard Willux.

—Tu novio, Perdiz —le aclara la doctora alta como si Lyda no hubiese reconocido el nombre del chico.

—Son solo unas preguntas —dice su madre—. No nos extenderemos. —¿Le está diciendo que no se extienda en sus respuestas?

—No sé dónde está Perdiz. Se lo he dicho y se lo he repetido a todo el mundo. —Ya ha habido varios interrogatorios, cada cual más hostil que el anterior.

—Como podrás imaginar, el propio Ellery Willux está siguiendo muy de cerca el caso, por supuesto —comenta la doctora alta; el solo sonido de aquel nombre hace estremecer a Lyda—. Estamos hablando de su hijo.

—Tal vez puedas ayudarnos a localizarlo —añade su madre alegremente, como si estuviese diciendo que tal vez eso las redimiese como familia.

La imagen falsa de la ventana vuelve a parpadear como al pasar un ala… ¿o será que el programa tiene un fallo?, ¿como si tartamudeara? «Tal vez puedas ayudarnos a localizarlo.» ¿Es que se ha perdido? ¿Se ha ido como un pájaro del aviario? ¿Como el que hizo con alambre y que quizás ahora esté expuesto en el Salón de los Fundadores, donde estaban los temporizadores con forma de huevo, los delantales y los cuchillos? ¿O habrán descalificado su pájaro de alambre porque ella ya no estudia en la academia?

—Has declarado que le enseñaste la exposición de hogar a deshoras, justo como solías hacer cuando guiabas a los grupos al mediodía —le dice la doctora regordeta.

—Pero ¿es eso del todo exacto? Un chico y una chica en una sala a oscuras… que se han escapado de un baile, con la música sonando… —añade la doctora alta—. Todos hemos sido jóvenes. —Le guiña un ojo.

Lyda no responde, ha aprendido a contestar a las preguntas con preguntas:

—¿Qué quiere decir?

—¿Te besó? —la interroga la doctora alta.

Lyda siente cómo se le encienden las mejillas. Él no la besó, fue ella la que lo besó a él.

—¿Os abrazasteis?

Recuerda la mano de él alrededor de su cintura, rozándole ligeramente las costillas, el frufrú de la tela por su barriga. Bailaron dos canciones. Había muchos testigos y el señor Glassings y la señorita Pearl hacían de carabinas en el baile. Perdiz inclinó la cabeza mientras bailaban y ella sintió su aliento en el cuello. Llevaba un cuchillo en el cinturón, tapado por la chaqueta. Sí. ¿El beso? ¿Se dio cuenta la gente? Fueron cogidos de la mano hasta la puerta del cuarto de Lyda, los vieron. ¿Había alguien mirando por una ventana? ¿Había más parejas andando por la senda?

—Independientemente de si a ti te gustaba o no —interviene la doctora regordeta—, ¿crees que él albergaba sentimientos profundos por ti?

A Lyda se le humedecen los ojos. No, no lo cree. No, él no sentía nada por ella, la había elegido por conveniencia. Había sido un maleducado desde el principio y solo había sido amable

107

con ella porque le había dejado salirse con la suya y robar un cuchillo de las vitrinas. ¿Con qué fin lo utilizó? Eso nadie se lo va a contar. Y luego bailó con ella porque quería que pareciesen personas normales, que encajasen y no levantasen sospechas. ¿Les preocupa que pueda estar muerto? ¿Creen que se ha largado para matarse, igual que su hermano? Ahora mira a su madre como rogándole: «¿Qué debo hacer?»

—¿Te quería? —repite la doctora alta.

La madre de Lyda asiente, aunque no llega a ser un gesto claro, parece más una ligera sacudida, como si intentara no toser. Lyda se enjuga las lágrimas. Su madre le está diciendo que diga que sí, que les diga que Perdiz la quería. ¿La hará eso más valiosa? Si tiene algún valor, ha de ser porque él está vivo. Si creen que la quiere, tal vez prefieran utilizarla… ¿como mensajera?, ¿intermediaria?, ¿o como señuelo?

Se agarra las rodillas, la tela arrugada entre los dedos, y después se pone a alisar el mono.

—Sí —dice bajando los ojos—. Me quería. —Y por un momento, finge que es cierto y lo repite, con más fuerza—. Me lo dijo. Esa noche me dijo que me quería.

La ventana vuelve a parpadear. ¿O es su vista?

Pressia

Zapato

Para llegar a la casa de Bradwell, Pressia cruza la calle y pone rumbo hacia el callejón que corre en paralelo al mercado. A lo lejos se oyen los cánticos de la muertería. A veces le gusta creer que provienen de una boda. ¿Por qué? Suben y bajan, y parece como si celebraran algo… ¿por qué no el amor? El abuelo le había hablado de la boda de sus padres: las tiendas blancas, los manteles, la tarta de varios pisos…

Pero ahora no puede hacer eso. Trata de localizar su posición y decide que deben de andar por los fundizales, la zona donde estaban antes los barrios residenciales. Conoce a gente que se crio allí y ha oído hablar de ellos en las partidas de Me Acuerdo: casas idénticas, aspersores, muebles de plástico para jugar en todos los jardines. Por eso se llaman fundizales: en todos los jardines había una gran masa colorida de plástico fundido que en otros tiempos fue un tobogán, unos columpios, un cajón de tierra con forma de tortuga…

Intenta averiguar por los cánticos de qué equipo se trata. Hay algunos más depravados que otros, aunque en realidad nunca ha logrado diferenciarlos bien. El abuelo los llama «reclamos», como los cantos de los pájaros, y en teoría se pueden distinguir unos de otros. No sabría decir si están empezando o acabando, ya en terreno enemigo. Por suerte los cánticos suenan por la zona meridional de los fundizales, en dirección opuesta a la suya. Y ahora que presta más atención, puede que estén incluso más lejos. Tal vez estén en los alrededores de las cárceles, los asilos y los sanatorios, esos armazones de acero calcinados, con las piedras derruidas y los restos de alambrada. Los niños cantan una canción sobre las cárceles:

Todas las casas de la muerte se hundieron.
Todas las casas de la muerte se hundieron.
Las almas enfermas vagan en duelo.
¡Cuidado! Que te arrastran al subsuelo.

Nunca ha visto esos edificios caídos con sus propios ojos; jamás ha llegado tan lejos. No hay nadie por la calle. Hace frío y todo está húmedo y oscuro. Se cubre bien el cuello con el jersey grueso, se mete el puño de muñeca enfundado en el calcetín bajo el brazo y corre hacia el siguiente callejón. Todavía guarda la campanilla hueca, la tiene en el fondo del bolsillo.

Aparte de a los cánticos de la muertería está atenta a los amasoides. El desasosiego de ser incapaces de escaparse los unos de los otros los hace echarse a las calles por las noches. Algunos amasoides utilizan su fuerza conjunta para acorralar a la gente y robarle…, aunque tampoco es que ni su abuelo ni ella tengan mucho que se les pueda robar. También está atenta a los camiones de la ORS; son la razón de que haya decidido ir por las callejuelas en lugar de por las calles más anchas.

Cruza a otro callejón y entonces, cargada como se siente de adrenalina, echa a correr; no puede evitarlo. Las calles están tan silenciosas, con solo los cánticos en la distancia, que quiere llenarlas con el sonido de sus latidos en los oídos. Se adentra por otro callejón pero oye un motor de la ORS. Retrocede y va en dirección opuesta a los cánticos. Atraviesa un callejón tras otro y en dos ocasiones capta el destello de un camión de la ORS y tiene que cambiar de dirección.

Cuando llega a los escombrales ha dado muchos rodeos. Se queda al resguardo de un edificio de ladrillo medio en pie que forma parte de una hilera en ruinas. Tiene que decidir entre rodear la zona, lo que le llevaría al menos una hora más, o atajar por en medio. Los escombrales eran antes el centro de la ciudad, atestado de edificios altos, camiones y coches, un sistema de metro subterráneo y, en la superficie, la muchedumbre cruzando por los pasos de cebra.

Ahora hay colinas de piedra derruida. Las alimañas han cavado madrigueras y covachas en ellas. Pressia ve tirabuzones de humo que surgen de entre los huecos por aquí y por allá. Las alimañas se están calentando con fogatas.

No tiene mucho tiempo de decidir su próximo paso porque un camión de la ORS ruge calle arriba y se detiene frente al edificio más cercano a ella. Pressia dobla la esquina y pega la espalda contra los ladrillos.

La puerta del copiloto se abre y baja un hombre con el uniforme verde de la ORS. Le falta un pie, lleva recortada una de las perneras del pantalón y, en lugar de rodilla, tiene la cervical de un perro, el cráneo peludo, los ojos saltones, la mandíbula, los dientes. ¿Formará la pierna del hombre parte de la columna del perro? Es imposible saber dónde estuvo en su momento la pierna del hombre. Al perro le falta una pata trasera y la cola, pero se va arrastrando allí donde el hombre tenía un pie. Han aprendido a andar con una cojera rápida e irregular. Rodea el vehículo y abre la puerta, de la que saltan otros dos soldados más con sus botas negras; van armados con rifles.

—¡Última parada! —grita el conductor.

Pressia no le ve la cara tras el cristal pero le da la sensación de que hay dos hombres, una cabeza pegada a otra…, o quizás una detrás de otra. ¿Será un amasoide el conductor? Oye otra voz que remeda al conductor:

—Última parada. —¿Ha salido de la otra cabeza?

El corazón le late con fuerza y respira en un suspiro.

Los tres hombres irrumpen en el edificio.

—¡ORS! —grita uno de ellos.

A continuación escucha el ruido de las botas aporreando el suelo de la casa.

El soldado que conduce el camión enciende la radio y Pressia se pregunta si será el mismo camión que fue antes a su callejón.

Más allá, por la misma calle, surge un grupo de voces. Hay una figura, alguien con una capucha puesta, una cara oculta por una bufanda. Está demasiado oscuro para ver algo más.

—¡Para, déjame en paz! —grita la figura, con una voz de chico atenuada por una bufanda. Aparenta más de dieciséis años. La ORS se lo llevará si lo ve.

Acto seguido ve al amasoide salir de una bocacalle. Lo que en otro tiempo eran siete u ocho personas forman ahora un enorme cuerpo único, un enredo de brazos y piernas con algunos destellos de cromo y caras de mirada lasciva —quema-

111

das, cableadas, algunas unidas, dos caras en una—. Están borrachos, lo sabe por su forma de tambalearse y por lo vulgar de sus insultos.

El soldado tras el volante mira por el espejo retrovisor, pero la escena no parece interesarle y se saca una navaja y empieza a limpiarse las uñas.

—¡Danos lo que tengas! —le dice uno del amasoide.

—¡Trae para acá! —le grita otro.

—No puedo —dice la voz tras la capucha—. No es nada. Para vosotros no significaría nada.

—¡Pues entonces dánoslo! —interviene otro del amasoide.

Y entonces una mano se abalanza sobre la figura encapuchada y la empuja. Al caerse al suelo deja escapar la bolsa, que aterriza a unos metros. Eso es lo que buscan. Si no es importante, debería dárselo. Los amasoides se pueden poner violentos, sobre todo cuando están contaminados.

La figura encapuchada coge la bolsa con tanta rapidez y seguridad que su mano parece una flecha que dispara desde su cuerpo y luego recoge. El amasoide se ve confundido por la rapidez. Algunos intentan retroceder pero el resto no los deja.

El encapuchado se levanta entonces con una velocidad tan poco habitual que se balancea hacia atrás como si su cuerpo estuviese desincronizado. En pleno tambaleo, uno del amasoide le pega una patada en la barriga y luego todos avanzan en bloque, un único cuerpo enorme.

Podrían matarlo, y Pressia odia al chico encapuchado por no darles la bolsa. Cierra fuerte los ojos y se dice a sí misma que no se entrometa, que lo deje morir. «¿A ti qué te importa?»

Pero abre los ojos y mira al otro lado de la calle, donde ve un bidón de gasolina. El soldado tras el volante está silbando la canción de la radio y sigue aseándose las uñas con el cuchillo. De modo que decide quitarse uno de sus pesados zapatos —uno de los zuecos con la suela de madera— y tirarlo contra el bidón con toda su fuerza. Tiene buena puntería y le da de pleno. El bidón resuena como un gong.

El amasoide levanta la vista, con las caras contraídas por el miedo y la confusión. ¿Será una alimaña de los escombrales? ¿Un grupo de la muertería de la ORS al acecho? No es la primera vez que se ven en alguna emboscada, se nota por su forma de girar las cabezas de un lado a otro; también, por supuesto, ellos han tendido emboscadas a otros.

La distracción le da a la figura encapuchada tiempo suficiente para volver a ponerse en pie —esta vez más lentamente y con más tiento—, subir por la colina y alejarse de ellos. Corre mucho, a una velocidad extrema, incluso a pesar de la leve cojera.

Por alguna razón que no logra entender, el chico corre directamente hacia el camión, se mete debajo y se queda allí parado.

El amasoide mira al cabo de la calle, ve el camión, puede que por primera vez, y entre gruñidos regresa por donde ha venido.

A Pressia le entran ganas de gritarle al encapuchado: o sea que ella busca una manera de distraer al amasoide para salvarlo —para colmo delante de la ORS— y él, ¿coge y se mete debajo del camión?

Los soldados salen de la casa aporreando de nuevo el suelo.

—¡Nada! —le grita al conductor el de la pierna de pitbull antes de subir al asiento del copiloto.

Los otros dos soldados se meten en la parte de atrás y el conductor aparta la navaja y hace un gesto de desdén. La otra cabeza se mueve y surge por encima del hombro. Enciende el motor, mete la marcha y arranca.

Pressia mira hacia arriba y ve asomar una cara por la ventanilla trasera del camión: una cara medio oculta por la sombra, una cara con incrustaciones de metal y una boca tapada por una cinta. Un extraño, solo un chico, como ella. Da un paso adelante hacia el chico del vehículo —no lo puede evitar— y se expone a la luz.

El camión dobla la esquina y el silencio embarga el callejón.

Podría haber sido ella.

En cuanto el vehículo desaparece la figura encapuchada queda a la vista, tumbada en el suelo. Alza la vista y la ve. Sin embargo, la capucha se le ha caído y hay una cabeza rapada. Es un chico alto y delgado, sin marcas ni cicatrices, ni rastro de quemaduras en su despejado rostro pálido. Una larga bufanda cae en un remolino hasta el suelo. Coge la bolsa y la bufanda, se levanta rápidamente y otea a su alrededor, perdido y confundido. Y entonces se tambalea, como si le pesase la cabeza, tropieza con la alcantarilla y se golpea la crisma contra el cemento al caer.

«Un puro. —Pressia escucha la voz de la mujer en su cabeza—. Un puro aquí entre nosotros.»

Perdiz

Crisma

$\mathcal{A}$hora, aquí, sin aliento. Las estrellas parecen pequeñas picaduras brillantes —casi perdidas en el aire oscurecido por el polvo—, pero no lo son. No es el techo de la cafetería decorado para un baile. El cielo por encima de su cabeza es infinito, no está cercado.

¿Hogar? ¿Infancia?

No.

Hogar era un gran espacio abierto. Techos altos. Blanco sobre blanco. Una aspiradora siempre rumiando en habitaciones lejanas. Una mujer en chándal pasándola por el suelo de moqueta. No su madre, aunque ella siempre estaba cerca. Andaba lento y movía las manos cuando hablaba; se quedaba mirando por las ventanas, maldecía. «No se lo digas a tu padre —pedía—. Recuerda, esto es solo entre tú y yo.» Había secretos dentro de los secretos. «Déjame que te cuente la historia otra vez.»

Era siempre el mismo relato: la esposa cisne. Antes de ser esposa, era una chica cisne que salvó a un joven que se estaba ahogando y que resultó ser príncipe, un príncipe malo. Le robó las alas, la obligó a casarse con él y se convirtió entonces en un rey malo.

«¿Por qué era malo?»

«El rey creía que era bueno, pero se equivocaba.

También había un príncipe bueno que vivía en otro país. La esposa cisne aún no sabía de su existencia.

El rey malo le dio dos hijos.»

«¿Y uno era bueno y el otro malo?»

«No, eran distintos. Uno era como el padre, ambicioso y fuerte, y el otro se parecía a ella.»

«¿En qué se parecía?»

«No sé en qué. Escucha. Esto es importante.»

«¿Y el niño, el que se parecía a ella, tenía alas?»

«No, pero el rey malo bajó las alas en un cubo hasta el fondo de un viejo pozo seco y el chico que era como la esposa cisne oyó un aleteo; a la noche siguiente descendió por el pozo y encontró las alas de su madre. Esta se las puso, se llevó consigo al niño que pudo —el que se parecía a ella, que no opuso resistencia— y se fueron volando.»

Perdiz recuerda cuando su madre le contó la historia en la playa. Ella tenía una toalla sobre los hombros que ondeaba al viento como alas.

En aquella playa era donde tenían la segunda residencia, y también donde estaban los dos en la fotografía que había encontrado en la caja de los Archivos de Seres Queridos. Nunca iban cuando hacía frío, salvo en aquella ocasión. Con todo, el sol tuvo que pegar fuerte porque recuerda haberse quemado y tener los labios cortados. Pillaron una gripe, aunque no fue muy fuerte, de esas con las que te mandaban al sanatorio; era una gripe estomacal. Su madre sacó una manta azul de la cómoda y lo tapó, aunque ella también estaba mala. Los dos se acostaron en los sofás y estuvieron vomitando en unos pequeños cubos blancos de plástico. Le puso un trapo húmedo en la frente y se pasó el rato hablándole de la esposa cisne, el niño y el nuevo país donde encontrarían al rey bueno.

«¿Papá es el rey malo?»

«No es más que una historia. Pero escúchame, prométeme que la recordarás siempre y que no se la contarás a tu padre; a él no le gustan los cuentos.»

Perdiz no puede levantarse, se siente como clavado a la tierra y el recuerdo le da vueltas en la cabeza. Y de pronto se detiene. La cabeza le zumba, con un dolor agudo y frío en la base del cráneo. Escucha sus latidos en los oídos, con la misma fuerza que las cosechadoras automáticas de los sembrados que hay al lado de la academia. Le gustaba quedarse contemplando las máquinas desde una recóndita buhardilla al fondo del pasillo de sus habitaciones, cuando Hastings se iba a su casa los fines de semana. Lyda… ¿estará allí ahora? ¿Oirá las cosechadoras? ¿Se acuerda de cuando lo besó? Él sí se acuerda. Le sorprendió y, cuando le devolvió el beso, ella se apartó, avergonzada.

Siente viento en la piel, el aire real. Azota su cabeza y revuelve la pelusilla que tiene por pelo. El aire pega fuerte, como impulsado por aspas invisibles. Piensa en las de los ventiladores, relucientes y veloces en su cabeza. ¿Cómo ha llegado hasta aquí?

117

Pressia

Ojos grises

*E*l puro se levanta como puede y se queda parado en medio de la carretera. Mira a su alrededor un momento, hacia un lado y otro de la fila de ruinas quemadas y saqueadas, por los escombrales, con sus espirales de humo subiendo cual resortes hacia el aire nocturno, y luego de nuevo a los edificios. Se queda contemplando el cielo como si así fuese a recuperar el equilibrio. Por fin se cuelga el asa de la mochila por el hombro y se enrosca la bufanda al cuello y la mandíbula. Fija la vista en los escombrales y pone rumbo hacia ellos.

Pressia se aprieta el calcetín de lana sobre el puño de cabeza de muñeca, se baja la manga del jersey y avanza por el callejón.

—No. No lo conseguirías en la vida.

El chico se gira en redondo, asustado, y sus ojos recaen entonces en Pressia. Es evidente que le alivia comprobar que no es ni un amasoide, ni una alimaña, ni siquiera un soldado de la ORS, aunque la chica duda de que él conozca alguno de esos nombres. ¿De qué podría tener miedo allí de donde viene? ¿Entenderá siquiera lo que es el miedo? ¿Le asustarán las tartas de cumpleaños, los perros que llevan gafas de sol y los coches nuevos con un gran lazo rojo?

Tiene la cara suave y lisa y los ojos gris claro. Pressia apenas puede creer que esté viendo a un puro, un puro vivito y coleando.

Quema a un puro y mira cómo berrea.
Cógele las tripas y hazte una correa.
Trénzale su pelo y hazte una cuerda.
Y haz jabón de puro con la tibia izquierda.

Es lo que le viene a la cabeza. Los niños se pasan el rato canturreándola pero a nadie se le ocurre pensar que va a ver a un puro de verdad, por muchos rumores estúpidos que corran por ahí. Nunca.

A Pressia le da la sensación de que tiene algo ligero, etéreo, como con alas, en el pecho, atrapado entre las costillas, igual que *Freedle* en su jaula, igual que la mariposa manufacturada que lleva en la bolsa.

—Estoy intentando llegar a la calle Lombard —le dice, casi sin aliento. Pressia se pregunta si su voz tiene también una naturaleza distinta. Quizá más clara, más suave. ¿Así es la voz de alguien que no lleva años respirando ceniza?—. El ciento cincuenta y cuatro de la calle Lombard, para ser exactos. Una larga hilera de casas con verjas de herrería.

—No es bueno que te dejes ver tanto —le aconseja Pressia—. Es peligroso.

—Ya me he dado cuenta. —El chico da un paso hacia ella y al punto se detiene. Tiene un lado de la cara ligeramente cubierto de ceniza—. No sé si debería fiarme de ti.

Acaba de ser vapuleado por un amasoide, es normal que recele un poco. Pressia adelanta el pie que tiene descalzo.

—He tirado mi zapato para distraer al amasoide que ha estado a punto de matarte. Ya te he salvado la vida una vez.

El puro mira calle abajo, hacia donde lo empujaron. Se reúne con Pressia en el callejón y le dice:

—Gracias.

Al decirlo sonríe y sus dientes son rectos y muy blancos, como si se hubiese estado alimentando de leche fresca toda la vida. Desde tan cerca, la perfección de su cara es aún más sorprendente. Pressia no sabría decir qué edad tiene. Parece mayor que ella pero, a la vez, también le echaría menos años. No quiere que se dé cuenta de que lo está mirando fijamente, de modo que clava la vista en el suelo.

—Iban a despedazarme. Espero merecer la pena por tu zapato perdido.

—Pues yo espero que no se haya perdido —replica Pressia apartándose un poco de él para que no le vea la parte de la cara que tiene quemada.

El chico tira de la correa de la mochila y le dice:

—Yo te ayudo a encontrar el zapato si tú me ayudas a encontrar la calle Lombard.

—Aquí no es muy fácil encontrar calles, no nos guiamos por nombres.

—¿Adónde has tirado el zapato? ¿En qué dirección? —pregunta el chico al tiempo que vuelve hacia la calle.

—No —le dice, a pesar de que necesita el zapato, el regalo de su abuelo, tal vez el último. Oye el motor de un camión hacia el este y luego otro en dirección contraria. Y hay uno más no muy lejos, ¿o es el eco? Debería esconderse, podría verlo cualquiera, y no es seguro—. Déjalo.

Pero el chico ya está en medio de la calle.

—¿Por dónde? —le pregunta, y extiende los brazos, apuntando en direcciones opuestas, como si quisiera que lo usasen de blanco humano.

—Cerca del bidón de gasolina —le indica, aunque solo para que se dé prisa.

El puro se gira en redondo, ve el bidón y corre hacia él. Describe medio círculo alrededor y después mete medio cuerpo dentro. Al reaparecer tiene el zapato en la mano y lo alza por encima de la cabeza como si fuese un trofeo.

—Para —susurra ella deseando que regrese al callejón en penumbra.

El chico corre hacia ella y se arrodilla.

—Ten. Dame el pie.

—No, está bien. Ya puedo yo.

Se ha sonrojado; está avergonzada y enfadada a partes iguales. Pero ¿quién se ha creído que es? Es un puro al que han mantenido a salvo, al que le han puesto todo fácil en la vida. Ella puede ponerse el zapato sola, no es una cría. Se agacha, le quita el zapato de la mano y se lo pone.

—A ver qué te parece. Yo te he ayudado a encontrar el zapato, así que ahora me tienes que ayudar a dar con la calle Lombard, o lo que antes era la calle Lombard.

Ahora Pressia tiene miedo. Empieza a darse cuenta de que es un puro y de que estar con él es muy peligroso. La noticia de su presencia correrá como la pólvora y no habrá forma de detenerla. Cuando la gente se entere de que es verdad que hay un puro suelto se convertirá en un blanco seguro, extienda los brazos o no. Habrá quien quiera utilizarlo como una ofrenda airada. Representa a toda la gente de la Cúpula, a los ricos y afortunados que los abandonaron allí para que sufrieran y muriesen. Otros tratarán de atraparlo y utilizarlo como moneda de cambio. Y la ORS lo querrá por sus secretos y para usarlo como cebo.

Y ella también tiene sus propias razones, ¿no es así? «Si hay una forma de salir, tiene que haber también una forma de entrar.» Eso es lo que dijo la señora, y tal vez sea cierto. Pressia sabe que puede ser valioso. ¿No podría canjearlo por algo con la ORS? ¿Podría librarse de tener que presentarse en el cuartel general? ¿Podría negociar, ya de paso, asistencia médica para su abuelo?

Se tira de la manga del jersey. La Cúpula mandará a gente a buscarlo, ¿no? ¿Y si quieren que vuelva?

—¿Tienes un chip? —le pregunta.

El chico se rasca la nuca y responde:

—No. No me lo pusieron de pequeño. Estoy intacto como el día en que nací. Puedes mirar si quieres. —Los implantes de chips siempre dejan una pequeña roncha a modo de cicatriz.

Pressia niega con la cabeza.

—¿Y tú tienes?

—Ya no va, es un chip muerto —explica ella. Siempre lleva el pelo suelto y largo para que le cubra la pequeña marca—. De todas formas, aquí ya no funcionan. Pero antes todos los buenos padres los ponían.

—¿Estás diciendo que mis padres no eran buenos padres? —pregunta el puro medio en broma.

—Yo no sé nada de tus padres.

—Bueno, pues no, no tengo chip, que era lo que querías saber. Y ahora, ¿vas a ayudarme o no?

Se le ve un poco enfadado, Pressia no sabe muy bien por qué, aunque le alegra comprobar que puede irritarlo: así inclina un poco más de su lado la balanza del poder. Asiente y le dice:

—Pero nos va a hacer falta un plano antiguo. Yo conozco a alguien que tiene uno. Iba camino de su casa, puedes venir conmigo. A lo mejor nos ayuda.

—Está bien. ¿Por dónde es? —El chico se vuelve y echa a andar hacia la calle, pero Pressia lo agarra de la chaqueta.

—Espera —le dice—. No pienso salir por ahí contigo así.

—Así, ¿cómo?

Pressia lo mira de hito en hito, sin dar crédito.

—Sin cubrir.

El chico se mete las manos a los bolsillos y dice.

—¿O sea, que se nota?

—Pues claro que se nota.

Se queda callado un momento, ambos parados en medio de la calle.

—¿Qué ha sido eso que me ha atacado?

—Un amasoide, uno bien grande. Todos aquí fuera tenemos alguna deformación o fusión. No somos igual que antes.

—¿Y tú?

Pressia aparta la vista y cambia de tema.

—La gente suele tener la piel mezclada con cosas. El cristal es cortante, dependiendo de donde esté alojado; el plástico puede endurecerse y resulta difícil moverlo; el metal se oxida.

—Como el hombre de hojalata —dice el puro.

—¿Quién?

—Es un personaje de un libro y de una peli antigua.

—Aquí no tenemos eso. No sobrevivieron muchas cosas.

—Entiendo. ¿Y qué es lo que cantan?

Pressia se ha abstraído del sonido, pero el chico tiene razón. El viento arrastra todavía las voces de los cánticos de la muertería. Se encoge de hombros y dice:

—Será gente cantando en una boda.

No está muy segura de por qué le ha dicho eso. ¿Acaso la gente cantaba en las bodas…, como en la de sus padres en una iglesia y con el convite bajo toldos blancos? ¿Todavía se canta en la Cúpula?

—Debes tener también cuidado con los camiones de la ORS.

El puro sonríe.

—¿Qué te hace tanta gracia?

—Nada, que es real. En la Cúpula sabemos que la ORS existe. Que empezó como Operación Rescate y Salvamento, una milicia civil, y luego se convirtió en una especie de régimen fascista. Operación… ¿cómo es ahora?

—Revolución Sagrada —responde Pressia secamente. No

puede evitar tener la sensación de que está riéndose de ella.

—¡Exacto, eso es!

—¿Te parece pintoresco o algo así? Pues son capaces de matarte. De torturarte, meterte una pistola en la boca y pegarte un tiro. ¿Lo entiendes?

Parece intentar asimilarlo antes de contestar:

—Supongo que me odias, y no te culpo. Desde un punto de vista histórico…

Pressia sacude la cabeza y lo interrumpe:

—Por favor, no me des una disculpa colectiva. No necesito que te sientas culpable. Tú entraste, yo no. Punto.

La chica se mete la mano en el bolsillo y palpa el borde duro de la campanilla. Se plantea añadir algo más amable para que no se sienta tan culpable, algo en plan «cuando pasó éramos niños. ¿Qué podíamos hacer? Nadie pudo hacer nada». Pero decide que no, que la culpabilidad de él también le da ventaja. Y lo cierto es que algo de sentido tiene esa culpa. ¿Cómo entró en la Cúpula? ¿Qué privilegio fue el que se lo permitió? Sabía bastantes cosas sobre las teorías conspirativas como para comprender que se tomaron decisiones muy feas. ¿Por qué no culpar un poco al puro?

—Tienes que ponerte la capucha y la bufanda por la cara.

—Intentaré integrarme. —Se enrolla la bufanda al cuello, se cubre la cara y se pone la capucha—. ¿Mejor ahora?

En realidad no basta; hay algo en sus ojos grises que lo hace distinto, algo con lo que es probable que no se pueda hacer nada. ¿No sabría cualquiera, de un solo vistazo, que es un puro? Pressia está convencida de que ella se daría cuenta. El chico es optimista de un modo en que nadie lo es ya aquí, aunque también destila una tristeza profunda.

—No es solo tu cara —le dice.

—¿Qué es?

Pressia sacude la cabeza y deja que el pelo le caiga y le cubra las cicatrices del lado.

—Nada. —Y luego, sin pensarlo, le pregunta sin más—: ¿Por qué estás aquí?

—Por mi hogar. Estoy intentando encontrar mi hogar.

Por alguna razón aquello la enfurece. Se sube el cuello del jersey hasta la barbilla y le pregunta:

123

—¿Tu hogar? ¿Aquí fuera de la Cúpula, en la calle Lombard?

—Exacto.

Pero él lo abandonó, dejó su hogar vacío. No merece volver. Pressia decide que es mejor dejar de hablar de hogares.

—Tenemos que atajar por los escombrales. No hay otra alternativa —le explica al puro, al que ahora intenta no mirar. Se pone bien el calcetín y se tira de la manga del jersey—. Podemos encontrarnos con alimañas y terrones que querrán matarnos, pero al menos así no iremos por las calles, donde podríamos encontrarnos con todos los que estarán buscándote. Además, es más rápido.

—¿Estarán buscándome?

—La gente ya sabe que estás aquí, se ha corrido la voz por todas partes. Y basta con que un solo miembro del amasoide no estuviese demasiado contaminado y te viese la cara para que se haya corrido aún más. Tendremos que movernos rápida y sigilosamente para no llamar demasiado la atención, y después…

—¿Cómo te llamas? —le pregunta el puro.

—¿Que cómo me llamo?

El chico extiende la mano recta delante de él, apuntándole con ella como con un arma, con el pulgar hacia arriba.

—¿Qué haces con eso?

—¿Cómo? —Vuelve a acercarle la mano—. Me estoy presentando. A mí me llaman Perdiz.

—Yo soy Pressia —le dice, y a continuación le da una palmada en la mano—. Deja de señalarme ya.

El puro parece confundido, pero acaba metiéndose la mano en uno de los bolsillos de la sudadera.

—Si tienes algo de valor en la mochila, será mejor que la lleves escondida bajo la sudadera. —Pressia echa a andar a paso rápido hacia los escombrales y el puro la sigue de cerca. No para de darle instrucciones—: No te acerques al humo. Pisa despacio, hay quien dice que los terrones pueden sentir las vibraciones. Si te agarran, no grites, no digas nada. Yo estaré mirando hacia atrás todo el rato.

Andar por los escombrales es todo un arte, hay que ser ágil, rápido a la hora de cambiar el peso del cuerpo de un pie a otro, pero sin sobrecargar ninguno. Pressia ha llegado a dominar esas técnicas tras años de rebuscar y sabe dejar las rodillas sueltas y los pies flexibles sin perder el equilibrio.

Va abriéndose paso por las rocas, aguzando el oído para comprobar que el chico la sigue de cerca. Está siempre atenta por si aparecen ojos entre las piedras. No puede concentrarse demasiado en eso porque también tiene que ir rodeando las fogatas y mirando hacia atrás para ver a Perdiz. Y escucha los motores de los camiones de la ORS. No quiere llegar al otro lado para verse luego sorprendida por unos faros.

Se da cuenta de que este es el valor que ella tiene para él; esto es lo que vale. Es su guía, y no quiere contarle mucho porque desea que confíe en ella, que la necesite y que, tal vez, con el tiempo, se sienta en deuda. Quiere que él tenga la sensación de que le debe algo.

Va haciendo todo esto —avanzar, buscar terrones, rodear los fuegos y mirar hacia atrás, al puro con la capucha agitada por el viento en torno a su cara ensombrecida—, y al mismo tiempo no deja de pensar en Bradwell. ¿Qué le parecerá que le lleve a un puro a su casa? ¿Lo impresionará? Lo duda, no da la sensación de ser alguien que se impresione con facilidad. Pero aun así sabe que ha dedicado su vida a desentrañar el pasado, y tiene la esperanza de que tenga los planos antiguos que necesitan y que sepa aplicarlos a lo que queda de ciudad. ¿De qué sirven los nombres de las calles en una ciudad que lo ha perdido todo, incluida la mayoría de sus vías?

Esto es lo que va pensando cuando oye el grito a su espalda. Se gira en redondo y ve al puro ya en el suelo, con una pierna enterrada en los escombros.

—¡Pressia! —grita.

El sonido gutural de las bestias se eleva a su alrededor.

—¿Para qué gritas? —le chilla ella, dándose cuenta de que también ha levantado la voz, aunque no puede parar—. ¡Te dije que no gritases!

Mira hacia atrás y ve las cabezas que han surgido ya de los agujeros con humo. Las alimañas saben que han cogido a uno y todas querrán participar del banquete; además hay otras especies: seres tan fusionados, quemados o marcados que es imposible identificarlos. Han perdido lo que los hacía humanos y, al aislarse de todo, se han vuelto despiadados.

125

Pressia coge piedras y empieza a tirárselas a las cabezas de alimaña que ve, una tras otra. Se encogen pero vuelven a aparecer.

—Es más fuerte que tú. No intentes resistirte. Tendrás que dejar que te lleve abajo y pelear allí con él. Coge una piedra en cada mano y pégale. Yo te cubro.

Espera que el puro sepa luchar, aunque duda mucho de que enseñen ese tipo de cosas en la Cúpula. ¿Contra qué iban a tener que protegerse? Si él no sabe pelear, ella no podrá bajar detrás de él. No quedaría nadie fuera para espantar a las alimañas y formarían todas un gran corro hambriento a la entrada del hoyo para matarlos a los dos en cuanto volviesen arriba, en el caso de que lo lograsen.

Perdiz la mira con los ojos como platos, asustado.

—¡Venga! —le urge ella.

Sin embargo el chico sacude la cabeza y dice:

—No pienso ir ahí abajo a pelear en su terreno.

—¡No tienes alternativa!

Pero entonces Perdiz se agarra a las piedras y va saliendo poco a poco, centímetro a centímetro. Coge un pedrusco que se suelta y el ser —un terrón, probablemente— tira de él como si se hubiese escurrido en un peldaño de una escalera de cuerda. Pero mantiene la otra mano bien agarrada y, aunque el terrón lo tiene cogido por una de las piernas, le pega fuerte con la bota que tiene libre. Con las manos flexionadas, recoge la pierna hasta el pecho con una fuerza brutal y arrastra al terrón fuera de su agujero. Pressia nunca ha visto nada igual, no sabía que fuese posible.

Achaparrado y con el pecho muy ancho, el terrón es un ser jorobado con una armadura hecha de piedra. Tiene la cara horadada, dos fosos por ojos y un pequeño agujero negro por boca, y es del tamaño de un oso pequeño. Acostumbrado como ha de estar a la oscuridad y los espacios estrechos, fuera parece algo confundido, mareado. Sin embargo, no tarda en fijar la vista en Perdiz y arrastrarse hasta él. Pressia tira una piedra tras otra a las alimañas para que sepan que ninguno de los dos son víctimas a las que puedan picotear cual buitres. Tendrán que luchar. Les da a dos de pleno: a una con cabeza de gato que maúlla y desaparece, y a otra que está cubierta de pelo y es bastante fornida. Esta última, en cuanto recibe el golpe, se arquea y regresa bajo los escombros.

Perdiz está trasteando en su mochila, hurgando en ella con unos movimientos extrañamente veloces. ¿Por qué se moverán tan rápido sus manos? ¿Cómo es posible? Y aun así es bastante torpe. Si lo hiciera más lento encontraría más fácilmente lo que está buscando. Mientras sigue rebuscando en la bolsa, al terrón le da tiempo de replegarse sobre los cuartos traseros para coger impulso y saltar. El bicho aterriza con todo el peso sobre el pecho de Perdiz y lo aplasta contra las piedras del suelo. Lo deja sin respiración, aturdido y jadeante. Pero Pressia ve que está sacando algo de la mochila: un cuchillo con el mango de madera.

La chica sigue lazando piedras contra las alimañas que se acercan.

—Busca algo humano en él —le grita—. Solo podrás matarlo si encuentras una parte que esté viva, con pulso.

El terrón lo tiene acorralado contra las rocas y ahora levanta su abrupta cabeza de piedra para estamparla contra la crisma del puro, pero este se lo quita de encima con una fuerza sorprendente y el bicho cae de espaldas con fuerza —piedra contra piedra—, y deja al descubierto una franja de carne rosa en el pecho. El terrón, cual escarabajo, se ha quedado clavado en el suelo, debatiéndose con los muñones de piedra incrustada que tiene por brazos y piernas.

El puro actúa a toda prisa: encaja el cuchillo en el centro rosa, en la barriga, entre las placas de piedra, bien profundo. El terrón lanza un gemido que suena a hueco, como si la voz rebotase contra su propia coraza de piedra. De la herida surge una sangre oscura y cenicienta. El puro mueve el cuchillo adelante y atrás, como si estuviera cortando una rebanada de pan, y después lo saca y lo limpia contra las rocas.

El hedor nauseabundo de la sangre del terrón se eleva en el viento y las alimañas, asustadas, se retiran rápidamente a sus madrigueras humeantes.

Pressia se ha quedado muda y Perdiz contempla al terrón. El cuchillo le tiembla en la mano y tiene la mirada perdida. Cubierto de polvo y hollín, le cae un hilo de sangre de la nariz. Se lo limpia con el dorso de la mano y se queda mirando la mancha roja.

127

—Perdiz —susurra la chica, a quien pronunciar ese nombre le resulta extraño, demasiado personal. Aun así, lo repite—: Perdiz, ¿estás bien?

El chico se vuelve a poner la capucha y se sienta en una roca intentando recobrar el aliento, con los brazos en torno a la mochila.

—Perdón.

—¿Perdón por qué? —pregunta Pressia.

—Por gritar. Me dijiste que no gritara. —Se restriega el hollín de una mano con el pulgar y luego se queda mirando el dedo—. La tierra —dice con una voz sorprendentemente tranquila.

—¿Qué pasa?

—Que está sucia.

Pressia

Viento

*U*na vez al otro lado de los escombrales, Pressia saca el plano doblado que Bradwell le metió en el bolsillo en la reunión y lo estudia un minuto. Están a solo cinco manzanas de la casa de Bradwell. Se ceñirán a las bocacalles, a los callejones. Todo está en silencio: no se oyen los camiones y han desaparecido hasta los cánticos de la muertería; en cierto momento se escucha llorar a un crío pero enseguida vuelve la calma.

Perdiz va observándolo todo fijamente, aunque Pressia no logra imaginar qué es lo que le parece tan interesante. No hay más que cascotes quemados, cristales rotos, plástico derretido, metal carbonizado y filos cortantes de objetos que surgen de entre las cenizas.

El chico alza la mano como si tratase de coger nieve.

—¿Qué es la cosa esta que flota en el aire?

—¿El qué?

—Lo gris.

—Ah —cae en la cuenta Pressia. Ya ni siquiera la nota; se ha acostumbrado a que esté siempre revoloteando en el aire, día y noche, cubriendo como un fino encaje todo lo que todavía se mantiene en pie—. Ceniza. Tiene un montón de nombres: nieve negra, el forro sedoso de la Tierra (como la tela de forrar los monederos). Hay quien la llama la muerte oscura. Cuando baila y luego se posa, la llaman bendición de ceniza.

—¿Bendición? —se extraña Perdiz—. En la Cúpula utilizamos mucho esa palabra.

—Claro, supongo que tenéis razones de sobra. —No ha estado bien decir eso, pero es demasiado tarde.

—Alguna que otra.

—Bueno, es hollín, tierra y trozos de cosas de las explosiones —le explica Pressia—. No es bueno respirarlo.

—Tienes toda la razón —corrobora Perdiz al tiempo que se sube la bufanda por encima de la nariz y la boca—. Cuando lo aspiras te manchas los pulmones; lo he leído.

—¿Qué pasa? ¿Que tenéis libros sobre nosotros o algo así?

Eso pone furiosa a Pressia: que ese mundo sea un tema de estudio, una historia, y no un puñado de gente real intentando sobrevivir. El chico asiente y comenta:

—Documentación digitalizada.

—Pero ¿quiénes sois vosotros para saber cómo es aquí la vida si estáis metidos en una cúpula? ¿Qué somos, vuestras cobayas científicas?

—Yo no soy —esgrime Perdiz, a la defensiva—. Yo no hago esas cosas, es la gente que está al mando. Tienen cámaras muy modernas que graban por razones de seguridad. La ceniza hace que las tomas se vean difuminadas. Y después escogen trozos de las grabaciones para congelarlos en planos fijos y hacen reportajes sobre lo mal que están aquí las cosas y la suerte que tenemos nosotros.

—La suerte es relativa —replica Pressia.

«De momento solo podemos observaros desde la distancia, con benevolencia», así rezaba el mensaje; de modo que a eso se referían…

—Pero no lo captan todo. Como este aire polvoriento —agita la mano a su alrededor—, y la forma en que se te posa en la piel. El aire en sí está frío, y hay viento; nadie puede explicarte lo que es el viento, esa manera que tiene de llegar de repente y aguijonearte un poco la cara. Y cómo mueve el polvo en el aire, alrededor. No pueden captar nada de eso.

—¿Vosotros no tenéis viento?

—Es una cúpula, un entorno controlado.

Pressia mira a su alrededor y se para a pensar un momento en el viento. Repara ahora en que se nota la diferencia entre el hollín y el polvo —una cosa quemada y algo que ha sido destrozado o demolido—, se mueven de forma distinta en el aire. No se había fijado antes pero se sorprende diciendo:

—El hollín revolotea con casi cualquier movimiento del

viento, en cambio el polvo es más pesado. Acaba cayendo por su propio peso, a su ritmo.

—Ese tipo de cosas… Eso es lo que no pueden captar —comenta Perdiz.

Pressia hace una pausa antes de preguntar:

—¿Quieres jugar al Me Acuerdo?

—¿Eso qué es?

—¿En la Cúpula no jugáis?

—¿Es un juego?

—¿No acabo de decírtelo? Cuando conoces a alguien y todavía no sabes como es, le preguntas qué cosas recuerda del Antes. A veces es todo lo que puede sacarse de una persona, sobre todo de los mayores. Aunque ellos son los que mejor juegan. Mi abuelo se acuerda de mogollón de cosas.

A Pressia no se le da muy bien el juego; por mucho que sus recuerdos sean en colores, frescos, palpables a veces (como si pudiera sentir el Antes), no es capaz de expresar las sensaciones que le provocan. Se imagina jugando un día con sus padres, y cómo rellenarían los huecos que deja su memoria entre la pecera con el pez, la borla del bolso de su madre, el conducto de la calefacción, el desfile, el cepillo de alambre, el olor a jabón de hierbas, el abrigo de su padre, su oreja contra el corazón de él, y su madre cepillándole el pelo, cantándole la nana del ordenador, la de la niña en el porche y el niño que le ruega que se vaya con él... (¿Llegó la niña a reunir el valor para irse?) Quiere jugar con Perdiz. ¿De qué se acordará un puro? ¿No tendrá recuerdos más claros, menos enfangados por esa versión del mundo en la que vive ella?

El chico se echa a reír.

—Nunca nos dejarían jugar a un juego así. El pasado es el pasado: es de mala educación sacarlo a relucir. Solo los niños pequeños harían ese tipo de comentarios. —Y luego añade rápidamente—. No te lo tomes a mal; te cuento simplemente cómo son las cosas.

Pressia se lo toma a mal de todas maneras.

—Aquí lo único que tenemos es el pasado —replica la chica aligerando un poco el paso. Recuerda el discurso de Bradwell: «Quieren borrarnos de la faz de la tierra, junto con el pasado, pero no se lo vamos a permitir». Así es cómo funciona el olvido: eliminando el pasado y no hablando nunca de él.

Perdiz da grandes zancadas para alcanzarla y la coge por el codo del brazo que acaba en la cabeza de muñeca. Pressia se zafa y pega el brazo al cuerpo.

—No puedes ir por ahí agarrando a la gente. ¿Qué es lo que te pasa?

—Yo sí quiero jugar. Por eso estoy aquí, para averiguar cosas sobre el pasado.

La mira fijamente, asimilando la cara de la chica, escrutando con los ojos la parte donde empieza la quemadura. Pressia hunde la barbilla para que el pelo le caiga y le tape la cara.

—Perfecto, eso sí que ha sido de mala educación.

—¿El qué? —pregunta el chico.

—Mirar fijamente a la gente; a ninguno nos gusta que se nos queden mirando.

—No era mi intención… —Aparta la vista—. Lo siento.

Pressia no responde. Está bien que se crea que la ha ofendido y le debe algo, y también es bueno que la necesite como guía social: lo correcto y lo incorrecto de su cultura. Intenta aumentar el nivel de dependencia de él respecto a ella.

Avanzan un poco más en silencio. La chica lo está castigando, pero luego decide que también tiene que ser benévola y le hace entonces una pregunta que la ha estado rondando.

—Vale —le dice Pressia, dispuesta a tirarse un farol—, una vez compramos un coche nuevo con un gran lazo rojo por encima. Y me acuerdo de Mickey Mouse y los guantes blancos que llevaba.

—Ajá. Bien.

—¿Tú te acuerdas de cuando los perros llevaban gafas de sol? Eran muy graciosos, ¿verdad?

—La verdad es que no me acuerdo de ningún perro con gafas de sol —reconoce Perdiz—. Qué va.

—Vaya… Bueno, te toca a ti.

—Pues… mi madre solía contarme un cuento sobre una esposa cisne y un rey malo que le roba las alas y, no sé, creo que pensaba que mi padre era el rey malo.

—¿Y lo era?

—Solo era un cuento infantil. Mis padres no se llevaban bien, y así es la lógica de un niño. Pero me encantaba la historia…, bueno, me encantaba ella. Podía haberme contado lo que quisiese que yo la habría querido. Los niños quieren a sus padres, aunque estos no se lo merezcan; es inevitable.

El recuerdo es tan honesto y real que Pressia siente vergüenza por haber mentido en su turno. Vuelve a intentarlo.

—Una vez mis padres alquilaron un poni para mi cumpleaños cuando era pequeña.

—¿Para que los niños se montasen?

—Supongo.

—Qué bonito. Un poni… ¿te gustaban los ponis?

—No lo sé.

Se pregunta si el juego ha ayudado. ¿Confía más en ella ahora que han intercambiado recuerdos? Decide ponerlo a prueba.

—Antes, cuando has matado al terrón, cuando lo has sacado del agujero y lo has revoleado… no ha sido muy normal. Parecía algo imposible. —Espera a que el chico siga la conversación pero este hunde la barbilla en el pecho y no contesta—. Y antes, con los amasoides, cuando echaste a correr, me dio la impresión de que corrías más rápido que cualquier humano…

Perdiz sacude la cabeza y dice:

—La academia. Recibí entrenamiento especial, eso es todo.

—¿Entrenamiento?

—En realidad es la codificación. Aunque no funcionó del todo. Al parecer no soy un espécimen maduro. —Da la impresión de que no quiere hablar del tema, de modo que Pressia no lo presiona, deja que la conversación termine.

Prosiguen en silencio hasta que llegan por fin a la fachada de una tiendecilla en ruinas.

—Ya estamos.

—¿Ya estamos dónde? —pregunta Perdiz.

Pressia rodea una montaña de escombros y lo conduce hasta una gran puerta trasera de metal.

—La casa de Bradwell —murmura—. Te aviso de que está fusionado.

—¿Cómo?

—Con pájaros.

—¿Pájaros?

—Sí, en la espalda.

133

Perdiz la mira atónito y la chica disfruta de su asombro. Acto seguido llama a la puerta siguiendo las instrucciones del trozo de papel: un golpe, dos toquecitos suaves, una pausa y luego un sonoro tamborileo de nudillos. Oye ruido en el interior y entonces Bradwell golpea desde el otro lado repitiendo la secuencia con pequeños gongs que suenan a hueco.

—¿Aquí vive? ¿Cómo puede alguien vivir aquí?

Pressia da dos toques más.

—Espera allí, no quiero que lo asustes. —Le señala una pared en la penumbra.

—¿Se asusta fácilmente?

—Tú vete.

Perdiz se esconde en la oscuridad.

Se oye como un arañazo y entonces Bradwell descorre el pestillo y abre la puerta solo una rendija.

—Es plena noche —murmura, con una voz tan ronca que Pressia se pregunta si lo habrá despertado—. ¿Quién va? ¿Qué es lo que quieres?

—Soy Pressia.

La puerta se abre un poco más. Bradwell es más alto y ancho de lo que recordaba. En teoría un superviviente tendría que ser nervudo y ágil, un cuerpo que se esconde con facilidad, flaco, de sobrevivir con poca cosa. Pero él ha tenido que volverse musculoso para sobrevivir. Más allá de la cicatriz doble que le cruza la mejilla y de las quemaduras, lo que llama la atención de Pressia son sus ojos, tanto que hasta se le entrecorta la respiración. Los tiene negros, con una mirada dura que, sin embargo, cuando se fija en ella parece suavizarse, como si Bradwell pudiese ser más tierno de lo que aparenta.

—¿Pressia? Creía que no querías volver a verme.

La chica aparta la mejilla quemada y siente que se sonroja. ¿De qué tiene vergüenza?, ¿por qué? Escucha un aleteo detrás de Bradwell: las alas de los pájaros que viven en su espalda.

—¿A qué has venido?

—Quería darte las gracias por el regalo.

—¿A estas horas?

—No. No he venido por eso, pero he pensado que ya que estabas aquí te lo podía decir. Que estaba yo aquí, quiero decir.

—Está balbuceando; quiere parar—. Y he traído a alguien. Es urgente.

—¿A quién?

—A alguien que necesita ayuda. —Y en el acto añade—: No soy yo, yo no necesito ayuda, es otra persona.

Si no se hubiese encontrado con el puro ahora mismo estaría en la puerta de su casa pidiéndole a Bradwell que la salvara. Se da cuenta del alivio que supone no tener que acudir a él sola, para que la ayude a ella. Se produce un silencio. ¿Se echará atrás Bradwell? ¿Estará decidiendo qué hacer?

—¿Qué clase de ayuda?

—Es importante; si no, no habría venido.

Perdiz surge de entre las sombras.

—Ha venido por mí.

Bradwell mira de reojo a Perdiz y luego a Pressia.

—Entrad, corred.

—¿Qué es este sitio? —pregunta Perdiz.

—«ELLIOT MARKER E HIJOS. CARNES SELECTAS. ESTABLECIMIENTO FUNDADO EN 1933.» Encontré la plaquita de bronce tras las Detonaciones. Eso fue cuando alguna gente todavía alineaba a los muertos y los cubría con sábanas o los enrollaba en alfombras, como si alguna agencia gubernamental fuese a venir de repente con un plan de recuperación bajo el brazo. La primera planta (las vitrinas, la caja, la zona de cortar, el almacén, la oficina…) había desaparecido por completo, pero una noche retiré los escombros de la puerta trasera con la esperanza de que diese a un sótano. Y así fue. La carne se había echado a perder, pero las carnicerías están llenas de armas.

Cuando se le hace la vista a la oscuridad, Pressia ve que está junto a una extraña jaula con correas y cadenas, y una rampa que da al sótano. A su lado, Perdiz levanta la mano y toca una cadena.

—¿Y esto qué es? —pregunta.

—El corral de aturdimiento —explica Bradwell—. Metían a los animales por la puerta trasera, luego los aturdían y les ataban las patas con correas conectadas a una cinta que iba sobre raíles. Después colgaban los cuerpos boca abajo y los bajaban para procesarlos. —Bradwell se deja caer por la rampa con sus pesadas botas por delante—. Dad gracias de no ser una ternerilla de los viejos tiempos.

Pressia se sienta en el suelo del corral, se arrima al borde y se desliza hasta el sótano. Perdiz la imita y después ambos siguen a Bradwell por una parte del sótano que no está excavada, hacia el haz de luz de la cámara frigorífica que hay al fondo de la estancia.

—Aquí desangraban a los animales. Utilizaban cubas calientes y unidades de procesamiento. Los trasportaban por los raíles con un sistema de cabestrantes y por último les sacaban las entrañas y los despedazaban.

—¿Alguna vez dejas de dar clases? —le pregunta Pressia en voz baja.

—¿Qué?

—Nada.

En el techo se siguen viendo los raíles desnudos que llevan hasta la cámara, un cuartillo de tres por cinco metros, con paredes y techos metálicos.

—He quitado la mayor parte de los ganchos gigantes que colgaban de aquí.

Pero todavía queda alguno; en dos de ellos hay unos extraños seres colgados, algún tipo de híbrido, ambos despellejados. Bradwell también les ha quitado todo resto de fusión metálica o de cristal: a uno le falta un brazo y el otro tiene la cola amputada. Así, en carne viva, es difícil saber qué fueron en otro tiempo. En una esquina hay una jaula de alambre hecha a mano con dos animalejos con pinta de roedores.

—¿Dónde los has conseguido? —le pregunta Pressia.

—Del difunto sistema de alcantarillado; algunas de las tuberías más pequeñas quedaron intactas bajo los escombros. Los bichillos las utilizan. Algunos conductos se acaban y hay otros que están rotos del todo, y si te quedas esperando al final de las tuberías acabas atrapando algo.

—No tienen mucho sitio para moverse en estas jaulas —opina Pressia pensando en su *Freedle*.

—No quiero que se muevan, lo que quiero es que engorden.

Los bichos arañan con las uñas el suelo de cemento.

Las paredes están cubiertas de estantes interrumpidos por

hileras verticales de ganchos. Si a alguien le diese por colgar allí un sombrero, lo atravesaría de medio a medio. Perdiz se ha quedado mirándolos.

—No te vayas a emocionar ni a ponerte a hacer aspavientos o te colgamos en uno de esos ganchos.

La cámara no tiene muy buena ventilación, salvo por dos extractores fabricados a mano que hay por encima de una hornilla.

—La tienda está en la débil red de energía que utiliza la ORS para abastecer de luz la ciudad —les explica. Hay una sola bombilla colgando del techo en medio del cuarto.

Unas mantas de lana cubren dos viejos sillones que debió de encontrar tirados por la calle. Uno se ha fundido en sí mismo, al otro le falta un brazo y el respaldo, mientras que a ambos se les sale la gomaespuma; aunque se ve que ha intentado meterla para dentro, el relleno se escapa. Seguramente junta los dos sillones para dormir. Tiene una pequeña reserva de carne en lata del mercado y algunos frutos silvestres de los que crecen entre las zarzas en el bosque.

137

Pressia se pregunta si lo ha pillado con la guardia baja al haberse presentado así, de buenas a primeras. Se ha puesto a ordenar, guarda una sartén, mete otro par de botas bajo un sillón. ¿Estará avergonzado?, ¿nervioso tal vez?

Ve el baúl pegado a una de las paredes. Tiene ganas de abrirlo y de hurgar en él. Encima hay lo que parece un manual sobre carnicería, procesamiento y conservación de carnes de todo tipo.

—Bueno —interviene Bradwell—, pues bienvenidos a mi hogar, dulce hogar.

Todavía no le ha echado un buen vistazo al otro chico y no sabe que es un puro de carne y hueso. Perdiz tiene la capucha y la bufanda puestas y aprieta contra sí la bolsa, oculta bajo el abrigo, como Pressia le ha enseñado. Ahora está nerviosa. Recuerda la charla de Bradwell, lo mucho que odiaba a la gente de la Cúpula… Está preocupada, no sabe si ha tomado la decisión correcta. ¿Cómo reaccionará Bradwell? Hasta ahora no se le ha ocurrido que quizá considere al puro un enemigo. ¿Qué pasará en ese caso?

Bradwell separa los dos sillones.

—Sentaos —les dice a los otros dos chicos, que le hacen caso y se acomodan en los asientos deformes.

Bradwell mueve el baúl y se sienta encima. Pressia ve el revoloteo de pájaros bajo la camisa y se siente identificada: las aves forman ya parte de su cuerpo igual que la cabeza de muñeca de su brazo. Los pájaros están fusionados con su aliento vital, vivirán tanto como él. ¿Lo notará él si alguno se hiere las alas? Una vez, con doce años, intentó cortarse la cabeza de muñeca; pensaba que podía librarse de ella. El dolor fue agudo, aunque solo al principio. Después, cuando hundió más la hoja por la nuca del juguete y llegó hasta su propia muñeca, no dolió tanto, pero la sangre empezó a correr con tal brillo y con tanto brío que se asustó. Se puso un trapo contra la herida que enseguida se empapó de rojo. Tuvo que decírselo al abuelo, que actuó con rapidez. Sus conocimientos de la funeraria le vinieron de perlas; le hizo una sutura recta y se le quedó una cicatriz pequeña.

Pressia se echa contra el respaldo y, a pesar de que el calcetín le tapa el puño de cabeza, se tira una vez más de la manga del jersey para tener doble protección. Al puro puede resultarle grotesco, o incluso un síntoma de debilidad. ¿Qué pensará Bradwell?

Mira de reojo a Perdiz y se da cuenta de que también él ha visto la agitación bajo la camisa de Bradwell, aunque no dice nada. Pressia se imagina que ha debido de impactarle. Todo tiene que ser extraño para él: mientras que ella ha tenido años para acostumbrarse, él apenas lleva allí dos días como mucho.

—¿Me vas a contar ya quién es este? —pregunta Bradwell.

—Se llama Perdiz —le contesta Pressia, que le dice al puro—: Quítate la bufanda y la capucha.

El chico vacila.

—Está bien, no pasa nada. Bradwell está de tu lado.

«¿De verdad?», se pregunta Pressia, que alberga la esperanza de que al decirlo en voz alta convenza a Bradwell de que es cierto.

Perdiz se quita la capucha y se desenreda la bufanda. Bradwell le mira fijamente la cara, cubierta de ceniza pero sin marcas.

—Los brazos —dice Bradwell.

—No tengo ningún arma —dice el otro—. Salvo un cuchillo antiguo.

—No —replica Bradwell. Tiene la cara serena, salvo por los ojos, entornados y clavados en Perdiz, como cuando se apunta con una pistola—. Quiero verte los brazos.

Perdiz se remanga y deja a la vista más piel perfecta. Tiene algo de inquietante; Pressia no sabe por qué pero siente cierta repulsión. ¿Se trata de envidia, de odio? ¿Desprecia a Perdiz por su piel? Aunque es tan bonita...; no se le puede negar, parece nata...

Bradwell señala con la cabeza las piernas de Perdiz, que se agacha y se sube las perneras del pantalón. En el acto el otro chico se levanta y cruza los brazos sobre el pecho. Alterado, se frota la quemadura del cuello y va hacia la cámara sorteando los ganchos que cuelgan con los híbridos. Una vez allí fija la vista en Pressia y le dice:

—¿Me has traído a un puro?

La chica asiente.

—Vamos a ver, sabía que eras distinta, pero...

—De cierta clase, ¿no?

—Al principio lo pensaba, pero luego me insultaste.

—Yo no te insulté.

—Sí lo hiciste.

—No, eso es mentira, simplemente no me gustó tu forma de clasificarme. Y te lo dije. ¿Eso es lo que crees siempre que te corrige alguien?, ¿que te están insultando?

—No, es que...

—Y luego les das un regalo de cumpleaños cruel, para recordarles lo que piensas de ellos.

—Creí que te gustaría el recorte. Solo pretendía tener un detalle contigo.

Pressia se queda callada un momento y luego dice:

—Ah, bueno, pues gracias.

—Eso lo has dicho antes, pero supongo que era con sorna.

—Puede que no estuviese siendo del todo sincera...

—Ejem, perdonadme... —interviene Perdiz.

—Eso —dice Bradwell, pero entonces vuelve a dirigirse a Pressia—. ¿Y tú, que me traes a un puro? ¿Es otra modalidad de regalo cruel?

—No sabía adónde más ir.

—¿Un puro? —repite Bradwell, que no da crédito—. ¿Sabe algo de lo que pasó?, ¿de las Detonaciones?

—Pregúntale a él, sabe hablar.

Bradwell se queda mirando al chico; puede que le tenga miedo, o tal vez lo desprecie.

—¿Y bien? —le pregunta Bradwell entonces.

—Yo lo que sé es lo que me han contado, todo cuento —reconoce Perdiz—, aunque también sé algo sobre la verdad.

—¿Qué verdad?

—Bueno, sé que no te puedes fiar de todo lo que te dicen. —Se desabrocha el abrigo y saca la bolsa de cuero—. Me han contado que aquí era todo horrible antes de las bombas y que invitaron a todo el mundo a unirse a la Cúpula antes de que el enemigo nos atacase. Pero hubo gente que se negó a entrar: los violentos, los enfermos, los pobres, los testarudos, los incultos. Mi padre me dijo que mi madre intentó salvar a algunos de esos miserables.

—¿Miserables? —repite Bradwell indignado.

—Un momento —le dice Pressia a Bradwell—. No perdamos la calma.

—¡Está hablando de nosotros! —exclama el chico.

—Os estoy diciendo lo que me enseñaron, no lo que yo creo —se excusa Perdiz.

Se quedan callados un momento y Bradwell mira a Pressia, que está esperando a que contraataque. Sin embargo, el chico parece rendirse y agita una mano.

—¿Por qué no nos llamas «hermanos y hermanas»? Así es como nos llamasteis en el Mensaje, «hermanos y hermanas», una gran familia feliz.

—¿Qué mensaje? —quiere saber Perdiz.

—¿No conoces el Mensaje? —le pregunta la chica.

El puro sacude la cabeza.

—¿Se lo recito? —pregunta Bradwell a Pressia.

—Mejor pasemos a otra cosa.

Bradwell, en cambio, se aclara la garganta y se pone a recitarlo:

—«Sabemos que estáis ahí, hermanos y hermanas. Un día saldremos de la Cúpula para reunirnos con vosotros en paz. De momento solo podemos observaros desde la distancia, con benevolencia.»

—¿Cuándo lo enviaron? —le pregunta Perdiz.

—Unas cuantas semanas después de las Detonaciones —explica Pressia, que luego le pide a Bradwell—: anda, déjale que siga.

Perdiz mira al otro chico, que no dice nada, y entonces prosigue:

—Vivíamos en la ciudad, en la calle Lombard, y cuando dieron la voz de alarma entramos en la Cúpula. Mi madre se quedó fuera ayudando a los... a otra gente... intentando concienciarlos. Mi hermano y yo ya estábamos en la Cúpula, de visita. Ella no consiguió llegar a tiempo, murió como una santa.

Bradwell refunfuña entre dientes y dice:

—No hubo ninguna alarma.

Perdiz mira a Bradwell desafiante.

—Por supuesto que sí.

—No hubo ninguna alarma, créeme.

Pressia recuerda la advertencia sobre el tráfico. Eso es lo más parecido a una alarma en la historia de su abuelo. Mira por turnos a ambos chicos.

—No hubo mucho tiempo, eso sí lo sé. Pero sí que hubo una alarma, y la gente salió corriendo hacia la Cúpula. Fue una locura y se perdieron muchas vidas por el camino.

—Se perdieron muchas vidas —repite Bradwell—. Tal y como lo cuentas parece como si hubiese sido un accidente o algo así.

—¿Qué podíamos hacer? Intentábamos protegernos —se defiende Perdiz—. No podíamos salvar a todo el mundo.

—No, ese nunca fue el plan.

Se hace el silencio en la habitación por un momento y únicamente se escucha el ruido de las uñas de los roedores contra el suelo.

—Hay mucho más de lo que tú te crees detrás de todo eso —insiste Bradwell.

—Ahora no tenemos tiempo para lecciones —replica Pressia—. Déjalo que hable, anda.

—¿Lecciones? —repite Bradwell.

141

—No tienes por qué ser tan... —Pressia no está segura de cuál es la palabra adecuada.

—¿Pedante? —dice el propio Bradwell.

La chica no sabe qué significa «pedante», pero no le gusta el tono de superioridad que ha usado.

—Tan así —termina Pressia su frase—. Que le dejes hablar.

—Vale, de momento tengo que mantener la calma y, más concretamente, no ser «tan así»... ¿Algo más? —le pregunta Bradwell a la chica—. ¿Qué pretendes, operarme la personalidad? ¿Qué tal cirugía a corazón abierto? Tengo algo de instrumental.

Pressia se recuesta en la silla y se echa a reír, con una risa que la sorprende. No está muy segura de qué es lo que le hace gracia, pero se la hace. Bradwell es tan grande y habla tan alto, y no sabe muy bien cómo pero le da la sensación de que, de algún modo, lo ha pillado en un renuncio.

—¿Qué te hace tanta gracia? —pregunta Bradwell con los brazos extendidos.

—No sé. Supongo que es porque eres un superviviente..., eres casi una leyenda... Pero te picas con mucha facilidad...

—¡Yo no me pico! —replica Bradwell, que mira luego a Perdiz.

—Un poco sí que te picas —corrobora el puro.

Bradwell vuelve a su asiento en el baúl, suspira profundamente y cierra los ojos para al cabo volver a abrirlos.

—Ya está, ¿lo veis? Estoy bien. Ya no me pica nada.

—¿Qué más, Perdiz? Sigue —le anima Pressia.

El chico se frota la mugre de las manos. Todavía tiene la mochila sobre el regazo. Abre la cremallera y saca un librito encuadernado en cuero.

—Hace unas semanas descubrí las cosas de mi madre —continúa—. Y de pronto sentí como que existía un mundo totalmente distinto al que me habían enseñado. Sus cosas... todavía perviven. No sé, es difícil de explicar. Y ahora que estoy aquí recuerdo que lo feo es lo que hace que lo bonito sea bonito.

Pressia sabe a qué se refiere: una cosa no puede existir del todo sin la otra. Le cae bien Perdiz, le gusta la forma que tiene de abrirse a los demás sin necesidad, hace que confíe en él.

—¿Para qué has venido? —pregunta Bradwell, que quiere ir al grano.

—Después de encontrar sus cosas seguí indagando y mi padre… —Se detiene un instante y se le ensombrece la cara. Pressia no sabe interpretar bien esas emociones; tal vez quiera a su padre, o quizá lo odie. Cuesta decirlo. A lo mejor su padre es de esos a los que quieres aunque no se lo merezcan—. Fue uno de los cabecillas del éxodo a la Cúpula y sigue siendo una persona destacada. Es científico e ingeniero —habla sin altibajos, con calma.

Bradwell se acerca a Perdiz.

—¿Cómo se llama tu padre?

—Ellery Willux.

Bradwell se echa a reír y sacude la cabeza.

—Los Willux.

—¿Conoces a su familia? —le pregunta Pressia.

—Puede que haya visto su apellido —responde sarcástico.

—¿Qué significa eso? —quiere saber Perdiz.

—Los Mejores y Más Brillantes. Pero, bueno, ¿qué tenemos aquí? Tú eres de buena raza.

—¿Cómo conoces a mi familia?

—Sobrevienen las Detonaciones y a ti te parece que es una mera coincidencia que la Cúpula exista y que algunos consigan entrar y otros no. ¿Crees que no hubo ningún plan detrás de todo eso…?

—Venga —intenta mediar la chica. Hay que guardar la calma; Pressia no puede arriesgarse a que Bradwell se exalte, así que decide preguntarle a Perdiz—: ¿Cómo saliste?

—Resulta que enmarcaron algunos de los planos del diseño original y se lo regalaron a mi padre por sus veinte años de servicio. Los estudié, el sistema de filtrado del aire, la ventilación… Se oye cuando está encendido, es como un murmullo leve y profundo que se escucha por debajo de todo. Empecé a apuntarlo en un diario. —Levanta el cuaderno de cuero que tiene en la mano—. Fui anotando cuándo se encendía y cuándo se apagaba. Y luego averigüé cómo colarme en el sistema principal y que un día en concreto, a una hora determinada, podría pasar por los ventiladores del sistema de circulación cuando estaban en reposo, durante unos tres minutos y cuarenta y dos

143

segundos. Luego, después de eso, me encontraría con una barrera de fibra transpirable que podría cortar para pasar. Y eso fue lo que hice. —Esboza una leve sonrisa—. Al final casi me succiona el viento, pero por suerte no acabé hecho picadillo.

Bradwell lo mira de hito en hito.

—Y sales, así sin más. ¿Y en la Cúpula se quedan tan tranquilos? ¿No te está buscando nadie?

El puro se encoge de hombros.

—Ya deben de tener sus cámaras buscándome. Aunque no funcionan muy allá. Nunca han ido muy bien, por la ceniza. Pero a saber si vendrán a por mí… En teoría nadie puede abandonar la Cúpula… bajo ningún pretexto. Las misiones de reconocimiento están prohibidas.

—Pero tu padre… —interviene Pressia—, si tu padre es una persona destacada… ¿No mandarán un equipo a buscarte?

—Mi padre y yo no nos llevamos muy bien. Y en cualquier caso, nunca antes se ha hecho. Nunca ha salido nadie, a nadie se le ha ocurrido… como a mí.

Bradwell sacude la cabeza.

—¿Qué has dicho que tienes en ese sobre?

—Son objetos personales, cosas típicas de una madre: alguna joya, una caja de música, una tarjeta.

—No me importaría echarle un vistazo. Puede que haya algo interesante.

Perdiz vacila, y Pressia se da cuenta de que no se fía de Bradwell. El puro coge el sobre que contiene las pertenencias de su madre y lo vuelve a meter en la mochila.

—No es nada.

—De modo que por eso has venido, ¿para encontrar a tu madre, la santa? —lo interroga Bradwell.

Perdiz ignora el tono del otro chico.

—En cuanto vi sus cosas empecé a dudar de todo lo que me habían contado. Y, como también me habían dicho que estaba muerta, también dudé de eso.

—¿Y qué pasaría si estuviese muerta? —le pregunta Bradwell.

—Ya estoy hecho a la idea —dice Perdiz con estoicismo.

—Nosotros también. La mayoría de la gente ha perdido a un montón de seres queridos.

144

Bradwell no conoce la historia de Pressia, pero sabe que ha perdido a alguien. Es algo común a todos los supervivientes. Perdiz tampoco sabe nada de ella ni qué ha perdido, pero la chica no tiene ganas de contarlo.

—Perdiz tiene que encontrar la calle Lombard. Vivían allí, así que por lo menos puede empezar por ahí —dice la chica—. Necesita el plano antiguo de la ciudad.

—¿Por qué tendría que ayudarlo?

—Tal vez él pueda ayudarnos a cambio.

—No necesitamos su ayuda.

Perdiz se queda callado, mientras que Bradwell, por su parte, se echa hacia atrás y los contempla a ambos. Pressia se acerca a él y le confiesa:

—A lo mejor tú no, pero yo sí.

—¿Para qué lo necesitas?

—Como moneda de cambio con la ORS. Igual pueden tacharme de la lista. Y mi abuelo está enfermo, y es todo lo que tengo. Sin ayuda seguro que... —De pronto se siente mareada, como si al contar sus miedos en voz alta (que su abuelo puede morir, que la ORS la reclutará y la desahuciará por su mano mala) ya no hubiese vuelta atrás y se hicieran realidad. Tiene la boca seca. Apenas es capaz de decirlo, pero luego las palabras salen en tropel—: No lo conseguiremos.

Bradwell le da una patada al baúl y los pájaros, alterados pero sin poder ir a ninguna parte, baten alocadamente las alas bajo la camisa. El chico mira a Pressia. Está cediendo, ella lo ve; puede que hasta llegue a ceder por ella.

Pero no quiere su compasión; odia la piedad, por eso se apresura a decir:

—Solo necesitamos un plano. Podemos arreglárnoslas solos.

Bradwell sacude la cabeza.

—No nos pasará nada —afirma Pressia.

—A lo mejor a ti no, pero él no lo conseguiría. No está adaptado a este entorno; sería una pena desperdiciar a un puro, tan bueno y perfecto, dejándolo por ahí suelto para que un amasoide le aplaste la crisma.

—Gracias por el voto de confianza —dice Perdiz.

—¿Cómo era la calle? —pregunta Bradwell.

—Lombard. El número ciento cincuenta y cuatro.

—Si la calle aún existe, te llevaré hasta allí. Y después quizá lo mejor es que vuelvas a casa, a tu Cúpula con tu papaíto.

Perdiz se siente ofendido y se echa hacia delante para empezar a decir:

—No necesito que…

Pero Pressia lo interrumpe:

—Nos llevaremos el plano y, si nos puedes acercar a la calle Lombard, estupendo.

Bradwell mira al otro chico, dándole la oportunidad de acabar la frase. Perdiz, sin embargo, debe saber que Pressia tiene razón: han de aceptar cualquier ayuda que puedan prestarles.

—Eso. Llegar a Lombard sería estupendo. No te pediremos nada más.

—De acuerdo —concede Bradwell—. Pero no es fácil, la verdad. Si la calle no tenía edificios importantes, lo normal es que no podamos localizarla. Y si estaba cerca del centro de la ciudad, seguramente formará parte de los escombrales. No os puedo garantizar nada.

Se agacha y abre el baúl, de donde, tras rebuscar unos instantes con cuidado, saca un viejo plano de la ciudad. Está destrozado, los pliegues están tan gastados que parece una gasa.

—Calle Lombard. —Despliega el plano sobre el suelo y Perdiz y Pressia se arrodillan a su lado. El chico pasa el dedo por las cuadrículas de un lado y luego señala con el dedo el cuadrado 2E.

—¿La has visto? —le pregunta Pressia, que de repente tiene la esperanza de que la casa siga en pie, y desea, más allá de toda lógica, que la calle esté como antiguamente: grandes casas todas en fila con escalones de piedra blanca y hermosas verjas de entrada, ventanas con cortinas que dan a habitaciones coquetas, bicis atadas en la entrada, gente paseando a sus perros, tirando de carritos… No entiende por qué se permite hacerse esas ilusiones; a lo mejor tiene algo que ver con el puro, como si su optimismo fuese contagioso.

El dedo de Bradwell se detiene en una intersección.

—¿Siempre tienes tanta potra? —le pregunta a Perdiz.

—¿Cómo? ¿Dónde está?

—Sé perfectamente dónde está Lombard.

Se levanta, sale de la cámara y pasa a la estancia más amplia. Se arrodilla junto a la pared derruida y retira unos cuantos ladrillos dejando a la vista un agujero lleno de armas: ganchos, cuchillos, machetas. Saca unos cuantos, los lleva a la cámara frigorífica y les da a cada uno un arma. A Pressia le gusta sentirla en la mano, aunque no quiere ni pensar en cómo la utilizarían en la carnicería... o el uso que le da el propio Bradwell.

—Por si acaso —les dice. Acto seguido se mete un cuchillo y un gancho en unas presillas que tiene cosidas en el interior de la chaqueta y coge una pistola—. Me encontré un montón de pistolas eléctricas como esta. Al principio creí que eran una especie de bombas para la bici. En vez de balas, tienen un cartucho que provoca una descarga alucinante cuando la pones contra la cabeza de una vaca o de un cerdo. Están bien para el combate cuerpo a cuerpo, o para cuando te ataca un amasoide.

—¿Puedo verlas? —le pregunta Perdiz.

Bradwell se la tiende y el otro chico la coge con cuidado, como si fuese un animalillo.

—La primera vez que la utilicé fue contra un amasoide. Me saqué la pistola del cinturón y, entre la maraña cerrada de cuerpos, encontré la base de un cráneo. Cuando apreté el gatillo, la cabeza se le quedó como colgando. El amasoide debió de sentir el repentino impacto de la muerte a través de sus células compartidas porque reculó y describió un pequeño círculo, como si estuviese intentando quitarse de encima al que estaba muerto. Lo dejé allí, con la cabeza bailándole adelante y atrás, y salí por piernas.

—No sé si seré capaz de hacerlo —dice Pressia con la vista clavada en el cuchillo que tiene entre las manos.

—Si es cuestión de vida o muerte —le dice Perdiz—, seguro que puedes.

—A lo mejor no sé procesar una vaca pero conozco estas armas igual o mejor que cualquier carnicero... Es un medio de subsistencia —añade Bradwell.

Pressia se mete el cuchillo en el cinturón; preferiría utilizarlo para cortar alambre y hacer sus juguetes de cuerda antes que para matar a alguien.

—¿Adónde hay que ir exactamente?

—A la iglesia —le explica Bradwell—. Todavía queda una

parte en pie, una cripta. —Calla y se queda con la mirada fija en una de las paredes de la cámara, como si estuviese mirando al través—. A veces voy allí.

—¿A rezar? —se extraña Pressia—. ¿Es que crees en Dios?

—No, es que es un sitio seguro, con paredes gruesas y una estructura sólida.

Pressia no sabe qué pensar sobre Dios. Lo único que tiene claro es que las gentes del lugar hace tiempo que abandonaron toda noción de religión o fe, aunque todavía hay quien rinde culto a su modo, y algunos incluso confunden la Cúpula con una versión del Cielo.

—He oído hablar de gente que se reúne y enciende velas y escribe cosas. ¿Es ahí donde se reúnen?

—Creo que sí —dice Bradwell mientras pliega el plano—. Hay restos... cera, pequeñas ofrendas...

—Nunca he creído que, por mucha esperanza que tenga uno, se pueda conseguir algo rezando —comenta Pressia.

Bradwell coge un chaquetón de un raíl metálico que tiene encima de la cabeza y le dice:

—Es probable que recen por eso, para tener esperanza.

148

Il Capitano

Escopetas

La tela del toldo está hecha jirones; lo único que queda son las varas de aluminio atornilladas al viejo asilo. Il Capitano mira al cielo gris a través del esqueleto de metal carbonizado que es el toldo. «Pressia Belze», el nombrecito se ha vuelto popular. ¿Por qué estará Ingership tan obsesionado de repente con una superviviente llamada Pressia Belze? A Il Capitano no le gusta el nombre, cómo sale por la boca, igual que un zumbido. Ha dejado de buscarla; no es su trabajo andar rastreando por las calles, de modo que hace una hora se ha vuelto para casa y ha mandado a sus hombres en busca de la chica. Ahora se pregunta si pagará cara esa decisión. ¿Podrán esos idiotas encontrar a la chica sin él? Lo duda mucho.

—¿La tenéis? Cambio —chilla por el *walkie-talkie*, que se queda mudo—. ¿Me copiáis? Cambio. —Sin respuesta—. Ya está otra vez estropeado —se queja Il Capitano.

Y luego su hermano Helmud murmura:

—Estropeado.

Helmud solo tiene diecisiete años, dos menos que Il Capitano, y siempre ha sido el menor. Este y Helmud tenían diez y ocho respectivamente cuando se produjeron las Detonaciones. Helmud está fusionado a la espalda de Il Capitano; el efecto visual es el de un eterno paseo a caballito: Helmud tiene su propia parte superior del cuerpo pero el resto lo coge de su hermano, mientras que los bultos de los huesos y los músculos de sus muslos se amontonan en una gruesa franja por la parte baja de la espalda de Il Capitano. Iban en una moto de cross, con Helmud detrás, cuando el blanco blanquísimo y el viento caliente los embistieron. Il Capitano había reconstruido el motor con sus propias manos. Ahora tiene los esmirriados brazos de Helmud alrededor de su grueso cuello.

El *walkie-talkie* vuelve a la vida. Il Capitano oye la radio del camión y el refunfuño de las marchas, como si estuviese subiendo una cuesta. Por fin aparece la voz del soldado a través del ruido:

—No. Pero la encontraremos, confíe en mí. Cambio.

«Confíe en mí», piensa Il Capitano, que se guarda el aparato en la pistolera y mira hacia atrás, a su hermano:

—Como si alguna vez me fiase yo de alguien. Ni siquiera de ti.

—Ni siquiera de ti —susurra Helmud en respuesta.

Siempre ha tenido que confiar en Helmud. Llevan mucho tiempo solos el uno con el otro. Nunca tuvieron un padre de verdad, y con solo nueve años Il Capitano perdió a su madre de una gripe virulenta en un sanatorio como el que tiene ahora delante.

Grita por el *walkie-talkie*:

—Si no la cogéis, Ingership nos va a dar para el pelo. No la fastidiéis. Cambio y corto.

Es tarde y la luna se ha perdido en una neblina gris. A Il Capitano se le pasa por la cabeza ir a ver si Vedra sigue trabajando en la cocina. Le gusta contemplarla entre el vapor del lavavajillas. Podría ordenarle que le hiciese un sándwich, al fin y al cabo es el oficial de mayor graduación en el cuartel general. Pero sabe lo que pasará con Vedra: charlarán mientras ella corta la carne, con las manos desolladas de tanto trabajar, con toda su piel cicatrizada a la vista, toda esa brillante carne cauterizada. Le hablará con su voz dulce, hasta que sus ojos acaben desviándose hacia la cara de su hermano, siempre presente, siempre mirando de reojo por encima del hombro. Odia que la gente no pueda evitar mirar a Helmud mientras él habla, una estúpida marioneta cabeceando en su espalda, y le entra una rabia por dentro tan veloz y afilada que podría quebrarse. A veces, por la noche, mientras escucha la respiración profunda de su hermano, fantasea con darse la vuelta, tumbarse boca arriba y asfixiarlo de una vez por todas. Sin embargo, si Helmud muriese, él iría detrás. Lo sabe: ambos son demasiado grandes para que uno muera y el otro viva; están demasiado entrelazados. A veces parece tan inevitable que apenas puede soportar la espera.

En lugar de ir a ver a Vedra a la cocina, decide internarse en el bosque —o lo que queda de él y lo que está volviendo a crecer— para echar un vistazo a sus trampas. Lleva encontrándoselas vacías dos días seguidos. Atrapa cosas pero viene algún otro bicho y se las come.

En cuanto rodea el cuartel general aparecen fortines hechos con tablones de madera, láminas metálicas sobre la tierra baldía y muros de piedras. Por encima de todo esto hay alambre de espino y, más allá, edificios en ruinas; uno de ellos tiene una fila de columnas y detrás de otros dos solo se ve el cielo de hollín. Le gusta el cielo por encima de cualquier cosa. En otra época, de niño, quiso pertenecer a las fuerzas aéreas. Sabía todo lo que podía saberse sobre volar; sacaba libros de la biblioteca y tenía un viejo vídeo de un simulador de vuelo con el que pasaba horas entrenando. De su padre no sabía nada salvo que había estado en las fuerzas aéreas, que fue piloto de guerra y que lo echaron del ejército por problemas mentales. «Como una cabra —solía decir su madre de él—. Tenemos suerte de que se haya ido.» Ido ¿adónde? Il Capitano nunca lo supo, aunque sí llegó a comprender que tenía cierto parecido con su padre: quería surcar los cielos y estaba loco. Lo más cerca que estuvo de volar fue cuando montaba en la moto de cros y se quedaba suspendido en el aire después de un salto. Ahora no le gusta recordarlo.

Aunque no es piloto, es oficial. Es el encargado de seleccionar a los reclutas novatos. Decide quiénes se entrenarán y quiénes no. A algunos los envía a los puestos avanzados de deseducación, para desarmarlos un poco mentalmente y hacerlos así más dóciles: más dispuestos a acatar órdenes y menos a causar problemas. Desecha a los débiles y retiene a algunos en rediles de detención diseminados por los alrededores. Responde directamente ante Ingership, con el que se comunica a través de mensajeros personales.

A veces Ingership le manda cosas a Il Capitano para que se las dé de comer a los reclutas más débiles: mazorcas retorcidas, tomates paliduchos con más polvo por dentro que pulpa, carne no identificada... Después informa a Ingership de qué comida les sienta mal y cuál no. ¿De dónde provendrán esos alimentos? No hace preguntas. Il Capitano también prueba cosas con los reclutas débiles por interés propio, como bayas que encuentra por el bosque, colmenillas, hojas que podrían ser albahaca o menta pero nunca lo son. A veces los reclutas débiles enferman; en ocasiones mueren. De vez en cuando no les pasa nada y entonces Il Capitano cosecha esos frutos y los comparte con Helmud.

De vez en cuando Ingership le ordena a Il Capitano que jueguen a El Juego, en el que liberan a uno de los reclutas débiles para que Il Capitano le dé caza como a un ciervo enfermo. En realidad es piedad; eso se dice Il Capitano. ¿Para qué tenerlos sufriendo en un redil? Es mejor acabar con ellos de una vez por todas. Él lo preferiría así. El Juego le recuerda a cuando cazaba ardillas de pequeño, en el bosque de al lado de su casa, pero, una vez más, no del todo. Nada es ya como era. Hace tiempo que Ingership no le ordena jugar, e Il Capitano tiene la esperanza de que se le haya olvidado y no vuelva a pedirlo. En las últimas semanas, su superior se ha vuelto bastante impredecible. De hecho, justo ayer organizó un equipo propio para una muertería que decidió emprender contra todo el mundo y sin avisar.

De camino al bosque, Il Capitano pasa por delante del redil: seis por seis metros, cercado por alambradas, con suelo de cemento. Los reclutas están apiñados en una esquina, gimiendo y cuchicheando, hasta que oyen las pisadas y rápidamente se mandan callar los unos a los otros. Ve sus extraños miembros retorcidos, el brillo de varios tipos de metal, el destello del cristal. Apenas son humanos cuando les echan el guante, tiene que recordarse, pero aun así aparta la vista cuando pasa por delante.

—Si están ahí es porque Dios así lo ha querido, Helmud. Podrías ser tú.

—Ser tú —repite Helmud.

—Cállate, Helmud.

—Cállate.

No sabe muy bien a qué viene tanta historia con la recluta nueva, Pressia Belze. Ingership quiere que la chica sea ascendida a oficial nada más llegar y que Il Capitano espere instrucciones urgentes de ella para una misión, pero que, mientras, la devuelva «al rebaño». Il Capitano no está muy seguro de qué significa eso; tampoco de cuánto se supone que debe saber. ¿Debe saber, por ejemplo, que en realidad Ingership no es más que un burócrata mediocre? ¿Debe saber que esa milicia —cinco mil repartidos en tres centros y otros tres mil deseducándose—, por muy grande o muy fuerte que llegue a ser, nunca conquistará la Cúpula? Es impenetrable y está bien pertrechada. ¿Sabrá Ingership que Il Capitano ha perdido el entusiasmo? Ya se ha rendido a la idea de que no podrá abrir fuego contra sus hermanos y hermanas puros. También él lo único que hace es intentar sobrevivir.

Aunque, en realidad, siempre ha vivido en la supervivencia. Ha sido un superviviente desde que su madre murió cuando él tenía nueve años. Cuidó de su hermano en un fortín que construyó en el bosque que rodeaba su antigua casa. Conseguía dinero como podía, trapicheando con esto y lo otro, e iba sumando escopetas y munición a las armas que había dejado su padre antes de irse.

—Acuérdate de todas nuestras armas —le dice Il Capitano a Helmud, ya internándose por los árboles, con el cuartel general a su espalda. A veces siente verdadera nostalgia de sus escopetas.

—Armas —hace eco Helmud.

Ya antes de las Detonaciones había muchos precavidos que vivían en el bosque apartados de todo, con sus propios recursos. Un vecino, un anciano que había estado en un par de guerras, le enseñó a Il Capitano cómo esconder las pistolas y la munición, y este hizo todo lo que el viejo Zander le dijo: compró una tubería de PVC del 40 de quince centímetros de diámetro y topes en los extremos, y disolvente de PVC. Una tarde de finales de invierno su hermano y él se dedicaron a desmontar los rifles en casa. Il Capitano recuerda el aguanieve que caía, el sonido contra las ventanas. Los dos hermanos untaron las piezas de las armas con aceite antióxido y dejaron una pátina como de cera en rifles y manos. Helmud cogió la bolsa de aluminio, la cortó en pedazos más pequeños y envolvió acciones, culatas, bloques de gatillo,

153

guardamanos, cargadores, miras, trípodes y varios miles de balas del calibre 223, junto con bolsitas de gel de sílice para la humedad. Esto último se le ocurrió a Il Capitano, que las había visto en las cajas de los viejos tacones de su madre en el armario. Helmud fundió los bordes de las bolsas con un hierro y lo cerraron todo al vacío con la Shop-Vac del vecino.

Para desengrasarlas llegada la hora, empaquetaron seis latas pequeñas de 1,1,1-tricloroetano, además de varillas limpiadoras, parches, disolvente Hoppe del número 9, lubricante, grasa, un juego de matrices de repuesto y un manual de usuario bastante manoseado. Cuando terminaron, lo envolvieron todo con cinta americana y rellenaron la tubería con las bolsas de munición, las piezas y los recambios de rifle. Sellaron los extremos y luego Helmud dijo:

—Deberíamos pintar nuestras iniciales.

—¿Tú crees? —dudó su hermano.

Pero eso hicieron. Il Capitano sabe que por entonces creían en la posibilidad de morir antes de poder desenterrarla; de ese modo, si alguien se las encontraba, recibirían un cierto reconocimiento. Con un grueso rotulador negro permanente Helmud escribió H. E. C, de Helmud Elmore Croll. En cuanto a «Il Capitano», ese fue el apodo que le puso su madre antes de irse al sanatorio: «Te quedas al cargo hasta que vuelva, Il Capitano». Pero nunca volvió y él escribió sus iniciales, I. C. C. —Il Capitano Croll—, y dejó que su nombre de pila se perdiese para siempre.

El viejo Zander les prestó una excavadora y cavaron en un agujero que había dejado un roble al caerse. Lo enterraron todo en vertical, para que fuese más difícil localizarlo con un detector de metales. Il Capitano dibujó el plano con la cuenta de los pasos tal y como se lo había sugerido el viejo Zander: «Por si la naturaleza salta por los aires y se borran todas las referencias». Il Capitano pensó que el viejo chocheaba pero aun así siguió sus instrucciones. No volvió a verlo tras las Detonaciones, aunque tampoco lo buscó.

Después de las bombas Il Capitano creyó que su hermano moriría, y él tampoco las tenía todas consigo; estaba quemado, lleno de ampollas, ensangrentado. Sin embargo, logró volver al bosque, cerca de la casa, y, con un trozo de pala que encontró, contó los pasos de memoria. Del plano no quedaba ni rastro. Cavó con la cabeza de la pala entre las manos y su hermano moribundo a la espalda.

Cuando encontró las armas se le pasó por la cabeza dispararle primero a Helmud en la cabeza y luego a sí mismo, y ponerle fin a todo. Pero Il Capitano sentía los latidos de su hermano a través de las costillas y algo le impedía apretar el gatillo.

Si sobrevivieron fue por las armas. Y no tanto por usarlas —aunque Il Capitano tuvo que matar a gente por cuestiones de supervivencia en los primeros meses—, sino más que nada porque las trocó a cambio de un buen puesto en la ORS. Eso fue después de que la Operación Rescate y Salvamento se convirtiese en Operación Revolución Sagrada, cuando buscaban jóvenes y fieros reclutas con nada que perder. Además, uniéndose a la ORS ni él ni Helmud pasarían hambre.

El bosque sigue calcinado, con los árboles más viejos caídos y ennegrecidos. Hubo algunos que superaron la explosión, aunque despojados de todo ramaje; otros se quedaron con las ramas permanentemente vencidas por la presión de las Detonaciones, unos árboles que apuntan hacia la tierra en vez de hacia el cielo, como si intentaran apoyarse. El sotobosque, sin embargo, se ha regenerado, en su lenta lucha por un poco de sol cubierto de ceniza. Han surgido matorrales de las raíces de los árboles, nuevos arbustos a los que Il Capitano no logra acostumbrarse. Dan pequeñas bayas que son venenosas y que a veces echan hojas escamadas. Una vez encontró un arbusto que se abría camino por debajo de un arce destrozado y tenía unas hojas cubiertas por un pelaje ralo. Y no era pelusilla, era pelo de verdad.

Va caminando de una trampa a otra, internándose cada vez más en el bosque. Todas han saltado. No hay rastro de sangre aunque los pellejos están, y también los huesos, algunos partidos y con el tuétano succionado. No tiene sentido. Aunque es más desconcierto que enfado lo que siente. No conoce ningún bicho que trabaje de forma tan limpia; está desorientado.

A unos seis metros de la última trampa oye algo en el aire, un zumbido leve y profundo. Se detiene.

155

—¿Lo has oído? —le pregunta a su hermano, aunque es como hablar consigo mismo.

El zumbido se hace más suave como si estuviese alejándose de él a gran velocidad. ¿Es un motor? Parece demasiado limpio para ser un motor, y desaparece más rápido de la cuenta.

Va hasta la última trampa y hay una especie de gallina salvaje muerta, hinchada y desplumada; pero no está en la trampa, sino al lado, y el cepo ha saltado aunque la gallina no presenta signos de haber sido sacrificada, salvo por un granjero que le hubiese retorcido hábilmente el gaznate. Da la impresión de estar esperándolo, como un presente preparado para Il Capitano. La toca con una caña de bambú y le da la vuelta. La coge y encuentra, acurrucados bajo su cuerpo como si fuese una extraña broma, tres huevos marrones, uno de ellos moteado.

Coge el que tiene puntitos y lo mece en la palma. Es como si alguien de ahí fuera quisiera, de algún modo, tenderle una mano.

¿Cuándo fue la última vez que había visto un huevo y lo había tenido entre las manos? Tal vez antes de las Detonaciones, cuando su madre todavía vivía en casa y los compraban en cartones de poliestireno.

La gallina y los huevos semejan un extraño milagro, y se acuerda de cuando desenterró la tubería, como el que extrae un largo hueso blanco del suelo, y de cómo la tierra todavía estaba suelta, suave y tierna al tacto. Encontró un trozo de su vieja sierra de mano, le quitó el barro y serró los extremos. Todo salió rodado... salvo porque tenía a su hermano fusionado a la espalda. Helmud no iba a morir, no. Sería un peso que Il Capitano tendría que acarrear para siempre.

A veces, sin embargo, se acuerda del sonido de las armas deslizándose por el interior del tubo de PVC, el peso de las bolsas de poliéster, los sonoros chasquidos al montar los rifles, uno tras otro... y quiere a Helmud tanto como lo odia. Tiene la impresión de que no lo habría conseguido sin él. El peso de su hermano lo ha hecho más fuerte.

El murmullo regresa e Il Capitano se agacha todo lo que puede, hasta quedarse tendido en la maleza. Le parece oír a

156

su hermano lloriqueando en voz baja. A veces a Helmud le da por llorar sin razón alguna.

—Calla —le susurra Il Capitano—. Calla, Helmud. No pasa nada. Cállate.

Ahora los ve: son unos seres extraños, medio humanos medio no se sabe qué, que van sorteando los árboles.

Perdiz

Canto

𝒴a en la calle, Bradwell va en cabeza con sus rápidas zancadas. Lo sigue Pressia y luego Perdiz. El primero no mira en
ningún momento hacia atrás para ver al puro, pero la chica sí
lo hace y Perdiz se pregunta qué pensará de él. ¿Es solo una
prenda que puede cambiar? ¿Quiere salir de la lista de la ORS
—sea lo que sea eso— y conseguir ayuda para su abuelo,
como ha dicho? Si es así, le parece justo: ella lo ayuda y, si
puede, él hará lo propio. Además, ya le ha demostrado que
tiene buen corazón; le salvó la vida antes de saber quién era o
qué podía hacer por ella. Confía en la chica, y no hay más que
hablar.

Y sabe también que Bradwell lo odia, que le exaspera la
vida privilegiada de Perdiz en la Cúpula, pero ¿quién puede
culparlo? Lo único que debe esperar es que no lo odie tanto
como para dejar que un amasoide le aplaste la crisma, como ha
dicho antes Bradwell. Podría haber tenido su gracia si no fuese
porque es una posibilidad demasiado real.

El otro chico se detiene para escrutar un callejón y ver si
está despejado.

El viento es ahora más frío y Perdiz se pega el abrigo al
pecho.

—Así es el invierno, ¿no? —le pregunta a Pressia.

—No. En invierno hace frío.

—Pero ahora hace.

—No hace un frío de invierno.

—Me encantaría verlo todo cubierto de nieve.

—Para cuando toca el suelo la nieve es oscura, ya se ha
manchado.

Bradwell vuelve sobre sus pasos y les dice:

—Están demasiado cerca. —Perdiz no sabe de quiénes habla—. Tendremos que ir bajo tierra. Por aquí.

—¿Bajo tierra? —pregunta Perdiz, a quien la idea no hace gracia.

Hasta en el sótano de la biblioteca de la academia se desorienta con facilidad, al no tener ningún referente, ni sol ni luna ni estrellas. Aquí, en cambio, uno de esos hitos fijos es la propia Cúpula, que es lo más brillante que hay en el horizonte, con su resplandeciente cruz apuntando directamente al cielo; aunque, al igual que Pressia, no está seguro de en qué cree.

—Si él dice que la mejor forma de ir es por abajo, será verdad —le asegura Pressia.

Bradwell señala un hueco cuadrado cerca de una alcantarilla. La rejilla de metal hace tiempo que desapareció, seguramente la robó alguien. Desliza primero las piernas y luego se deja caer. Cuando Pressia lo imita, sus zapatos resuenan con fuerza contra el suelo. Perdiz baja el último. Está oscuro y húmedo, con tantos charcos que ni se molesta en intentar esquivarlos; lo mejor es pasarlos por el medio sin más. Cada tanto oye animales, chillidos y gorjeos varios, y ve sombras correteando a su lado.

—Ahora en serio, ¿por qué vamos por aquí abajo?

—¿Has oído los cánticos? —le pregunta Bradwell.

—Claro —contesta Perdiz, que todavía los oye—. Pero no veo qué tienen de malo las bodas.

Bradwell se detiene, se vuelve y lo mira con los ojos entornados.

—¿Las bodas?

Perdiz mira a Pressia.

—Tú me dijiste que...

—Puede que le haya dicho que los cánticos eran de una boda —le dice Pressia a Bradwell.

—¿Y para qué le mientes sobre eso? —Bradwell la mira sin dar crédito.

—No sé. A lo mejor porque me gustaría que fuese verdad. Igual soy de esa clase de gente. —Acto seguido, le dice al otro—: No es una boda, es una especie de juego, lo que la ORS entiende por deporte.

159

—Ah, entonces no es para tanto —dice Perdiz—. En la Cúpula también practicamos deportes. Yo he jugado de central en una versión de lo que antes se llamaba fútbol americano.

—Pues este es un deporte sangriento que se llama muertería y que la ORS utiliza para deshacerse de los más débiles de la sociedad. En realidad es la única modalidad deportiva que tenemos por aquí, si es que se le puede llamar así —le cuenta Bradwell, sin dejar de avanzar a toda prisa—. Consiguen puntos por matar a gente.

—Es mejor no cruzarse en su camino —le aclara Pressia, que luego añade, sin saber muy bien por qué, tal vez para darle dramatismo—: Tú valdrías diez puntos.

—¿Solo diez? —se extraña el puro.

—En realidad, diez es un cumplido —dice Bradwell volviendo la cabeza.

—Bueno, en tal caso, gracias. Muchas gracias.

—Pero si supiesen que eres un puro, quién sabe lo que te harían —comenta Pressia.

Siguen avanzando un rato en silencio. Perdiz va pensando en lo que le ha dicho Bradwell en la cámara frigorífica: «Y sales. Así sin más. ¿Y en la Cúpula se quedan tan tranquilos? ¿No te está buscando nadie?» Claro que están buscándolo, y seguro que interrogarán a los chicos de la academia que lo vieron por última vez, y a los profesores tal vez, a cualquiera a quien haya podido confiarle algo. Lyda… No puede evitar preguntarse qué le habrán hecho.

Y ahí abajo hace un frío y una humedad horribles. Los charcos apestan y el aire está tan estancado y quieto… Perdiz no se queja, pero le sorprende la inquietud que lo embarga y lo aliviado que se siente cuando por fin Bradwell se detiene y dice:

—Lombard. Tiene que estar justo por aquí encima. ¿Preparados?

—Listo —contesta Perdiz.

—Un momento. Prepárate para lo peor.

¿Tan ingenuo parece?

—No te preocupes.

—Lo único que digo es que no te hagas muchas ilusiones.

Pressia lo mira de un modo que Perdiz no sabe bien cómo

interpretar: ¿Siente compasión por él? ¿Está un poco enfadada, o intenta protegerlo?

—No me hago muchas ilusiones —dice, aunque sabe que es mentira.

Quiere encontrar algo, si no a su madre, al menos algo que lo lleve hasta ella. De no encontrar nada, no tendrá adónde ir. Habrá escapado sin razón alguna y sin remisión. Bradwell le ha dicho que vuelva a casa, a la Cúpula con su papaíto. Pero eso ya no es posible, ¿no? ¿Podría acaso volver a las clases de Glassings sobre historia mundial? ¿Podría salir con Lyda y comunicarse con ella mediante el puntero láser de Arvin en el césped comunal? ¿Lo anestesiarían y lo cambiarían para siempre? ¿Se convertiría en un alfiletero? ¿Lo intervendrían? ¿Le injertarían una tictac en el cerebro?

En la apertura hay una vieja escalerilla oxidada para subir, pero Perdiz salta, se agarra del borde de cemento por encima de la cabeza y se impulsa para subir igual que hizo por los túneles que llevaban al sistema de filtrado del aire. Parece que han pasado años.

En la superficie hubo en otros tiempos una fila de casas que ahora, sin embargo, están derruidas, son tan solo un cúmulo de escombros y cascotes. En el suelo hay un poste de una farola que parece un árbol alcanzado por un rayo, achicharrado y tirado, junto a los chasis de dos coches destripados. En la esquina ve el campanario de la iglesia de la que Bradwell ha hablado. El templo se vino abajo y el campanario con él; ahora sobresale, algo retorcido, sin apuntar ya al cielo como la Cúpula.

—Hemos llegado —les informa Bradwell sin mudar el rostro—. Lombard.

Perdiz diría, no obstante, que en su tono hay cierta alegría o al menos satisfacción.

Una brisa levanta el polvo de ceniza pero Perdiz no se cubre la cara. Avanza por la calle unos pasos. Se siente perdido mientras recorre los restos con la mirada. ¿Qué espera encontrar? ¿Algún vestigio del pasado? ¿La aspiradora? ¿El teléfono? ¿La señal de un hogar? ¿A su madre en una tumbona leyendo un libro y esperándole con limonada recién hecha?

Pressia le toca el brazo.

—Lo siento.

161

El chico la mira y le dice:

—Tengo que ir al ciento cincuenta y cuatro de la calle Lombard. —Entra en una especie de piloto automático—. El ciento cincuenta y cuatro.

—¿Cómo? ¿Estás de broma? —se mofa Bradwell—. No hay ningún ciento cincuenta y cuatro de la calle Lombard porque no hay calle Lombard que valga. ¿Es que no lo comprendes? ¡Ha desaparecido!

—Tengo que ir al ciento cincuenta y cuatro de la calle Lombard —repite Perdiz—. ¡Tú no lo entiendes!

—Sí que lo entiendo —replica Bradwell—. Vienes a un sitio que ha saltado por los aires a mezclarte con miserables deformes y te crees que mereces encontrar a tu madre porque sí. Crees que tienes derecho porque has sufrido ¿cuánto? ¿Un cuarto de hora?

Perdiz mantiene firme la mirada pero empieza a respirar entrecortadamente.

—Voy a encontrar el ciento cincuenta y cuatro de la calle Lombard. A eso he venido.

Se aleja por la calle a oscuras y oye que Pressia dice:

—Bradwell.

—¿Lo oyes? —le pregunta el chico. Los cánticos de la muertería prosiguen. Perdiz no sabría decir lo cerca o lo lejos que están porque las voces parecen resonar por toda la ciudad—. ¡No tienes mucho tiempo! —Ya mismo amanecerá.

Pressia llega a la altura de Perdiz, que se detiene. Ha encontrado una casa sin la planta de arriba pero con lonas atadas a las ventanas. Oye un canto muy bajo.

—Tenemos que darnos prisa —le advierte Pressia.

—Hay alguien dentro.

—De verdad —insiste la chica—, no tenemos mucho tiempo.

El chico se quita la mochila, abre la cremallera y saca una funda de plástico con una fotografía en su interior.

—¿Qué es eso? —quiere saber Pressia.

—Una foto de mi madre. Voy a ver si quien esté dentro se acuerda de ella.

Va hacia la entrada de la casa, que ya solo tiene por puerta unos tablones apoyados contra el umbral.

162

—No —intenta retenerlo Pressia—. Nunca sabes con qué clase de gente te puedes encontrar.

—Tengo que hacerlo.

La chica sacude la cabeza y le dice:

—Pues entonces cúbrete.

Perdiz se enrolla la bufanda por la cara, se pone la capucha y deja a la vista únicamente los ojos.

Ahora el canto se oye con más fuerza, una melodía desacompasada de una voz aguda y vibrante; parece más un gorjeo que un cántico.

Llama a los tablones con los nudillos y el canto se detiene. Se oye un repiqueteo de lo que parecen cacerolas y luego nada.

—¿Hola? —llama Perdiz—. Siento molestarle pero quiero preguntarle una cosa.

No hay respuesta.

—Tenía la esperanza de que pudiera usted ayudarme.

—Venga —le urge Pressia—. Vámonos.

—No —susurra el chico, aunque los cánticos parecen ahora más cerca que antes—. Vete si quieres, esto es todo lo que tengo. Es mi única oportunidad.

—Vale. Date prisa.

—Estoy buscando a una persona —dice al aire. No se oye nada por unos instantes y mira entonces hacia atrás, a Bradwell, que está chasqueando los dedos para decirles que aligeren. Perdiz vuelve a intentarlo—: De verdad, necesito que me ayude. Es importante, estoy buscando a mi madre.

Se escucha un nuevo repiqueteo y luego una voz de anciana que dice:

—¡Di tu nombre!

—Perdiz —dice acercándose más a la ventana cubierta por la lona—. Perdiz Willux.

—¿Willux? —responde la mujer. Por lo visto, su apellido siempre provoca algún tipo de reacción.

—Vivíamos en el ciento cincuenta y cuatro de la calle Lombard —dice apremiante—. Tengo una fotografía.

Aparece un brazo detrás de la lona, con una mano como una garra metálica y oxidada.

A Perdiz le da miedo darle la fotografía porque es la única que tiene; aun así se la tiende.

Los dedos la agarran y la mano desaparece.

Se da cuenta de que está amaneciendo, el sol está saliendo por el horizonte.

Entonces la lona se levanta y, muy lentamente, va dejando entrever la cara de una anciana, pálida y cubierta de esquirlas de cristal. La anciana le devuelve la foto sin mediar palabra pero con una mirada distante, extraña. Tiene la cara como hechizada.

—¿La conocía? —pregunta Perdiz.

La mujer mira a uno y otro lado de la calle y ve a Bradwell en la penumbra. Da un paso hacia atrás y baja un poco la lona. Después fija la mirada en Perdiz y le dice:

—Quiero verte la cara.

Perdiz mira a Pressia, que niega con la cabeza.

—Te diré una cosa, pero antes tengo que verte la cara.

—¿Por qué? —interviene Pressia dando un paso hacia delante—. Dele la información y punto. Es importante para él.

La anciana sacude la cabeza.

—Tengo que verle la cara.

Perdiz se baja la bufanda y la mujer lo mira y asiente.

—Lo que creía.

—¿A qué se refiere? —pregunta Perdiz.

La mujer sacude la cabeza.

—Me dijo usted que me daría información si le enseñaba la cara. Yo he mantenido mi palabra.

—Te pareces a ella —dice la mujer.

—¿A mi madre?

La anciana asiente. Los cánticos son cada vez más sonoros. Pressia le tira de la manga a Perdiz y lo apremia:

—Tenemos que irnos.

—¿Está viva? —quiere saber el chico.

La mujer se encoge de hombros.

Bradwell les silba. No pueden perder más tiempo. Perdiz oye ya las pisadas de la muertería, la algarabía de las botas por las calles, las voces arriba y abajo al unísono. El aire vibra.

—¿La vio después de las Detonaciones?

La mujer cierra los ojos y murmura algo entre dientes.

Pressia tira del abrigo de Perdiz.

—¡Tenemos que irnos ya!

—¿Qué ha dicho? —le grita Perdiz a la señora—. ¿La ha visto o no? ¿Sobrevivió?

Por fin la mujer alza la cabeza y dice:

—Él le rompió el corazón. —Y entonces vuelve a cerrar los ojos y empieza a cantar en voz alta, unas notas angustiadas y estridentes, como si intentase ahogar todo lo que la rodea.

Pressia

Sarcófago

*P*ressia corre todo lo rápido que puede. Bradwell va en cabeza, con la camisa agitada por las alas, y Perdiz esprinta a su altura, con el abrigo ondeando al viento. Se da cuenta de que el puro puede correr más rápido —por el entrenamiento especial de la academia, pese a no ser un «espécimen maduro»—, pero entiende como una buena señal que se quede a su lado; a lo mejor ha comprendido lo mucho que la necesita. Los cánticos resuenan, se oyen bramidos por los callejones y, a veces, disparos seguidos de gritos agudos.

—¿Volvemos abajo? —le grita Pressia a Bradwell.

—No. También van por los túneles.

Pressia mira hacia atrás y ve al cabecilla del equipo. Va descamisado y lleva los brazos y el pecho manchados de rojo sangre sobre metal. Tiene la piel de la cara fruncida y reluciente. Mantiene uno de los brazos como aovillado contra el pecho, arrugado allí; pero el otro, en cambio, es bien musculoso. Se ha pegado con cinta trozos de cristal a los nudillos. Aunque fuese un soldado de la ORS de los que suele ver patrullando, de esa guisa no lo reconocería.

Va a la cabeza de la formación en cuña; los demás lo siguen en tumulto. Al fondo hay un árbitro que decide cuándo se dispersa la base de la cuña y forma un círculo cerrado en torno a una víctima. Una vez Pressia vio, desde su escondite en un viejo buzón tirado, cómo atacaban a una mujer y a su hijo en una muertería. Recuerda ahora que, después de matarla a golpes, levantaron el cuerpo de la madre por encima de sus cabezas y lanzaron al bebé por los aires como si fuese un balón.

Pressia se tropieza con un bordillo, cae con todo su peso al suelo y derrapa por el cemento. Le quema la palma de la mano y le duele la cabeza de muñeca. Ve que las botas de Perdiz se detienen ante ella y los bajos mojados de su pantalón se vuelven. Intenta ponerse en pie pero comete el error de volver la vista atrás una vez más: los cuerpos rojo sangre y relucientes de la muertería la paralizan y tropieza una vez más.

—¡Por aquí! —chilla Bradwell por delante. No sabe que Pressia está en el suelo. Se sube de un salto a un muro de piedra bajo que hay junto al campanario caído.

La chica ve cómo se acercan cada vez más y que el cabecilla tiene los ojos clavados en ella.

Y en ese momento alzan su cuerpo y siente el viento en la cara. El calcetín que lleva en el puño de cabeza de muñeca se engancha con algo en el suelo y se le cae. Se desplaza por el aire, con la muñeca a la vista, y oye que Perdiz le dice:

—No pasa nada, estamos al lado. Casi hemos llegado.

No quiere que la rescate ningún puro.

—No. Estoy bien. ¡Suéltame! —se resiste Pressia.

El chico no responde, se limita a apretarla con más fuerza, y aunque ella sabe que si la soltase la muertería se la llevaría por delante, le da puñetazos en las costillas a Perdiz con la cabeza de muñeca.

—Te lo digo en serio. ¡Que me bajes!

En medio del pánico su visión capta a Bradwell levantando un trozo de verja de forja que han puesto sobre una apertura que conduce a un tramo de escaleras. Cierra los ojos cuando Perdiz la agarra con fuerza y salta hasta los escalones.

En cuanto pisa el suelo, ella lo empuja y él la baja. Sin el calcetín para esconder el puño de muñeca se siente desnuda. Se tira de la manga del jersey todo lo que puede y se sienta. Con las rodillas pegadas al pecho, esconde la cabeza de muñeca en el regazo. Está tan oscuro que no ve casi nada.

—Perdona —se excusa Perdiz—. Es que tenía que cogerte; si no…

—No te disculpes —le dice Pressia frotándose las costillas por donde el puro la ha agarrado con tanta fuerza—. Me has salvado la vida. No me hagas creer que tengo que perdonarte por eso. —Es lo más que puede decirle.

Están todos sentados en el suelo, Pressia entre ambos chicos, con las espaldas pegadas al muro helado. Se han acurrucado en una esquina apartada de las escaleras y no se mueven de ahí. No puede creer que Perdiz la haya cogido así. ¿Cuándo fue la última vez que la llevaron en brazos? Se acuerda de su padre envolviéndola en un abrigo y llevándola en volandas. Lo echa de menos, a él y la sensación de estar segura y caliente.

La estancia es pequeña y húmeda. Sus ojos se van acostumbrando poco a poco a la oscuridad y descubre entonces que no están solos. Excavada en la pared de enfrente hay una figura de piedra: la estatua de una niña sobre la tapa de una caja de cemento larga y estrecha, como un ataúd, en una pared de plexiglás, algo quebrada pero todavía de una pieza. En la pared hay una placa grabada pero está demasiado lejos y no puede leerla. La estatua tiene el pelo largo y suelto, salvo en la cara, donde lo tiene recogido tras las orejas, y lleva un vestido liso hasta los pies. Las manos, muy delicadas, están unidas sobre el regazo. Parece sola, aislada del mundo. Tiene una profunda tristeza en los ojos, como si hubiese perdido a gente a la que quiere pero, a la vez, siguiese expectante, aguantando la respiración, a la espera.

Los cánticos se oyen cada vez más cerca, al igual que el estrépito de los pies. Pressia se tira aún más de la manga del jersey y Perdiz la ve. Puede que quiera saber qué es lo que está ocultando, pero no es momento de hacer preguntas. Tienen la muertería justo encima. Los pies pisan con tanta fuerza por encima de sus cabezas que se cae un trozo de techo.

Aquí es donde la gente viene a rezar. Bradwell tenía razón. En el borde de la caja de cemento, junto al plexiglás, Pressia distingue la cera acumulada de las velas, las gotas que se han derretido y han caído desde la pared a las baldosas del suelo. Vuelve a mirar la estatua de la chica, que tiene su propio ataúd, una caja alargada que le recuerda el armario donde duerme…, o donde dormía. Pressia se pregunta si alguna vez volverá a la trastienda de la barbería con el abuelo. ¿Seguirá esperándola con el ladrillo en el regazo?

Las pisadas son ya atronadoras y el suelo retiembla. Caen trozos de yeso, piedras sueltas y una nube de polvo. De pronto Pressia teme que el techo se les venga encima. Los tres se echan las manos a la cabeza para cubrirse. Perdiz ha metido la fotografía en su funda de plástico, la ha guardado en la mochila y está echado sobre ella para protegerla.

—¡Nos van a enterrar vivos aquí! —grita Pressia.

—Pues ya sería irónico que nos enterrasen vivos en una cripta... —comenta Bradwell.

—No tiene gracia —le recrimina Pressia.

—No era mi intención.

—Yo preferiría no morir —interviene Perdiz—. Sobre todo ahora que sé que mi madre ha sobrevivido...

Pressia lo mira a través de la lluvia de polvo. ¿Eso piensa? ¿Cómo está tan seguro? La anciana lo único que les ha dicho es que alguien le había roto el corazón a su madre. Para Pressia eso no significa nada. Aguanta por un momento la respiración, con el deseo de que pare el traqueteo de pies, pero no hay manera. Se abraza las rodillas con fuerza y aprieta los ojos.

Una muchedumbre empieza a corear entre chillidos desorbitados y gritos de guerra.

—Han cogido a alguien —dice Pressia.

—Bien. Eso los calmará un poco —explica Bradwell—. Ahora se irán antes para llevarse el cuerpo al campo.

—¿Bien? —pregunta Perdiz—. ¿Qué tiene de bueno?

—«Bien» no quiere decir lo que tú te crees —le responde el otro chico. Los cánticos empiezan a alejarse.

Pressia se queda mirando el ataúd de piedra.

—¿Ahí dentro hay alguien muerto? —pregunta.

—Es un sarcófago —dice Bradwell.

—¿Un qué? —se extraña Perdiz.

—Un sarcófago —repite—. En otras palabras, sí: hay alguien muerto o parte de alguien.

—Entonces ¿estamos en una tumba? —indaga Perdiz.

Bradwell asiente.

—En una cripta.

El puro sigue con la fotografía en la funda de plástico en la mano. Pressia alarga la mano y le pregunta:

—¿Puedo verla?

El chico se la da.

—¿Cómo? ¿Yo no puedo verla pero ella sí? —refunfuña Bradwell.

Perdiz sonríe y se encoge de hombros. Es una foto de un

niño pequeño de unos ocho años en una playa: Perdiz. En una mano lleva un cubo y con la otra coge la de su madre. Hace viento y el mar ha dejado espuma alrededor de sus tobillos. La mujer es guapa, es la madre del puro, algo pecosa y con una sonrisa arrebatadora… Y la anciana tenía razón: Perdiz se le parece, tienen la misma luz en la cara. «Las madres —se dice Pressia— siempre serán extranjeras, una tierra que nunca veré.»

—¿Cómo se llama?

—Aribelle Willux…, bueno, de soltera Cording.

Pressia le devuelve la funda pero Perdiz sacude la cabeza y dice:

—Deja que Bradwell la vea.

—¿Yo? Pensaba que no era digno.

—A lo mejor tú te fijas en algo que yo no he visto.

—¿Como qué?

—Alguna pista o algo.

Pressia le pasa la fotografía a Bradwell, que se la estudia con detenimiento.

—Recuerdo ese viaje —comenta Perdiz—. Fuimos los dos solos. Mi madre había heredado de mi abuela una casa cerca de la playa. Hacía un poco de frío, y al final nos pusimos los dos malos, con un virus estomacal. Ella hacía té y yo vomitaba en una papelera junto a mi cama. —Rebusca en la mochila y saca el sobre con las cosas de su madre—. Ten. Lo mismo si ves estas cosas te viene alguna idea. No sé… Puedes leer la tarjeta de cumpleaños, si quieres. Hay también una caja de música y un colgante.

Bradwell le devuelve la fotografía, coge el sobre y mira en su interior. A continuación saca la caja de música, la abre y al instante suena una melodía.

—Esta canción no la conozco —reconoce Bradwell.

—Es raro pero, sinceramente, yo creo que se la inventó ella. Pero entonces, ¿cómo encontró una caja de música con la canción que se inventó?

—Parece hecha a mano —observa Pressia. Es sencilla y lisa. La coge—. Déjame verla. —Cuando Bradwell se la da, la inspecciona por dentro y ve los pequeños dedos de metal que golpean las pestañas de un carrete de metal que gira—. Yo podría hacer algo parecido si tuviese buenas herramientas.

—Cierra la caja, la abre y vuelve a taparla para probar el mecanismo de parada.

Bradwell alza la cadena dorada y deja que se le enrolle en los dedos. El cisne gira. El cuerpo debe de ser de oro macizo, se dice Pressia. Tiene el cuello muy largo y un ojo de piedra más grande de lo normal, con una gema azul brillante del tamaño de una canica que se ve por ambos lados. Está perfecto, no tiene ni un arañazo, ni una tara... es puro. No puede apartar los ojos de él. En realidad nunca ha visto nada que haya sobrevivido a las Detonaciones, aparte de al propio Perdiz. El ojo azul es hipnótico.

Bradwell devuelve el colgante al sobre y se queda mirando a Pressia. Se le suaviza el rostro por un instante, como si quisiera decirle algo, pero luego vuelve a ponerse tenso.

—Ya os he traído hasta la calle Lombard. Eso es lo que os prometí. —Se levanta, aunque no del todo porque es demasiado alto para un techo tan bajo—. A la gente le parece alucinante que haya podido sobrevivir por mi cuenta desde los nueve años. Pero si lo he hecho ha sido precisamente porque he estado solo desde entonces. En cuanto empiezas a atarte a gente, se convierten en un lastre que te pesa. Tendréis que apañároslas por vuestra cuenta.

—Bonita forma de pensar —dice Pressia—. Muy generoso y caritativo por tu parte.

—Si fueses lista, tú también te irías. La generosidad y la caridad pueden hacer que te maten.

—Oye, por mí bien. No necesito que nadie me lleve de la manita —replica Perdiz.

Pressia sabe que tiene las horas contadas si se queda solo. Y él también tiene que saberlo. Pero ¿ahora qué? El aire de la cripta cambia, parece que pasa más ceniza iluminada por el sol. Se cuela por la abertura sobre sus cabezas y se cierne sobre ellos. Es de día y ya hay luz suficiente para leer parte del nombre de la placa, «Santa Wi», pero el resto ya no está, la placa se ha partido y las letras han desaparecido. Debajo logra distinguir algunas palabras sin importancia: «Nacida en... su padre era... santa patrona de... abadesa... niños... tres milagros... tuberculosis...» Eso es todo. Los padres de Pressia se casaron en una iglesia y el banquete se hizo fuera bajo unas carpas blancas. Se fija en que hay una florecilla seca, arrugada por el tiempo, en el borde lleno de cera. ¿Una pequeña ofrenda?

—Supongo que hemos llegado a un callejón sin salida —dice Pressia.

—En realidad no. Mi madre sobrevivió a las Detonaciones —repone Perdiz—. Para mí es mucho.

—¿Cómo sabes que sobrevivió? —le pregunta Pressia.

—Lo ha dicho la anciana. Tú estabas allí.

—Yo lo que creo que ha dicho es que él le rompió el corazón. Y eso no me dice gran cosa.

—Y es que es verdad: él le rompió el corazón y la dejó aquí. Si hubiese muerto en las Detonaciones no habría tenido tiempo de que le rompiesen el corazón. Pero así fue: él le rompió el corazón, y la mujer lo sabía, sabía que la dejaron atrás y que mi padre se nos llevó a mi hermano y a mí. Eso es lo que ha querido decir cuando ha dicho que le rompió el corazón. Puede que fuese una santa, pero no murió como tal.

172

Perdiz vuelve a meter la fotografía en la funda, que guarda a su vez en el sobre y luego en el bolsillo interior de la mochila.

—Pero, aunque sobreviviese a la explosión (lo que ya sería mucho elucubrar) —interviene Bradwell—, puede que no superase lo que vino después. No mucha gente lo ha logrado.

—Mira, puede que os parezca una tontería, pero yo creo que está viva.

—O sea, ¿tu padre os salvó a ti y a tu hermano pero a ella no? —le pregunta Bradwell.

El puro asiente.

—Le rompió el corazón a mi madre, y a mí también. —La confesión se queda flotando en el aire tan solo un instante, hasta que Perdiz la aparta—. Quiero volver donde la anciana. Sabe más de lo que nos ha contado.

—Pero ahora es de día —le advierte Pressia—. Tenemos que andarnos con cuidado. Déjame que vaya yo antes a inspeccionar la zona.

—No, voy yo —dice Perdiz.

—No, yo —se ofrece Bradwell—. De paso veré qué daños ha causado la muertería.

—He dicho que voy yo —insiste Pressia, que se levanta y

se sacude el polvo de la cabeza y la ropa. Quiere asegurarse de que Perdiz la sigue viendo útil. No se ha rendido.

—Es demasiado arriesgado —le dice Perdiz, al tiempo que alarga la mano para retenerla. Cuando le agarra la muñeca el jersey se levanta y deja al descubierto la cabeza de muñeca. Aunque lo sorprende, no la suelta. En lugar de eso la mira a los ojos.

Pressia vuelve el brazo y le enseña la cara de muñeca que tiene por mano.

—De la explosión. ¿No querías verlo antes? Pues aquí lo tienes.

—Ya lo veo.

—Llevamos nuestras marcas con orgullo. Somos supervivientes —le dice Bradwell.

Pressia sabe que a Bradwell le gustaría que fuese verdad, pero no es así, al menos para ella no.

—Voy a echar un vistazo. No me pasará nada.

Perdiz asiente y la deja ir.

La chica sube los escalones de piedra hasta llegar a la luz, pero se parapeta con las ruinas de la iglesia. Se agacha tras un trozo de un muro y mira por un lateral hacia la calle. Hay unas cuantas personas formando un círculo justo delante de la casa de la anciana. En las ventanas ya no hay rastro de la lona y la puerta de tablones ha desaparecido.

Cuando la gente se dispersa, Pressia ve allí mismo en el suelo un charco de sangre que reluce con esquirlas de cristal.

Le escuecen los ojos pero no llora. Al instante piensa que la mujer no debería haber cantado así, que debería haber parado. ¿Es que no lo sabía? Y Pressia nota el cambio en su interior, de la pena a la repulsión. Odia ese cambio; sabe que está mal pero aun así no puede evitarlo. La muerte de la mujer tiene que servir de lección. Eso es todo.

Da media vuelta.

En ese instante la golpean en el brazo. Un gruñido, una respiración, y alguien que la coge por la barriga, la levanta y echa a correr. Al principio cree que es Perdiz o alguien de la muertería. Pero no. Oye un motor: es la ORS. Echa mano del cuchillo que le dio Bradwell, agarra el mango y lo saca del cinturón pero entonces una mano con un oscuro dedo de metal le rodea

173

la muñeca con tanta fuerza que deja caer el cuchillo, que resuena contra el suelo.

La mano con el dedo metálico le tapa la boca. Intenta gritar pero está amordazada. Como el niño de los dedos mutilados de la sala de encima de la reunión, le muerde la parte carnosa de la mano, por donde la piel es más fina. Oye una maldición tan inmunda que a su captor se le contraen las costillas, aunque no hace sino apretarla con más fuerza aún. Le ha hecho sangre y ahora le sabe la boca a óxido y sal. Arquea la espalda, intenta darle patadas y pegarle puñetazos con la mano de muñeca. ¿Saben Bradwell y Perdiz que la han cogido? ¿La buscarán?

Intenta escupir. Siente el viento en el pelo y oye un motor. Alza la vista y ve la parte trasera del camión: han venido a por ella. Se acabó.

Perdiz

Boca

Al cabo de unos minutos Perdiz sube las escaleras de piedra de la cripta para ver dónde está Pressia. ¿Por qué tarda tanto? Hace viento. El horizonte está despejado salvo por una mancha en el suelo, sangre recién derramada e impregnada de cristales.

Se vuelve hacia Bradwell, con una mano a cada lado de la escalera y los brazos extendidos.

—¿Adónde ha ido?

—¿De qué hablas? —Bradwell le empuja al pasar a su lado y sube los escalones de tres en tres—. ¿Qué coño quieres decir? ¡Pressia! —grita.

—¡Pressia! —chilla ahora también Perdiz, aunque sabe que no deberían; podrían llamar la atención.

Bradwell corre hasta el charco de sangre y Perdiz lo sigue con el estómago encogido por el miedo. No está seguro de qué hacer.

—¿Crees que es sangre de ella? —le pregunta a Bradwell con un hilo de voz.

—Tiene una capa fina que está empezando a coagularse. Lleva más tiempo —Bradwell tiene los ojos desencajados mientras escruta los alrededores.

—Ha desaparecido —dice Perdiz—. No volveremos a verla, ¿no?

Bradwell mira en todas direcciones y le grita:

—¡No digas eso! Ve a mirar en la casa de la anciana. Yo subiré ahí arriba para intentar tener una mejor panorámica.

El aire se ondea con las sombras grises de la ceniza. Perdiz se queda desorientado por un momento. Ve luego la entrada de la anciana donde, no hace tanto, ha descubierto que su madre sobrevivió. Y ahora Pressia ha desaparecido, y es culpa suya. Corre hacia la casa, que ya no tiene tablones por puerta. Se desliza por el espacio estrecho y grita:

—¡Pressia!

La mujer no tenía nada. Un hoyo para hacer fuego en un punto donde la casa no tenía techo, unos cuantos tubérculos en un rincón oscuro y unos trapos enrollados en el suelo, moldeados como para que parezcan un bebé, con una boca marrón oscuro, como de sangre seca.

Oye a Bradwell gritar fuera:

—¡Pressia!

No hay respuesta.

Perdiz vuelve corriendo a la calle con Bradwell.

—¿Nada? —Más que preguntarle, le está exigiendo una respuesta. Bradwell parece saberlo todo, debería saber esto—. ¿Se la han llevado?

El chico se da la vuelta y le pega un puñetazo en la barriga a Perdiz, que pierde el equilibrio y clava una rodilla en el suelo mientras se coge la barriga con el brazo y apoya los nudillos de la otra mano en el suelo de piedra.

—¿Qué haces? —musita, con una voz que es un murmullo ronco; le falta aire en los pulmones.

—¡Tu madre está muerta! ¿Te enteras? ¿Te crees que puedes venir aquí y hacer que lo arriesguemos todo por una mujer muerta? —le grita Bradwell.

—Lo siento. Yo no quería…

—¿Te crees que eres el único que ha perdido a alguien y que quiere volver a casa? —Bradwell está furioso, se le marcan las venas de las sienes y suena el extraño ruido de tela en su espalda—. ¿Por qué no te vuelves a tu bonita cúpula y te ciñes al plan: ver cómo nos morimos aquí todos «desde la distancia, con benevolencia»?

Perdiz sigue intentando que el aire le llegue a los pulmones, pero, mientras, se siente bien allí tirado en el suelo, se merece que le peguen. ¿Qué ha hecho? Pressia ha desaparecido.

—Lo siento. No sé qué más puedo decir.

Bradwell le dice que se calle.

—Lo siento.

—Ha arriesgado su vida por ti.

—Sí, lo sé. —Perdiz comprende que el otro chico no pueda ni verlo.

Bradwell coge al puro por los brazos y lo levanta del suelo pero este siente una oleada de furia e instintivamente empuja a Bradwell en el pecho. Sus movimientos son más rápidos y contundentes de lo que esperaba, casi lo tumba en el suelo.

—No lo he hecho aposta.

—Si no hubieses venido, ella estaría bien.

—Ya lo sé.

—Ahora te tengo aquí y estás en deuda conmigo. Se lo debes a ella. La misión es esta, no tu madre: Pressia. Tenemos que encontrarla.

—¿Tenemos? ¿Y qué hay de tu bonito discurso sobre cómo sobreviviste porque no te dejaste lastrar por nadie, porque siempre has estado solo?

—Mira, te ayudaré a encontrar a tu madre solo si primero me ayudas a encontrar a Pressia. Es lo que hay.

Perdiz se odia a sí mismo por pensarlo, pero le asalta la duda. Tal vez Bradwell tuviese razón en la cripta, quizá sea mejor ir por cuenta propia, lo mejor para sobrevivir. ¿Podría lograrlo él solo? ¿Adónde iría a partir de aquí? Piensa en Pressia, en cómo ella tiró el zapato para darle al bidón de gasolina. Si no fuese por ella ya estaría muerto. A lo mejor así es como tiene que ser, quizá sea el destino.

—Tenemos que encontrar a Pressia —sentencia Perdiz—. Claro. Es lo más justo.

—Se la han llevado por alguna razón.

—¿Qué?

—¿Cómo dijiste que habías averiguado la forma de salir de la Cúpula? —le pregunta Bradwell—. ¿Por un plano?, ¿eso nos contaste?

—Uno de los planos originales del diseño. Se lo regalaron a mi padre.

—Déjame adivinarlo. Es un regalo bastante reciente, ¿verdad?

—Sí, por sus veinte años de servicio. ¿Por qué?

—¡Un plano, joder, enmarcado y colgado de una pared! ¡Mierda!

—¿Qué tiene de malo? —pregunta Perdiz, pero es como si

177

ya intuyese lo que ha pasado. Se apresura a añadir—: Yo averigüé por mi cuenta lo del sistema de ventilación. Lo cronometré yo todo, tres minutos y cuarenta y dos segundos.

—¿Se te ha ocurrido pensar que esperaban que vieses el plano?

—No. No puede ser. A mi padre nunca se le habría ocurrido pensar que yo fuese a escaparme ni nada parecido. —Perdiz sacude la cabeza—. Tú no lo conoces.

—¿De veras lo crees?

—No me tiene en tanta consideración.

—Ya, claro, ¡es un poco vergonzoso que tengan que enmarcarte el puto plano y colgarlo en la pared!

—¡Cállate! —grita Perdiz.

—Es cierto y lo sabes. Lo intuyes, como un pequeño fuego ardiéndo dentro de ti. Ahora todo tiene sentido. Las piezas empiezan a encajar. ¿A que sí?

Perdiz se ha quedado boquiabierto pero la mente le bulle. Es verdad: necesitaba cosas y se le presentó la oportunidad de obtenerlas. Hacía años que Glassings llevaba pidiendo hacer una excursión a los Archivos de Seres Queridos y justo ahora, de buenas a primeras, ¿se la conceden?

Bradwell le pregunta a Perdiz en voz baja, en un esfuerzo por mantener la calma:

—¿Cómo te cruzaste con Pressia?

—No lo sé. Me contó que estaba esquivando a los camiones de la ORS. Los había por todas partes.

—La ORS. Cielo santo. Habéis sido unas ovejas y os han ido llevando al redil.

—¿La ORS? ¿Crees que reciben órdenes de la Cúpula? Pero ¿no son revolucionarios?

—Tendría que haberme dado cuenta. Incluso la muertería, seguro que también estaba planeada. Han utilizado los cánticos de los equipos para acorralarla. —Bradwell da vueltas de un lado para otro pegando puntapiés a las piedras—. ¿Te crees que la Cúpula te va a dejar por ahí suelto, a tu aire? Ellos lo han planeado todo. Tu papaíto se ha encargado de todo.

—Eso es mentira —replica Perdiz en voz baja—. Un poco más y me matan las aspas del ventilador.

—Pero no te mataron.

—¿Cómo saben dónde está Pressia? Dijo que no le funcionaba el chip.

—Pues se equivocaba.

—Pero ¿qué quieren de ella?

—Tengo que ver todo lo que llevas ahí —le pide Bradwell—. Quiero saber lo que sabes, todo lo que tienes en la cabeza. Y eso es lo que vales para mí, ¿lo entiendes?

Perdiz asiente y dice:

—Vale. Pero puedo ayudar.

Lyda

Tiras

*D*esde su habitación Lyda alcanza a ver las caras de las otras chicas cuando miran por las ventanillas rectangulares que hay en la esquina superior izquierda de las puertas. Ella es la que lleva más tiempo. El resto de rostros del ala vienen, se quedan un día y luego desaparecen… ¿Para ir adónde? Ella no lo sabe. Reubicación, así lo llaman las guardias. Cuando le llevan la comida a Lyda en las bandejas compartimentadas murmuran sobre su reubicación. Se preguntan por qué se está retrasando y algunas han llegado a preguntarle, medio en broma: «Y tú, ¿cómo es que sigues aquí?» Para ellas supone un misterio, pero no se les permite hacer muchas preguntas. Hay quienes conocen su vínculo con Perdiz; algunas incluso han bajado la voz para interrogarla sobre él. Una le preguntó: «¿Para qué quería usar el cuchillo?» «¿Qué cuchillo?», respondió Lyda.

Las caras flotantes de las chicas, como sin cuerpo, en las ventanas rectangulares del resto de celdas de detención son una forma de llevar la cuenta de los días. Llegará otra chica y luego una nueva ocupará su lugar. Algunas van a terapia y después regresan; otras no. Tienen las cabezas relucientes, recién afeitadas, y los ojos y la nariz hinchados y levantados de tanto llorar. La miran y ven en ella algo distinto: a alguien que no está perdida sino encerrada. Le clavan sus ojos suplicantes. Algunas chicas intentan hacer preguntas por medio de gestos con las manos, pero es casi imposible; las guardias hacen la ronda y van dando en las puertas con sus pequeñas porras: antes de que pueda desarrollarse un lenguaje de gestos la chica ha desaparecido.

Hoy, sin embargo, ha venido una de las guardias y no es la hora de comer. Descorre el cerrojo de la puerta y le dice:

—Hoy te toca ocupacional.

—¿Ocupacional? —le pregunta Lyda.

—Terapia. Vas a tejer una esterilla para sentarte.

—Bueno. ¿Necesito una esterilla para sentarme?

—¿Alguien necesita una esterilla de esas? —pregunta la guardia en respuesta; luego le sonríe y le susurra—: Es una buena señal. Eso quiere decir que alguien se está ablandando contigo.

Lyda se pregunta si su madre habrá movido algunos hilos. ¿Se trata del principio de una rehabilitación real? ¿Significará que alguien cree que puede volver a estar bien (aunque en realidad nunca haya estado mal)?

El pasillo se le antoja otro mundo. Va asimilando el suelo embaldosado, las lechadas impolutas, el frufrú del uniforme de la guardia que la precede, la pistola eléctrica que sube y baja atada a su cadera, un armario de la limpieza al lado de una gran pulidora de suelos desenchufada.

Tras una de las ventanitas hay una cara, una chica con los ojos desorbitados por el miedo, y en otra, una joven que está tranquila. Lyda las va clasificando: a la primera todavía no le han dado sus medicamentos y a la segunda, sí. Ha empezado a fingir que se toma las pastillas pero, en cuanto la guardia se va, las escupe y las aplasta hasta reducirlas a polvo.

La vigilante mira su carpeta y se detiene para abrir otra puerta no muy lejos de la de Lyda. Dentro hay una chica nueva, una cara que Lyda no reconoce, alguien que todavía no ha aparecido por el ventanuco rectangular. La chica tiene las caderas anchas y la cintura estrecha; acaban de afeitarle la cabeza, los rasguños son bastante recientes. Lyda deduce que es pelirroja por las cejas.

—¡Arriba! —le grita la guardia a la pelirroja—. Venga.

La chica se queda mirándolas a ambas, coge el pañuelo blanco que tiene en el regazo, se cubre con él la cabeza y se lo anuda en la nuca; a continuación las sigue.

Las conducen hasta una sala con tres mesas largas y bancos a los lados. Lyda ve ahora al resto de chicas, de cuerpo entero, no solo sus caras. Se sorprende; es como si hubiese olvidado que podían tener cuerpos. Reconoce a unas cuantas de las ventanas de los últimos días. También llevan la cabeza cubierta con

181

un pañuelo y visten monos blancos idénticos. «¿Por qué blancos?», se pregunta Pressia. Con lo fácil que es que se manchen. Y luego se le ocurre que eso es algo que ya no le afecta; el miedo a las manchas pertenece a su antigua vida, aquí no tiene razón de ser. No cuando existe el miedo a un confinamiento de por vida.

Las chicas están tejiendo esterillas, tal y como le ha dicho la guardia. Tienen tiras de plástico de varios colores y las van entrelazando entre sí, formando un dibujo a cuadros, igual que los niños en los campamentos.

La guardia les dice que tomen asiento. Lyda se sienta al fondo, junto a otra chica, y la pelirroja se le pone enfrente. Empieza a coger tiras —solo rojas y blancas— y a trenzarlas a toda prisa, con la cabeza inclinada sobre la labor.

La que está sentada junto a Lyda levanta la vista y la mira con unos intensos ojos castaños, como si la reconociera, para luego bajar la cabeza y regresar a la tarea. Lyda no la ha visto antes. Por toda la fila las chicas parecen volverse rápidamente y mirarla de reojo: la que mira le da un codazo a la siguiente y se produce una reacción en cadena.

Lyda es famosa, aunque esas chicas tienen que tener más idea que ella de por qué.

Las guardias se han ido a una esquina y charlan apoyadas contra la pared.

Lyda las mira de reojo y coge un puñado de tiras de plástico. Juguetea nerviosa con los dedos. Todo está en silencio un rato hasta que la chica de al lado le susurra:

—Todavía estás aquí.

¿Se refiere a en la sala común de artesanía o a la institución en general? Lyda no responde. ¿Por qué hacerlo? Pues claro que sigue allí, en todos los sentidos.

—Todo el mundo creía que ya te habrían hecho cantar.

—¿Cantar?

—Que te habrían obligado a darles información.

—Yo no sé nada.

La chica la mira con incredulidad.

—¿Saben adónde ha ido?, ¿qué ha pasado? —pregunta Lyda.

—¿No deberías saberlo tú?

—Yo no.

La chica se ríe.

Lyda decide ignorar la risa. La pelirroja se ha puesto a murmurar, mientras trabaja, una nana que solía cantarle a Lyda su madre: «Brilla, brilla, estrellita…» Es de esas canciones que, en cuanto se te meten en la cabeza, no hay manera de parar de cantarlas, sobre todo si estás en aislamiento. Volvería loco a cualquiera. La pelirroja parece emocionada con la canción, piensa Lyda. Espera que no sea muy pegadiza. La chica deja de tatarear por un instante y se queda mirándola como si quisiera decirle algo pero no se atreviese. Vuelve a su tarareo.

A Lyda empieza a caerle mal la pelirroja. Se vuelve hacia la de los ojos castaños que antes se ha reído de ella y le pregunta:

—¿Qué es lo que tiene tanta gracia?

—No lo sabes, ¿verdad?

Lyda sacude la cabeza.

—Dicen que ha ido fuera, hasta el final.

—¿Hasta el final de dónde?

—De la Cúpula.

Sigue tejiendo. ¿Fuera? ¿Por qué iba a ir fuera? ¿Por qué querría nadie salir? Los supervivientes del otro lado son malos, están trastornados y son unos degenerados, gente deformada que ya no es humana del todo. Ha escuchado cientos de historias horribles sobre chicas que sobrevivieron, chicas que conservaron un poco de humanidad solo para acabar violadas o comidas vivas. ¿Qué le harán a Perdiz? Lo destriparán, lo hervirán y se lo zamparán.

Apenas puede respirar. Contempla las cabezas afanadas sobre las esterillas. Una chica la está mirando, pálida y sonriente. Lyda se pregunta si estará tomando medicinas que la hacen sonreír. ¿Por qué si no va a sonreír nadie allí?

La pelirroja da una palmada sobre su esterilla, murmura algo y clava la mirada en Lyda, como si quisiera que le prestase atención o incluso que le dé su aprobación. Es una esterilla blanca bastante sencilla, con una franja roja en el medio. Mira inquisitiva a Lyda como diciendo «¿Lo ves? ¿Has visto lo que he hecho?»

La chica de los ojos castaños que tiene a su lado le susurra:

—A estas alturas ya estará muerto, probablemente. ¿Quién

183

va a sobrevivir ahí fuera? No era más que un chico de la academia. Mi novio me dijo que ni siquiera había terminado la codificación.

Perdiz. Siente que está en otro planeta, pero ¿muerto? Sigue creyendo que si fuese así lo sabría. Sentiría la muerte en su interior, y no es así. Piensa en cómo la cogió por la cintura mientras bailaban, en el beso, y siente de nuevo un pellizco en la barriga, como siempre que piensa en él. No le pasaría si estuviese muerto; sentiría el temor, la pena. Pero todavía alberga ilusiones.

—Sí que podría —murmura Lyda—. Sobreviviría.

La chica ríe de nuevo.

—¡Cállate! —le susurra Lyda con rotundidad, antes de volverse hacia la pelirroja y decirle también—: ¡Cállate!

La pelirroja se queda paralizada.

Las otras chicas levantan la vista.

Las guardias miran hacia la mesa.

—¡A trabajar, señoritas! —les ordena una—. ¡Os viene muy bien! Seguid así.

Lyda fija la mirada en las tiras de colores, que se vuelven borrosas, y con ellas su visión. Empieza a llorar pero retiene las lágrimas. No quiere que nadie la vea. «Sigue así —se dice para sus adentros—. Sigue así.»

Pressia

Lejía

No es como Pressia se lo había imaginado: parece más un viejo hospital que una base militar. Huele a antiséptico, a demasiado limpio, como si lo hubiesen frotado con lejía. Hay cinco camastros en el cuarto, y los chicos que están tumbados en ellos no se mueven, están todos quietos. Pero no es porque estén dormidos. Llevan puestos unos uniformes verdes almidonados y esperan. Uno tiene una mano rígida cubierta con aluminio rojo, la cabeza de otro está desfigurada por piedra y hay otro que está escondido bajo la manta. Pressia sabe que ella tampoco es mucho más guapa, con su cara llena de cicatrices y su puño fusionado con la cabeza de muñeca. Todavía tiene la cinta americana en la boca, las manos atadas en la espalda y lleva ropa de calle, de modo que los demás saben que es nueva. Si pudiese, cree que les preguntaría a qué están aguardando allí, aunque ¿realmente querría saberlo?

Intenta quedarse quieta como el resto. Se pone a elucubrar sobre qué habrá pasado después de que Bradwell y Perdiz hayan descubierto que ha desaparecido. Quiere creer que unirán fuerzas y la buscarán, que intentarán liberarla. Sabe, sin embargo, que es imposible. Ninguno de los dos la conoce mucho. Perdiz se la encontró por casualidad, y además ya tiene una misión propia. Echa la vista atrás y se pregunta si le cae bien a Bradwell o si solo la ve como un estereotipo. Sea como sea, no importa: lo último que le oyó decir fue que si había sobrevivido era porque no se había atado a nadie. ¿Intentaría ella salvarlo si los papeles se invirtieran? No tiene que pensárselo mucho: sí lo intentaría. Tiene la impresión de que el mundo, por muy horrible que sea, es un sitio mejor con Bradwell en él. Derrocha energía, tiene luz propia y está dispuesto a pelear, y, aunque no lo haga por ella, todos los del exterior necesitan su fuerza.

Piensa en su cicatriz doble y en el aleteo furioso de los pájaros de su espalda. Lo echa de menos, con un repentino dolor agudo en el pecho. No puede negarlo: quiere que él también la eche de menos y que luche por encontrarla. Odia esa sensación en el pecho, le gustaría que desapareciese, pero no remite. Tendrá que vivir con ese dolor. Es una realidad horrible, porque lo cierto es que no va a ir a buscarla. Además, los dos chicos se odian demasiado para hacer algo juntos. Sin ella, lo más probable es que se despidan rápidamente y se vaya cada uno por su lado. Se ha quedado sola.

Se ve que alguien ha hecho las camas, lo que lleva a pensar que hay una enfermera acechando en alguna parte. Pressia ha soñado con hospitales como en el que nació: uno donde le operasen gratis la mano y al abuelo le quitasen el ventilador de la garganta. Se imagina a los dos en camas de hospital contiguas entre almohadones mullidos.

Tumbada de lado como está, puede coger la manta de lana con la mano en la espalda, pero poco más. A veces piensa en Dios e intenta rezar a santa Wi pero la cosa no cuaja; no consigue terminar la plegaria.

Las luces parpadean.

Del exterior llega el sonido de una ráfaga de disparos.

La guardia entra por la puerta y se queda inspeccionando la estancia. Lleva un rifle entre los brazos, acunado como si en realidad recorriera los pasillos para devolver a un crío a su cunita, como si hubiese una sala de maternidad en alguna parte. Viste el uniforme verde reglamentario de la ORS, rematado por un brazalete con una garra.

Pressia tendrá que dar explicaciones en algún momento; sabe que a la ORS no le gustan los que no se presentan por su cuenta, aquellos a los que tienen que perseguir y dar caza. Sin embargo, su resistencia tiene que ser una prueba de algo, de que, en cierto modo, es fuerte. Pressia cree poder contarles que se habría presentado si no fuese porque tenía que cuidar de su abuelo. Es un signo de lealtad, y eso quieren ellos: lealtad. Tiene que contarles lo que sea para seguir con vida.

Pero ha visto a la ORS sacar a gente a rastras de sus casas y tirarla como fardos en los camiones delante de sus hijos, ante familias enteras. Ha visto disparar a gente en medio de la calle. Se pregunta cómo murió Fandra pero lo deja estar; tiene que olvidarlo.

La guardia avanza por el cuarto y todas las caras se vuelven hacia ella, asustadas, aturdidas. ¿Eso es lo que aguardaban? La soldado ya no lleva el rifle en el regazo, está apuntando con él a Pressia.

—¿Pressia Belze?

Se levantaría para asentir, pero no puede. Con la cinta en la boca lo único que puede hacer es mover la cabeza, allí tumbada sobre un costado y aovillada como una gamba.

La guardia se acerca y le tira de un brazo para ponerla en pie. Luego Pressia la sigue y salen del cuarto, no sin un último vistazo al resto de chicos. Ninguno la mira a los ojos salvo uno. Pressia ve ahora que se trata de un auténtico tullido, pues tiene vacía una de las perneras del pantalón. No hay nada por dentro y sabe que el chico no sobrevivirá, no llegará a soldado y puede que ni siquiera a blanco humano. Aunque aquello fuese en otros tiempos un hospital, ya no lo es, y es probable que utilicen la lejía para cubrir el olor a muerte. Pressia intenta sonreír al tullido para regalarle algo de bondad, pero tiene la boca tapada y el chico nunca la verá.

La guardia es bajita y corpulenta, y tiene la piel escaldada, la cara, el cuello y las manos quemados en un tono rosa fuerte. Pressia se pregunta si tendrá todo el cuerpo igual. En su mejilla, una moneda vieja cubre un agujero. Se acerca a Pressia y, por alguna razón que la chica desconoce o ni tan siquiera puede imaginar, la guardia le clava la culata del rifle en las costillas. Cuando se dobla en dos por el dolor, la soldado le dice:

—Pressia Belze —pronuncia su nombre llena de odio, como si fuese un insulto.

A ambos lados del pasillo hay puertas abiertas, cada una con sus propios camastros y chicos esperando. Está todo en silencio salvo por los murmullos, los muelles de las camas y el chirrido de las botas.

Pressia repara ahora en que se trata de un sitio antiguo con los suelos embaldosados, las molduras, las puertas viejas, los

187

techos altos. Pasan por delante de una especie de vestíbulo con una recargada alfómbra raída y varias ventanas altas. Hace tiempo que los cristales desaparecieron y por la sala corre un viento que juega con los trozos deshilachados de cortinas de gasa, grises por la ceniza. Es un sitio de esos donde la gente iba a esperar a alguien, a un familiar en silla de ruedas o a algún desequilibrado, un loco incluso. Asilos, sanatorios, centros de rehabilitación…, tenían un montón de nombres. Y luego estaban las cárceles.

Por las ventanas Pressia ve tablones de madera unidos por clavos —una especie de cobertizo—, un muro de piedra con alambre de espino por encima y, más allá, unos pilares blancos que no están unidos a nada semejan tallos aislados.

La guardia se detiene ante una puerta y llama. Una voz de hombre, bronca y desganada, grita:

—¡Pase!

La guardia abre la puerta y vuelve a empujar a Pressia con la culata.

—Pressia Belze —anuncia, y, dado que es lo único que la chica le ha oído decir, se pregunta si no sabrá decir otra cosa.

Hay un escritorio y un hombre sentado a él, o en realidad son dos hombres… Uno es grande y entrado en carnes. En principio parece bastante mayor que Pressia, aunque entre las cicatrices y las quemaduras cuesta adivinar su edad. Y también puede ser que no le saque muchos años a Pressia, que solo esté más estropeado. El más pequeño debe de rondar su edad, si bien es raro, porque un cierto vacío en su mirada hace que sea difícil calcularla. El más grande lleva el uniforme gris de oficial y está comiéndose un pollo enano de una lata; el animal todavía tiene la cabeza.

El hombre de su espalda es pequeño. Se fusionó ahí: los brazos chupados cuelgan alrededor del cuello grueso del mayor, una espalda ancha contra un pecho delgaducho. Pressia se acuerda del conductor del camión y de la cabeza que parecía flotar tras él; es posible que se trate de los mismos.

El mayor le dice a la guardia:

—Quítale la cinta. Algo tendrá que decir.

Tiene los dedos llenos de grasa de pollo y las uñas sucias y relucientes al mismo tiempo. Cuando la guardia le quita de un tirón la cinta, Pressia se relame los labios y le saben a sangre.

—Puedes retirarte —le dice el hombre a la centinela, que se va y cierra la puerta con una delicadeza que Pressia no habría esperado de ella; apenas un chasquido suave.

—Bueno… Yo soy Il Capitano. Estamos en el cuartel general y soy yo quien manda aquí.

El hombrecillo de la espalda murmura:

—Quien manda aquí.

Il Capitano lo ignora, coge la carne oscura y se la mete en la boca grasienta. Pressia se da cuenta de que está muerta de hambre.

—¿Dónde te han encontrado? —le pregunta Il Capitano al tiempo que se pasa un trozo más pequeño por encima del hombro y le da de comer al de atrás, como a un pajarillo.

—Ahí fuera.

Il Capitano mira a Pressia.

—¿Eso es todo?

La chica asiente.

—¿Por qué no viniste a entregarte? —pregunta el oficial—. ¿Te gusta jugar al gato y al ratón?

—Mi abuelo está enfermo.

—¿Sabes la de gente que me viene con la excusa de que tienen a algún familiar enfermo?

—Supongo que habrá muchas personas con parientes enfermos… eso cuando tienen familia, claro.

El hombre inclina la cabeza hacia un lado y Pressia no sabe cómo interpretar su expresión. Vuelve a su pollo y dice:

—La revolución está en camino y mi pregunta es: ¿eres capaz de matar? —Lo ha dicho sin mudar el gesto, como si lo hubiese leído de un folleto de reclutamiento. No le pone alma.

Lo cierto es que el hambre que siente es tal que a Pressia le entran hasta ganas de matar a alguien; un deseo feo que le sobreviene como un fogonazo.

—Podría aprender. —Se siente aliviada por tener todavía las muñecas atadas a la espalda, con el puño de muñeca oculto a la vista.

—Un día los derrocaremos. —Suaviza el tono de voz y añade—: En realidad eso es lo único que quiero: me gustaría

189

matar a un puro antes de morirme. Solo a uno. —Suspira y se frota los nudillos contra la mesa—. ¿Y tu abuelo?

—Ahora ya no hay nada que pueda hacer por él —contesta Pressia. Y le sorprende darse cuenta de que es verdad y de que le supone un extraño alivio. Al instante se siente culpable. Le quedan la carne en lata, la extraña naranja roja de la mujer a la que cosió y una última fila de juguetes para trocar.

—Comprendo las responsabilidades familiares. Helmud es mi hermano —dice Il Capitano señalando al hombrecillo de su espalda—. Yo lo mataría, pero es mi familia.

—Yo lo mataría pero es mi familia —repite Helmud plegando los brazos bajo el cuello como un insecto.

Il Capitano parte un huesecillo y se lo sostiene a Helmud para que lo picotee, aunque no mucho, solo un poco, antes de quitárselo.

—Aun así, eres pequeña…, cualquiera diría que no has tomado una comida decente en tu vida. No valdrías. Pero mi instinto dice que puedes servir de algo, pagando con tu vida, eso sí.

A Pressia se le hace un nudo en el estómago. Se acuerda del tullido sin pierna; puede que no haya mucha diferencia entre ambos.

El oficial se echa hacia delante deslizando los codos por el escritorio.

—Mi trabajo es reclutar a gente. ¿Crees que me gusta?

Pressia no sabe qué contestar.

Acto seguido Il Capitano se vuelve y le grita a su hermano:

—¡Para ya ahí detrás!

Helmud alza la vista con los ojos desencajados.

—Se pasa el día jugueteando con los dedos, venga a moverlos una y otra vez. Un día de estos me vas a volver loco, Helmud, con esos nervios tuyos. ¿Me estás escuchando?

—¿Me estás escuchando? —repite el hermano.

Il Capitano coge una carpeta de un montón.

—Pero es raro. En tu expediente pone que te han hecho venir para convertirte en oficial. Nos han dicho que no hagamos nada con tu educación y tengo que meterte en instrucción.

—¿De verdad? —pregunta Pressia. Al instante se le antoja una mala señal. ¿Conocen su relación con el puro? ¿Por qué si no la habrían escogido a ella?—. ¿Instrucción para ser oficial?

—A la mayoría de la gente le haría bastante más ilusión —comenta Il Capitano, que se restriega con la mano los labios grasientos y abre una caja de puros que hay en el escritorio—. De hecho, yo diría que tienes una potra importante. —Se enciende un puro y deja que el humo forme una nube alrededor de su cabeza—. ¡Eres una chica afortunada!

La cara de su hermano está ahora oculta tras la cabeza de Il Capitano, pero Pressia oye que murmura:

—Afortunada. Afortunada.

Perdiz

Historia eclipsada

*H*an vuelto a la cámara frigorífica de Bradwell. Huele a ahumado. Mientras Perdiz se viste con la ropa del otro chico, Bradwell refríe en la hornilla las sobras de un híbrido carnoso. Le dice a Perdiz que coma:

—Tenemos que recargar pilas.

Perdiz, sin embargo, no tiene apetito. Con las ropas de Bradwell se siente un extraño. La camisa le queda grande y los pantalones cortos. Las botas son tan anchas que le bailan en los pies. Aunque le ha dicho a Bradwell que no tiene ningún chip, el chico está convencido de que tienen a Perdiz controlado de algún modo y le ha mandado quemar toda su ropa y las pertenencias de su madre, cosa que no está seguro de poder hacer. Una vez se ha puesto la ropa del otro chico se siente un forastero de sí mismo.

Bradwell ha colocado en el suelo todos los papeles que cree que lo ayudarán a ver el cuadro completo: impresiones de correos electrónicos de sus padres, algunos documentos en sus originales japoneses, notas escritas a mano, un fragmento del manuscrito de sus padres... Ahora suma a todo eso las cosas de la madre de Perdiz. Es extraño verlo todo esparcido por el suelo como si fuesen piezas de muchos puzles distintos. ¿Cómo encajarlos para crear un todo? No es posible. Bradwell, en cambio, parece como electrizado por las posibilidades. Ha comido en un suspiro y ahora se dedica a dar vueltas alrededor de las pruebas. Hasta las alas que tiene en la espalda son incapaces de estarse quietas.

Perdiz fija su atención en los recortes sobre su padre: varias instantáneas de él ante un micrófono, otras con la cabeza hacia abajo y una mano sobre la corbata, en una pose de falsa humildad que el chico detesta. El padre aparece al fondo de muchas otras fotografías de periódicos, siempre en los márgenes.

—En realidad ni siquiera lo reconozco… ¿Cómo era? —dice Perdiz.

—¿Tu padre? Antes era un hombre de frases cortas, pegadizas y optimistas, y de muchas promesas. Un maestro de las vaguedades, entre otras cosas.

Perdiz coge uno de los recortes polvorientos y escruta la cara pálida de su padre, los labios rojizos y los ojos que nunca miran a la cámara.

—Es un mentiroso. Sabe más de lo que dice.

—Me apuesto algo a que lo sabe todo —añade Bradwell.

—¿Qué es todo?

—Todo lo que pasó desde la Segunda Guerra Mundial.

—¿La Segunda Guerra Mundial?

—Mis padres, Otten Bradwell y Silva Bernt, la estudiaron. Los ficharon desde muy jóvenes, igual que a tu padre; fueron reclutas de los Mejores y Más Brillantes. En su último año los seleccionaron en sus respectivos institutos, a varios estados de distancia, en distintas tardes, y los llevaron a comer a un Red Lobster.

—¿Un Red Lobster?

—Sí, una cadena de restaurantes; seguramente formaba parte del protocolo. Hubo alguien que llegó a estudiar cuál era el restaurante perfecto para engatusar a jóvenes reclutas de origen modesto. Es probable que a tu padre también lo llevasen a un Red Lobster cuando estaba en el instituto.

Perdiz ni siquiera es capaz de imaginarse a su padre con su misma edad. Imposible, ha sido viejo siempre, nació así.

—Pero al contrario que tu padre, los míos rechazaron la oferta. Solían bromear con que la marisquería no había funcionado con ninguno de los dos. Eran inmunes al Red Lobster.

A Perdiz no le gusta la forma en que Bradwell pinta a su padre, tan débil. No le gusta el sonido del nombre de su padre en boca del chico.

—¿Dónde has encontrado todo esto?

—Mis padres sabían lo que se nos venía encima y construyeron una habitación acorazada oculta, con doble revesti-

193

miento de acero. Cuando mis tíos murieron regresé a la casa, que estaba quemada. No tuve que pensar mucho para averiguar la combinación de cuatro dígitos: ocho, uno, cero, cinco, el número de la primera casa que tuvieron, donde yo nací, en Filadelfia. Aunque me costó lo suyo, fui arrastrando conmigo el baúl hasta que llegué aquí.

—Puede que las cosas de mi madre no sean de gran valor —comenta Perdiz—, pero la primera vez que las tuve entre las manos, me parecieron importantes…, como pruebas que podían conducirme hasta ella. Tal vez sea una tontería.

Bradwell toca la caja de música, pequeña y metálica, y pasa un dedo por la tarjeta de cumpleaños, con suavidad, sobre los relieves de globos en la cubierta, como si fuesen algo sagrado. Perdiz, sin embargo, nunca le diría lo que parece: sabe que Bradwell detestaría la sola idea de que alguien tratase con reverencia cualquier cosa de la Cúpula.

—No he visto nada igual desde las Detonaciones, ni siquiera quemado o chamuscado, ni medio quemado o hecho cenizas. Debían de estar dentro de la Cúpula antes de las explosiones. —Toca el colgante de oro, el cisne con el ojo azul y los bordes suaves de la tarjeta de felicitación—. ¡Dios! —exclama en un repentino arrebato de ira—. ¿Cómo se siente uno yendo por la vida siendo perfecto, eh, Perdiz? Sin cicatrices, sin quemaduras ni pájaros, siendo una tabla rasa.

La pregunta enfada a Perdiz, que responde:

—Que haya vivido en la Cúpula no quiere decir que nunca haya sufrido. Vale, sí, no es como tu sufrimiento. ¿Cómo podría compararlo? ¿Quieres un premio por ello? ¿Una medalla al Primer Puesto de Sufrimiento? Tú ganas, ¿eh, Bradwell? Tú ganas.

—No es nada personal.

—Pues entonces deja de actuar como si lo fuera.

—Debemos quitarnos de la cabeza los supuestos más obvios y aceptados. No queremos ver lo que se ha representado, lo que queremos es ver lo que hay aquí de verdad… y lo que eclipsan por detrás: la Historia Eclipsada.

—Vale —dice Perdiz, aunque todavía está enfadado y no sabe muy bien cómo mantener la cabeza fría.

—¿Qué edad tenías cuando las Detonaciones?

—Ocho años y medio.

—Esto es por tu noveno cumpleaños.

—Sí. Mi padre nunca me la dio.

—Luego ella sabía que no iba a estar contigo en esa fecha, bien porque pensaba que iba a morir…

—O a estar aquí fuera.

—¿Por qué solo te hizo una tarjeta para un cumpleaños? ¿Por qué no para todos?

—A lo mejor eso demuestra que está viva, y que pensaba que ya se habría reunido conmigo cuando cumpliese los diez.

—O tal vez sea la única que guardó tu padre —prosigue Bradwell—. Si las cosas de tu madre estaban en la Cúpula antes de las Detonaciones, ¿significa eso que tú hiciste las maletas y te mudaste antes?

—Estábamos haciendo una visita cuando ocurrieron las Detonaciones, viendo lo que iba a ser nuestro piso. Dejé mi cajita con cosas (tonterías como un videojuego o un peluche que gané en una máquina y que creía que me daba suerte) debajo de las literas.

—Así, cuando todos llevasteis vuestras cajitas con cosas, tu madre debía saber por entonces que había una posibilidad de que no fuese a estar contigo.

—Supongo.

—Puede que Willux robase algunas cosas antes de dejar a su mujer atrás, adrede. En tal caso los objetos son valiosos. ¿Pondría todo esto allí en la caja porque sabía que era importante, aunque no supiese el motivo? ¿Quería que lo encontrases, con la esperanza de que te hiciese recordar algo? —Bradwell le da cuerda a la caja de música y la abre—. ¿Y qué hay de esta melodía?

—¿Qué hay de qué?

—¿Te dice algo?

—Ya te lo he dicho, es una canción infantil que creo que se inventó. No es nada.

Bradwell levanta el colgante por la cadena de oro y contempla cómo gira el cisne, con las alas bien abiertas. Perdiz siente su energía.

—¿Se te ha ocurrido algo?, ¿tienes algún plan? —le pregunta.

195

En la superficie el viento ha empezado a arreciar y se escucha el ruido de los residuos arrastrados. Bradwell mira primero al techo y luego al colgante enrollado entre sus dedos.

—¿Sabes lo que podría ayudarnos? Datos sobre tu madre.

—Dudo que pueda responderte a preguntas sobre ella. Apenas la conocí.

—¿Qué sabes?

—Que era inteligente y guapa. Conoció a mi padre bastante joven.

Perdiz coge la tarjeta de cumpleaños y repasa con los dedos los dibujos en relieve, los globos de colores.

—¿Era un matrimonio feliz?

—¿No te parece una pregunta un poco personal?

—Todo es relevante.

—Creo que en una época fueron felices. Pero tampoco recuerdo verlos reír o besarse. En casa el ambiente siempre era, no sé…, tenso. Eran muy formales entre sí. Como con unos buenos modales extraños. Yo creo que al final ella lo odiaba.

—¿Por qué crees eso?

Perdiz vacila.

—No lo sé. A veces los padres se odian, ¿no?

—¿A qué se dedicaba tu madre?

—Era lingüista. Hablaba un montón de idiomas. Mi padre decía que también dominaba los gestos. Que no importaba qué idioma hablase; siempre movía las manos. —Imita el gesto—. En teoría me llevó con ella a Asia un año cuando yo era pequeño. Le salió un trabajo allí, una buena oportunidad. Quería volver a su oficio. Yo era un bebé, de un año o así.

—Es raro, ¿no? Que dejase a su marido y a uno de sus hijos y se llevase al otro a Asia durante un año.

—Mi hermano mayor ya estaba en la guardería.

—Aun así…

—Supongo que es raro. —Perdiz se sienta en uno de los sillones y se revuelve en el asiento. ¿Bradwell lo ha dicho para fastidiarla?—. La verdad es que yo tampoco sé qué es raro y qué es normal.

—¿Dónde está tu hermano?

—Murió. —Perdiz lo dice aprisa, como si eso aligerase el dolor que siente en el pecho.

Bradwell hace una pausa.

—Lo siento. —Suena como una disculpa por muchas cosas; de hecho, por creer que la vida del otro chico ha sido un camino de rosas.

Aunque podría, Perdiz no se lo echa en cara sino que se limita a decir:

—No pasa nada.

—¿Cómo murió?

Perdiz mira a su alrededor sin mover la cabeza. Los ojos recorren las paredes metálicas, los ganchos con animales, el baúl

—Se suicidó.

—¿En la Cúpula? —Bradwell no da crédito—. ¿Cómo puede suicidarse alguien que tiene la suerte de vivir en la Cúpula?

—No es tan extraño. Y no está marcado con un fuerte estigma como antiguamente. Con los pocos que mueren por enfermedad y la teoría de los recursos limitados, aunque suene horrible, no se considera egoísta. En algunos casos es incluso generoso.

—¿La teoría de los recursos limitados? Planearon el apocalipsis porque querían que la tierra sobreviviese, que se regenerase, de modo que, parac uando se les terminen los «recursos limitados», esté todo listo para volver a usar el mundo. Es un plan magnífico.

—¿Crees eso de veras? —le pregunta Perdiz.

—Es lo que yo sé.

—Pues yo lo que sé es que mi hermano era una buena persona y la gente lo admiraba. Era de ley, mejor que yo, mejor persona. Hay cosas peores que suicidarse. Eso es lo que quiero decir.

—¿Que hay cosas peores? ¿Como qué?

—¿A qué vienen todas esas preguntas? ¿Acaso tenemos un plan?

Bradwell se saca un cuchillo pequeño del cinturón, pone el colgante del cisne encima del baúl y se arrodilla al lado.

—¿Qué haces?

Levanta el mango del cuchillo y, con un movimiento rápido, lo estampa contra el colgante. El vientre del cisne se parte en dos.

197

Sin pensarlo siquiera Perdiz se abalanza sobre Bradwell y lo tira al suelo. Acto seguido le inmoviliza la mano del cuchillo, le agarra la otra muñeca y la utiliza para aplicar presión sobre el cuello del otro chico.

—¿Qué has hecho? —grita—. ¡Era de mi madre! ¿Tienes la más mínima idea de lo que significa para mí?

Bradwell tensa los músculos del cuello e intenta hablar:

—Me importa una mierda lo que signifique.

Perdiz empuja y luego suelta a Bradwell, que se incorpora y se frota el cuello. El puro coge las dos partes del cisne. El cuello, el ojo de piedra y el agujero del que pende el colgante siguen intactos. Lo único que está partido es el vientre, que ha dejado al descubierto un interior vacío. Perdiz examina con atención ambas mitades.

—No es un simple colgante, ¿verdad? —dice Bradwell, que tiene la espalda apoyada en la pared metálica—. Está hueco por dentro. ¿Me equivoco?

—¿Por qué has hecho eso?

—Era mi obligación. ¿Pone algo dentro?

Perdiz levanta el colgante y ve unos signos extranjeros que no sabe leer.

—No lo sé. Hay una inscripción pero no entiendo qué pone. Está en otro idioma.

Bradwell alarga la mano y pregunta:

—¿Puedo verlo?

A regañadientes, Perdiz pone las dos partes en la palma de Bradwell, que las estudia con detenimiento, bajo la luz de la bombilla pelada que hay en el centro de la estancia.

—¿Sabes lo que dice? —pregunta Perdiz impaciente.

—He estado varios años estudiando japonés, lo he aprendido yo solo. Mi padre lo hablaba con fluidez, y en sus investigaciones hay muchos documentos traducidos a esta lengua. No lo hablo, pero algo leo. —Perdiz se aprieta con él bajo la luz—. Esto de aquí —indica Bradwell señalando los dos primeros caracteres, 私の— significa 'mi'. —Desplaza luego el dedo al siguiente grupo, フェニックス, y añade—: Y esta es una palabra que reconocería en cualquier parte, porque es la primera que busqué en el diccionario; significa 'fénix'.

—¿Mi fénix? Eso no tiene sentido. Mi padre no hablaba japonés. Yo nunca le oí llamar a mi madre por ningún apelativo cariñoso. No era su estilo.

—A lo mejor no es de él —sugiere Bradwell.

—¿Qué significa «mi fénix»?

—No sé quién lo habrá escrito pero tiene muchas connotaciones. Significa que tu madre y quienquiera que le regaló el colgante sabían mucho. Puede que lo supiesen todo.

—¿Todo? ¿A qué te refieres?

—A la Operación Fénix. Es el nombre de toda la misión.

—Las Detonaciones.

—El Armagedón, el nuevo Edén. La criatura de tu padre: una nueva civilización que se levantaría de sus cenizas como un fénix. Un nombre muy ingenioso, ¿no te parece?

Bradwell se levanta y tose; tiene el cuello colorado. Perdiz se siente un poco culpable por haberlo atacado. El otro chico le tiende una papelera metálica en la que probablemente echaban las entrañas en otros tiempos.

—Pon aquí la ropa y las cosas de tu madre. Tenemos que quemarlo todo para destruir los chips.

Perdiz siente un mareo. Le pasa a Bradwell el hatillo con su ropa y la mochila, de donde ya ha sacado todas las cosas de su madre.

—¿Y si me quedo con las cosas? Estoy seguro de que no tienen nada.

Está jugueteando con el dibujo en relieve de la tarjeta de cumpleaños, buscando chips, cuando nota un bulto más duro. Se humedece los dedos con la lengua y los restriega en la cartulina, que cede y se desintegra. Y aparece entonces un chip muy fino, tan delgado como un papel pero duro y de plástico blanco: un sensor diminuto.

—Mierda —exclama Perdiz—. Ni siquiera será real, ni siquiera la habrá escrito mi madre. —Da una vuelta rápida por el cuarto—. A Glassings, mi profesor de historia mundial, le concedieron el permiso para ir a la excursión… Tal vez querían que robase todas estas cosas. A lo mejor sabían que lo haría y lo intervinieron todo.

—A lo mejor la tarjeta era real y luego le pusieron el chip. —Bradwell alarga el brazo y Perdiz le pone en la palma de la mano el chip—. Los vamos a mandar de cacería.

Bradwell pega el chip a un cable con una maloliente resina epóxica casera que tiene en un tarro. Abre la jaula que contiene los dos roedores, coge la rata tuerta y se la acerca al pecho. El animal chilla cuando Bradwell le enrolla el cable por la cintura y une ambos cabos para sujetar bien el chip. A continuación se la lleva hasta un desagüe que hay en el suelo, levanta la trampilla y empuja el bicho por el conducto. Perdiz oye a la rata pisar el firme y echar a correr.

Bradwell echa un líquido con un olor muy fuerte sobre las ropa del cubo de metal, mientras que Perdiz coge la caja de música y le da cuerda por última vez.

Bradwell prende el cubo y surge una llamarada.

Cuando acaba la canción, Perdiz le pasa la caja de música al otro chico, que la echa también al cubo. Ambos se quedan mirando las llamas.

—¿Dónde está la fotografía?

—¿Lo dices en serio? ¿Hasta eso?

Bradwell asiente.

Perdiz no la saca de la funda protectora. No puede volver a verla. Se consuela sabiendo que tiene la imagen grabada a fuego en la cabeza. La echa al cubo, la deja caer y aparta la vista; no quiere ver cómo las llamas se llevan la cara de su madre. Coge entonces una parte del colgante que todavía tiene intacto el aro por donde se pasa la cadena, la parte con la gema azul.

—¿Y si vuelve Pressia? Quiero que sepa que la estamos buscando, que no nos hemos rendido. Podríamos dejarle la mitad del colgante. Nosotros nos llevamos la parte que tiene la inscripción y a ella le dejamos la de la piedra azul.

Bradwell va hacia donde tiene guardadas las armas, se arrodilla, quita los ladrillos y saca cuchillos, cuchillas, ganchos y una pistola eléctrica.

—No lo sé.

—No puedo quemarlo. Esto no.

Bradwell está eligiendo las armas.

—Vale. Quédate una mitad y deja la otra. Ahora lo principal es actuar rápidamente. Cuanto más tiempo perdamos, menos posibilidades tendremos de encontrarla. —Dicho esto, se mete un cuchillo de carnicero y un gancho en las correas de las chaqueta y en las trabillas del cinturón.

—¿Adónde vamos?

—Solo conozco a una persona a la que seguro que la Cúpula no controla —le explica Bradwell—. Vive en los fundizales, que es una zona muy extensa. Ella es la única persona que tiene poder y es de fiar.

—Si los fundizales son tan extensos, ¿cómo vamos a encontrarla?

—No funciona así —le dice Bradwell a Perdiz al tiempo que le da un gancho de carne y un cuchillo—. Nosotros no la encontramos, ella nos encuentra a nosotros.

Pressia

Juego

*P*ressia está esperando sentada en el borde de su camastro. No sabe bien el qué. Le han dado su propio uniforme verde y le queda bastante bien. Los pantalones tienen pinzas y los bajos plegados hacia fuera. Cuando anda, el dobladillo le va cepillando las botas, que son pesadas y rígidas; mueve los dedos por dentro. Los calcetines son de lana, muy cálidos. No echa de menos los zuecos; nunca se lo diría al abuelo pero le encantan esas botas, unos zapatos fuertes que te mantienen en pie.

Le avergüenza admitir lo bien que le sienta todo, unas ropas cálidas y de su talla. El abuelo le contó que sus padres le hicieron una foto en su primer día de guardería vestida con el uniforme de la escuela, junto a un árbol del jardín de la entrada. Este uniforme la hace sentir segura, protegida: forma parte de un ejército, tiene refuerzos. Y se odia por esa innegable sensación de unidad. Detesta realmente la ORS, pero su oscuro secreto, el que nunca admitiría delante de nadie —y menos aún delante de Bradwell—, es que le encanta el uniforme.

Lo peor de todo es el efecto mágico que produce el brazalete que lleva sobre el resto de los chicos del cuarto. Tiene cosido un emblema de una garra negra, el símbolo de la ORS, el mismo que hay pintado en los camiones, en los comunicados, en todo lo oficial. La garra significa poder. Los niños se quedan mirándola igual que a su puño de cabeza de muñeca, como si una cosa fuese incompatible con la otra. Detesta que el uniforme le impida ocultar el puño de muñeca porque la manga le llega justo por encima. Pero, con el poder que le da el brazalete con la garra, casi le da igual. De hecho, siente el inexplicable deseo de susurrarles que si también ellos tuviesen la suerte de tener puños de muñeca conseguirían lucir el brazalete de la garra. Es una mezcla retorcida de orgullo y vergüenza.

Otra cosa que le abochorna es haber comido tan bien. La cena de anoche y el desayuno de esa mañana se los han traído en una bandeja. Las dos veces había una especie de sopa oscura, un caldo aceitoso con varios trozos de carne flotando e incluso cebolla: un remolino grasiento, en definitiva. Y dos picos de pan, una buena cuña de queso y un vaso de leche. Leche fresca… no lejos de allí tiene que haber vacas que dan leche. Comer ha supuesto para ella una especie de rendición, como si estuviese traicionando todo aquello en lo que cree. Pero si va a salir al exterior va a necesitar toda la energía posible. Así es como ha acabado justificándoselo a sí misma.

Al resto de chicos les han dado pan, unas lonchas finas de queso y un tazón de agua turbia. Todos la han mirado con recelo y envidia.

Ninguno de los reclutas dice nada. Pressia se da cuenta de que los han castigado por eso. Pero se pregunta si para ella hay unas reglas distintas. Es la primera vez en su vida que siente que está teniendo suerte. «¡Chica afortunada!», le había dicho Il Capitano. «¡Chica afortunada!» Sabe que no debe fiarse de nada. El trato especial está relacionado con el puro. No hay otra explicación, ¿verdad? Si no, ya la habrían convertido en blanco humano y la habrían matado. Sin embargo, sigue sin estar muy claro qué es lo que quieren exactamente de ella.

Cuando la guardia echa un vistazo por el cuarto y se va, Pressia se atreve a romper el silencio:

—¿Qué es lo que estamos esperando?

—Sus órdenes —susurra el tullido.

Pressia no sabe dónde ha conseguido el chico esa información, pero parece fiable. Ella espera comenzar la instrucción: la instrucción para oficial.

La guardia aparece en la puerta, dice un nombre —Dreslyn Martus— y uno de los chicos se levanta y la sigue.

No vuelve.

Va trascurriendo el día. Pressia piensa de vez en cuando en el abuelo; se pregunta si se habrá comido la fruta esa extraña con la que la mujer le pagó sus servicios. Se acuerda también de *Freedle*: ¿le habrá engrasado los engranajes? Piensa en las

203

mariposas de la repisa: ¿las habrá usado en el mercado? ¿Cuántas le quedarán?

Intenta imaginarse a Bradwell en su próxima reunión. ¿Pensará en ella en algún momento? ¿Se preguntará al menos qué ha sido de ella? ¿Y si llega el día en que sea la oficial que irrumpa en una de esas reuniones? Él no ha venido a rescatarla, y tendría así la oportunidad de entregarlo; aunque le dejaría ir, claro, y él le debería su libertad. Lo más probable es que no volviesen a verse.

Oye disparos a lo lejos e intenta deducir si siguen algún tipo de patrón pero no descubre ninguno.

Piensa también en la comida, desde luego. Espera que haya más. Son desazonadoras las ansias que tiene de que la cuiden. Si consigue que la cosa cuaje allí, tal vez se convierta en oficial y logre protección para el abuelo. Podría hasta salvarlo, siempre que se salve antes a sí misma.

—Pressia Belze. —La guardia está una vez más en el umbral de la puerta.

Se levanta y la sigue fuera del cuarto. Todos se quedan mirando cómo se va. Una vez en el pasillo la centinela le dice:

—Te han invitado a participar en El Juego.

—¿Qué juego? —pregunta Pressia.

La guardia la mira como si quisiera pegarle con la culata del rifle, pero Pressia va a ser oficial, lleva el brazalete con la garra.

—No estoy segura —le informa la guardia. Y Pressia comprende que está diciendo la verdad, que no lo sabe porque nunca la han invitado a jugar a El Juego.

A continuación la conduce por un pasillo hasta el otro lado de una puerta trasera, donde se queda esperando en el frío. Es media mañana. A Pressia le sorprende constatar que ha perdido toda noción del tiempo.

Colina abajo hay un bosque calcinado y asolado por las Detonaciones. Le parece estar viendo la postal fantasma del lugar tal y como era en otros tiempos, con árboles altos, pájaros cayendo en picado y hojas susurrando.

—Tuvo que ser bonito en el Antes —comenta.

—¿Qué? —gruñe la guardia.

A Pressia le entra vergüenza: no tendría que haberlo dicho en voz alta.

—Nada.

—Allí abajo. ¿Lo ves? —le pregunta la guardia.

En la sombra, Pressia divisa a Il Capitano. Desde lejos parece un jorobado, con su hermano Helmud a la espalda. Se ve brillar la punta de un puro encendido. Va con un rifle en el pecho que lleva cruzado sobre sí mismo y Helmud.

—¿El Juego se hace aquí fuera?

¿Qué esperaba?, ¿una partida de cartas? Una vez el abuelo le explicó el juego del billar: las bolas de colores, las carambolas, las troneras de las esquinas, los tacos.

—Sí, aquí fuera.

A Pressia no le hacen gracia ni los bosques ni los matorrales.

—¿Cómo se llama este juego? —pregunta Pressia.

—El Juego.

A Pressia no le gusta la forma en que lo dice, pero procura disimular su nerviosismo.

—Muy original, como ponerle *Gato* de nombre… a un gato.

La mujer se la queda mirando un instante, inexpresiva, y luego le da un chaquetón que llevaba echado en un brazo.

—¿Para mí?

—Póntelo.

—Gracias.

Sin mediar palabra la guardia entra en el edificio y cierra la puerta.

A Pressia le encanta el chaquetón, la forma en que se hincha a su alrededor, es como andar dentro de pan calentito. No traspasa nada, ni el frío, ni el viento que se levanta y luego amaina. Estas son las cosas que la gente debería apreciar, los placeres sencillos; es lo único que tiene ahora mismo. El chaquetón es cálido, y hay veces en que hay que dar las gracias por cosas así. ¿Cuándo fue la última vez que sintió ese calor con un abrigo? Sabe que puede morir aquí fuera. Toda esa historia sobre ser oficial es mentira. El Juego podría ser uno en el que ella es la presa. Lo sabe y, aun así, piensa que por lo menos morirá abrigada.

Baja la cuesta preguntándose qué decirle a Il Capitano. ¿Tiene que llamarlo Il Capitano? Es un nombre raro. ¿Se lo habrá puesto él? Si Pressia lo llama así, ¿sonará forzado o falso?

No le gustaría que Il Capitano pensase que se burla de él. Es solo cuestión de tiempo que se dé cuenta de que ella no tiene ningún vínculo real con el puro. Lo conoció en la calle y lo llevó a su antigua dirección, que resultó ser un montón de escombros. Espera que, para cuando Il Capitano lo averigüe, ella ya esté en el lado bueno, si es que eso significa algo aquí. Decide no llamarlo por ningún nombre.

Cuando llega a los pies de la colina se queda parada un instante sin saber muy bien cómo empezar. Il Capitano le da una calada al habano y su hermano se queda mirando a Pressia con los ojos muy abiertos.

El oficial parece disgustado y cansado. Estudia a Pressia por el rabillo del ojo y sacude la cabeza, como si no estuviese de acuerdo con la conveniencia de todo aquello pero aun así se resignase. Le da a Pressia el rifle que le sobra y le dice:

—Supongo que no sabes disparar.

Pressia lo coge como si fuera un instrumento musical o una pala. Nunca antes ha visto un arma de fuego tan de cerca, y menos aún en sus manos.

—No he tenido el placer.

—Así —le explica Il Capitano quitándole bruscamente el rifle de la mano. Le enseña cómo cogerlo y apuntar por la mirilla, y después se lo devuelve.

La chica rodea el gatillo con la mano buena y a continuación sopesa la parte larga del arma con el puño de cabeza de muñeca.

La muñeca desconcierta a Il Capitano, Pressia se da cuenta. Pero está acostumbrado a las deformidades; él también lleva lo suyo, ¿no? Es un hombre que lleva a su hermano a cuestas. Lo único que le dice es:

—¿Puedes por lo menos flexionarlo hacia tu muñeca para agarrarlo bien?

Puede, desde luego. Con los años ha tenido que ir desarrollando el agarre. Por un momento se le antoja cercano, casi fraternal, y no puede evitar acordarse de cuando el abuelo le enseñó a blandir un palo de golf imaginario rodeándolo con los brazos y entrelazando sus dedos con los de ella. Le contó que había colinas de césped verde que se extendían hasta el infinito y que a veces los palos tenían unos sombreritos con pompones.

La gentileza, sin embargo, no dura mucho. Il Capitano la mira y le dice:

—No lo entiendo.

Tira la colilla y la apaga contra el talón de la bota.

—¿El qué?

—¿Por qué tú?

Pressia se encoge de hombros y el hombre la mira con recelo, tose y luego escupe al suelo.

—No dispares todavía. No queremos que se enteren de dónde estamos, practica solamente. Respira hondo antes de apretar el gatillo, echa la mitad del aire… y después dispara.

—Dispara —murmura el hermano sorprendiendo a Pressia, que casi se había olvidado de su presencia.

Pressia apunta y se concentra en la respiración. Coge aire, lo retiene, imagina el estallido del arma y después lo suelta.

—No lo olvides —le advierte Il Capitano, que baja el cañón del rifle de Pressia—. Y no vayas apuntándome mientras andamos.

La chica piensa en Helmud. ¿No debería Il Capitano hablar en plural? «No vayas apuntándonos», ¿no?

Il Capitano le da una palmada en la espalda y le dice:

—Sígueme.

Y el hermano repite:

—Sígueme.

—Pero ¿en qué consiste El Juego? —pregunta Pressia.

—En realidad no tiene reglas, es como el pilla-pilla. Hay que cazar al enemigo. Y luego, en vez de tocarlo, le disparas.

—¿Y qué estamos cazando?

—Será «a quién estamos cazando» —la corrige Il Capitano.

Pressia intenta pensar en el chaquetón, como andar en pan calentito.

—Entonces, ¿a quién?

—Un recién llegado, uno igual que tú. Pero sin tanta suerte como Pressia Belze.

A ella no le gusta su forma de insistir en lo afortunada que es, le da la impresión de que se está burlando de ella. Mira de reojo a Helmud.

—¿El recién llegado va armado? —pregunta la chica.

—No. Esas fueron las órdenes. Estoy empezando de cero

contigo. Tienes que verlo como parte de tu instrucción para oficial.

Están andando por un sendero que atraviesa un bosque en pendiente.

—¿Quién ha dado las órdenes? —pregunta, preocupada por si está siendo demasiado atrevida; aunque los oficiales tienen que serlo, se dice.

—Ingership. Tenía la esperanza de que se hubiese olvidado ya de El Juego. Hace tiempo ya. Pero las órdenes son las órdenes.

¿Y si en lugar de disparar al recién llegado lo deja libre? ¿Las órdenes tienen que ser siempre órdenes? A lo mejor por eso está haciendo la instrucción, para aprender a no hacerse ese tipo de preguntas.

Pressia oye algo a su espalda. ¿Será el nuevo al que tiene que disparar? Como Il Capitano no se vuelve, ella tampoco. No quiere dispararle al nuevo, a alguien como ella pero sin la misma suerte. Sabe que la fortuna no le durará. Ha sido un error y en algún momento alguien, quizás el tal Ingership, reciba la reprimenda de instancias mayores y diga que se han equivocado de chica. «Belze no —dirán—. Nos referíamos a otra.» Y entonces se verá allí en medio del bosque, con Il Capitano y otro oficial en instrucción que nunca ha tenido el placer de disparar persiguiéndola a ella. A Pressia nunca le han gustado los juegos; nunca se le han dado bien. Bradwell… ojalá estuviese aquí con ella. ¿Mataría él a un novato? No. Encontraría la manera de imponer su postura, de hacer lo correcto y dar un discurso. Ella lo único que intenta es seguir con vida. No tiene nada de malo. De hecho, hasta le gustaría que la viese así ahora, solo en una fotografía, como a una chica en el bosque con un arma. Al menos daría la impresión de que puede cuidar de sí misma.

Pasado un rato, Il Capitano se detiene.

—¿Lo has oído?

Pressia ha escuchado algo, un mínimo crujido, pero es solo el viento entre las hojas. Cuando mira hacia su derecha ve una forma que va brincando de un árbol a otro para más tarde desaparecer. Le viene a la cabeza una cancioncilla de su infancia: «¡Y el que no se haya escondido tiempo ha tenido!» Le sobrevienen temores y nervios. En su mente le ruega a aquel bulto que no salga de su escondrijo. «Que se haya escondido, que se haya escondido.»

Il Capitano camina en dirección opuesta, por la maleza, hasta que se detiene y apunta el rifle hacia algo en el suelo.

—Mira esto.

Pressia lo sigue y ve una piel rojiza arrugada y luego unos ojos brillantes y un pequeño morro, como porcino, un bicho con pelos de alambre y cuerpo de zorro. El animal está atrapado en un pequeño cepo de acero.

—¿Qué es?

—Alguna clase de híbrido. Ha sufrido una mutación genética, pero a mejor. Sus generaciones se suceden con más rapidez que las nuestras. Mira. —Toca con un dedo las garras del animal, que relucen por el metal que tienen—. La ley del más fuerte.

—Del más fuerte —dice Helmud.

—Igualito que nosotros. —Il Capitano la mira esperando que esté de acuerdo.

—Igual —coincide Pressia.

—Esto es lo que pasará con nuestro ADN con el correr del tiempo —sigue explicándole Il Capitano—. Algunos tendremos descendencia con fusiones que nos harán más fuertes, y otros morirán. Este todavía se puede comer.

—¿Le vas a disparar? —le pregunta Pressia.

—Los disparos estropean la carne. De modo que, si puedes evitarlo, no lo hagas.

Il Capitano rastrea los alrededores y coge una piedra que alza por un instante sobre la cabeza, apunta y luego la aplasta contra el cráneo con tanta fuerza que lo hunde. El animal se retuerce, contrae las garras metálicas y muere con la mirada vacía y vidriosa.

A Pressia tanta brutalidad le revuelve el estómago, pero se niega a dejarlo entrever. Il Capitano la mira de reojo para calibrar su entereza; o esa impresión le da a ella.

—Hace un par de semanas cogí una rata del tamaño de un perro con una cola hecha de cadena. Estas tierras están enfermas, hay todo tipo de perversiones.

—Perversiones —repite el hermano.

Pressia está conmocionada, le tiembla la mano. Para disimularlo coge con fuerza el arma y pregunta:

—¿Por qué me has traído aquí fuera? ¿Solo para jugar a El Juego?

—Ahora todo es un juego —tercia Il Capitano mientras abre el cepo—. Si pierdes, estás muerto. Y lo único que significa ganar es que sigues jugando. A veces me gustaría perder. Me canso… estoy cansado ya, eso es todo. ¿Sabes a lo que me refiero?

Aunque Pressia lo sabe, le sorprende que el oficial diga así, en voz alta, algo tan honesto y que lo hace tan vulnerable. Se acuerda de la vez en que se cortó la muñeca. ¿Quería deshacerse de la cabeza de muñeca o simplemente estaba cansada? Se pregunta si la estará poniendo a prueba. ¿Debería decirle que no tiene ni idea de qué está hablando, que ella es muy fuerte, carne de oficial? Sin embargo, algo en la forma en que la mira le impide mentirle.

—Sé a lo que te refieres.

Il Capitano coge el animal muerto, hace aparecer un saco de tela de debajo del chaquetón y mete dentro el bicho. La bolsa se tiñe al instante de rojo, un brillante rastro rojo.

—Es la primera vez que me encuentro el bicho entero desde hace una semana.

—¿Cómo es eso?

—Pues porque hay algo que se ha estado comiendo lo que atrapo antes de yo venga a recogerlo.

—¿Qué crees que puede ser?

Il Capitano ajusta bien el cepo con la bota y entonces vuelve la cabeza para hablarle a su hermano:

—Podemos fiarnos de ella, ¿no? ¿Nos fiamos de esta Pressia Belze?

—¡Belze, Belze! —contesta excitado el hermano, pero a Pressia le parece oír «berzas, berzas», como si se muriera por comerlas.

—Mira —le dice Il Capitano—. Estoy dispuesto a ser generoso contigo. Podemos tener nuestra propia comida tú y yo, no tenemos que aguantar con la mierda que nos dan todos los días. —Clava los ojos en Pressia y añade—: Te gustó la pinta que tenía el pollo del otro día, ¿verdad?

Pressia asiente, pero dice:

—De todas formas mi comida no era mala. Era mejor que la de los demás.

—Los demás no tienen ni puñetera idea. Y nunca la tendrán. Pero tú… —Recorre el bosque con la mirada.

—¿Yo qué?

—Pégate a mí. Los he oído. A veces se mueven tan rápido que parecen colibríes. ¿Los oyes?

Pressia aguza el oído pero no escucha nada. «Que se haya escondido, que se haya escondido.»

—¿Qué tengo que oír?

—El aire se vuelve eléctrico cuando andan cerca.

Il Capitano se encorva y camina lenta y sigilosamente, mientras Pressia lo sigue. Le gusta sentir el peso del arma en la mano. Le alivia que no sea solo un palo de golf. Ojalá el abuelo le hubiese enseñado a usar armas, y no *wedges*, hierros 9 y *putters*. El hombre se agacha junto a un arbusto y le hace señas a Pressia para que se acerque:

—Mira esto.

211

Están en un solar donde antes había una casa que ahora no es más que una montaña de restos. Al lado hay una mole de plástico que probablemente fue un columpio. También se ve un enorme puño de metal, cerrado sobre sí mismo, como si una escalera metálica se hubiese hecho un ovillo. Pressia no acierta a distinguir qué es.

—Ahí están. —La calma de Il Capitano es extraña, parece en trance.

A la sombra de los árboles, al otro lado del solar, Pressia ve moverse unos cuerpos ágiles. No tienen nada que ver con la figura renqueante que se ocultaba tras los árboles: estos seres son más grandes y veloces, y se mueven siguiendo un patrón. Primero ve dos y luego un tercero. Cuando surgen de la espesura se distingue que son hombres, jóvenes con caras anchas. Llevan trajes de camuflaje color ceniza, muy pegados al cuerpo pero de manga corta. Su piel, lustrosa y sin vello, tan límpida, parece brillar. Tienen los brazos cargados de músculos, aunque también de armas, en un grueso metal negro que está como pegado, si no directamente incrustado. Inclinan la cabeza como si oyesen cosas a lo lejos y olisquean el aire. Tienen cuerpos musculosos; dos de ellos poseen un tórax en tonel, mientras que los otros andan sobre unos muslos enormes. Todos llevan el pelo corto. Cuando no se mueven a gran velocidad dejando un rastro de vaho a su paso en el aire helado, galopan con cierta elegancia. Las manos —o garras, más bien— son desmesuradas, aunque siguen siendo humanas. Si bien lo normal sería que Pressia se sintiese aterrada, la extraña elegancia de esos seres y el embrujo impávido de Il Capitano hacen que no lo esté.

—A estos tres ya los he visto antes. Puede que les guste triangular a sus víctimas.

—¿Qué son? —pregunta en un susurro Pressia.

—No tienes por qué susurrar. Saben que estamos aquí. Si quisieran matarnos ya lo habrían hecho.

Pressia observa cómo uno de los jóvenes salta sobre el montículo de plástico y se queda escrutando la lejanía, como si pudiese ver a kilómetros a la redonda.

—¿De dónde han salido?

Los seres están inquietos e Il Capitano se pone nervioso, casi como un niño. Por primera vez le parece más de su edad.

—Esperaba que apareciesen pero no lo sabía seguro. Ya los has visto tú también; esta vez no estoy solo.

Pressia piensa en el hermano que lleva a cuestas y dice para sus adentros: «Pero si tú nunca estás solo».

—Están buscando algo, o a alguien. —Il Capitano se vuelve hacia Pressia y le dice—: Pero tú no sabrás nada de todo esto por casualidad, ¿verdad?

Pressia sacude la cabeza.

—¿Sobre qué?

—Es interesante que se hayan dejado ver justo cuando estás tú.

—No sé de qué hablas. Yo nunca había visto nada parecido en mi vida. —Pressia piensa en el puro parado en medio de la calle, tal y como se lo habían descrito. ¿Será a él al que están buscando esos seres?—. Ni siquiera sé lo que son.

—Alguien ha averiguado cómo coger todo lo que quiere de otros animales o cosas para unirlo y fusionarlo con humanos. Un hipercerebro en un hipercuerpo.

—¿La Cúpula?

—Exacto, la Cúpula. ¿Quién si no? Pero ¿por qué no nos

matan, si saben que estamos aquí? Somos el enemigo, ¿no? O por lo menos un buen banquete.

—Buen banquete —redunda el hermano.

Pressia contempla a los seres, con sus repentinas implosiones de velocidad y su extraño murmullo… Il Capitano tenía razón; se siente un zumbido en el aire.

—¿Ves a aquel de ahí? —Señala a uno que parece estar mirándolos directamente—. Ese me miró igual la otra vez. Tiene algo más humano que el resto. ¿Lo notas?

Pressia no está segura. A ella todos le parecen tan extraños que le cuesta ver la humanidad.

—Supongo.

—Se han fusionado con unos juguetitos apañados, ¿eh? Las armas son de última generación y no me extrañaría que tuviesen chips informáticos alojados en su interior, armas inteligentes. Pero también tienen una parte animal. Sea lo que sea con lo que los han fusionado, en su fuero interno los han convertido en animales. Tal vez los hayan unido con gatos monteses u osos…, a lo mejor con halcones, para la visión. Puede que incluso los hayan dotado con algún tipo de sónar, un ecolocalizador como el de los murciélagos. ¿Has visto cómo giran la cabeza? Se nota que, en cualquier caso, los han hecho para que estén sedientos de sangre.

—Sedientos de sangre —murmura Helmud.

Y al mencionar estas palabras los tres seres se dan la vuelta al mismo tiempo y clavan la mirada en Pressia, Il Capitano y su hermano, en medio de la espesura.

—No te muevas —le susurra Il Capitano.

Pressia ni siquiera respira. Cierra los ojos y piensa en el abrigo, en el calor interior. Piensa: «Si muero aquí y ahora, al menos…»

Pero en ese momento otro sonido llama la atención de los seres y salen corriendo hacia él. Los zumbidos llenan el aire. Se pierden en estampida por los bosques y la atmósfera vuelve a su quietud.

—¿Por qué me has enseñado esto? —le pregunta Pressia a Il Capitano, que se levanta y se queda mirándose las botas.

—Ingership ha enviado tus órdenes de emergencia.

—¿Quién es Ingership exactamente?

213

Il Capitano se ríe entre dientes y le dice:

—Es el que controla el cotarro. —Mira con los ojos entornados a la chica—. La verdad es que nunca había recibido órdenes parecidas, eso de coger a una renacuaja y hacerla directamente oficial, así sin más. Y encima una chica. Ingership quiere conocerte… en persona. Y luego están los bichos estos que rondan por aquí. Tienen algo que ver contigo —afirma con un tono acusador.

—Pero yo no sé qué pueden tener que ver conmigo, yo no soy nadie. Soy una miserable, como los demás.

—Pues sabrás o tendrás algo. Por una u otra razón, te necesitan. Todo está interrelacionado —dice agitando los dedos en el aire—. Lo que pasa es que no sé cómo. Las coincidencias no existen.

—No sé. Yo creo que lo más normal es que sea una coincidencia.

—Bueno, lo mejor es que me porte bien contigo. Por mi propio bien.

—Por mi propio bien —repite Helmud, y su hermano lo mira ladeando la cabeza.

Justo en ese momento resuena un fuerte golpe no muy lejos, un grito y luego un chillido y un frufrú apremiante.

—Hemos atrapado algo —anuncia Il Capitano.

Pressia cierra un segundo los ojos para al cabo levantarse y seguir al capitán hasta la trampa.

Allí en el suelo está el niño tullido de la habitación de Pressia, el único que la miró el día que llegó. Debía de estar andando a gatas porque tiene atrapada la parte superior del cuerpo; los dientes metálicos se le han hundido en las costillas y sangra a través de la fina chaquetilla que lleva. Se vuelve, se queda mirando a Pressia y tose sangre.

—Bueno, no es muy deportivo, la verdad. Pero le puedes disparar aunque solo sea para practicar.

El chico mira fijamente a Pressia con la cara descompuesta por el dolor y las venas del cuello tensas y azules. Ella no dice nada, se limita a alzar el rifle con mano temblorosa.

—Retrocede unos pasos por lo menos… para apuntar un poco.

Pressia se echa hacia atrás e Il Capitano hace lo propio. La chica levanta el arma, pega el ojo a la mirilla, respira hondo y acto seguido suelta la mitad del aire. Deja de respirar; pero antes de apretar el gatillo se imagina levantando el arma —arriba y hacia la derecha— y matando a Il Capitano y su hermano. Si tiene un único tiro, eso es lo que debe hacer. Lo sabe de la misma forma en que ha sabido siempre lo más importante de su vida. Puede disparar y salir corriendo.

Pressia arruga el ojo izquierdo y apunta: tiene la cabeza del chico en la mirilla. Y luego, tranquilamente, como Il Capitano le ha enseñado, coge aire, suelta la mitad y no dispara.

—No puedo hacerlo.

—¿Cómo que no? Pero si lo tienes al lado…

—Yo no soy una asesina. Podemos llevárnoslo y que alguien lo ayude. Tenéis doctores, ¿no?

—Pero así no es El Juego.

—Si quieres matar a alguien para El Juego, mátame a mí. Yo no puedo matarlo, imposible. No me ha hecho nada.

Il Capitano se coloca el rifle por delante y se lo apoya bajo el brazo. Por un momento Pressia cree que ha aceptado su propuesta y va a matarla. Le late el corazón con tanta fuerza que ahoga todo ruido a su alrededor. Cierra los ojos.

Pero en ese momento el tullido murmura por su boca ensangrentada:

—¡Hazlo!

Pressia abre los ojos y ve que Il Capitano está apuntando al chico. Piensa en empujarlo, en placarle… Como si acaso pudiera… Pero el niño quiere morir, lo está pidiendo con los ojos. Le ha suplicado a Il Capitano que lo haga. Se queda entonces mirando cómo las costillas del oficial suben y bajan y cómo, en medio de la espiración, aprieta el gatillo.

La cabeza del niño se desparrama por la tierra. Ya no tiene cara y el cuerpo se queda inerte.

Y Pressia recobra la respiración.

Perdiz

Armazón

A Perdiz y Bradwell no les supone mucho rodeo pasar por casa de Pressia, puesto que para llegar a los fundizales tienen que atravesar la ciudad caída.

—Quiero hablar con el abuelo, por si sabe algo —dice Bradwell—. Sé dónde vive.

Perdiz está tapado hasta arriba; no se le ve nada de piel. Además, Bradwell le ha dicho que encorve los hombros como si estuviera jorobado y ande arrastrando una pierna. En circunstancias normales caminarían solo por callejones y subterráneos, pero no hay tiempo para eso. Van abriéndose paso por los concurridos puestos del mercado, donde, tal y como le ha explicado Bradwell, cuanto más llenos y abarrotados estén, más fácil es pasar desapercibidos. A ambos lados hay gente que parece medio humana, medio robot. Perdiz ve engranajes, cables y trozos de piel mezclados con vidrio o plástico. Entrevé el dorso de una mano que reluce con el aluminio de una vieja lata de refresco, un torso hecho con metal blanco de un electrodoméstico… ¿una lavadora tal vez? De la sien de una cabeza nace un bulbo, piel que une un auricular con una oreja. Ve una mano que al desplegarse deja al descubierto un teclado alojado en ella; otra persona utiliza un bastón porque tiene una pierna muerta que le cuelga por delante. A veces hay solo pellejo sobre un antebrazo o una mano retorcida y pequeña como una zarpa.

Lo que más le sorprende, sin embargo, son los niños. En la Cúpula no hay muchos niños pequeños. No se fomenta la familia numerosa y a algunas ni siquiera se les permite tener hijos cuando algún miembro presenta una imperfección palpable en la configuración genética.

—Deja de mirar embobado —le sisea Bradwell a Perdiz.

—Es que no estoy acostumbrado a ver niños —se disculpa el puro—, ni tantos juntos.

—Chupan recursos, ¿no?

—Dicho así suena fatal.

—Limítate a mirar hacia delante.

—Cuesta más de lo que te crees.

Avanzan un poco.

—¿Cómo sabes dónde vive Pressia? ¿Ibas mucho a verla? —pregunta Perdiz por sacar un poco de conversación.

—La conocí hace una semana o así, justo antes de su cumpleaños, y luego me pasé a dejarle un regalo.

Perdiz se pregunta qué será aquí un regalo. También tiene curiosidad por ver cómo vive Pressia. Se siente culpable por querer conocer de primera mano la vida cotidiana, como un turista, pero es así: desea ver cómo funcionan las cosas.

—¿Qué le regalaste?

—Nada, para ti no significaría nada —le contesta Bradwell—. Vive cerca de aquí, ya no queda lejos. —Perdiz empieza a familiarizarse con Bradwell: con ese comentario le está diciendo que se calle y deje de hacer preguntas.

El callejón es estrecho y huele a animal y a podrido. Las casas están construidas dentro de los edificios caídos. Algunas no son más que tablones apoyados contra piedras.

—Aquí es.

Bradwell va a una ventana que, por lo que parece, han roto hace poco; todavía hay esquirlas de cristal por fuera del marco. Ambos escrutan la pequeña estancia, con una mesa, una silla destrozada y una montaña de tela en el suelo que podría ser una especie de cama. Por la pared del fondo hay varios armarios con las puertas abiertas de par en par. Perdiz ve una señal de «NO PASAR. SOLO PERSONAL AUTORIZADO» en una puerta interior.

—¿De qué era esta tienda?

—Era una barbería, pero está destrozada; solo ha quedado la trastienda.

Perdiz ve una jaula de pájaros en el suelo con los barrotes abollados por un lado y un gancho vacío en el techo donde debía de estar colgada.

—Parece abandonada.

—No es buena señal —afirma Bradwell, y llama suavemente a la puerta, que no está cerrada del todo. Al tocarla, se abre.

—¿Hola? —llama Perdiz—. ¿Hay alguien?

—Se lo han llevado —dice Bradwell inspeccionando el cuarto. Abre y cierra un armario, y va hacia la mesa. Ve algo colgado en la pared y se acerca.

—A lo mejor ha salido —sugiere Perdiz antes de reunirse con Bradwell, que está mirando fijamente una imagen enmarcada con unos listones irregulares—. ¿Gente con gafas de sol en un cine? —se extraña Perdiz, que coge la imagen del gancho para verla mejor.

—Son gafas 3D —le explica Bradwell—. A ella le encantaba esta foto, no sé por qué.

—¿Esto es lo que le regalaste?

Bradwell asiente; parece afectado.

Perdiz le da la vuelta a la foto y ve otro papel detrás, arrugado por los dobleces y cubierto de ceniza. Apenas se puede leer lo que pone: «Sabemos que estáis ahí, hermanos y hermanas. Un día saldremos de la Cúpula para reunirnos con vosotros en paz. De momento solo podemos observaros desde la distancia, con benevolencia». Mira a Bradwell.

—El Mensaje —le dice este estudiando el trozo de papel—. Es un original.

Perdiz siente un escalofrío por los brazos. Su padre dio el visto bueno al mensaje. Formaba parte del plan, de la puesta en escena. «Hermanos y hermanas.» Devuelve el marco a su sitio y siente cómo se le revuelve el estómago.

—Se lo han llevado —repite Bradwell, y va hasta la repisa de la ventana. El suelo está lleno de cristales y de pequeños trozos de metal y alambre, así como de tela blanca. Coge algo y lo sostiene con ambas manos.

—¿Qué es?

—Uno de los juguetes de Pressia. Los hace ella. Su abuelo me enseñó unos cuantos. Estaba muy orgulloso.

Perdiz distingue ahora que se trata de una mariposa con alas grises y un pequeño mecanismo de cuerda en medio del cuerpo de alambre.

—Las usaba para trocarlas en el mercado. Puede que su abuelo intentara salvarlas. Hubo un forcejeo. —Tiene razón; Perdiz lo ve: la ventana rota, la jaula caída del gancho, la silla volcada—. Es la única que queda.

Perdiz se acerca a la jaula abollada del suelo, la coge de un aro que tiene en la parte de arriba y la cuelga del gancho.

—Lo que quiera que estuviese en la jaula se ha ido —dice Bradwell.

—Puede que sea mejor así. Suelto, libre.

—¿Tú crees?

Perdiz no está tan seguro: ¿estar en una jaula o que te suelten en este mundo? Se trata de una pregunta que debería poder responder. ¿Acaso a una parte de él le gustaría volver a la Cúpula?

Lyda

Dedos

*L*yda está mirando por la ventanita rectangular. ¿Qué más puede hacer si no? ¿Acomodarse en la esterilla de sentarse? Es una mezcla de colores, un batiburrillo bastante feo; la ha metido debajo de las mantas porque no puede ni verla.

La ventana falsa que brilla en lo alto de la pared está bañada con luz de atardecer. Parpadea como si las hojas de un árbol estuviesen creando un efecto veteado. ¿Será la misma ventana proyectada en todas las celdas? Tiene algo que la hace sentirse profundamente manipulada. Al estar aislada de toda referencia real, le da la impresión de que el propio centro controla hasta el sol. Incluso en la Cúpula utilizan el sol como medida real del día y de la noche. Sin él se siente aún más perdida y sola.

Su cuarto está al fondo del pasillo, de modo que puede ver las ventanitas rectangulares a ambos lados. Ahora están todas vacías. Algunas de las chicas deben de estar en sus sesiones de terapia; a otras las habrán llevado al comedor colectivo. El resto estará en la cama, dando vueltas o pensando en sus propias ventanas proyectadas.

Pero entonces alguien aparece en la hilera de ventanucos: es la pelirroja, con su cara agradable y pálida. Tiene las cejas tan claras que apenas se ven y hacen que el rostro carezca de expresión. Mira a Lyda con los ojos llenos de preocupación, esa misma extraña mirada expectante de la sala de manualidades.

Lyda se siente ahora culpable por haberle dicho que se callase. Lo único que hacía la chica era tararear, solo intentaba pasar el tiempo. ¿Qué tenía de malo? Decide hacer las paces y levanta una mano hacia la ventana para saludarla.

La pelirroja también alza la suya pero pega los dedos contra el

220

cristal. Empezando por el meñique, va levantando y pegando cada dedo, uno a uno, como si siguiese un ritmo. «Está loca», se dice Lyda, pero como no hay nada más que mirar, sigue observándola. Meñique, anular, pausa. Corazón, índice, pausa. Luego, rápidamente, pulgar, meñique, anular. Corazón, índice, pausa. Pulgar, meñique, pausa. Y de nuevo a toda velocidad, anular, corazón, índice, pulgar, meñique. Luego reanuda el movimiento de tres en tres: anular, corazón, índice, pausa, pulgar, meñique, anular, pausa, corazón, índice, pulgar, pausa, meñique, anular, corazón. En ese punto Lyda comprende que se trata de una canción. Pero no es que toque las notas en un piano, es solo el ritmo de la canción.

Y Lyda sabe qué canción es. Esa horrible y horrorosa canción que se te pega en la cabeza y te vuelve loca: «Brilla, brilla, estrellita». Enfadada, se aparta de la ventana y, con la espalda pegada a la pared, se desliza hasta el suelo.

¿Y si esta es su vida ya para siempre? ¿Y si la orden de reubicación nunca llega? Mira hacia la ventana falsa. ¿Se ha puesto ya el sol? ¿Llegará el día en que se conozca hasta el más mínimo movimiento del sol falso, de la mañana a la noche?

Va a gatas hasta el colchón, saca la esterilla de entre las mantas y se pone a rasgar las tiras de plástico. La va a rehacer para que quede más bonita. Un poco de trabajo manual le vendrá bien para tranquilizarse. Va cogiendo las tiras por el color y trata de pensar en un dibujo que la alegre. Le encantaría tejer un mensaje en la esterilla: «Salvadme —escribiría—. No estoy loca, sacadme de aquí.»

Pero ¿quién lo iba a ver? Tendría que ponerlo contra la ventana y esperar que alguna de las chicas lo leyese. Piensa entonces en la pelirroja: ¿y si no está loca? ¿Estará intentando mandarle un mensaje?

Repasa en la cabeza la letra de la canción: ¿«Por encima del mundo, muy alto. Como un diamante en el cielo»? Empieza a trenzar las tiras de plástico: azul, morado, rojo, verde, formando un dibujo a cuadros. Se le ha metido la canción en la cabeza pero no le ve el sentido. Está allí, como un bucle, solo la melodía, y entonces, mientras sus dedos vienen y van, cuando cogen ritmo, la letra de la canción le vuelve. Pero no es la de «Brilla, brilla» sino la que se canta de pequeño cuando te enseñan el abecedario. No se había fijado nunca en que ambas tenían la misma melodía.

A, B, C, D, E, F, G… Letras, lenguaje.

Se levanta dejando caer las tiras de plástico sobrantes al suelo y corre hacia la ventana, donde está la cara pálida de la pelirroja esperándola.

Lyda pega los dedos contra la ventana y va recorriendo el alfabeto al ritmo de la melodía hasta que su dedo se detiene en la H, luego en la O, en la L y por último en la A.

La pelirroja sonríe y esa vez la saluda con la mano.

Se está poniendo el sol, no les queda mucho tiempo de luz. Dibuja un signo de interrogación en la ventana. ¿Qué es lo que la chica tiene tantas ganas de decirle? ¿Qué pasa?

La pelirroja empieza a deletrear. Es un proceso lento y Lyda asiente con la cabeza cada vez que averigua una letra. La murmura entre dientes para recordar bien por dónde va la palabra. Al final de cada una la pelirroja traza una línea en la ventana.

Escribe: «S-o-m-o-s / m-u-c-h-o-s. / V-a-m-o-s / a /

Cuando aparece una guardia para inspeccionar el pasillo, ambas se apartan de las ventanas. Lyda se mete en la cama, se tapa y se hace la dormida. «¿Vamos a qué? —piensa Lyda—. ¿A qué?»

En cuanto oye que los zapatos de la guardia se alejan por el pasillo, vuelve a la ventana. La pelirroja todavía no está pero, unos instantes después, reaparece y sigue escribiendo: «D-e-r-r». ¿Derrotar?, se pregunta Lyda. ¿Derrotará su encierro? ¿Se trata de un mensaje de esperanza para todas las que están allí atrapadas y se sienten perdidas?

No. El mensaje continúa y acaba en un «o-c-a-r». ¿Vamos a derrocar? ¿A quién van a derrocar?

Lyda tamborilea las letras lo más rápido que puede: «g-u-a-r-d-i-a-s». Hace otro signo de interrogación con el dedo en la ventana. La pelirroja la mira con su cara inexpresiva y después sacude la cabeza con fuerza: no, no, no.

Lyda escribe otra interrogación en el cristal. ¿Quién? Necesita saberlo.

Ya apenas se ve en el cuarto y distingue a duras penas los dedos de la chica, que ahora tamborilea otras seis letras: «C-ú-p-u-l-a». Lyda se la queda mirando. No entiende. Vuelve a poner el dedo en el cristal para dibujar una última interrogación.

La pelirroja termina: «D-í-s-e-l-o / a / é-l».

Perdiz

Dardos

*T*odas las cárceles, asilos y sanatorios quedaron derruidos, un coloso tras otro convertido en una montaña de huesos de hierro calcinados. Las casas de las urbanizaciones cercadas están incineradas o completamente asoladas. Los columpios de plástico, barcos pirata o castillos diminutos resultaron ser resistentes, de ahí que unas grandes burbujas informes de colores salpiquen los solares de tierra y ceniza, como las esculturas retorcidas que Perdiz ha visto en imágenes de la clase de historia del arte.

Instalaciones artísticas, así las llamaba el señor Welch. Y, de algún modo extraño, a Perdiz le gustan. Piensa en Welch, una especie de versión reducida de Glassings y su historia mundial. A veces se ponía delante del proyector para explicar algo y los borrones de colores le cubrían el cuerpo desgarbado, el pecho hundido y la calva reluciente. Fue uno de los jueces que eligió el pájaro de Lyda. Es probable que Perdiz no vuelva a ver ni a Welch, ni a Glassings, ni a Lyda. Nunca verá el pájaro. ¿Y a Pressia?

Bradwell está delante de él con la mano en la empuñadura de un cuchillo bajo el chaquetón; Perdiz lleva un gancho y una macheta de carnicero, así como el viejo cuchillo de la exposición de hogar. Con todo, sigue sintiéndose bastante vulnerable en el exterior, un tanto desorientado. La codificación está haciéndose con el control de su cuerpo. En ocasiones la siente surgir como si quisiera apoderarse de sus músculos, metérsele en los huesos y disparar sus sinapsis. Es una sensación que no puede describir, como si se le espesase la sangre que le recorre el cuerpo y albergase algo ajeno en su interior. Aunque ha resultado ser inmune a la codificación conductiva por las pastillas azules que le dio su madre en la playa, el resto sigue activo en la química de su cerebro. ¿Se puede fiar de su propio cerebro? Ahora mismo los detalles le resultan un tanto confusos.

—¿Cómo me has dicho que es esa mujer en la que tanto confías? —pregunta Perdiz.

—Es difícil de explicar —le responde Bradwell.

—¿No la has visto nunca?

—No, pero he oído rumores.

—¿Rumores?

—Sí. Es nuestra única oportunidad. Eso si no nos matan antes sus protectoras.

—¿Sus protectoras podrían matarnos?

—Si no, no serían sus protectoras.

—Mierda, ¿me has hecho venir aquí fuera basándote en rumores?

Bradwell gira sobre sus talones y le dice:

—Vamos a dejar las cosas claras: tú eres el que me has hecho venir aquí para buscar a Pressia, a la que tú pusiste en peligro.

—Perdona.

Bradwell echa a andar de nuevo y Perdiz tras él.

—De todas formas, en realidad no son rumores. «Mito» sería más exacto. ¿Te haces una idea?

Sabe que el puro no se hace ninguna idea; no es de aquí, no entiende nada.

A veces Perdiz imagina que todo esto no es real, que en realidad es solo una reconstrucción muy elaborada de una catástrofe, no la catástrofe en sí. Recuerda una vez que fueron de excursión a un museo donde había pequeñas exposiciones con actores en directo que hablaban de cómo eran las cosas antes del Retorno al Civismo. Estaban organizadas por temas: antes de que se construyese el ingente sistema carcelario; antes de que a los niños con dificultades se los medicase adecuadamente; cuando el feminismo no alentaba la feminidad; cuando los medios eran hostiles al gobierno en lugar de cooperar por un bien común; antes de que la gente con ideas peligrosas estuviese identificada; antes, cuando el gobierno tenía que pedir permiso para proteger a sus conciudadanos de los males del mundo y de los males de nosotros mismos; antes de que los muros rodeasen los vecindarios con sistemas de alarma y amables hombres en garitas que conocían a todos por su nombre.

En el enorme césped del museo hacían reconstrucciones bélicas a la luz del día donde se representaban los levantamientos que habían tenido lugar en algunas ciudades en contra del Retorno al Civismo y su legislación. Con el gobierno respaldado por el ejército, las revueltas —en su mayoría manifestaciones políticas que derivaron en enfrentamientos violentos— no tardaron en ser neutralizadas. La milicia interna del gobierno, la Ola Roja de la Virtud, los salvó a todos. Los sonidos grabados eran ensordecedores; los uzis y la alarma antiaérea resonaban en los altavoces. En la tienda de recuerdos, los niños de la clase compraron megáfonos y granadas de mano muy realistas, e incluso parches con el emblema de la Ola Roja de la Virtud. Él quería una pegatina en la que ponía «EL RETORNO AL CIVISMO: LA MEJOR FORMA DE LIBERTAD» escrito sobre una bandera ondeante de Estados Unidos, con las palabras «SIEMPRE ALERTA» por debajo. Su madre, sin embargo, no le quiso dar dinero para la tienda y él no entendió por qué.

Desde luego ahora sabe que el museo era pura propaganda. No obstante, podría fingir por unos momentos que los fundizales son solo eso: un museo muy bien documentado.

—¿Tú te acuerdas de cómo era todo antes de las Detonaciones? —le pregunta a Bradwell.

—Yo estuve un tiempo viviendo en esta zona con mis tíos.

Perdiz, cuya madre se había negado a dejar la ciudad, solo había ido allí de visita, a las casas de sus amigos. Recuerda el sonido de las verjas: el leve zumbido de la electricidad, los engranajes chirriantes, los sonoros chasquidos del metal. Aunque las casas de las urbanizaciones cercadas estaban apiñadas unas con otras, cada una con su pequeño reducto de hierba con un brillo químico como aterciopelado, parecían aisladas.

—¿Tienes alguna imagen en la cabeza?

—No las que me gustaría.

—¿Estabas aquí en el fin?

—Había ido a pasear lejos del vecindario. Yo era de esos críos a los que gustaba perderse y alejarse de donde les decían que tenían que estar.

—A la mayoría de los niños no nos dejaban salir de casa, ni que nos viese la gente —comenta Perdiz—. Por lo menos a mí.

Los niños decían cosas y no se podía confiar en ellos porque repetían como papagayos todo lo que oían de boca de sus padres. A Perdiz su madre le decía: «Si alguien te pregunta qué opino yo sobre algo, tú dile que no lo sabes». No le dejaba estar mucho tiempo solo en casa de ningún amigo. Además, siempre había miedo a algún virus, a contagiarse de algo. No había nada seguro: se desconfiaba del sistema de aguas, que solían contaminar, al igual que de las tiendas de alimentación; hubo que retirar productos. A Perdiz le contaron en la academia que, aunque no hubiese habido Detonaciones, habrían necesitado la Cúpula, que resultó ser profética. Y las Detonaciones... ¿de veras su padre participó en todo desde el principio? Rara vez había hablado de ellas en la Cúpula pero, cuando lo hacía, las aceptaba como si de una catástrofe natural se tratase. Más de una vez le ha oído decir: «Un acto de Dios. Y Dios fue piadoso con nosotros» y «Gracias, Señor, bienaventurados nosotros».

También recuerda la vez en que su madre y él fueron a visitar a unos amigos y resultó que la mujer había desaparecido. Se pregunta si estarán por allí cerca los restos de aquella casa, en medio de ese vasto paisaje baldío.

—La señora Fareling —dice en voz alta al recordar el nombre.

—¿El qué?

—La señora Fareling, una amiga de mi madre. A veces compartíamos coche cuando nos tenían que llevar a algún sitio. A mi madre le caía muy bien. Tenía un hijo de mi edad, Tyndal. Un día fuimos porque habíamos quedado para jugar en su casa de una urbanización amurallada, y ya no estaba. Abrió la puerta otra mujer. «Trabajadora del Estado», dijo. Estaba allí como cuidadora provisional hasta que el señor Fareling encontrase una sustituta de su esposa para el hogar.

—¿Qué hizo tu madre?

—Le preguntó qué había pasado y la mujer le contó que la señora Fareling había dejado de asistir a las reuniones de las FF y luego a las de la iglesia.

—Las Feministas Femeninas —dice Perdiz.

—¿Tu madre era socia?

—Claro que no. No estaba dispuesta a abrazar ideales conservadores. Creía que eran una patraña, como eso que decían de «¡Qué estupendas somos tal y como somos: guapas, femeninas y educadas!»

—Mi madre también detestaba ese movimiento. Se peleaba con mi padre por eso.

Las madres de los amigos de Perdiz pertenecían a las FF. Siempre llevaban los labios pintados, y es cierto que estaban guapas, salvo cuando se les quedaba el carmín pegado a los dientes.

—¿Qué le pasó a la señora Fareling? —quiere saber Bradwell.

—No lo sé. —La mujer aquella les dijo que la rehabilitación no siempre era irreversible, y después les ofreció orientación psicológica: «A veces podemos ayudar cuando alguien se ve afectado por una pérdida repentina». Su madre se negó. El chico casi puede recordar la sensación de su mano cogiéndolo por el brazo mientras volvían al coche, como si hubiese sido él quien hubiese hecho algo malo—. De vuelta a casa mi madre me contó que las cárceles, los centros de rehabilitación y los sanatorios, los construían en alto por una razón: para que todos supiesen que la única diferencia era que vivían o bien bajo el techo, o bien a la sombra de esas instituciones.

Está anocheciendo y la oscuridad es cada vez mayor. Pueden aparecer alimañas en cualquier momento. Rodean unos cuantos columpios derretidos y una franja de alambrada aplastada.

—Y tus padres... ¿cómo se enteraron de todo, si dijeron que no a los Mejores y Más Brillantes en los Red Lobster esos? —le pregunta Perdiz a Bradwell—. Ellos estaban fuera.

—Pues por suerte, aunque no sabría decir si fue buena o mala suerte, ahora que lo pienso. A mi padre le concedieron una beca para estudiar las costumbres rituales de un remoto pueblo pesquero de Japón y una familia le pasó una grabación de una mujer que había sobrevivido a Hiroshima, aunque con extrañas malformaciones. Tenía un reloj de muñeca incrustado en el brazo. Se ocultaba porque había habido otras personas como ella (gente que se había fusionado de una forma extraña con animales, con tierra o entre sí) a las que el gobierno se había llevado y nadie había vuelto a ver.

—En la Cúpula nos animan a estudiar civilizaciones antiguas: dibujos en paredes de cuevas, restos de alfarería, momias a veces... ese tipo de cosas. Así es más fácil.

—Supongo. —Bradwell mira al otro chico como si agradeciese que lo reconozca—. Bueno, como muchos historiadores, mi padre no creía que la bomba atómica fuese la única razón de la rendición de Japón. Poco antes de la derrota, los japoneses no dieron muestras de temor a perder vidas y sí de sacrificio. Mis padres se preguntaban si no se debió al miedo del emperador a las abominaciones generadas por la bomba. Los japoneses eran muy homogéneos, una cultura isleña. Es posible que para el emperador fuese demasiado pensar no que fuesen a ser derrotados, sino deformes y mutantes. Obligaron a los generales a rendirse y se llevaron a toda la gente que había sufrido fusiones a causa de la bomba para estudiarla. La censura que impuso MacArthur sobre los efectos de la bomba, la ocultación de los relatos de testigos presenciales y de las historias orales, incluso de las observaciones científicas..., en definitiva, el secreto de sumario sobre los japoneses... además de la vergüenza que sentían... todo ello contribuyó a acallar la realidad de los horrores, así como de las mutaciones.

Han llegado a una zona de verja que sigue en pie. Bradwell es el primero en trepar por ella y Perdiz se apresura a seguirlo. Cuando saltan al suelo encuentran ante ellos otro tramo de restos calcinados y burbujas de plástico fundido.

—¿Y qué hizo Estados Unidos? —le pregunta Perdiz.

—¿De veras quieres saberlo? Dicen que soy demasiado pedante.

—Quiero saberlo.

—Estados Unidos conocía los turbios efectos inesperados de la bomba, y en secreto fue desarrollando nuevas ciencias..., las invenciones de tu padre. Ciencias que generaran resistencia a la radioactividad en estructuras y les permitieran controlar los efectos de la radiación. En lugar de hibridaciones insospechadas y sin razón de ser, el gobierno estadounidense quería hibridaciones premeditadas para crear superespecies.

—Codificación. Yo he pasado por eso. Pero no era un espécimen maduro. —Aunque se siente orgulloso, no es que se opusiese en ningún momento; es simplemente algo que pasó.

—¿En serio?

—Sedge sí lo era, yo no. Pero ¿cómo consiguieron tus padres la información que necesitaban?

—Uno de los genetistas, Arthur Walrond, era amigo de mi madre, Silva Bernt. Walrond tenía una vida social muy movida, conducía un descapotable y era un bocazas con remordimientos. Uno de los fines de semana que vino a ver a mis padres se emborrachó y se fue de la lengua sobre algunos secretos de las nuevas ciencias. Por supuesto, todo cuadraba con lo que mis padres sospechaban. Empezó a pasarles información. —Bradwell se detiene y mira al otro lado de los restos calcinados de un vecindario en ruinas. Se frota la cabeza, parece cansado.

—¿Qué pasa? —le interroga Perdiz.

—Nada. Acabo de acordarme de cuando convenció a mis padres para que me comprasen un perro: «Es hijo único en una familia de enganchados al trabajo. ¡Compradle al chico un chucho!» Walrond era rollizo, bajito y andaba como un pato pero era un conversador agudo con un buen coche, además de un mujeriego, por extraño que parezca. Su físico no acompañaba a su ritmo de vida.

»Sabía lo que podían llegar a hacer con las cosas en las que trabajaba. El gobierno utilizaba el término "potencial ilimitado" pero él siempre añadía "para la destrucción". Fue muy descuidado. Cuando se enteraron de que estaba filtrando secretos lo avisaron con el tiempo suficiente para que se suicidase antes de que se presentasen en su casa para arrestarlo. Y les hizo ese favor, con una sobredosis. — Bradwell suspira—. Le puse *Art* a mi perro por él. Luego tuve que abandonarlo cuando mis padres murieron; mi tía era alérgica. Cómo quería a ese perro tontorrón… Hace un alto y se queda mirando a Perdiz—. Tu padre mandó matar a los míos. Probablemente dio la orden en persona. Les dispararon mientras dormían, antes de las Detonaciones, a dos pasos, con silenciadores. Yo estaba durmiendo en mi cuarto; me los encontré cuando me levanté.

—Bradwell… —acierta a decir Perdiz, que intenta acercarse, pero el otro chico lo rechaza.

229

—¿Sabes lo que creo a veces? —No muy lejos se oyen ruidos de animales, un aullido, un graznido como de pájaro—. Creo que nos estábamos muriendo todos de enfermedades masivas. Los sanatorios estaban llenos. Empezaron a reconvertir las cárceles para albergar a los enfermos. El agua estaba saturada de petróleo. Y por si con eso no bastase, había gran cantidad de munición, revueltas en las ciudades… El duelo era acallado con maíz, la insoportable levedad de los rellenos de los pasteles… Nos estábamos atragantando con contaminantes y radiación…, un pulmón calcinado muerto tras otro. Cuando nos dejaron a nuestra suerte, nos dedicamos a dispararnos y a quemarnos vivos. Sin las Detonaciones nos hubiésemos quedado unos pocos hasta acabar matándonos todos a garrotazo limpio, en una auténtica sangría. Por eso lo aceleraron todo, ¿no? Ya está.

—Tú no piensas así.

—No. Cuando estoy un poco más optimista, creo que podríamos haberle dado la vuelta. Había mucha gente como mis padres que estaban en el lado bueno. Les faltó tiempo.

—Supongo que a eso se le podría llamar optimismo.

—No estuvo tan mal ser educado por unos enemigos del Estado. Crecí ya de vuelta de todo. Tras las Detonaciones supe que no debía ir a las grandes superficies, como hizo el resto. Supe también que no había que esperar ningún consuelo, al contrario de lo que hizo todo el mundo, ansioso de ver llegar agua, mantas y primeros auxilios de manos del ejército. Mis padres me habían contado lo suficiente como para saber que no podía confiar en nadie. Lo mejor era que me diesen por muerto. Y eso soy, una baja, que es algo que aquí no está nada mal.

—Es difícil morir cuando ya se está muerto.

—Pero ¿sabes lo que se me quedó grabado?

—¿El qué?

—Encontré una nota de Walrond entre las cosas de mis padres, garabatos de un borracho: «Lo cierto es que… podrían salvarnos a todos pero no quieren». Es algo que siempre me ha atormentado. Y luego, en una entrevista, alguien le preguntó a Willux sobre la resistencia a la radiación en la Cúpula y él dijo: «La resistencia a la radiación tiene un potencial ilimitado para todos nosotros».

—Pero no fue así, no para todos.

—Tu padre deseaba la destrucción casi total para poder empezar de cero. Pero ¿competía contra los que estaban más cerca?, ¿o contra los que estaban cerca de hallar la resistencia a la radiación para todos? ¿Era como el inventor de la armadura, que cuando todo el mundo tuvo armadura se vio obligado a inventar la ballesta? ¿Una carrera armamentística de arma, defensa, mejor arma, mejor defensa?

—No lo sé. Para mí es también un desconocido. —Por una fracción de segundo Perdiz le desea la muerte a su padre. «Eso es maldad», piensa para sus adentros; y no es solo que su padre la tenga, es que la ha utilizado. «¿Por qué?», se pregunta Perdiz—. Siento mucho lo de tus padres —le dice a Bradwell.

Contempla las extensiones desoladas que los rodean. Se tambalea un poco, intentando procesar tanta pérdida y, en ese momento, se le engancha el pie con algo y tropieza.

Cuando recupera el equilibrio se agacha para coger un objeto de metal con tres púas en abanico que terminan en una punta afilada, enterrada en el barro y la ceniza. Bradwell retrocede hasta donde está el otro chico y se queda mirando lo que tiene en la mano.

—¿Qué es, un dardo? —le pregunta Perdiz—. Me acuerdo de los que se lanzaban a las dianas, pero nunca había visto uno tan grande.

—Sí, pero de punta de acero —explica Bradwell.

Perdiz oye el sonido antes de verlo: un runrún que es casi un zumbido. Empuja a Bradwell para apartarlo de la trayectoria y aterrizan en el suelo con todo su peso, sin aliento, justo cuando otro dardo se clava tras ellos. Bradwell se pone en pie como puede y grita:

—¡Por aquí!

Ambos echan a corren hacia un fundido rojiazul y se agazapan tras él.

Los dardos no tardan en llegar con un silbido que acaba en un golpe seco. Se clavan dos en el otro lateral del plástico y entonces todo se queda en silencio.

Perdiz escruta por el otro lado del fundido y vislumbra una construcción levantada con ladrillos y paredes que se apoyan en fundidos arrastrados desde otros jardines.

—Una casa. Con una cerca baja por delante.

Perdiz recuerda las vallas con puertecitas que se abrían y que mantenían a raya los pulcros perros que brincaban en sus jardines. Esta cerca, sin embargo, no son más que unos cuantos palos clavados en el suelo con cosas colgando de los picos. A primera vista no ve qué pueden ser, pero entonces se fija mejor y distingue un armazón ennegrecido y redondeado: un costillar con algunos huesos partidos y otros ausentes. Dos palos más allá hay un cráneo ancho —humano—, del que falta un trozo. Frente a los restos de la casa hay dos calaveras más, iluminadas por dentro con velas, igual que las calabazas de Halloween; Perdiz se acuerda de que llevaba puesta una caja cuando se disfrazó de robot. Los fundizales eran famosos por sus fiestas, por los árboles con fantasmas colgando y los Santa Claus trepando por los tejados. Ahora ve lo que parece un jardín con tierra revuelta y estacas, pero solo son más huesos, diseminados como para decorar, huesos de manos que surgen por aquí y por allá como brotes. En otro mundo, esas cosas —las cercas de estacas, las lámparas de calabaza, los jardines— simbolizaban el hogar. Ya no.

—¿Qué pasa? —pregunta Bradwell.

—Nada bueno. Están orgullosos de sus presas. —Otro dardo impacta contra el plástico—. Y tienen buena puntería. ¿Serán las protectoras?

—Puede ser. Si es así, debemos rendirnos. Queremos que nos capturen y nos lleven con su cabecilla. Pero no sabré si son ellas hasta que las vea; necesito mejor perspectiva. Voy a correr hasta aquel fundido de allí. —Bradwell señala hacia el frente.

—Intenta que no te den.

—¿Cuántos dardos les quedarán?

—Lo que no quiero saber es lo que pueden usar cuando se les acaben los dardos —dice Perdiz sacudiendo la cabeza.

Bradwell sale a todo correr. Cuando los dardos caen como la lluvia sobre él, deja escapar un grito. Se tambalea y se coge el codo izquierdo. Le han dado en el hombro, pero sigue corriendo y se lanza tras el siguiente fundido.

Perdiz va a por él antes de que Bradwell intente retenerlo. Esprinta y derrapa hasta pararse junto al chico herido, que ya tiene la manga de la chaqueta ensangrentada. Agarra el dardo clavado en el brazo de Bradwell.

—¡No! —exclama este intentando zafarse.

—Tienes que sacártelo. ¿Qué pasa?, ¿te asusta un dolorcillo de nada? —Le coge el brazo por debajo del codo—. Seré rápido.

—Espera, espera. Hazlo a la de tres.

—Vale. —Perdiz echa el peso sobre el brazo de Bradwell, lo sujeta contra el suelo y con la otra mano rodea el dardo, que está bien profundo—. Una, dos… —Y lo saca llevándose un trozo de chaquetón con él.

—¡Mierda! —grita Bradwell. La herida echa sangre a borbotones—. ¿Por qué no has contado hasta tres?

«Quien la hace la paga», piensa Perdiz en un impulso, para devolvérsela a Bradwell por la hincha que le tiene, por meterse con él cuando Pressia desapareció. Lo cierto es que él también alberga cierto odio hacia el chico, aunque solo sea porque Bradwell se lo tiene a él.

—Hay que vendarlo.

—¡Mierda! —grita Bradwell pegándose el codo a las costillas.

—Quítate el chaquetón. —Perdiz lo ayuda a sacárselo por el brazo y luego aprovecha el desgarrón para romper la manga y utilizarla para envolver el músculo del hombro, apretándola con fuerza—. Ojalá hubiese podido verlas bien.

—Ah, pues ¿sabes qué? Pienso que vas a tener suerte. —Bradwell señala hacia el frente.

Hay un par de ojos cerca del suelo: un crío que atisba por detrás de la pierna de una criatura más grande pertrechada para la batalla, con una coraza hecha con cuchillas de cortacésped y un casco. Por un hombro le cae una larga trenza, mientras que las armas que lleva solo son reconocibles por sus componentes: una cadena de bici, un taladro, una motosierra.

—No está mal —dice Perdiz—. Solo una mujer y un crío. Nosotros somos dos.

—Espera.

Por detrás empiezan a aparecer muchas más sigilosamente. Todas son mujeres y la mayoría también llevan niños, bien abrazados, bien a su lado, así como más armas: cuchillos de co-

233

cina, tenedores de barbacoa de dos puntas, desbrozadoras. Sus caras son mosaicos de vidrio, azulejos, espejo, metal, baldosa y algún plástico reluciente. Muchas tienen joyas fusionadas en muñecas, cuellos y lóbulos; deben de ir recortándose la piel para que no les crezca sobre las joyas, que están perfiladas por pequeñas costras oscuras y enrojecidas.

—¿Nos han encontrado? ¿Era este el grupo que esperabas? —pregunta Perdiz.

—Sí. Creo que sí.

—Parecen amas de casa —susurra Perdiz.

—Con sus críos.

—¿Por qué no han crecido los niños?

—No pueden. Están atrofiados por el cuerpo de sus propias madres.

A Perdiz le cuesta creer que haya llegado a sobrevivir gente de la que residía en ese lugar. Siempre fueron personas sumisas que carecían del valor de sus convicciones. Y los que demostraron cierto valor —como tal vez la señora Fareling— desaparecieron. ¿Son estos las madres y los niños de las urbanizaciones cercadas, quienes en otros tiempos se deleitaban entre plásticos?

—¿Estamos a punto de que nos dé una paliza de muerte una asociación de madres?

Cuando el grupo avanza Perdiz se da cuenta de que no es solo que los niños vayan con sus madres, es que están pegados. La primera mujer que vieron tiene unos andares extraños; el crío que parecía estar cogiéndole de la pierna en realidad está fusionado a ella. Sin piernas, el niño solo tiene un brazo, mientras que el torso y la cabeza surgen del muslo de su madre. A otra mujer le salen del cuello unos ojos en la cabeza protuberante de un bebé, como si tuviese bocio.

De rasgos angulosos y rostro adusto, van con el cuerpo ligeramente encorvado, como preparadas para embestir.

Perdiz se aprieta bien la bufanda para asegurarse de que su cara impecable quede oculta.

—Ya es tarde para eso. Limítate a levantar las manos y sonreír.

Todavía de rodillas, ambos alzan las manos por encima de la cabeza.

—Nos rendimos. Hemos venido para ver a vuestra Buena Madre. Necesitamos su ayuda —les dice Bradwell.

Una mujer con un crío fusionado en la cadera se adelanta hasta Perdiz empujando una especie de cochecito armado con cuchillos. Otra mujer con una podadora en la mano avanza hasta Bradwell y le pega un rodillazo en el pecho con una fuerza asombrosa; acto seguido le pone las cuchillas delante de la cara, y las abre y las cierra amenazante, las hojas brillantes y afiladas. Tiene el utensilio fusionado en una mano y lo acciona con la otra. Por último pone el pie descalzo sobre el esternón de Bradwell, abre la podadora todo lo que puede y se la pega a la garganta.

Al sentir que le tiran del brazo hacia atrás, el otro chico saca el garfio de la carne y se gira en redondo oscilando sobre la cabeza de una niña atrofiada. Tiene la mano de su madre fusionada en medio de la espalda. El chico se echa hacia delante y la mujer le mete rápidamente la rodilla en la barriga, le encaja un gancho en la barbilla y le pone un cuchillo de cocina contra el corazón.

La hija ríe.

Perdiz sabe que las mujeres y sus hijos fusionados son agresivos a la par que disciplinados: son soldados. Con su fuerza codificada podría llevarse por delante a media docena de una embestida, pero ahora ve que son más de cien. Las sombras se mueven y se acercan otras mujeres para despojarlos de los cuchillos, los garfios y los dardos que acaban de cosechar.

La mujer con el cuchillo de cocina agarra a Perdiz del brazo, con una mano que parece tener incrustadas hileras de dientes afilados que le cortan la piel, y lo pone en pie de un tirón. El chico se mira el brazo pálido salpicado de sangre y ve entonces en la palma de la mujer trozos de espejo. Del cinturón lleva colgada una vieja funda de almohada sucia. Por detrás, otra le dobla los brazos con tanta fuerza que los codos casi le rozan la espalda. Mira de reojo a Bradwell, al que también han puesto de pie y han atado.

Lo último que Perdiz ve antes de que le cubran la cabeza con la funda de almohada es una cruz de oro con una cadenita engarzada a un pecho escaldado.

Y luego la oscuridad, su respiración humedeciendo el interior de la caperuza.

235

Piensa en el mar. ¿Lo envolvió una vez su madre en una manta? ¿Escuchó el sonido del viento agitando una tela contra sus orejas, atenuando el rugido constante de las olas? ¿Qué habrá sido del mar? Ha visto algunas imágenes, en blanco y negro, está turbulento y arremolinado. Pero el blanco y negro nunca le hará justicia a la esencia del mar, ni siquiera en una imagen estática. Cierra los ojos y finge tener la cabeza en una manta, el mar no está lejos y su madre, a su lado. Espera no morir.

Un chiquillo emite un graznido penetrante como el de una gaviota.

Pressia

Árabes

*I*ngership tiene la mitad de su huesuda cara recubierta con una placa de metal y una bisagra donde debería haber un trozo de mandíbula. Aquel arreglo se lo había hecho alguien que sabía lo que se hacía, un profesional, no un simple cosecarnes como su abuelo; era obra de alguien con conocimientos e instrumental reales. La bisagra le permite hablar, masticar y tragar. Con todo, las palabras no le salen con naturalidad, tiene que forzarlas. La lámina de metal, por su parte, se extiende desde el mentón y, como lleva una gorra militar, es imposible saber dónde acaba la placa y dónde empieza la piel que le recubre el cráneo. El otro lado de la cabeza lo tiene afeitado al cero; está rosa. A Pressia la visión de esa cabeza le trae al recuerdo el disparo, la sacudida y el cráneo machacado del niño contra el suelo. No es una asesina pero ha dejado que le dispare. Iba a morir, sí, y le pidió a Il Capitano que lo hiciera, fue un acto de compasión. Pero eso no la ayuda: es culpable.

Está sentada enfrente de Ingership, en el asiento trasero de un sedán negro milagrosamente reluciente. Tienen el sol justo sobre sus cabezas. Las órdenes decían que Il Capitano debía conducir a Pressia Belze a campo traviesa cinco kilómetros hasta un viejo depósito de agua caído —con su bulbosa cima quebrada y ennegrecida—, donde los estaría esperando el coche. Y cuando han llegado ya estaba allí aquel vehículo tan impoluto que parecía sacado de otro mundo. La ventanilla tintada ha bajado con un zumbido y ha dejado al descubierto la cara de Ingership. «Arriba», les ha ordenado.

Pressia ha seguido hasta el otro lado del coche a Il Capitano, que le ha abierto la puerta. La chica ha entrado la primera y

luego el oficial ha subido y ha cerrado de un portazo. Entre el
rifle que le colgaba de un hombro y Helmud, no ha podido re-
costarse en el asiento. El hermano es voluminoso y el coche parecía estrecho para todos. Ingership lo ha mirado con frialdad,
como si quisiera pedirle a Il Capitano que se deshiciese de Helmud. Pressia se ha imaginado a Ingership diciendo: «¿No podemos meter el equipaje en el maletero?» Pero en lugar de eso,
ha dicho:

—Fuera.

—¿Quién, yo? —se ha extrañado Il Capitano.

—¿Yo? —ha dicho a su vez Helmud.

Ingership ha asentido.

—Espera aquí. El chófer la traerá de vuelta.

Pressia no quería separarse de Il Capitano y quedarse a solas con Ingership. Su discurso mecanizado y su calma sobreco-
gedora tienen algo que le produce cierta desazón.

Il Capitano ha abierto la puerta, ha bajado, la ha cerrado de
golpe y después ha llamado a la ventanilla.

—Pulsa el botón —le ha dicho Ingership a Pressia.

La chica le ha dado al botón que hay en la manija interior y
ha sentido la vibración eléctrica en la yema del dedo. La ventana ha desaparecido por dentro de la puerta.

—¿Cuánto tiempo vas a tardar? —le ha preguntado Il Capitano, a quien Pressia ha visto frotar el dedo contra el gatillo.

—Tú espérala —ha dicho Ingership, que a continuación le
ha ordenado al chófer que arranque.

El coche ha vuelto entonces a la vida, entre una humareda
de polvo, y los pasajeros se han visto propulsados hacia delante. Aparte del paseo en el camión de la ORS con las manos
atadas y la boca precintada, Pressia no ha estado en un coche
hasta donde tiene memoria. ¿Recordaba siquiera esa sensación
en lo más hondo de su memoria? Al entrar el viento y la ceniza
por la ventanilla, ha tenido miedo de colarse de algún modo por
el asiento.

—¡Cierra esa ventana! —le ha gritado Ingership.

Pressia ha pulsado el botón en el otro sentido y el cristal ha
subido.

Ahora llueve un poco y el sedán está tan encerado que las
gotas resbalan. Pressia quiere saber de dónde ha sacado ese co-

238

che, tan impecable, tan impoluto. ¿Sobreviviría en una especie de cochera ultrarreforzada?

El chófer vigila por el retrovisor a los pasajeros que lleva en el asiento trasero. Es un hombre entrado en carnes, tiene el volante agarrado con unas grandes manazas. Su piel es oscura salvo donde las quemaduras la tiñen de un rosa oscuro. Están atravesando los restos baldíos de una autovía destrozada. Aunque la carretera está casi despejada de residuos, la conducción sigue siendo lenta. El paisaje es desolador; hace tiempo que han dejado atrás los fundizales, las cárceles, los centros de rehabilitación y los sanatorios quemados. En la calzada resquebrajada se han abierto paso la maleza y las grietas. Por la posición del sol Pressia sabe que se dirigen hacia el noreste. Cada tanto hay vallas publicitarias decapitadas, restos fundidos de restaurantes de carretera, gasolineras y moteles, remolques destrozados de tráilers y camiones incinerados, abandonados en la cuneta como las costillas negras de una ballena muerta. De vez en cuando se ven sitios donde alguien ha arrastrado restos de cosas de los escombros para disponer mensajes como «INFIERNO, DULCE INFIERNO» u otros más crudos como «CONDENADOS».

Y el paisaje entonces se hace cada vez más árido: las esteranías. A Pressia le hacen pensar que tiene suerte, porque allí fuera lo único que queda es tierra carbonizada que es muy probable que se extienda sin más en todas direcciones, hasta el infinito. Tampoco hay carretera y por vegetación solo se ve de vez en cuando algún que otro arbusto desértico.

Las esteranías, sin embargo, esconden atisbos de vida: en ocasiones algo corretea por la superficie, terrones ronroneantes, esas criaturas que han pasado a formar parte de la propia tierra.

Se nota la inquietud de los pasajeros al atravesar las esteranías. El ambiente es desazonador, como si hubiese subido de repente la presión del aire. Un terrón se levanta con su corpulencia de oso pero hecho de tierra y cenizas; el chófer gira bruscamente el volante y lo esquiva.

Ingership está sentado muy recto. Ha dejado claro que no tiene ninguna intención de hablar de nada importante, al menos de momento.

—Nunca has salido de la ciudad, ¿verdad? —le pregunta a

Pressia. A ella le sorprende ese comentario tan banal, como si estuviese nervioso.

—No.

—Es mejor que Il Capitano no venga con nosotros, no está preparado. No le digas lo que vas a ver aquí fuera. Se hundiría. A ti te va a gustar, Belze. Creo que sabrás apreciar lo que hemos construido aquí. ¿Te gustan las ostras?

—¿Las ostras? ¿Como las del mar?

—Espero que te gusten. Están incluidas en el menú de hoy.

—¿Cómo las ha conseguido? —le pregunta Pressia.

—Tengo contactos. Ostras en su concha. Son un alimento de gusto adquirido.

¿«Gusto adquirido»? Pressia no está muy segura de qué significa pero le encanta. ¿Un gusto se puede adquirir? Le encantaría que le diesen de comer lo que fuese, de forma regular, hasta adquirirle el gusto. Le parecería estupendo tener que adquirir un gusto y luego otro, y otro, hasta hacerse una colección. Pero no. Se recuerda que no puede fiarse en absoluto de esa gente. Un puesto de avanzada... ¿será allí donde querrán sacarle información a base de palizas?

Conducen durante más de una hora en silencio. Los terrones se deslizan por delante del coche reptando como serpientes. El chófer los arrolla y se quedan espachurrados bajo las ruedas. Pressia no tiene ni idea de cuánto queda de camino. ¿Toda la noche? ¿Días? ¿Hasta dónde se extienden las esteranías?, ¿tienen un fin? Se vaya en la dirección que se vaya, al final uno se las encuentra. Nadie ha logrado jamás atravesarlas y volver con vida; al menos que ella sepa. Ha oído que los terrones de esa región son mucho más temibles que los de los escombrales. Son más rápidos y su hambre más feroz. Sobreviven con casi nada y, al no estar fusionados con piedra, son más ágiles. Si realmente Ingership se dispone a llevarla al puesto para sacarle información, ¿será para luego dejarla morir allí en las esteranías?

Por fin se ve una elevación en el horizonte... ¿Una colina? Conforme se acercan Pressia va distinguiendo cierta vegetación, y es verde y todo. Cuando el coche llega a la colina, dobla hacia la derecha por una curva. La tierra vuelve a presentar vestigios de una vieja carretera. En cuanto dejan atrás la curva,

Pressia mira hacia abajo y ve un valle con plantaciones rodeado por más esteranías. En los campos hay sembrados, aunque no exactamente de trigo agitado por el viento, sino de algo más oscuro y pesado, con lo que parecen unas florecillas amarillas, filas de tallos arrodrigados, así como otras plantas verdes cargadas de unos frutos morados no identificados. Entre los sembrados hay reclutas con uniformes verdes; algunos llevan pequeños contenedores de agua con ruedas y van rociando la vegetación, mientras que otros parecen estar cogiendo muestras. Caminan con dificultad, con sus pieles estropeadas bajo el sol turbio.

Hay tierras de pasto con animales voluminosos, más peludos que las vacas, con morros más largos y sin cuernos. Andan un tanto inestables sobre sus pezuñas, no lejos de una fila de invernaderos. La carretera serpentea hasta llegar a una casa amarilla con el techo a dos aguas y, algo más allá, un granero rojo en pie y con la pintura nueva, como si nunca hubiese pasado nada malo. Es tan asombroso que Pressia apenas da crédito a lo que ven sus ojos.

Pressia se acuerda de lo que son todas esas cosas por los recortes de Bradwell y, vagamente, por sus propios recuerdos.

El abuelo conoció a granjeros cuando era pequeño. «La agricultura es algo relativamente nuevo, si piensas en toda la existencia del *Homo sapiens* —le había dicho—. Si pudiésemos recuperarla y generásemos más comida de la que necesitamos, recuperaríamos nuestro modo de vida.» La tierra, sin embargo, está carbonizada y es hostil, las semillas están mutadas y la luz del sol todavía enturbiada por el polvo y el hollín. La gente se las apaña mejor con pequeños huertos en las ventanas, a partir de las semillas que han recogido y no les han matado. Pueden vigilarlos y recogerlos por la noche para que no se los roben. Y prefieren los animales híbridos que cazan. La carga de alimentar a un animal y mantenerlo es pedirle demasiado a gente que bastante tiene con intentar seguir con vida. Cada generación de animal tiene sus propias distorsiones genéticas; uno puede estar bien pero su hermano no. Es mejor ver a los animales híbridos vivos —comprobar por uno mismo que están realmente sanos— antes de comerlos.

—Cuánta comida —comenta Pressia—. ¿Cómo tienen sol suficiente?

241

—Le hemos retocado un poco el código. ¿Cuánto sol necesita una planta? ¿Podemos alterar esa necesidad? Los invernaderos tienen sus mecanismos, superficies reflectoras para rebotar la luz, conservarla y dirigirla hacia las hojas de las plantas.

—¿Y el agua?

—Tres cuartos de lo mismo.

—¿Qué son esos cultivos exactamente?

—Híbridos.

—¿Sabe a cuánta gente se podría alimentar con todo eso? —Pressia lo dice como una expresión de su asombro pero Ingership se toma la pregunta al pie de la letra.

—Si toda fuese comestible, podríamos llegar a abastecer a una octava parte de la población.

—¿No se pueden comer?

—Hemos tenido ciertos logros, pero escasos. Aparecen mutaciones que no suelen entrar en nuestros planes.

—Una octava parte de la población se lo comería aunque no fuese comestible.

242

—Ah, no, no me refiero a un octavo de los miserables, sino a una octava parte de los habitantes de la Cúpula, para complementar sus necesidades dietéticas y, con el tiempo, llegar a abastecerles cuando vuelvan con nosotros —le explica Ingership.

¿La Cúpula? Pero ¿Ingership no es de la ORS? Es el superior de Il Capitano… Y la ORS planea derrocar la Cúpula algún día; se supone que están formando un ejército.

—¿Y qué pasa con la ORS? —acierta a preguntar Pressia.

Ingership la mira y sonríe por un lado de la cara.

—Todo se aclarará.

—¿Il Capitano sabe algo de esto?

—Lo sabe aunque no quiera reconocerlo. ¿Te imaginas que le cuentas que vivo aquí en una tienda…, como los árabes en la antigüedad, en medio del desierto?

Pressia no tiene claro si bromea o no.

—Árabes —repite, como si hubiese asumido el papel de Helmud. Piensa entonces en el banquete de boda de sus padres, en la descripción del abuelo de las tiendas blancas, los manteles blancos y la tarta blanca.

—Tienda, ¿entendido? Es una orden. —La voz de Ingership

se vuelve de pronto severa, como si no solo su cara fuese medio metálica sino también su laringe.

—Entendido —se apresura a responder Pressia.

Se hace el silencio por unos minutos, hasta que Ingership lo rompe:

—En mi tiempo libre me dedico a trastear con antigüedades. Estoy intentando recuperar comidas que se han perdido. Todavía no he llegado a perfeccionarlas, pero casi… No ando desencaminado. —Ingership deja escapar un suspiro—. Un toque de civismo de los viejos tiempos aquí en medio de tanto salvajismo.

¿Civismo de los viejos tiempos? Pressia no tiene ni idea de a qué puede referirse.

—¿De dónde saca las ostras? —le pregunta.

—Ah —dice Ingership guiñándole un ojo—. Eso es un secretito. ¡Tengo que guardarme alguno en la manga!

Pressia no entiende por qué tiene que guardarse nada en las mangas.

Cuando el chófer aparca delante de unos escalones que dan a un amplio porche, Pressia se acuerda de la letra de la grabación que a su madre tanto le gustaba, la nana de la niña que baila en la soledad del porche.

Y en ese momento una mujer sale de la casa para recibirlos. Lleva un vestido amarillo chillón, como para ir conjuntada con la casa, y a primera vista se le ve una piel tan blanca que parece que brilla. ¿Será una pura? Luego Pressia se da cuenta de que no es piel, sino una especie de media de un material muy fino, elástico y casi brillante. Le cubre hasta el último centímetro de cuerpo y está rematada por guantes en los dedos y unos agujerillos bien remachados para ojos y boca. Y ahora que la ve más de cerca Pressia se da cuenta de que tiene agujeros hasta para la nariz. La mujer está tan chupada como Ingership. Los hombros angulosos parecen un amasijo de huesos.

Ingership sale por un lado del coche y Pressia lo imita.

—¡Qué estupendo, qué estupendo que hayas llegado a salvo! —dice la mujer, aunque la media no se mueve. Está perfectamente fijada a los músculos de su cara, ni se frunce por los labios ni aplasta la nariz. Lleva peluca, una rubia y ahuecada que le tapa las orejas y tiene recogida en la nuca con una gran

243

horquilla. No se aventura por las escaleras; se limita a sujetarse a la barandilla para no perder el equilibrio.

Pressia sigue hasta el porche a Ingership, que besa a su mujer en la mejilla (aunque no es tal cosa: es la piel de media).

—¡Esta es mi queridísima esposa!

La mujer está algo turbada por la visión de Pressia, se diría que no está acostumbrada a ver a supervivientes. Se le dobla un tobillo en sus zapatos puntiagudos.

Pressia esconde el puño de cabeza de muñeca tras la espalda.

—Encantada de conocerla —dice a media voz.

—Sí —responde la esposa de Ingership.

—¿Ostras en su concha? —pregunta el hombre.

—¡Marchando! —exclama con una sonrisa la esposa, con la media de la cara lisa y tensa.

Pressia

Ostras

*E*n cuanto entran, la mujer de Ingership cierra y pulsa un botón de la pared que, acto seguido, precinta la puerta con goma. «¿Para que no entre el polvo?», se pregunta Pressia. Si es para eso, funciona bien. Las paredes son de colores pastel y están relucientes, como los suelos de madera. Hay un cuadro de la propia granja rodeada de colinas nevadas, blancas y centelleantes como si la ceniza no existiera.

—Bienvenida a nuestra humilde morada —le dice Ingership, que a continuación pasa un dedo por una franja de madera blanca que recorre las paredes, un poco por encima de la cintura. Alza el dedo ligeramente tiznado de ceniza. No se molesta en abrir la bisagra metálica que tiene por mandíbula y habla entre dientes—. ¿Es repulsivo o no?

La mujer parece turbada. Cabecea ligeramente y responde con voz aguda:

—¡Repulsivo!

Pressia nunca ha visto tanta elegancia: una alfombra bordada con flores azules, el pasamanos terminado en una floritura labrada y los techos dorados. Pasan a un comedor con una larga mesa cubierta por un mantel rojo. Los platos están puestos, la cubertería de plata reluce y el estampado de las paredes tiene más flores. Colgada del techo hay una lámpara gigante hecha de vidrio destellante, pero no de burdos pedazos, sino en formas finamente recortadas. Pressia no se acuerda del nombre de esas lámparas. Se lo oyó al abuelo cuando ella jugaba con *Freedle* y él decidió poner una vela dentro de la jaula. Iluminó la habitación desde arriba y quedó muy bonita.

Piensa en Bradwell, no puede evitarlo. ¿Qué diría él de esa

ostentación de riqueza? Que es demencial. «¡Ya sabéis que Dios nos quiere porque somos ricos!» Puede oírlo mofándose de aquel sitio, y sabe que también ella debería estar asqueada. ¿De qué modo puede alguien vivir aquí con la conciencia tranquila sabiendo cómo viven los demás? Pero es un hogar… un hogar hermoso y le gustaría vivir en él. Le encantan la reluciente madera redondeada de los respaldos de las sillas, las cortinas aterciopeladas, la empuñadura ribeteada de la cubertería. En algún rincón del piso de arriba tiene que haber una bañera y una cama alta y mullida. Se siente a salvo, caliente y en paz. ¿Tan malo es querer una vida así? Puede ver en su cabeza la cara que pondría Bradwell al decir: «Sí, sí es tan malo, desde luego que sí». Se recuerda a sí misma que poco importa ya lo que piense Bradwell; es probable que no lo vea nunca más. La idea hace que le vuelva a doler el pecho. Ojalá no le doliese, ojalá no le importara.

Encima de la mesa hay un gran sobre amarillo con «Pressia Belze» escrito en gruesos caracteres negros. Le da mala espina, aunque no sabría decir por qué. En lugar de preocuparse decide volcar su atención en la comida: una fuente de mazorcas de maíz aceitosas, lo que deben de ser las ostras en su concha —una plasta ocre sobre unas conchas blancas arrugadas en agua— y huevos, blancos enteros, con su cáscara, cortados en dos, las yemas firmes pero húmedas. ¿Serán estas las antigüedades con las que juguetea Ingership…, esas que todavía no ha perfeccionado pero casi? A Pressia le parecen perfectas.

La mesa está puesta para seis y la chica se pregunta si están esperando a alguien más. Ingership se sienta a un extremo de la mesa y su mujer —cuyo nombre nadie ha mencionado— retira la silla que hay a la izquierda de Ingership y dice a Pressia:

—Tú aquí.

La chica se sienta y la mujer la ayuda a acercarse la silla a la mesa, como si ella no pudiese sola. Deja la cabeza de muñeca debajo de la mesa.

—¿Limonada? —les pregunta la esposa.

Limones… Pressia sabe lo que son pero nunca ha probado la limonada. ¿De dónde sacarán los limones?

Ingership asiente sin mirarla.

—Sí, por favor —dice Pressia—. Gracias.

Hace tanto tiempo que no utiliza sus buenos modales que no está segura de si ha contestado bien o no. El abuelo intentó enseñarle modales cuando era pequeña porque así lo habían educado a él. La madre de este le decía de pequeño: «Por si alguna vez tienes que comer con el presidente». Era como si, a falta de presidente, la buena educación ya no estuviese justificada.

La mujer de Ingership llega a la mesa con una reluciente jarra metálica tan fría que se empaña por fuera y les sirve un vaso a cada uno. La limonada tiene un color amarillo fuerte. Pressia quiere bebérsela pero decide que lo mejor es repetir todo lo que haga Ingership, en el mismo orden. Tal vez así le caiga mejor, si piensa que ella se parece a él en algo. En esa habitación tan iluminada el metal de la cara de Ingership reluce como el cromo. Se pregunta si le sacará brillo todas las noches.

El hombre coge la servilleta blanca de tela, la despliega y se la remete por el cuello. Pressia lo imita, todo con una mano. Ingership se cala mejor la visera de la gorra militar y la chica, que no tiene sombrero, opta por retocarse el pelo.

Cuando la mujer coge la fuente de ostras, Ingership levanta dos dedos y acto seguido ella le coloca dos conchas en el plato. Pressia hace lo propio. Y lo mismo con una aceitosa mazorca de maíz y tres huevos.

—Que disfrutéis de la comida —les desea la esposa, que, cuando termina de servir, se queda apostada a un lado de la mesa.

—Gracias, amor —le dice Ingership, que mira entonces a su mujer y le sonríe, orgulloso; esta le devuelve la sonrisa—. Pressia, mi mujer era miembro de las Feministas Femeninas cuando era joven…, o sea, antes…

—Ah —tercia Pressia, a quien lo de «Feministas Femeninas» no le suena de nada.

—De hecho, pertenecía a la junta. Su madre fue una de las fundadoras.

—Qué bien —dice Pressia con la boca chica.

—Estoy convencido de que nuestra invitada es sensible a esa lucha. Tendrá que equilibrar su condición de oficial con su feminidad, por supuesto.

—Creemos en la educación real de las mujeres —interviene la esposa—. Creemos en el éxito y la asunción de poderes, pero ¿por qué ha de estar reñido todo eso con virtudes femeninas como la belleza, la gracia y la dedicación al hogar y a la familia? ¿Por qué tenemos que coger un maletín y actuar como hombres?

Pressia mira a Ingership porque no tiene claro qué decir. ¿Está recitando un antiguo anuncio o algo así? Ya no hay educación real para nadie. ¿Hogar y familia? ¿Qué es un maletín?

—Querida, querida, mejor no entremos en política.

La mujer se queda mirando la media tirante sobre la yema de sus dedos, los frota entre sí y dice:

—Sí, claro. Lo siento. —Sonríe, inclina ligeramente la cabeza y se dispone a volver hacia lo que debe de ser la cocina.

—Espera —la llama Ingership—. Al fin y al cabo Pressia es mujer y le gustará ver una cocina real en todo su esplendor restaurado. ¿Pressia?

La joven vacila, porque lo cierto es que no le apetece alejarse de Ingership. Depende de él para imitar sus modales, pero sabe que tiene que aceptar la invitación, que negarse sería de mala educación. Mujeres y cocinas; no le hace gracia pero dice:

—¡Sí, por supuesto! ¡Una cocina!

La esposa de Ingership parece bastante nerviosa. Y, aunque su cara es difícil de interpretar, oculta como está tras la media, se está tirando de las puntas de los dedos enguantados con la otra mano.

—Sí, sí. Será un auténtico placer.

Pressia se levanta, deja la servilleta en el asiento y acerca la silla a la mesa. Después sigue a la mujer por una puerta batiente.

La cocina es muy espaciosa, con una fina y alargada mesa central sobre la que cuelga una gran lámpara. Las encimeras son amplias y están recogidas y recién fregadas.

—El fregadero, el lavavajillas —le explica la mujer señalando una gran caja negra reluciente bajo la encimera—. La nevera. —Le indica una caja con dos compartimentos, uno grande abajo y uno pequeño arriba.

Pressia va hasta cada cosa y dice:

—Muy bonito.

La mujer se acerca al fregadero y, cuando Pressia está a su lado, le da a un mango de metal con una bola en la punta del que empieza a brotar agua.

—Te pondré al abrigo del peligro —le susurra—. No te preocupes, tengo un plan. Haré lo que pueda.

—¿Al abrigo del peligro?

—¿No te ha contado por qué estás aquí?

Pressia sacude la cabeza.

—Ten —le dice la mujer dándole una tarjetita blanca con una línea roja en el medio, un rojo muy brillante, como de sangre reciente—. Yo puedo ayudarte, pero tú tienes que salvarme.

—No entiendo —balbucea Pressia sin dejar de mirar la tarjeta.

—Tú guárdala. —La esposa de Ingership le empuja la mano—. Guárdala.

Pressia se mete la tarjeta en el fondo del bolsillo del pantalón.

La mujer cierra entonces el grifo y exclama:

—¡Y así es como funciona! ¡Con sus tuberías y todo!

Pressia la mira de hito en hito, confundida.

—¡De nada! —dice la mujer.

—Gracias —acierta a decir Pressia, aunque su tono es más bien inquisitivo.

Salen de la cocina para volver al comedor, donde Pressia retoma su asiento.

—Es una cocina muy hermosa —dice Pressia todavía confundida.

—¿A que sí?

La esposa hace una pequeña reverencia y desaparece de nuevo en la cocina. Pressia oye el entrechocar de las ollas.

—Discúlpala —dice Ingership soltando una carcajada—. Sabe hacer otras cosas mejor que hablar de política, como antes.

La chica oye un ruido proveniente del vestíbulo y mira en esa dirección: hay una joven que lleva una media muy parecida a la de la esposa de Ingership, aunque no tan impecable. Viste un vestido gris oscuro y zapatos cerrados y, con un cubo y una esponja, se dedica a frotar las paredes, sobre todo el sitio que Ingership ha calificado antes de repulsivo.

El hombre coge una mitad de huevo y se la mete en la boca. Pressia no tarda mucho en imitarlo, pero se lo deja un rato en la boca, donde pasa la lengua por la superficie resbaladiza del huevo y finalmente lo mastica. La yema está salada y blanda, con un sabor muy intenso.

—Naturalmente —le habla Ingership—, te estarás preguntando cómo. ¿Cómo es posible todo esto: la casa, el granero, la comida...? —Menea una mano en el aire como para señalar todo lo que lo rodea. Tiene los dedos sorprendentemente finos.

Pressia se come a toda prisa el resto de huevos. Sonríe con los labios apretados y los carrillos llenos.

—Bueno, voy a contarte un secretito, Pressia Belze. Es el siguiente: mi mujer y yo actuamos de enlaces entre este mundo y la Cúpula. ¿Sabes lo que significa lo de «enlaces»? —No aguarda la contestación de Pressia para proseguir—: Somos intermediarios, tendemos puentes. Ya sabes que este mundo era una causa perdida antes de las Detonaciones. La Ola Roja de la Virtud hizo un gran esfuerzo y le estoy profundamente agradecido por el Retorno al Civismo. Pero algo tenía que pasar, y nuestros adversarios tiraron la primera piedra. Incluso Judas formaba parte del plan de Dios. ¿Entiendes adónde quiero llegar? Hubo quienes abrazaron el civismo y quienes se negaron. En cierto modo, debemos confiar en que las Detonaciones fueron por nuestro bien, por un futuro mejor. Algunos estaban preparados y otros no merecían entrar. La Cúpula es buena, nos vigila como el ojo benevolente de Dios. Y ahora nos pide algo a ti y a mí, y nosotros le servimos. —La mira con severidad—. Sé lo que estás pensando... Que, en los grandes planes de Dios, yo era de los que no se merecían entrar en la Cúpula. Yo era un pecador y tú, una pecadora. Pero eso no quiere decir que tengamos que seguir pecando.

Pressia no sabe en qué concentrarse primero. Ingership es un enlace que cree que las Detonaciones fueron un castigo por los pecados del mundo. Eso es lo que la Cúpula quiere hacer creer a los supervivientes: que se merecen lo que tienen. Ese hombre le parece detestable, más que nada porque tiene poder. Maneja ideas peligrosas y manipula a Dios y el pecado en beneficio del poderoso, por la única razón de que él quiere serlo más. Bradwell seguramente lo cogería por el pescuezo, le abollaría la cara de metal estampándolo contra la pared y le daría una lección de historia. Pero Pressia no cuenta con esa opción. Mira de reojo el sobre amarillo que hay al otro lado de la mesa. ¿Ahí es donde quiere llegar Ingership? ¿A entregarle el sobre? Ojalá acabe pronto. ¿La Cúpula desea algo de ella? ¿Y qué pasa si se niega? Traga su último bocado de huevo; ha saboreado todos y cada uno, hasta «adquirirlo» en su estómago.

Ingership coge una ostra, la inclina igual que una tacita de té y se lo traga todo. A continuación mira a Pressia como animándola a comer… o ¿es una prueba?

—Una auténtica exquisitez —dice Ingership.

Pressia coge una ostra del plato y siente el borde grueso de la concha en sus dedos y luego en su labio inferior. La inclina y la ostra se le desliza hasta la garganta y, sin más, hacia abajo. Se ha ido tan rápido que Pressia ni siquiera está segura de haberla saboreado. En la lengua se le queda solo un regusto a salmuera.

—Deliciosa, ¿verdad? —le pregunta Ingership, a lo que la chica sonríe y asiente. El hombre deja caer con fuerza la mano sobre la mesa, triunfante, y exclama—: Paladear por unos instantes el viejo mundo en la boca es el placer más satisfactorio que nos queda. —Se mete entonces la mano en la chaqueta y saca una fotografía pequeña del bolsillo interior—. ¿Sabes dónde estamos?

Es una fotografía del matrimonio, en un rincón de una habitación blanca. A su lado hay un hombre de la edad de Ingership vestido de la cabeza a los pies con un traje anticontaminación. Tras la ventanita que le cubre la cara se le ve sonreír. Ingership está estrechando el grueso guante del hombre y en la otra mano sostiene una placa. Con su cara medio demacrada, medio reluciente por el metal, esboza, al igual que su mujer, una sonrisa grotesca. Ambos van vestidos de blanco. ¿Habrán estado los Ingership en la Cúpula? ¿Así es la vida allí? ¿Trajes anticontaminación, caras detrás de ventanitas? A Pressia se le revuelve la barriga. ¿Es por la fotografía? ¿Habrá comido demasiado rápido?

Le devuelve la foto a Ingership y un principio de sudor le recorre la espalda. Le da un trago a la limonada: es lo más alucinante que ha probado en su vida, amargo y dulce a la vez. Se le arquea la lengua hasta el paladar. Le encanta.

—Una ceremonia de condecoración en la Cúpula —le explica Ingership, que se acerca la imagen para verla mejor—. En realidad es una antesala. Tuvimos que atravesar un buen número de cámaras acorazadas.

—¿Siempre llevan trajes como esos?

—¡Qué va! Viven en un mundo igual al que vivíamos pero seguro, controlado y... puro. —Se guarda la foto en el bolsillo interior de la chaqueta y le da una palmadita afectuosa—. Allí en la Cúpula la gente está teniendo hijos, a un ritmo moderado, pero los está teniendo. Quieren repoblar la Tierra un día. Y necesitarán gente para hacer pruebas, preparar, asegurar y..., aquí está la clave, Pressia Belze, es fundamental... defender.

—¿Defender?

—Defender —insiste Ingership—. Por eso estás aquí. —Mira hacia atrás para ver si la mujer sigue frotando las paredes. Así es. Ingership chasquea los dedos y rápidamente la joven coge su cubo y desaparece por el pasillo—. Resulta que un puro se ha escapado de la Cúpula. En realidad esperaban la fuga y se lo pusieron fácil para que saliese; no quieren retener a nadie contra su voluntad. Pero ya que desea estar fuera, al menos prefieren tenerlo bien vigilado, con sus implantes acústicos para oírlo por si acaso necesita ayuda, implantes oculares para poder ver lo que él ve y, si está en peligro, llevarlo de vuelta a casa.

Pressia recuerda la primera vez que vio a Perdiz: la cara pálida, el cuerpo alto y delgado, el pelo rapado, justo como lo habían descrito los rumores. Sabe que Ingership ya ha terminado su explicación, aunque no tiene claro por qué.

—¿Quién es ese puro? —pregunta Pressia, que quiere averiguar hasta dónde sabe Ingership, o al menos hasta dónde está dispuesto a contarle a ella—. ¿Por qué se toman tantas molestias?

—Así piensa una oficial, muy bien, Pressia. Así me gusta. Pues resulta que es el hijo de alguien bastante importante. Y se ha escapado un poco antes de lo que esperaba la Cúpula, antes de poder anestesiarlo y equiparlo por su propia seguridad.

—Pero ¿por qué? ¿Por qué querría nadie irse de la Cúpula?

—Es la primera vez que ocurre. Pero este puro, Ripkard Crick Willux, también conocido como Perdiz, tiene una buena razón: está buscando a su madre.

—¿Su madre es una superviviente?

—Sí, una miserable, eso me temo. Una pecadora como todos nosotros. —Ingership sorbe otra ostra—. Eso es lo raro del asunto. La Cúpula tiene nueva información de cómo sobrevivió y cree que vive en una madriguera, una guarida pequeña pero sofisticada. La Cúpula piensa que está allí contra su voluntad, que la tienen prisionera. Sus fuerzas están intentando localizarla con sus modernas herramientas de inspección subterránea. Quieren sacarla de esa madriguera antes de volarla por los aires. Tampoco queremos que en el proceso el puro salga dañado, y como no está debidamente equipado necesitamos que alguien lo acompañe para guiarlo, protegerlo y defenderlo.

¿Yo?

—Sí, tú. La Cúpula quiere que encuentres al puro y no te apartes de él en ningún momento.

—¿Por qué yo?

—Eso no lo sé. Estoy autorizado a saber casi todo, pero no todo. ¿Tienes información sobre este chico? ¿Alguna relación?

Pressia siente otro calambre en la barriga. No está segura de si debe mentir o no. Se da cuenta de que quizá su cara ya la ha traicionado; se le da fatal mentir.

—No lo creo.

—Vaya, qué decepción

¿Decepción de que no tenga ninguna relación con el puro o de que esté reteniendo información? Pressia no sabe a qué se refiere.

—Pero ¿crees que su madre está viva de verdad? —A Pressia le embarga la ilusión: tal vez pueda salvar a la madre de Perdiz. Al final va a resultar que el chico tenía razón.

—Vivita y coleando, creemos.

—¿Quiénes creéis? Hablas en plural.

—Me refiero a la Cúpula, claro está. Nosotros. Y ese plural puede incluirte a ti también, Pressia. —Tamborilea con los dedos sobre la mesa—. Pero antes tendremos que prepararte, claro. Ya tenemos aquí el material necesario y, por supuesto, lo haremos de forma civilizada. Mi mujer está disponiendo el éter. —Se inclina hacia Pressia—. ¿Lo hueles?

Pressia olisquea el aire y nota un dulzor mareante. Asiente con un leve cabeceo, porque de repente siente demasiadas náuseas para añadir mucho más. Le entra calor por la barriga y el pecho, una calentura que se le pasa a brazos y piernas. ¿Éter?

253

—Hay algo que no va bien —dice, mareada ya. No puede evitar pensar en el niño del bosque. Aunque no tiene mucho sentido, se pregunta si se merece eso por haberlo dejado morir. ¿Es esto lo que les pasa a los que presencian un asesinato y no hacen nada?

—¿Lo sientes? —le pregunta Ingership—. ¿Notas cómo te recorre el cuerpo?

Pressia mira a Ingership, que tiene la cara colorada.

—Quería que disfrutases este placer antes de que empezase tu misión real. Es un detalle, una ofrenda.

¿Está la mujer de Ingership preparando el éter para dormir a Pressia? Tiene la extraña tarjeta en el bolsillo… blanca con una raya de sangre fresca.

—La comida —murmura sin fuerzas Pressia, sin saber a qué se refiere con la ofrenda.

—No nos queda mucho tiempo. Yo también lo noto. —Se frota los brazos, en un movimiento brusco y rápido—. Una foto más.

Esta vez se mete la mano en el bolsillo de fuera de la chaqueta, por encima de la cadera. Le pasa una fotografía a Pressia deslizándola por la mesa. La chica tiene que guiñar los ojos para enfocar bien. Es el abuelo, tumbado en una cama con una manta blanca y un extraño aparato de respiración en la nariz; se ve el ventilador de la garganta, un pequeño borrón de movimiento a la sombra de la mandíbula. Está sonriendo a la cámara, despide paz y parece más joven de lo que Pressia lo haya visto nunca, que ella recuerde.

—Están cuidando de él.

—¿Dónde está?

—¡En la Cúpula, dónde si no!

—¿En la Cúpula?

¿Será posible? Ve un ramo de flores en un jarrón junto a la cama. ¿Flores reales? ¿Con olor? Se siente aliviada. El abuelo está respirando; el ventilador de su garganta mueve aire limpio.

—Pero, por supuesto, es una póliza de seguro para garantizar que te motiva tu misión. ¿Lo entiendes?

—Abuelo —dice Pressia. Si no hace lo que le ordenen, lo matarán. Se pasa la mano por el puño de cabeza de muñeca escondido bajo la mesa y siente una nueva oleada de náuseas. Piensa en su casa, en *Freedle*. Si el abuelo ya no está allí, ¿qué habrá sido de *Freedle*?

—Pero te protegerán en tu misión. Las Fuerzas Especiales acudirán siempre que las necesites. Invisibles pero a tu lado.

—¿Fuerzas Especiales?

—Sí, ya las has visto, ¿no? Ya han informado a la Cúpula de que Il Capitano y tú las habéis visto. Increíbles, unos especímenes increíbles. Más animales que humanos pero perfectamente controlados.

Esas criaturas sobrehumanas en el bosque..., ¿son de la Cúpula? Fuerzas Especiales...

Lo que ha comido eran las antigüedades con las que ha estado jugueteando Ingership. Ahora Pressia sabe a qué se refería con que no estaban «del todo perfeccionadas, pero casi». «Pero casi.» La han envenenado.

Pressia desliza la mano bajo el borde del plato y agarra el cuchillo. Tiene que salir de allí. Se levanta ocultando el cuchillo tras el muslo. Por un momento todo le da vueltas y se mece. Intenta distinguir las letras de su nombre en el sobre amarillo, que debe de contener sus órdenes.

—¡Querida! —llama Ingership a su esposa—. ¡Estamos notando los efectos! Nuestra invitada...

A Pressia se le revuelve el estómago. Mira a su alrededor y luego a Ingership. La tez real de su cara está hundida. Aparece entonces la mujer, resplandeciente en su segunda piel salvo por la boca, que está cubierta con una mascarilla verde. Lleva unos guantes verde claro de látex sobre las manos ya enfundadas en media. Y en ese momento Pressia siente que el suelo se mueve bajo sus pies.

Cuando Ingership se le acerca, la chica saca el cuchillo y lo apunta contra la barriga del hombre.

—Dejadme salir. —Quizá pueda herirle lo suficiente para darle tiempo a llegar a la puerta.

—¡Este comportamiento es de lo más descortés, Pressia! ¡Qué falta de educación!

Al intentar embestirlo Pressia pierde el equilibrio y, cuando el otro intenta agarrarla, le corta en el brazo. La sangre brota rápidamente, una mancha roja en la camisa.

La chica echa a correr hacia la puerta y tira el cuchillo para poder agarrar el pomo con la mano buena, pero solo se produce un chasquido, no gira. Tiene náuseas y se siente mareada. Hinca las rodillas en el suelo, vomita y luego se echa sobre un costado y se lleva la muñeca al pecho. Ingership aparece sobre la cabeza de Pressia, que no puede sino quedarse mirándole fijamente la cara, iluminada por el vidrio cortado del arreglo lumínico que cuelga del techo a las espaldas de Ingership. ¿Cómo se llamaban esas lámparas? ¿Cómo era?

—Te he invitado a probar toda la comida, pero no te he prometido que pudieses quedártela. ¡No me digas que no ha merecido la pena! ¡Dime!

Ahora que se le ha caído la gorra militar, Pressia ve el extraño fruncido que tiene el hombre en el punto donde la piel se une al metal. Se mece con el brazo ensangrentado, se tambalea y por un momento Pressia teme que Ingership se le caiga encima y la aplaste. Sin embargo, va hacia su mujer y la agarra por la media de la parte de arriba del brazo.

—¡Llévame al cubo! Me quema, cariño. Lo noto ya por las extremidades. ¡Me quema una barbaridad! ¡Me quema!

Y entonces Pressia recuerda la palabra:

—Araña —dice. Una palabra bonita. ¿Cómo ha podido olvidarla? Cuando vuelva a ver al abuelo se la susurrará al oído: «Araña, araña, araña».

Il Capitano

Gorra

Se ha hecho de noche en el tiempo que Il Capitano lleva echado sobre uno de los gruesos bordes curvados del depósito de agua roto. De vez en cuando oye la arena ondearse. Intenta disparar a los terrones pero no hay suficiente luz y son demasiado escurridizos. Por lo que se ve, los tiros los asustan y los mantienen a distancia.

Tiene hambre y frío, y se le han hinchado los pies de ir cargando con su hermano, que se ha dormido y pesa como un muerto. Cuando se pone a roncar, Il Capitano se echa hacia delante y luego con fuerza hacia atrás, aplastando a Helmud contra la recia carcasa del depósito de agua. El hermano pequeño suelta una bocanada de aire, emite un gemido y se pone a gimotear hasta que Il Capitano le manda que se calle.

¿Cuánto hace que se ha ido Pressia? No sabría decirlo, el reloj se ha quedado sin cuerda. Llamaría, pero el *walkie-talkie* no tiene línea.

Cuando Il Capitano divisa por fin el coche negro y la estela de polvo que va levantando a su paso, se siente más enfadado que aliviado. El vehículo serpentea lentamente por las esteranías, y ese ritmo tiene que deberse a algo. ¿Se estará moviendo el chófer de un lado para otro porque teme que le asalte algún terrón? Es difícil saberlo.

El coche se detiene por fin, cubierto de una capa de arena oscura y con las ruedas embarradas. ¿Acaso han estado en un sitio fértil? Il Capitano se levanta y por alguna razón Helmud se pone a sollozar de nuevo.

—Déjalo ya, Helmud —le pide Il Capitano sacudiendo a su hermano, al que le cruje el cuello con un chasquido. Pero no está muerto, el cuello suele hacerle ese sonido de vez en cuando.

El chófer no baja la ventanilla, de modo que Il Capitano se limita a abrir la puerta trasera. Ni rastro de Ingership, cosa que no le sorprende: sus visitas siempre son breves. Pressia está echada en la ventanilla del fondo, con las piernas cruzadas y una mano sobre los ojos. Bajo la tenue luz del techo parece consumida y magullada. Il Capitano se sube y cierra de un fuerte portazo. En el asiento de en medio hay un sobre amarillo con el nombre de Pressia; parece como si lo hubiesen retorcido y arrugado.

—Volvemos a la base, ¿no es eso? —le pregunta al chófer.

—Depende —le responde este—. Ahora solo recibo órdenes de Belze.

—¿Cómo? ¿De Belze?

—Eso ha dicho Ingership.

Con la de años que lleva Il Capitano trabajándoselo y ahora ¿llega Pressia Belze y toma el mando? ¿Por ir una vez a comer?

—¿Ingership te ha dicho que acates las órdenes de Pressia por encima de las mías? ¡Lo que hay que oír!

—¡Oír! —repite Helmud.

—Exacto, señor.

Il Capitano se inclina hacia el asiento delantero y baja el tono de su voz:

—Tiene una pinta horrible.

—Bueno, muerta no está —observa el chófer.

Il Capitano se echa hacia atrás y dice en voz baja:

—Pressia.

La chica se vuelve y lo mira entrecerrando unos ojos enrojecidos y húmedos.

—¿Estás bien?

Pressia asiente y dice:

—Ingership vive en una tienda, como los antiguos árabes.

—¿Es verdad eso?

—¿Eso? —recalca Helmud.

Pressia se queda mirando por la ventanilla, levanta el puño de cabeza de muñeca muy despacio y lo mueve hacia ambos lados, como negando. ¿Está hablando por ella la muñeca? La chica mira a Il Capitano como preguntándole si ha entendido el gesto y él se figura que no se fía del chófer y que no quiere que escuche nada.

Il Capitano asiente y luego hace una prueba.

—¿Y os lo habéis pasado bien? ¿Os habéis dado un buen festín?

—Ha sido estupendo —dice Pressia, que vuelve a menear la cabeza de muñeca.

Il Capitano lo capta: algo ha pasado, algo malo.

—¿Estas son las órdenes? —Toca el sobre.

—Sí.

—¿Se me ha asignado algún papel?

—Quieren que seas mi ayudante.

—Necesito sus órdenes, Belze. ¿Dónde vamos? —la urge el chófer.

—No me gusta tu tono —le dice Il Capitano. Se le pasa por la cabeza pegarle un puñetazo al chófer pero decide que mejor no; no quiere incomodar a Pressia.

—A ti no tiene por qué gustarte mi tono —le responde el conductor.

Pressia levanta el sobre por una punta y el contenido se desliza fuera: un folio con una lista de órdenes, una fotografía de un apacible anciano en una cama de hospital y un pequeño dispositivo portátil. Il Capitano lleva años sin ver un ordenador que funcione; solo ha visto restos: pantallas negras, plástico fundido, unos cuantos teclados y partes enquistadas en piel.

—El punto —le explica Pressia—. Tenemos que encontrar ese punto. Es un varón de dieciocho años de edad.

Il Capitano coge el aparato, pero está tan acostumbrado a su *walkie-talkie* que se le hace extraño; resbala y tiene la pantalla brillante, casi aceitosa. En la imagen se ve la zona desde una vista aérea. Y es cierto que tiene un puntito azul que late y se mueve por la pantalla. Il Capitano toca lo azul y, de repente, la pantalla salta a un primer plano de la zona que rodea el punto parpadeante. Aparecen unas palabras escritas: «Calle 24 con avenida Cheney, Banco de Comercio y Crédito». ¿No llamaba su madre a ese banco el «C y C»? ¿Era el banco de su madre? Se acuerda de unas piruletas en un bote con un tapón de goma, y de una línea de gente como un laberinto en un redil de cuerdas de terciopelo. Pero las calles ya no son lo que eran. La pantalla muestra la verdad: una ciudad demolida que solapa el antiguo plano urbano.

—Yo sé dónde está el puntito azul.

—Sí.

Rastrea la pantalla para buscar un mercado que ha surgido no hace mucho cerca de allí, pero no está.

—No está actualizado.

—No del todo.

—¿Sabes quién es el punto? —le pregunta Il Capitano.

—Es un puro. Se ha escapado de la Cúpula por el sistema de filtrado del aire.

Il Capitano quiere matar a un puro. Es un deseo sencillo, tan básico y contundente como el hambre.

—¿Y qué vamos a hacer con ese puro? ¿Prácticas de tiro?

—Vamos a usarlo para que nos lleve hasta su madre. —Pressia mira con los ojos entornados hacia el horizonte—. Al final entregaremos al puro y a su madre a Ingership.

—¿Los ejecutará en público?

—Va a devolverlos.

—¿A devolverlos?

—Sí.

A la Cúpula. Il Capitano comprende que Ingership ha estado trabajando con ella. Es como si ya lo supiera pero no hubiese querido admitirlo. «Claro —piensa—. Eso significa que la ORS ni siquiera existe.» Il Capitano recuerda lo que sintió mientras buscaba las armas que había enterrado, con su hermano moribundo a la espalda y la sangre bombeándole por el cuerpo desesperadamente en su búsqueda de los puntos de referencia. El mundo había sido desmantelado, aniquilado. Su madre ya había muerto, estaba encerrada en el cementerio, a las puertas del asilo. Se quedó sin nada que lo atase al mundo. Pero sobrevivió a todo eso, se recuerda ahora.

—Me alegra ver que Ingership se ha ganado tu lealtad y tu confianza.

—Desde luego —corrobora Pressia, que todavía está mirando por la ventanilla.

Il Capitano no pierde de vista la cabeza de muñeca, que ahora se levanta, a solo unos centímetros del asiento y se mueve de un lado a otro. Acto seguido la chica le mira a los ojos.

—Espero que también cuente con tu lealtad y tu confianza.

¿Estará el chófer escuchando e informando? Qué importa. Il Capitano no es capaz de responder, ni siquiera asiente con la cabeza: no es así como tiene pensado caer. Siente que le arde el pecho. Helmud está inquieto, como si el calor airado de Il Capitano se expandiese hasta él a través de la sangre que comparten. Está otra vez jugueteando con los dedos, como una abuela nerviosa que teje botitas de bebé.

—¿Adónde? —insiste de nuevo el chófer.

—¿Quieres esperar a que te lo digamos? —le grita Pressia.

Il Capitano está orgulloso de ella y le alivia ver que la chica ha recuperado el color de las mejillas. Vuelve a mirar el aparato.

—¿Tienes algún plan?

Asiente con la cabeza de muñeca y luego, para disimular, dice:

—Seguiremos el punto azul.

Il Capitano señala la foto con el dedo y la empuja hacia el otro lado del asiento.

—¿Lo conoces?

—Es mi abuelo.

—Bonito tinglado le han montado.

—Sí.

De modo que tienen al abuelo de Pressia de rehén, así se las gastan… Coge el folio con las órdenes y las repasa: localizar al puro, ganarse su confianza, seguirlo hasta el objetivo —la madre— y entregar el objetivo a las Fuerzas Especiales, que aparecerán cuando se las avise por *walkie-talkie*.

—¿Fuerzas Especiales?

—Los seres que te roban las trampas.

Il Capitano intenta asimilarlo todo. Sigue leyendo: se supone que tienen que proteger la vivienda y los objetos que encuentren dentro —a toda costa—, en particular cualquier pastilla, cápsula o vial. «Todo lo que tenga aspecto de medicamento.» Belze está al mando e Il Capitano ha de ayudarla y obedecerla. Se siente mareado y atrapado, como los reclutas en los corrales. Tiene los puños cerrados, e igual siente el pecho.

—¿Sabes adónde vamos?

Pressia asiente.

—Solo estoy dispuesto a seguir órdenes si realmente sabes cuál es tu misión.

—Como dice Ingership: «La Cúpula es buena, nos vigila como el ojo benevolente de Dios. Y ahora nos pide algo a ti y a mí, y nosotros le servimos».

Il Capitano no puede evitarlo y se echa a reír.

—Ah, me he estado equivocando todos estos años. Ajá. Qué estúpido por mi parte, ¿verdad? La Cúpula no tiene nada de malo. Y nosotros toda la vida pensando que era el enemigo y que algún día tendríamos que combatirlo... ¿No es verdad, Helmud?

Helmud no dice nada. Pressia mira hacia el frente por el parabrisas.

—No, no combatiremos.

Pero Il Capitano mira de reojo la cabeza de muñeca de Pressia, que la levanta y la deja caer. Sí, combatirán. La chica lo recalca golpeando el asiento de cuero.

—Bien —dice Il Capitano. Una cosa está clara, se tiene que deshacer del chófer—. ¿Por qué no bajas para que te dé un poco de viento en la cara? —Nunca se ha oído hablar en semejante tono, con esa amabilidad y esa calma—. Antes de nada, lo primero es que puedas caminar bien. ¿Por qué no te das un paseíto?

Pressia lo mira unos instantes y luego asiente. Se baja del coche apoyándose en la puerta, se pone de pie a duras penas y entonces se coge la cabeza con la mano buena, medio mareada, antes de cerrar la puerta. Il Capitano se queda esperando a que desaparezca de la vista por detrás del depósito de agua caído.

—¿Qué crees que haces? —le dice el chófer volviéndose en su asiento.

Helmud está alterado y empieza a balancearse en la espalda de su hermano.

—Haces, haces, haces —murmura. Es un aviso, Il Capitano lo sabe. Le está diciendo al conductor que se calme. Pero todo lo contrario:

—Belze tiene una misión. Como interfieras en algo informaré de ello. Seguro que Ingership...

Il Capitano se echa hacia delante y le pega un puñetazo en la garganta al chófer, que va a dar con la cabeza contra la ventanilla. Se baja del coche con su hermano a cuestas y, en un par de zancadas rápidas, se planta delante de la puerta del conductor y lo saca por las solapas de la chaqueta. Los tres se tambalean. Il Capitano le pega un cabezazo y lo lanza al suelo ante la luz de los faros. La frente de Helmud golpea la nuca de su hermano, que empieza a propinarle puntapiés en las costillas al chófer para luego rodear el cuerpo aovillado y ensañarse con los riñones. Se lleva la mano a la pistola que tiene en el cinturón y baraja la posibilidad de dispararle, pero al final decide dejarlo a su suerte allí en medio de las esteranías.

El chófer se retuerce en el suelo y escupe sangre, que tiñe la arena. Il Capitano da una palmada sobre el capó del coche y recuerda entonces su motocicleta, cómo casi volaba con ella. Se sube al asiento del conductor, pasa la mano por el salpicadero y coge el volante con ambas manos. Antes sabía todo lo que había que saber sobre pilotar aviones, y es consciente de que nunca lo hará. Pero tal vez aquel trasto se le parezca, aunque solo sea un poco.

Baja la ventanilla con el botón y pega un silbido.

—¿Pressia?

La chica vuelve, ahora con mejor aspecto, más enérgica.

—Sube al asiento del copiloto. El chófer se encuentra un poco indispuesto y voy a conducir yo.

Pressia se sube y cierra la puerta sin hacer ninguna pregunta. En el interior del coche el aire parece electrizado. Il Capitano gira el contacto, mete la marcha atrás, retrocede y por último se incorpora al camino. Da un volantazo para esquivar al conductor y las ruedas derrapan, pero después recuperan agarre y el coche pega una sacudida hacia delante, con un sonido gutural que se le cuela por las costillas y un remolino de polvo que gira en la estela donde un terrón toma forma rápidamente. Il Capitano lo ve por el retrovisor, a la luz de los faros traseros. Y como si fuese medio animal, atraído por la sangre del chófer, el terrón se abalanza sobre el cuerpo del hombre, perdido en una tormenta de arena que hace revolotear la gorra por las esteranías.

263

Perdiz

Madres

*E*n la costura de la funda de almohada que cubre la cabeza de Perdiz hay un mínimo desgarrón por el que divisa pequeños fragmentos de lo que lo rodea, aunque no le basta para saber dónde está. Es consciente de que están flanqueados por todos lados por mujeres armadas hasta los dientes y sus hijos: tejido musculoso, caderas anchas, espaldas fuertes y arqueadas. La mujer que va en cabeza lleva en alto un farolillo como los de cámping atado con cinta americana a un palo; al cabecear, la luz arroja sombras sobre toda la comitiva. Ve que las mujeres con chiquillos en la parte superior de sus cuerpos caminan a grandes zancadas, mientras que las que los tienen en las piernas van arrastrando las extremidades y alzándolas, una forma de andar que les exige gran esfuerzo y desgaste. Las hay que no tienen niños y, comparadas con el resto, parecen desnudas, mermadas, como reducidas a una versión inferior de sí mismas.

Los pájaros de la espalda de Bradwell están quietos; deben de estar reaccionando al miedo de Bradwell..., aunque puede que el chico ya no se asuste ante situaciones así. Tal vez esa sea una de las ventajas de estar muerto, o quizá simplemente los pájaros sepan cuando estarse quietos.

Cada tanto Bradwell pregunta dónde los llevan y no obtiene respuesta. Las mujeres caminan en silencio. Cuando los niños hablan o gimen, los mandan callar o se sacan algo del bolsillo y se lo meten al crío en la boca. Por la raja Perdiz ve únicamente destellos de niños que atisban desde piernas, se agarran a cinturas o cuelgan de un brazo. Tienen un extraño brillo en los ojos y sonrisas fugaces. También tosen aunque, al contrario que los niños del mercado, no con carraspeos sonoros.

Perdiz ve que las mujeres los han conducido fuera de un vecindario amurallado y se alejan de los fundidos. En la tierra hay más escombros, cemento y asfalto antiguos, de modo que asume que se dirigen hacia lo que en otros tiempos fue un centro comercial abierto. Mueve la cabeza para colocarse el desgarrón al frente. Aparte del farolillo hay otra mujer que lleva una linterna para iluminar el paseo comercial y que sortea los restos ágilmente. Hay un trozo de la marquesina de un cine donde quedan una *u*, una *n* y una *g*, y al chico le viene a la cabeza la palabra «anguila», la eléctrica. ¿Eran peces o serpientes? El resto de tiendas no se pueden identificar, han sido despojadas de todo lo que valía la pena; ha desaparecido hasta el vidrio y el metal. Hay unos cuantos azulejos y luego, como por obra de magia, la linterna apunta hacia la penumbra más profunda y recae sobre un tubo fluorescente que está intacto.

Sus pisadas han dejado de resonar, parece que se dirigen hacia algo más grande y casi macizo. Vislumbra uno de los monstruosos edificios industriales semiderruidos, aquellos en los que solían meter a los presos, a todo el que resultaba molesto —como la señora Fareling—, o a los que estaban muriéndose de algún virus. Avanzan en un grupo compacto entre medio de las ruinas.

—Aquí estuve viviendo yo tres años —comenta una de las mujeres—. En el ala femenina, habitación 1284. Con la comida por debajo de la puerta y la luz apagada después de rezar.

Perdiz revuelve la cabeza bajo la capucha para ver quién habla: es una de las mujeres sin hijos.

—Yo solo rezaba una cosa —murmura otra—: Sálvanos, sálvanos, sálvanos.

Nadie habla en un buen rato y siguen caminando hasta que una mujer dice:

—Abajo.

Justo en ese momento el suelo desaparece bajo los pies de Perdiz, desciende un primer escalón alto y luego todo un tramo de escaleras.

—Bradwell, ¿sigues ahí?

265

—Sigo.

—¡A callar! —les ordena la voz de un niño.

Descienden en fila hasta lo que debe ser un gran sótano, a juzgar por la acústica. La temperatura baja rápidamente. El aire es húmedo y cerrado, y está todo en silencio. A Perdiz lo empujan para que se arrodille. Sigue con las manos atadas a la espalda. A continuación le desgarran la funda, y agradece respirar aire fresco y tener una visión completa: están rodeados por más de una docena de mujeres armadas hasta las cejas, unas con críos y otras sin.

Ya también sin capucha, Bradwell está arrodillado a su lado; parece colorado y mareado.

Perdiz pega la barbilla al pecho para intentar ocultar su cara sin marcas y le susurra al otro chico:

—¿Este era el plan?

—Creo que lo estamos consiguiendo.

—¿Estás de broma? ¿Qué estamos consiguiendo?, ¿que nos maten?

De tamaño industrial, el centro del sótano está vacío. Forma parte de una de esas plantas subterráneas que había en los edificios altos, tal vez bajo un sanatorio. Por todo alrededor, sin embargo, está abarrotado de objetos corrientes ahora combados, oxidados o quemados: ruedas grandes, palas, bolas de jugar a los bolos, mazos, somieres metálicos doblados, tuberías de hierro y cubos de metal con ruedas.

Ante ellos tienen a una mujer que lleva a cuestas a un niño rubio de unos dos o tres años; un brazo está fusionado con la cabeza del crío, como protegiéndolo, mientras que en el otro lleva un bate de béisbol rematado por una cabeza de hacha.

—Muertos, ¿qué hacíais en el territorio de nuestra Buena Madre?

Con la cabeza todavía inclinada, Perdiz mira de reojo a Bradwell, que dice:

—Estamos en una misión: hemos perdido a una persona y queremos que vuestra Buena Madre nos ayude. Es una chica que se llama Pressia y tiene dieciséis años. Creemos que se la ha llevado la ORS pero no estamos seguros.

—Son cosas que pasan, la ORS se lleva a todos lo que cumplen dieciséis, muerto. —La mujer suspira con hastío.

—Bueno, pero las circunstancias no son nada normales porque él no es normal.

Bradwell intercambia una mirada con Perdiz y le dice:

—Enséñales la cara.

El otro chico lo mira de hito en hito. ¿Qué quiere, sacrificarlo? A un puro. ¿Ha sido ese el plan de Bradwell desde el principio? Sacude la cabeza y le dice:

—No. ¿Qué pretendes?

—¡Que les enseñes la cara! —le insiste Bradwell.

No tiene alternativa, las mujeres están expectantes. Alza la barbilla y, cuando las mujeres y los niños se le acercan, se quedan mirándole fijamente, boquiabiertos.

—Quítate la camisa —le ordena la mujer.

—Es más de lo mismo.

—Obedece.

Perdiz se desabrocha un par de botones y se saca la camisa por la cabeza.

—Es un puro.

—Exacto.

—Nuestra Buena Madre estará complacida —dice la mujer con el niño rubio—. Ha oído los rumores sobre un puro y deseará quedárselo. ¿Qué quieres a cambio de él?

—Tampoco es que podáis usarme como moneda de cambio —dice Perdiz.

—¿Es tuyo como para que puedas cambiarlo? —le pregunta la mujer a Bradwell.

—No exactamente, pero seguro que llegamos a un entendimiento.

—Tal vez se conforme con un solo trozo de él —sugiere la mujer.

—¿Qué trozo? —se alarma Perdiz—. ¿De qué habla?

—Creemos que la madre del puro sigue con vida. La está buscando.

—Eso también puede interesarle a nuestra Buena Madre.

—¿Crees que, mientras tanto, podríais correr la voz sobre Pressia entre el resto de madres? Es morena y tiene los ojos negros y almendrados, y una cabeza de muñeca en lugar de mano. Es menuda, con una cicatriz curvada en torno al ojo derecho, como una media luna, y quemaduras por ese mismo lado de la

267

cara. —Conforme Bradwell va describiendo a su amiga, Perdiz se pregunta si el chico siente algo por ella. ¿Le gusta o es solo que se siente responsable? Nunca se le habría pasado por la cabeza que Bradwell pudiese estar pillado por alguien, pero claro que puede; es humano. Por un momento casi llega a caerle bien Bradwell, siente que tal vez tengan algo en común, aunque entonces recuerda que acaba de ofrecerle un trozo de él a unas extrañas.

La mujer asiente:

—Haré correr la voz.

Pressia

Radio

$\mathcal{N}$o está muy segura de qué le ha pasado en la granja. Se desmayó y se cayó al suelo cerca de la entrada pero luego se ha despertado en el asiento trasero del coche mientras cruzaban a toda velocidad las esteranías. Esa es toda la información que tiene. ¿Le suministraron éter? ¿La anestesiaron para lavarle el estómago porque había sido envenenada? ¿Qué conseguiría Ingership con eso? A lo mejor simplemente está loco de atar, y su mujer también. ¿Cómo, si no, explicar que la esposa le dijese que iba a abrigarla del peligro al mismo tiempo que la estaba envenenando?

Tiene un chichón en la base del cráneo, como si se hubiese dado contra el suelo o... ¿puede que fuese en su forcejeo con Ingership? Luchó. Hasta ahí llega. Y ahora, cada cierto tiempo, nota una punzada aguda en la coronilla y por detrás de la cabeza, un fogonazo que irradia dolor. Se encuentra fatal, sigue con náuseas y tiene la barriga hinchada y revuelta. La visión se le nubla con densos bancos de niebla, y cuando parpadea se le aparecen lechos de flores fantasmas que al cabo se difuminan. Lo oye todo como apagado, como si estuviese escuchando por un vaso pegado a la pared. El viento tampoco está siendo de gran ayuda; levanta el polvo, le nubla aun más la visión y hace que le retumben los oídos.

Y ahora ya no está el chófer. No hay vuelta atrás. Solo tiene a Il Capitano, que va conduciendo a gran velocidad por las esteranías que lindan ya con la ciudad. Cada tanto surgen terrones a la luz de los faros y los embiste, haciendo que sus cuerpos se esparzan por el aire como ceniza, polvo y piedras.

Saca el dispositivo de rastreo del sobre y ve que el punto

está atravesando una zona de los escombrales en una línea recta perfecta, a demasiada velocidad para estar moviéndose por terreno irregular. Recuerda que Bradwell le contó que cazaba roedores esperándolos en los extremos de los pequeños conductos que todavía están intactos bajo los escombros, tuberías por las que solo caben bichos pequeños. Está claro que Bradwell y Perdiz han encontrado un chip, se lo han puesto a una de las ratas esas y la han soltado.

—Tenemos que ir a la casa de Bradwell, cerca de los escombrales. Allí vi por última vez al puro.

—¿Lo conoces?

—Sí.

—¿Por qué no me lo has dicho antes?

—¿Por qué tendría que haberlo hecho?

—Ajá. —Il Capitano la mira como si ahora tuviese que repensar todos sus supuestos.

—Ajá —lo remeda Helmud, que también la mira de reojo.

Desde donde está puede ver cómo retuerce ansioso los dedos. Il Capitano menea los hombros y masculla:

—Para ya con eso.

—Para ya con eso —le responde el hermano.

—Cuando lo encontremos, no puedes matarlo —le explica Pressia—. No todos son malos. De hecho el puro al que estamos buscando es bueno, tiene buen corazón y está buscando a su madre. Y yo eso lo respeto.

—Yo también —coincide Il Capitano, y la dulzura de su voz, triste y melancólica, sorprende a la chica.

—Yo también —corrobora Helmud.

—No podemos atravesar el centro con este coche. Llama demasiado la atención.

—Yo sé dónde queda la casa de Bradwell. Iré yo —dice Pressia.

—No estás en condiciones de ir hasta allí andando. Además, alguien se tiene que quedar en el coche. No quiero que los terrones destruyan este cacharro tan bonito.

—De acuerdo —concede Pressia—. Te haré un mapa.

—Conozco un sitio donde podemos dejar el coche a buen recaudo.

Pasado un rato, aparcan bajo una valla publicitaria caída

que está apoyada por un lado en el soporte que la mantenía en vertical y es ideal como cochera improvisada.

Al lado hay un tejado vencido que en otros tiempos cubrió varios surtidores de gasolina. Se parapetan tras él, con la esperanza de que les dé un respiro del viento polvoriento. Hay un emblema caído con una B y una P en un círculo verde; una vez significó algo, no recuerda bien qué.

Pressia se encuentra en la tierra un radio metálico que pudo pertenecer en otro tiempo a una moto. Nunca se le ha dado muy bien pintar, pero podía montar y desmontar el reloj del abuelo, arreglar el mecanismo interno de *Freedle* y fabricar su pequeño zoológico —la oruga, la tortuga, la colección de mariposas—, porque siempre ha sido minuciosa y precisa. Espera que ese esmero por el detalle halle su recompensa.

Empieza a bosquejar un plano en la tierra cenicienta iluminada por los faros, una vista aérea de la ciudad donde señala las lindes de los escombrales y pinta una equis para marcar la ubicación de la carnicería de Bradwell.

En cuanto Il Capitano lo procesa, se pone a hacer otro del interior de la carnicería, incluida la cámara frigorífica, donde es más probable que hayan dejado algo, aparte de las armas. Tiene que confiar en él, aunque no está del todo segura porque lo ve lleno de rencor. Sin embargo, más allá de su violencia y su crueldad, vislumbra una parte de él que desea ser buena; a fin de cuentas, ni siquiera quería jugar a El Juego. En un mundo distinto, ¿sería mejor persona? Puede que todos lo fuesen. Quizá, después de todo, ese sea el mayor regalo que ofrece la Cúpula: quien vive en un sitio suficientemente seguro y confortable puede fingir que siempre tomará la mejor decisión, incluso en circunstancias desesperadas. Tal vez, en el fondo, esa forma tan horrible que tiene de tratar a Helmud oculte amor fraternal, un sentimiento que no debe mostrar. Il Capitano solo tiene a su hermano, y le es leal sin reservas, con sus neuras y su mal genio, pero leal. Y eso es un valor importante. Se pregunta cómo perdió él a sus padres, y si piensa tanto en ellos como Pressia en los suyos y en el abuelo.

Pero también tiene una fiereza que a ella le falta. ¿Sabía o no Il Capitano que al dejar al chófer en medio de las esteranías se lo comerían vivo los terrones? No lo tiene claro, pero se dice para sus adentros que hay una posibilidad de que el chófer haya sobrevivido; aunque es más un deseo que otra cosa. Sabe que lo más probable es que sea mentira.

Il Capitano se levanta y dice:

—Vamos allá. Ya lo tengo.

—Lo tengo —repite Helmud.

Tira del rifle que tiene colgado y se lo tiende.

—Quédate en el coche pase lo que pase. Dispárale a todo lo que se mueva.

—Eso haré —afirma, aunque no sabe si podrá. Se sube al asiento del conductor y cierra la puerta.

—Si tienes que largarte, lárgate. Las llaves están en el contacto. Por mí no te preocupes.

—Preocupes.

—No sé conducir.

—Es mejor tener las llaves que no tenerlas. —Apoya la mano en el capó y añade—: Ten cuidado. —Es evidente que Il Capitano se ha enamorado del coche.

—No me moveré de aquí —le asegura Pressia, que siente que se lo debe. ¿Qué otra persona le habría ayudado de esa manera? Sin él no lo habría conseguido—. Si he llegado hasta aquí ha sido por ti.

Il Capitano sacude la cabeza y le dice:

—Tú cuídate, ¿vale? —Se queda contemplando el perfil turbio de la ciudad demolida antes de añadir—: Voy a coger por este atajo, que me lo conozco y me llevará cerca de los escombrales. Y también volveré por aquí.

Pressia se queda mirando cómo se aleja, aunque sigue con la visión velada. Ese trecho de esteranías es ceniza pura. Los terrones corretean y se retuercen por la llanura, que está surcada por trozos de asfalto que surgen de la tierra como pruebas de la autovía que pasó por aquí en otra época. Lo último que ve es a Helmud, que se da la vuelta y se despide contoneando su delgado y largo brazo. Acto seguido, en apenas segundos, Il Capitano y su hermano desaparecen en la distancia turbia y vaporosa. Tiene que apagar las luces. Todo se vuelve oscuro.

272

Il Capitano

Cámara

*I*l Capitano se desliza por la rampa del corral de aturdimiento y pasa por delante de las cubas, los estantes y el techo con raíles. Alarga la mano y coge un gancho.

—Vaya —le dice a Helmud—, este sitio es perfecto.

—Perfecto —coincide Helmud.

—Aquí podríamos haber sobrevivido tú y yo por nuestra cuenta. ¿Eres consciente?

—¿Consciente?

—El tal Bradwell ha tenido potra —masculla Il Capitano.

—Potra.

Han llegado más rápido de lo que había calculado Il Capitano. En las calles no se oía nada y la poca gente con la que se han cruzado ha salido corriendo al verlos, se ha refugiado en portales oscuros o ha echado a correr por los callejones. Si no los han reconocido a ellos en concreto, han visto el uniforme y con eso basta.

Procura terminar todo lo aprisa posible. Tiene que admitir que le ha cogido cariño al puñetero coche. Una de las razones por las que se ha deshecho del chófer es porque quería poner a prueba el motor por las esteranías. Así que sí: quiere volver al vehículo, aunque también que Pressia se encuentre a salvo. Si regresa y ella no está o solo quedan sus restos, no sabe si podrá superarlo. La chica tiene algo… buen corazón. Hacía mucho tiempo que no encontraba a nadie igual, ¿o será que dejó de buscar?

Es extraño tener a alguien esperándote en algún lugar. Hay historias, leyendas de amantes que murieron el uno por el otro en las Detonaciones. Gente que, como Il Capitano, sabían lo que podía sobrevenir, que hicieron planes para escapar, guardaron reservas y quedaron en encontrarse en algún sitio. Sin embargo, las citas no funcionaron: los unos se quedaron esperando a los otros. Puede que, según los planes, solo tuvieran que aguardar un tiempo determinado —media hora o cuarenta minutos— antes de ir a guarecerse en sitio seguro. Pero siempre esperaban más de la cuenta, para siempre, hasta que los cielos se tornaron ceniza roja. Una vez escuchó una canción sobre esos amantes y nunca la olvidará. Era rara, la estaba cantando un tipo en medio de la calle:

Al andén de la estación
nada llega ya.
Contempla las estelas de vapor,
suben y vuelven a posarse.
Veo a mi amante ascendente,
mira el reloj y sonríe.
Sabe que he estado esperándola,
toda una vida, y más.
Y luego el viento la levanta
y como una brisa se disipa.
La ceniza se me ha pegado a las lágrimas
y me tiene atrapado.
Ceniza y agua, ceniza y agua, la piedra perfecta.
Me quedaré donde estoy y esperaré por siempre,
hasta convertirme en piedra.

La escuchó cuando era más joven, un día que estaba patrullando las calles. Uno de los soldados que lo acompañaban dijo: «Por Dios, que alguien le pegue un tiro». Pero Il Capitano le paró los pies: «No, dejadle que cante». Nunca ha olvidado la canción.

Entra en la cámara frigorífica y, efectivamente, hay un bicho parecido a una rata en una jaula, tal y como indicaba el plano de Pressia. Se plantea robarlo, está bastante gordo. El olor a carne carbonizada es fuerte. Oye cómo su hermano empieza a chasquear la lengua para llamar al animal.

—Hum... —gimotea Helmud.

—Sí, sí, hum. Pero no podemos distraernos.

El problema es que Il Capitano no sabe lo que está buscando: ¿algo fuera de lugar? No resulta fácil cuando no se ha estado antes en el sitio. Están los sillones sin relleno, el baúl, las paredes metálicas, los raíles y los ganchos. Hay una papelera de metal con ropa quemada. La coge y va sacando unos pantalones ennegrecidos, una camisa, los restos carbonizados de una mochila y una cajita de metal. Al abrirla produce un extraño chirrido metálico que se apaga. Se la guarda en el bolsillo, por si es importante.

Se agacha por debajo de un gancho, delante del baúl.

Helmud empieza otra vez a chasquear la lengua, llamando al animalillo enjaulado.

—¡Cállate, Helmud!

En su intento por coger al bicho de la jaula, Helmud se retuerce y su hermano pierde el equilibrio y cae sobre una rodilla.

—Mierda, Helmud, ¿qué coño haces?

Pero en ese momento siente una piedra afilada bajo la rodilla y se levanta.

Y allí en el suelo ve una joya, un pájaro roto con una gema azul por ojo colgado de una cadena de oro. ¿Significará algo para Pressia? Ojalá.

Coge el colgante y se lo guarda en el bolsillo antes de apresurarse hacia el escondrijo que le ha indicado Pressia en el plano. No hay tantas armas como le había dicho. Tal vez eso quiera decir que el tal Bradwell y el puro se han pertrechado bien. Al meter la mano, pasa los dedos por la hoja afilada de un cuchillo y luego toca lo que parece una pistola eléctrica. Coge ambas cosas y se las guarda en la chaqueta. Olisquea por última vez el aire —la carne a la brasa— y se va.

275

Perdiz

Veinte

—Querías entregarme, como si yo te perteneciera o algo parecido —lo acusa Perdiz.

Los dos chicos están codo con codo sobre unos palés, en el suelo de un cuartucho que, al igual que el sótano de antes, tiene una extraña colección de cosas por las paredes que logran que la habitación parezca aún más chica. Se diría que las madres han saqueado los fundizales, se han hecho con todo lo que tenía un mínimo valor y lo conservan allí.

—No pensaba entregarte, solo iba a cambiarte. No tiene nada que ver.

—En ambos casos soy de ellas.

—Pero luego les he sacado la idea de la cabeza ¿o no?

Bradwell se quita la chaqueta. Aunque tiene el hombro hinchado, la herida ha dejado de sangrar. Hace una bola con la chaqueta para ponérsela de almohada y se recuesta sobre un costado.

—Ah, sí, se conformarán con un trozo solo. Estupendo. Como un recuerdo. ¿Qué me estás contando?

—Le debes la vida a Pressia.

—No sabía que te lo ibas a tomar tan al pie de la letra. Donde yo vivo es una frase hecha.

—Esos son lujos que te puedes permitir en la Cúpula. Aquí no, aquí las cosas son a vida o muerte. A diario.

—Pienso pelear. Es una cuestión de instinto, no puedo evitarlo. Nadie va a arrebatarme un trozo de mí sin pelear.

—Con esta panda yo no te lo sugeriría, pero haz lo que debas. —Bradwell le pega puñetazos a la chaqueta como si estuviera mullendo una almohada y cierra los ojos. En cuestión de minutos respira con fuerza; se ha dormido.

Perdiz también intenta conciliar el sueño. Se hace un ovillo sobre el palé y cierra los ojos, pero solo parece concentrarse en el ronquido errático de Bradwell. Imagina que el chico ha aprendido a dormir bajo cualquier circunstancia. Perdiz, sin embargo, siempre se ha despertado con el más mínimo ruido: con el profesor que está de guardia por los dormitorios, con la gente que se queda hasta tarde en el césped, con el sonido del sistema de filtrado del aire.

Se sume en un sueño ligero y de repente vuelve de nuevo a la conciencia: Bradwell, Pressia, la cámara de la carne, esto y aquello, la anciana asesinada, la muertería, las madres... Ve a Lyda en su cabeza, con la cara en la semipenumbra de la muestra de hogar, y oye su voz contar «uno, dos, tres». En la pista de baile ella lo besa con sus tiernos labios y él le devuelve el beso. Lyda se aparta pero esta vez lo mira como asimilando los detalles, como si supiese que es la última vez que lo verá, antes de volverse y echar a correr. Se recuesta sobre el otro costado en el palé y por un instante se despierta. ¿Dónde está ahora? Luego la modorra se apodera de él y sueña que es un bebé y que su madre lo acuna en sus brazos para echar a volar con sus alas y transportalo por el frío aire oscuro. Escucha el roce de las plumas entre sí y las alas al cortar el viento..., ¿o son los pájaros de Bradwell? ¿Está oscuro porque es de noche o porque el aire está lleno de humo?

Y en ese aire oscuro se oye la voz, «dieciséis, diecisiete, dieciocho»..., Lyda contando en la oscuridad de la exposición de hogar, ahora llena de humo. Pero todavía tiene tiempo de pasar el dedo por la hoja del cuchillo. Y la chica termina: «veinte».

277

Pressia

Tierra

*P*ressia intenta mantenerse atenta a los cambios en el paisaje, al arqueo de la arena oscura, a los remolinos y las ondas. El coche está medio tapado por la valla publicitaria caída, con las llaves en el contacto. Todavía nota los efectos del éter, que la hacen sentirse pesada; se adormila a cada tanto y se despierta con un sobresalto.

Tiene el arma bien sujeta en la mano buena. Se pregunta si, al tener mermados la vista y el oído, se le habrá ya agudizado el sentido del olfato. El hedor a podrido forma parte del paisaje. Piensa en los huevos pálidos y húmedos de la cena de Ingership, en las ostras… Siente de nuevo un mareo y cierra rápidamente los ojos para no perder del todo el equilibrio en la cabeza.

Cuando cierra los ojos se le aparece en la mente una imagen de Bradwell y Perdiz en una gran mesa de comedor. Ahora que ha visto la granja de Ingership puede imaginar ese tipo de cosas… aunque en realidad no es posible, no va con ellos. Se imagina la cara de Bradwell, sus ojos, su boca. La mira y está a punto de decir algo.

Abre los ojos y está casi amaneciendo: un asomo de luz pálida sube por el este.

Oye algo sisear… ¿arena moviéndose? Si aparece un terrón lo matará, tiene que hacerlo. ¿Está mal matar algo que te quiere muerto?

Con su visión nublada entrevé unos cuantos trozos de ruedas reventadas, el chasis de una furgoneta de reparto oxidada y, más a lo lejos, cuando el viento se para un momento y la ceniza se posa, vislumbra la arruga que forma el horizonte en su encuentro con la piel grisácea del cielo. En algún punto en la lejanía está la granja, Ingership y su mujer, la piel oculta por la media.

Busca la silueta de Il Capitano, quiere verla aparecer detrás, en el perfil de la ciudad caída. El puño de muñeca, ya negro por la ceniza, la mira expectante, como si quisiera algo de ella. Cuando era pequeña solía hablarle, y estaba convencida de que la muñeca la entendía. Ahora no hay nadie que pueda ver la cabeza de muñeca; ni siquiera la Cúpula y su ojo benevolente de Dios. Dios es Dios. Intenta imaginarse la cripta de nuevo, con aquella hermosa estatua tras el plexiglás quebrado.

—Santa Wi —susurra como si quisiera empezar una oración.

Pero ¿para qué rezar? Le gustaría pensar en una de las historias del abuelo…, y no en el niño muerto, ni en el chófer al que los terrones se habrán comido, ni en los que se la pueden comer a ella.

Y entonces le viene una historia. Todos los veranos había una feria italiana, le había contado el abuelo. Llevaban tazones tan grandes que la gente cabía dentro y daba vueltas en ellos, y juegos donde se podía conseguir un pez de colores en una bolsa de plástico llena de agua. Cuando girabas la bolsa hinchada, el pez se veía en aumento, se agrandaba y luego se hacía pequeño, y otra vez grande.

El suelo se arremolina en sentido contrario al viento y a Pressia le da mala espina. Parpadea por instinto, para intentar aclararse la visión, pero lo único que consigue es ver más borroso. El remolino y el viento parecen estar en desacuerdo. Y entonces Pressia vislumbra el par de ojos. Ahoga un grito en la garganta y le da al botón que hay en el asa de la puerta para bajar la ventanilla. No ocurre nada. Tiene que encender el motor. Coge las llaves y las gira adelante y atrás, pero solo se oyen unos chasquidos huecos. Aprieta más la llave y el motor vuelve a la vida y todo empieza a vibrar por la energía. El terrón sigue girando y revolviéndose. Le da al botón y desciende la ventanilla, que deja entrar el aire ceniciento. Alza la pistola y la amartilla con manos temblorosas. Vacila y luego intenta apuntar.

El terrón cae al suelo y se va, aunque no muy lejos.

Pressia se queda paralizada, mientras la ceniza sigue entrando en el coche. Está en posición pero nunca ha disparado un arma. No es una oficial, es solo una chica de dieciséis años. Aunque pudiese darle a la Cúpula lo que quiere, ¿qué le harían a Perdiz? ¿Qué pasaría con Il Capitano y Helmud? ¿Y su abuelo? Se lo imagina en la cama del hospital, sonriendo, con las aspas del pequeño ventilador borrosas. ¿Había un asomo de preocupación en sus ojos? ¿Intentaba advertirla de algo?

¿Qué ocurre aquí cuando ya no te necesitan? Conoce la respuesta a esa pregunta.

—Perdóname —susurra, porque está convencida de que ya le ha fallado al abuelo. Se imagina a santa Wi en su cabeza, con sus delicados rasgos. Esa es su oración—: Perdóname.

Y en ese momento siente cómo le tiran con fuerza de la pistola. Se echa hacia atrás negándose a soltarla. Los brazos son lo siguiente en aparecer, fuertes, terrosos, inhumanos, con garras. La cogen por los hombros y empiezan a tirar de ella hacia fuera del coche. Intenta no soltar el arma pero ya no está en posición de disparo, de modo que golpea al terrón en el pecho con la culata del rifle.

Sabe que el coche es su mejor protección; tiene que permanecer dentro como sea, aunque los brazos siguen tirando de ella. Se echa hacia atrás y mete el puño de muñeca por el volante para agarrarse pero en el proceso pierde el arma.

El terrón la atrae con los brazos. Huele el hedor a podrido, acre y mezclado con el olor a óxido. El ser de tierra consigue soltarla del volante y le saca medio cuerpo por la ventanilla, pero Pressia entrelaza las piernas en el volante.

Entonces, sin embargo, mira por encima del hombro del terrón y ve una cresta de arena que toma la forma de una espina dorsal, con listones de madera por costillas.

El terrón tiene demasiada fuerza y, cuando sus piernas ceden, ambos salen disparados hacia delante. Al verse liberada, Pressia se arrastra a por el arma, la coge del suelo, se da media vuelta y dispara. El terrón cae al suelo en añicos.

La cresta dorsal avanza entonces. Pressia se pone en pie y apunta pero el terrón se desliza por debajo de ella, como un tiburón bajo una canoa. Se vuelve y ve temblar el suelo igual que el agua agitada por la tormenta. Empiezan a aparecer más terrones y a alzarse.

Hay uno a su izquierda del tamaño de un lobo y otro que

sale disparado como un géiser a seis metros del suelo. Se gira y dispara, y vuelta a girarse y disparar, sin detenerse a evaluar los daños. Está retrocediendo para intentar volver al coche y encerrarse dentro.

¿Dónde está Il Capitano? ¿Se habrá equivocado de atajo?

Otro terrón grande como un lobo se abalanza sobre ella y la derriba, y acaba dando con su cuerpo contra la tierra reseca. Aunque no tiene morro, siente su aliento caliente en la nuca, en la cara. Lo rechaza con la culata del arma, le da en lo que cree que son las costillas y el terrón deja escapar un gruñido.

Empieza a arrastrarse a gatas pero la cresta dorsal revolea el cuerpo de Pressia y hace que se le caiga el arma y le salga todo el aire de los pulmones de golpe. El arma resbala hasta los pies del terrón lobuno.

Justo en ese momento escucha un grito. ¿Il Capitano?

La cresta espinosa retrocede. Un cuchillo cruza el aire y raja en dos al bicho, que se tambalea y cae al suelo. La macheta de carnicero resuena al dar contra la tierra del bicho.

Ahí está Il Capitano.

—Vengo de la carnicería.

Ahora hay terrones por doquier. Helmud se revuelve mientras Il Capitano embiste con otro cuchillo a tres columnas de arena giratorias y las mata en un visto y no visto, partiéndolos en dos. Lo poco de vida que les quedaba sisea, y las cenizas y el polvo sobrantes llueven sobre las esteranías.

Pressia dispara a los terrones todo lo rápido que sabe. Il Capitano le grita pero, entre los oídos taponados y los estallidos, no entiende lo que le dice.

Otro terrón se le echa encima de repente, la inmoviliza y la aprieta aún más por el pecho. Pressia se arrodilla e intenta quitárselo de encima pero la tiene bien agarrada. Con los músculos del cuello tirando hacia el otro lado, suelta el arma e intenta zafarse. No puede respirar. De pronto aparece Il Capitano, que coge al terrón por la garganta, presiona una pistola eléctrica en lo que parece la cabeza y la descarga. El terrón cae en el acto.

Pressia jadea intentando respirar.

Il Capitano la coge de la mano y le da algo pequeño y duro.

—Ten.

Pressia no puede hablar.

—A lo mejor vale algo.

Cuando un nuevo terrón viene a por ellos, Il Capitano coge el rifle y dispara, lo cual hace que otro cercano se aleje siseando.

Mira el colgante y lo reconoce al instante. Significa que Bradwell volvió con Perdiz a la carnicería después de perderla a ella. Puede que todavía estén juntos.

Pero ¿por qué está roto? ¿Qué ha pasado con la otra mitad?

Alza la vista y se ve rodeada por un enjambre de terrones. Siente que algo la coge por la cintura y patalea con toda su fuerza. A cada patada salpica arena y ceniza. Araña y propina codazos pero sigue sintiéndose arrastrada por la propia tierra hambrienta. Cuando trata de echarse hacia delante ve un ejército de terrones acechante en la distancia. ¿La meterá ese terrón bajo tierra y se la comerá? Le viene el temor a la asfixia, no quiere morir enterrada viva.

A su alrededor el mundo balbucea, va y viene. Sigue luchando pero la han envenenado, anestesiado, pegado... Está débil y tiene hambre y sed. La visión, ya nublada, se le oscurece del todo.

Grita el nombre de Il Capitano, que la llama por el suyo, y, a través del polvo que levanta en su forcejeo, Pressia lo ve luchar con los terrones, cargado siempre con Helmud. Sigue en pie pero se le avecinan más terrones. Está cerca del coche; ve el brillo negro. Los terrones lo lanzan a un lado del vehículo y cae al suelo. Van a morir allí mismo.

Vuelve los brazos y clava las botas contra el cuerpo del terrón. Aprieta con fuerza los ojos y piensa en la piedra azul del cisne. Un mundo que se vuelve azul, y el latido en los oídos y el pulso en el cuello se han vuelto también azules, Il Capitano es azul, el coche, los terrones. Se vuelve hacia las colinas grises, ahora azules, y busca la cara de su madre y la de su padre. Es consciente de que es una locura, de que están muertos. Pero en su mente quiere algo de consuelo antes de morir. Casa. ¿Dónde está casa?

La tierra está tragándosela y siente el gruñido profundo de los terrones recorriéndole el cuerpo. Abre los ojos y las esteranías le parecen más estériles aún, más muertas: ceniza, muerte y arena gris.

Sigue luchando, con los puños cerrados sobre el colgante, puños que vuelan pero que no dañan ya. Está agotada. El sobre con las instrucciones y el aparato de rastreo habrán desaparecido. La foto del abuelo… ahora piensa en ella. Tampoco está ya, es como si nunca hubiera existido. ¿Dónde está él? ¿Qué le ha pasado a *Freedle*? ¿Volverá a verlos? ¿Han muerto ya Il Capitano y Helmud? ¿Es posible que hayan llegado al coche?

Se vuelve al oír un tamborileo y ve lo que está segura que será su última visión. Pisadas que resuenan. Una nube de ceniza y entonces el brillo de la cara de un niño, un niño en brazos de su madre. Es como si fuesen una visión perdida de ella de pequeña con su madre, como si no hubiese saltado hecha añicos al impactar contra una cristalera.

—Pressia —le dice su madre—. ¡Agárrate!

Hay una mano.

Y luego solo le queda ya un agujerito de visión, y entonces todo se funde en negro.

283

Pressia

Sacrificio

*P*ressia se despierta con la mejilla sobre algo duro y la cabeza dolorida, y ve un neumático con la trama muy gastada, pero no es del coche negro largo. Está en una habitación y el neumático es enano y está conectado a un motor con aspas. ¿Un cortacésped? Se pregunta si estará soñando, si se encuentra en una vida posterior o algo parecido. ¿Un sótano dedicado al cuidado del jardín? ¿Así es la vida después de la muerte?

Intenta incorporarse.

A su alrededor se oyen voces que murmuran. Justo a su lado una le habla en voz alta.

—Despacio. —Es una voz de mujer—. Tómate tu tiempo.

Vuelve a tumbarse sobre un costado y se acuerda de los terrones, de Il Capitano disparando, de la madre con el niño. Cierra los ojos.

—Il Capitano y Helmud —susurra.

—¿Los dos hombres del coche? ¿Eran amigos tuyos?

—¿Han muerto?

—Te buscábamos a ti, no a ellos. Que vivan o mueran no es de nuestra incumbencia.

—¿Dónde estoy?

Mira a su alrededor y ve caras: mujeres, niños, una rotación como si estuviera girando en uno de esos tazones de los que le hablaba el abuelo. Los críos están fusionados con los cuerpos de sus madres. Va clavando la mirada en uno tras otro.

—Estás aquí, con nuestra Buena Madre.

¿Madre? Ella no tiene madre. En la estancia hace frío y humedad y le entra un escalofrío. Los cuerpos se mueven a su alrededor y, tras esos movimientos, hay cajas apiladas, juguetes fundidos, una hilera de buzones metálicos deformados, triciclos medio derretidos.

Pressia se incorpora y una mujer la coge por el codo para ayudarla a ponerse de rodillas. Lleva un niño rubio de dos o tres años y tiene un brazo fusionado con la cabeza del crío, a modo de parapeto.

—Esta es nuestra Buena Madre —dice la mujer señalando hacia el frente—. Inclínate ante ella.

Pressia levanta la vista y ve a una mujer en una silla de madera lisa reforzada por cuerdas de plástico. Su cara es sencilla, pequeña y delicada, un mosaico de cristales por rostro. La única luz que entra hace relucir el vidrio. Una piel pálida ha cubierto casi por completo las perlas de su cuello al crecer y ahora parecen tumores perfectamente modelados. La camisa que lleva, muy fina y como de gasa, deja entrever a Pressia el contorno de una enorme cruz de metal alojada en el estómago y el pecho, hasta el centro de la garganta. Le obliga a tener los hombros hacia atrás y a sentarse muy recta. Viste una falda larga y va armada con un simple atizador de hierro forjado que descansa sobre sus rodillas.

Pressia agacha la cabeza en una reverencia y se queda en esa postura a la espera de que la Buena Madre le diga que ya vale. A sus pies están las armas de Bradwell en una fila ordenada: eso quiere decir que tal vez esté allí. De una forma u otra tiene algo que ver en todo esto. ¿Significa que cuando ella desapareció él intentó buscarla? ¿Qué hay de Perdiz? El corazón empieza a latirle con fuerza y la embarga la esperanza por unos instantes, hasta que se da cuenta de que aquel despliegue de armas también significa que Bradwell está desarmado, que tal vez le hayan disparado y lo hayan matado.

¿Dejaron el colgante para que lo encontrase? ¿Han desaparecido?

El colgante. ¿Dónde lo ha metido?

La sangre se le sube a la cabeza y se siente mareada. Aun así no se mueve; espera a oír lo que tiene que decirle la mujer del atizador, que por fin se pronuncia:

—Levanta. Quieres saber, como todos, por qué una cruz. ¿Acaso era monja? ¿Religiosa? ¿Me fusioné mientras rezaba? ¿Cómo fue?

Pressia sacude la cabeza, su cerebro todavía no ha llegado a tanto. ¿Está hablando sobre la cruz que lleva en el pecho?

—No es asunto mío.

—Nuestras historias son lo que tenemos, lo que nos conserva. Nos las ofrecemos las unas a las otras. Tienen un valor, ¿lo entiendes?

A Pressia esas palabras le recuerdan a cuando escuchó en el sótano a Bradwell, la misma idea de conservar el pasado. Bradwell... no puede ni imaginarse lo que sería enterarse de que está muerto. La Buena Madre la está mirando fijamente, porque le ha hecho una pregunta a Pressia pero esta no recuerda qué ha sido, de modo que asiente sin más. ¿Será la respuesta correcta?

—Te ofrezco mi historia a modo de regalo: estaba delante de una ventana con el marco metálico —le explica la Buena Madre al tiempo que pasa un dedo por la tela de la camisa recorriendo la cruz de metal alojada en su esternón—. Tenía la cara pegada y la vista puesta en el cielo tembloroso, con una mano contra el cristal. —Muestra la mano con incrustaciones de vidrio—. ¿Te haces una idea de la que estuvo a punto de ser mi muerte?

Pressia asiente; a su madre la mató una lluvia de cristal.

—Las armas —dice Pressia señalando las que están en el suelo.

—Ofrendas del muerto que nos ha traído al puro, que también es, a su vez, un muerto. Para nosotras todos los hombres son muertos. Supongo que ya lo sabrás.

¿Qué significa eso?, ¿que están vivos o muertos? ¿Estas mujeres matan a todos los hombres que se cruzan en su camino? ¿Por eso los llaman muertos?

En ese instante se produce una conmoción a su espalda y se vuelve rápidamente.

Perdiz y Bradwell están siendo conducidos a empujones por la estancia. Están aquí, siguen vivos, con el corazón latiéndoles en el pecho y el aliento recorriéndoles los pulmones. Siente tal alivio que podría hasta echarse a llorar.

—¡Postraos, muertos! ¡Postraos ante nuestra Buena Madre! —gritan las mujeres.

Los chicos se arrodillan al lado de Pressia. Tienen una pinta horrible, con ojeras y la ropa raída y teñida de ceniza.

Bradwell, sin embargo, sonríe con los ojos resplandecientes. Está feliz de verla y eso hace que a Pressia le entre calor por el pecho y las mejillas.

—Pressia —susurra Perdiz—. ¡Te han encontrado!

De modo que no la han capturado, ¿la han encontrado? ¿Han estado buscándola todo ese tiempo? Estaba tan segura de que se habría ido cada uno por su lado, de que Perdiz habría seguido la busca de su madre y Bradwell habría cortado los lazos… Si él ha sobrevivido ha sido porque no ha dejado que los demás lo lastren. ¿Qué significa entonces que la haya estado buscando?

La Buena Madre da una palmada y todas las mujeres y los niños se inclinan, y se retiran por la puerta y las escaleras. Se queda únicamente una, apostada junto a la puerta con un palo de escoba a modo de lanza.

—Creíamos que tus dos muertos de aquí participaban en una muertería —le explica la Buena Madre a Pressia—. Aunque no jugamos a esos deportes. Si ocasionalmente se cuelan en nuestros territorios, matamos a todos los que podemos antes de que se dispersen.

Agarra el mango del atizador con sus dedos minúsculos.

—Me alegra que no los hayáis matado —le agradece Pressia. Ahora tiene más esperanzas de que Il Capitano y Helmud también se hayan salvado; existe una posibilidad.

—Yo también. Tienen una misión. —La Buena Madre se pone en pie de un modo extraño: como tiene el travesaño del marco de la ventana fusionado en medio del pecho, debe apoyarse en los brazos de la silla para levantarse. Anda muy tiesa—. Y los hemos ayudado en gran medida porque eres mujer. Creemos en salvar a nuestras hermanas; pero hay algo más, algo que tiene que ver con el hecho de que el puro esté buscando a su madre. —La mujer rodea la habitación lentamente—. Para mí un puro tiene valor. Valor sentimental, al menos. —Le hace una seña con la cabeza a la mujer que se ha quedado, que en realidad es una guardiana, y esta se acerca a Perdiz y le pone la punta de su lanza-escoba en la garganta—. Me da la impresión de que no se trata de una búsqueda corriente y de que tampoco este puro es un puro corriente. ¿Quién eres?, ¿de qué familia?

Perdiz mira a Bradwell con los ojos muy abiertos. Pressia

sabe lo que está pensando: ¿debe confesar el nombre de su padre? ¿Le salvará eso la vida o, por el contrario, lo hará más vulnerable?

Aunque Bradwell le dice que sí con la cabeza, el otro chico no parece muy convencido con el gesto de asentimiento. Pressia se pregunta qué habrá pasado entre ambos desde que se fue. Perdiz no mueve la cabeza pero mira por encima del hombro a Pressia y traga saliva, con la punta de la lanza en la nuez.

—Ripkard Willux. Me llaman Perdiz.

La Buena Madre sonríe y menea la cabeza de un lado a otro.

—Vaya, vaya, vaya. —A continuación se dirige a Pressia—: ¿Has visto como no ha sido franco? Ha retenido información, ¿no te parece? Tenía cosas que decir y no las ha dicho. Así son los muertos: incapaces de ser honestos.

—Yo no estoy escondiendo nada —se defiende Perdiz.

—¡Los muertos no le hablan a nuestra Buena Madre si ella no se ha dirigido directamente a ellos! —exclama la mujer con la lanza-escoba, y le da un golpe en la espalda.

La Buena Madre pasa a hablarle solo a Pressia:

—Cuando las Detonaciones estallaron, la mayoría de nosotras estábamos aquí solas, en nuestras casas o atrapadas en los coches. Algunas nos vimos atraídas hacia los jardines para ver el cielo o, como yo, hacia la ventana. Llevábamos a nuestros hijos cogidos en brazos…, a los que podíamos coger. Y después otras estaban presas, a punto de morir. A todas nos abandonaron aquí para que muriésemos. Fuimos las que atendimos a las moribundas, las que envolvimos a los muertos. Enterramos a nuestros hijos y cuando eran demasiados para enterrarlos a todos, hicimos piras y quemamos sus cuerpos. Fueron los muertos los que nos hicieron esto. Solíamos llamarlos padre, marido o señor. Nosotras somos las que conocimos sus pecados más oscuros. Mientras cerrábamos con fuerza los postigos de nuestras casas cual pájaros atrapados y nos pegábamos de cabezazos contra las paredes de las prisiones, los observábamos. Solo nosotras sabemos lo mucho que se odiaban a sí mismos, lo avergonzados que estaban; conocíamos sus debilidades, su egoísmo, su odio, y vimos cómo en un principio lo volvieron en nuestra contra y en la de sus propios hijos y, al final, contra el mundo entero, todos a una. —Regresa a su silla—. Nos dejaron aquí para que nos pudriésemos y nos vimos obligadas a cargar con nuestros hijos, unos niños que nunca serían más grandes que nosotras… Y eso haremos por siempre jamás. Nuestra carga es nuestro amor.

El silencio recae sobre la estancia. Pressia se pregunta por un instante qué le pasó al hijo, o a los hijos, de la Buena Madre. No parece tener a ninguno fusionado, solo esa cruz metálica y el cristal de las hojas de la ventana. ¿Fueron sus hijos cadáveres quemados en piras?

—¿Adónde fuiste cuando desapareciste? —la interroga la Buena Madre.

—La ORS me capturó y me metieron en un programa para oficiales. Al principio no sabía por qué, pero luego me llevaron a un puesto de avanzada, una granja donde vive un matrimonio que trabaja para la Cúpula. Tienen sembrados con comida.

—Incomestible —dice la Buena Madre—. Lo sabemos, hemos llegado hasta allí, aunque no mucho más. Lo vigilamos todo.

—Tienen a mi abuelo en la Cúpula. De rehén, supongo. Mi misión es entregarle a Ingership al puro y a su madre. Hay Fuerzas Especiales aquí fuera, son una superespecie medio animal. Se supone que tenemos que llevarlas hasta Perdiz y su madre.

—¿Las Fuerzas Especiales?, ¿fuera de la Cúpula? —se extraña Perdiz.

—Las órdenes son buscar una especie de medicamento donde encontremos a tu madre. Creen que vive en un búnker o algo parecido.

—Si la Cúpula cree que está aquí, eso es una buena señal, ¿no?

—Significa que tenemos que encontrarla antes que ellos —opina Bradwell—. Tenemos competencia.

—Mi madre y yo no podemos volver. No volveremos nunca.

—Podemos ayudaros —se ofrece la Buena Madre—. Aunque no tengo por costumbre hablar a muertos, es mi deber ahora. Es solo una cuestión de cómo vais a remunerárnoslo. Verás, hemos encontrado a la chica y, si quieres salir con vida de los fundizales para buscar a tu madre, es probable que necesites nuestra protección.

Pressia mira a Bradwell. ¿Es verdad que necesitan a las madres?

El chico asiente.

—No sé si tendremos algo de valor para ofreceros —dice Pressia.

La Buena Madre baja la vista hasta las armas y le pregunta:

—¿Dónde conseguisteis todo esto?

—En una carnicería —le explica Bradwell.

—¿Eres carnicero?

—No. Encontré la tienda cuando era pequeño, justo después de las Detonaciones.

—¿Quiere armas como pago? —pregunta Pressia.

La Buena Madre la mira y sonríe.

—Tengo todas las armas que pueda querer una chica. —Extiende las manos abiertas—. Dame uno.

Pressia se agacha, coge uno de los cuchillos con el mango hacia fuera y se lo entrega con una reverencia.

—¿Estabas con tu madre al final? —le pregunta a la chica.

—Sí.

—Los muertos muertos están —dice mientras repasa la hoja—. Por mucho que seamos incapaces de asimilarlo.

—¿Qué tipo de pago tienes en mente exactamente? —indaga Pressia.

La Buena Madre se echa hacia delante y le habla a Perdiz:

—Llevábamos un tiempo vigilándote antes de que mis mujeres interviniesen. ¿Sabes la de gente que podía haberte matado ya y de cuántas formas distintas?

El chico sacude la cabeza.

—Si quieres encontrar a tu madre, necesitarás nuestra ayuda. La cuestión es si estás o no dispuesto a hacer un sacrificio para conseguir tu meta.

Perdiz mira a los otros chicos.

—La decisión es tuya —le dice Bradwell en voz baja.

La Buena Madre apunta el cuchillo hacia Perdiz.

—Así es como yo lo veo. Llevas aquí demasiado tiempo, ¿no crees?

—¿Demasiado para qué? —pregunta Perdiz.

—Para seguir siendo puro.

—No sé a qué se refiere —dice el chico. Pressia piensa en cicatrices, marcas, y después, al ver el cuchillo, en amputaciones.

—La pureza es un lastre, lo hemos descubierto con el tiempo. Cuando dejas de ser puro, cuando ya no tienes que proteger eso, te liberas.

Perdiz sacude la cabeza con vehemencia.

—A mí no me importa el lastre.

—Quiero que mi remuneración sea también un regalo para ti: pondré fin a tu pureza. Aunque nunca llegarás a entenderlo del todo, puedo hacerte uno de nosotros, a una escala mínima. —Sonríe al chico.

Perdiz busca apoyo en Pressia.

—Dile que no es necesario, que podemos pensar en otro tipo de remuneración. Soy el hijo de Willux, eso tiene que servir de algo, ¿verdad? Una línea directa con él, ¿no?

—Ya no estás en la Cúpula —le dice la Buena Madre.

—No, se nos ocurrirá otra cosa —intenta mediar Pressia.

La Buena Madre sacude la cabeza.

—¿De qué estaríamos hablando? —pregunta Bradwell en voz baja y sosegada.

—De un pequeño obsequio.

—¿El qué? ¿Un dedo?

A Pressia se le hace un nudo en la barriga. «Más sangre no. Más muertes no», se dice para sus adentros. No.

—Un meñique —aclara la Buena Madre, con la empuñadura del cuchillo entre ambas manos; luego mira a Perdiz y le dice—: Las mujeres pueden sujetarte para que no te muevas.

Pressia se siente rabiosa, como si tuviese un animal por dentro escalándole por las costillas para salir afuera. Solo puede imaginarse cómo se siente Perdiz, que la mira desesperadamente. Bradwell es el único que parece saber que no hay otra salida.

—Es un regalo. No saldrás tan mal parado, es solo un meñique.

—Yo no quiero un regalo. Me siento agradecido por lo que tengo. Estoy feliz porque Pressia ha vuelto…, eso ya es bastante regalo.

Pressia quiere pedirle a la Buena Madre que coja algo de

ella, pero sabe que la enfurecería. Odia a los muertos, y despreciaría a Pressia ante cualquier acto de sacrificio suyo. Luego la chica se dice: «¿Y no debería pagar él? Al fin y al cabo, es su madre. Ha sido él quien ha venido hasta aquí para encontrarla, ¿qué esperaba?»

—Nos van a sacar de aquí sin protección —interviene Bradwell—. Nunca encontraremos a tu madre porque nos matarán antes.

Perdiz está paralizado y blanco como un muerto; le cuesta respirar.

Pressia lo mira y afirma la verdad pura y dura:

—Moriríamos.

Perdiz clava los ojos en su mano y después mira a Bradwell. Ya ha puesto la vida de ambos en peligro; es lo menos que puede hacer, y parece saberlo. Avanza hasta la Buena Madre y pone la mano sobre la mesa.

—Sujétamela para que no la quite —le pide a Bradwell.

Bradwell le coge por la muñeca con tanta fuerza que Pressia puede ver cómo se le ponen blancos los nudillos. Perdiz aprieta los dedos y deja extendido solo el meñique.

La Buena Madre pone la punta del cuchillo a un lado del meñique, lo levanta y, de un rápido movimiento, baja la hoja sobre el meñique de Perdiz, justo por el nudillo central. El sonido —casi un «pop»— hace que Pressia ahogue un grito.

Perdiz no grita, ha sido demasiado rápido. Se queda mirando la mano, la sangre que rápidamente forma un charco, la mitad del meñique desgajada. Debe de haber un extraño momento de entumecimiento porque su cara es inexpresiva. Sin embargo, de repente se le contorsiona el rostro al sobrevenirle el dolor y clava la vista en el techo.

La Buena Madre le da a Bradwell un trapo y un cinto de cuero.

—Apriétalo bien al vendárselo. Aplica presión y que lo mantenga en alto.

Bradwell ata el cinto de cuero alrededor del dedo. Lo sostiene en el puño y luego presiona el trapo empapado de sangre contra el corazón de Perdiz. Un ramo, eso se le ocurre a Pressia: rosas rojas, del tipo de cosas que se ven en las revistas antiguas de Bradwell.

La Buena Madre coge la otra parte del meñique y lo sostiene entre ambas manos.

—Llevadlo a su habitación. Las mujeres os esperan al otro lado para escoltaros.

—Hay otra cosa —dice Bradwell.

—¿De qué se trata? —pregunta la Buena Madre.

—El chip del cuello de Pressia. Sigue activo.

—De eso nada —replica Pressia.

—Que sí —insiste Bradwell.

—Pero si ninguno de nuestros chips sigue en activo. ¿A quién le iba a importar que estemos aquí fuera, sin nada?

—Por alguna razón han hecho que Perdiz y tú os encontréis. Ahora lo veo claro —le dice Bradwell a la chica, antes de preguntarle a la Buena Madre—: ¿Hay alguna médica o enfermera? ¿Alguien con conocimientos?

La Buena Madre rodea a Pressia y se para a su espalda. Le aparta el pelo de la nuca y deja el cuello a la vista. A continuación toca la cicatriz que tiene allí la chica, un antiguo nódulo mate. A Pressia le recorre un escalofrío por la espalda. No quiere que nadie le raje el cuello.

—Vamos a necesitar un cuchillo, alcohol y trapos limpios —dice la Buena Madre como si tal cosa—. Os lo enviaré todo. Lo vas a hacer tú mismo, muerto.

—No —le dice Pressia a su amigo—. Dile que no lo harás.

Bradwell se mira las manos y sacude la cabeza.

—Lo tiene en el cuello. Es peligroso.

—Tú eres buen carnicero.

—Pero si yo no soy carnicero.

—No cometerás ningún error.

—¿Cómo puede estar tan segura? —pregunta Bradwell.

—Porque, si lo cometes, te mataré, y será un placer.

Aquello no reconforta a Pressia. Bradwell parece más nervioso aún que ella. Se rasca las cicatrices de la mejilla.

—Adelante —ordena la Buena Madre.

La mujer de la lanza-escoba los conduce hasta la puerta. A Perdiz se le doblan un poco las rodillas y Pressia tampoco está muy estable que digamos. La mujer les abre la puerta y, antes de salir por ella, Pressia vuelve la vista hacia la Buena Madre, que acuna uno de sus brazos con el otro, la cabeza inclinada y la mirada en el bíceps izquierdo. Pressia sigue los ojos de la Buena Madre y ve cómo la tela de gasa de la camisa se retrae y se infla: es todo lo que queda de su hijo, un bebé pequeño, con los labios morados y la boca oscura metido en el brazo de la madre, todavía con vida, aún con aliento.

Pressia

Cuento de hadas

*L*a mujer los conduce a una habitación pequeña con dos palés en el suelo y cierra la puerta con llave tras ellos. Perdiz se apoya en la pared y se desliza por ella para sentarse; lleva la mano herida pegada al pecho.

Pressia no se puede sentar, va a estallarle la cabeza. ¿Le tiene que quitar el chip alguien que ni siquiera es carnicero?

—Ni se te ocurra pensar que me vas a quitar el chip del cuello —le dice a Bradwell—. No lo vas a hacer y punto. Ni te me acerques.

—Saben dónde estás todo el rato. ¿Eso es lo que quieres? Con lo mucho que te gusta la Cúpula, no me extrañaría que te gustase convertirte en su marioneta.

—¡No soy la marioneta de nadie! Estás paranoico. ¡Pirado!

—Tan pirado como para andar buscándote.

—Yo no te he pedido que me hicieras ningún favor.

—Pero tu abuelo sí, y creo que ya lo he pagado con creces.

Pressia siente como si le hubiesen pegado un puñetazo y la hubieran dejado sin aire. ¿Por eso la ha estado buscando? ¿Porque le debía a su abuelo un favor por ponerle unos puntos en la mejilla?

—Bueno, pues considera la deuda pagada. Yo nunca he pedido ser la carga de nadie.

—No quería decir eso —esgrime Bradwell.

—¡Silencio! —exclama Perdiz—. ¡Callaos ya! —Está pálido y tembloroso.

—Siento lo de tu dedo —le dice Pressia.

—Aquí todos hemos hecho sacrificios —comenta Bradwell—. Ya era hora de que él hiciera alguno.

—Muy bonito —replica Pressia. Ahora mismo odia a Bradwell; la buscó porque debía un favor, ni más ni menos. ¿Por qué tiene que restregárselo por la cara?—. Muy comprensivo por tu parte.

—Estás muy graciosa con ese uniforme de la ORS —se burla Bradwell—. Mira qué brazalete. ¿Ahora eres oficial o qué? Esos sí que son una panda encantadora, ¡de lo más comprensivos!

—Me secuestraron y me obligaron a ponérmelo —se excusa Pressia—. ¿Qué te crees?, ¿que me gusta? —No suena muy contundente porque el uniforme le encanta, y probablemente el chico lo sabe.

—Parad ya —les pide Perdiz—. Bradwell tiene razón, Pressia. No nos encontramos por casualidad. ¿Quién sabe durante cuánto tiempo han sabido dónde estabas? La pregunta es: ¿por qué tú?

Pressia se sienta junto a Perdiz y dice:

—No tiene ningún sentido. No lo pillo.

—La Buena Madre ha dicho algo que se me ha quedado grabado. —Bradwell se agacha y mira a Perdiz a los ojos—. Te guardas algo, no estás siendo honesto.

—¿El qué estoy guardándome? Te lo he contado todo. Me acaban de cortar el dedo. ¿Por qué no te relajas, hombre?

Pressia recuerda el colgante, se palpa los bolsillos y, en uno de ellos, siente el contorno duro del cisne y los bordes de las alas. ¿Tuvo tiempo de guardarlo antes de desmayarse? ¿Lo encontró alguien en su puño y se lo metió en el bolsillo? Le alivia conservarlo. Lo saca y lo deja sobre la palma.

—¿Vosotros me dejasteis esto?, ¿como una señal?

Perdiz asiente.

—Lo encontraste...

Recuerda cuando jugó al Me Acuerdo con Perdiz e intercambiaron recuerdos. Ella le contó lo del poni del cumpleaños y él, el cuento del rey malo y la esposa cisne. Una esposa cisne... como el colgante de cisne con el ojo azul. Pressia mira a Bradwell.

—A lo mejor no se lo está guardando, quizá no sabe qué es lo importante.

—¿Y qué es? —pregunta Bradwell—. Me encantaría saberlo.

—¿Qué me dices de la esposa cisne? —le sugiere Pressia a Perdiz—. Cuéntame el cuento.

Perdiz no ha vuelto a contarlo en voz alta desde aquella vez que intentó relatárselo a su hermano Sedge, después de las Detonaciones. Por aquel entonces todavía recordaba la risa de su madre pero, con el tiempo, el aire de la Cúpula estaba tan huero, tan vacío, que tenía la sensación de que los olores, los sabores e incluso los recuerdos, los estaba succionando en su propia cabeza una bolsa de aire vacía. Aribelle Cording Willux… Todas las huellas de su madre estaban desapareciendo poco a poco, lo sabía. Tan solo una semana después de las Detonaciones había empezado ya a olvidar el sonido de su voz. Aunque ahora está seguro de que, si pudiese oírla, aunque solo fuese una sílaba, le volvería toda ella al instante.

—El cuento dice así. —Empieza a contar una historia que lleva contándose durante años, a solas—. Antes de ser una esposa cisne era una mujer cisne que salvó a un joven que se estaba ahogando, pero que luego le robó las alas. Era un joven príncipe. Malo. La obligó a casarse con él y se convirtió en un rey malo.

»El rey creía que era bueno pero se equivocaba.

»También había un rey bueno que vivía en otras tierras. La esposa cisne todavía no sabía que existía.

»El rey malo le dio dos hijos. Uno era como el padre, ambicioso y fuerte, mientras que el otro se parecía más a ella.

Perdiz está soliviantado y, a pesar de su debilidad, tiene que levantarse y pasear. Apenas es consciente de lo que hace. Va pasando la mano ilesa por el mango de una carretilla, por una ranura y por las grietas de las paredes de cemento. Cuando se detiene, le pide a Pressia el colgante, que se guarda en el puño, tal y como su madre le decía que hiciera cuando ella le contaba la historia. Siente las puntas afiladas de las alas del cisne. Al cabo prosigue:

—El rey malo metió las alas de la esposa cisne en un cubo y lo bajó hasta un viejo pozo seco. El niño que se parecía a la madre oyó el aleteo por el agujero y una noche bajó y encontró las alas de la esposa cisne, que se las puso y cogió al niño que pudo (el parecido a ella, que no opuso resistencia) y se fue volando.

Pero en ese punto se detiene de nuevo porque se siente mareado.

—¿Qué ocurre? —pregunta Pressia.

—Sigue —le urge Bradwell—. Venga, anda.

—Necesita su tiempo —media Pressia—, para recordar.

Pero no es porque se haya atascado. No, recuerda la historia a la perfección. La razón por la que se ha parado ha sido porque casi ha sentido a su madre: al liberar la historia también está liberando una parte de ella. Se ha detenido para asimilarlo, hasta que se le ha pasado. En esos breves instantes recuerda cómo era ser pequeño; recuerda sus brazos de niño y sus piernas inquietas. Recuerda los nudos de la manta azul que usaban en la casa de la playa, el tacto del colgante en su puño, como un gran diente afilado.

298

—La esposa cisne se convirtió en mensajera alada y se llevó con ella a su hijo a la tierra del rey bueno, al que contó los planes del rey malo para conquistar su tierra: lanzar bolas de fuego desde la cima de las montañas para destruir a todos a su paso. El pueblo del rey bueno sería arrasado por el fuego y la nueva tierra, ya purificada, pasaría a ser del rey malo.

»El rey bueno se enamoró de la esposa cisne, pero él no la obligó a dejar las alas. Allí podía ser doncella y cisne. Y, por eso mismo, ella también se enamoró de él y le dio una hija, igual de hermosa, un regalo.

»Y construyó un gran lago para apagar el fuego que rodase por las montañas. Pero, distraído por el amor hacia ella, cuando el fuego llegó, el agua todavía no estaba lista.

Empieza a sentir náuseas. El corazón le late con fuerza y siente como si no pudiese respirar, aunque trata de hablar con calma. Sabe que la historia significa algo. ¿Por qué no les ha contado lo de la playa y las pastillas? Sabe lo que significa todo, ¿no es así? Su madre solía darles pistas, adivinanzas rimadas para que encontrasen sus regalos de cumpleaños, ¿verdad? Fue su padre quien empezó la tradición cuando eran novios, cuando aún se querían. A la familia le gustaban las adivinanzas. ¿Qué significa esta?

—Así que cuando el fuego rodó por la montaña la esposa

cisne buscó un sitio seguro para sus hijos. Volvió con sus dos hijos a la tierra del rey malo y dejó a su hija (a la que nadie conocía) en manos de una mujer estéril para que la criase. Al hijo lo llevó de vuelta a su cuna, porque allí siempre lo tratarían como a un príncipe.

»Y luego era ya hora de volar para reunirse con el rey bueno, porque el malo quería matarla. Pero cuando estaba dejando sigilosamente a su hijo, este la agarró de un pie con las manos tiznadas por el fuego. No la dejaría ir a no ser que le hiciese la promesa de no irse volando. "Una madriguera subterránca, para que puedas observar siempre", le rogó.

»Ella accedió y le dijo: "Dejaré pistas para que me encuentres. Un montón de pistas, y todas conducirán a mí. Cuando seas mayor las seguirás".

»Dejó las alas y se metió en la propia tierra.

»Y las manos tiznadas del niño son la razón de que el cisne tenga los pies negros.»

Su madre era una santa.

Le gusta esa versión de los hechos.

Su madre murió santa…, salvo que ahora sabe que sobrevivió. Lo sospechó por la forma en que su padre comentó: «Tu madre siempre ha sido muy problemática» y por la forma en que la anciana a la que mataron en la muertería le dijo: «Él le rompió el corazón».

El cisne no es solo un cisne. Es un medallón sellado: mi fénix.

—Al hijo lo llevó de vuelta a su cuna, porque allí siempre lo tratarían como a un príncipe —repite.

¿Qué eran las pastillas azules? ¿Por qué lo obligó a tomárselas cuando él estaba convencido de que lo único que hacían era ponerlos peor? «Más pastillas no —recuerda haber suplicado entre lágrimas—. Más no, por favor.» Pero ella seguía; tenían que tomarlas cada tres horas. Lo levantaba en medio de la noche. ¿Por qué querría darle pastillas que lo volviesen resistente?, ¿para salvarlo? ¿Sabía ella que algún día tendría la oportunidad de convertirse en una versión mejorada de sí mismo —que formaría parte de las superespecies— y quería que a él no le hiciesen eso? ¿De qué forma le hicieron las pastillas resistente a los cambios de su codificación conductiva? ¿Por qué a eso y solo a eso?

Y si no era una santa, ¿qué era? ¿Una traidora?

—La razón de que el cisne tenga los pies negros. —Esta vez, en cambio, lo dice más como una pregunta.

Pressia no está segura de entender lo que ha oído. Un cuento infantil, ni más ni menos. ¿Esperaba algo más? No, no tiene sentido.

Perdiz mira a Bradwell.

—Algo estás pensando sobre mi madre —le dice al otro chico.

—Aribelle Cording Willux —recita Bradwell como si le impresionase incluso el nombre.

—¡Dilo ya! —le grita Perdiz.

—¿Que diga qué? —pregunta Bradwell.

Pressia comprende que Perdiz tiene razón: el que está guardándose ahora algo, como diría la Buena Madre, no es Perdiz.

—Tú sabes algo —interviene la chica—. ¿Qué quieres?, ¿restregárnoslo por la cara?, ¿que te roguemos?

Bradwell sacude la cabeza pero dice:

—El cisne de pies negros es un cuento japonés. A mí me crio un experto en esos temas. Y no es así, no hay ningún segundo rey ni una tercera hija, esa niña hermosa. Ni tampoco ningún fuego que rueda por la montaña. Y al final se supone que el cisne utiliza las alas para escapar volando; no hay ninguna madriguera.

—¿Y qué? —pregunta Perdiz.

—Pues que no es solo un cuentecito para antes de dormir. Tu madre te estaba dando un mensaje codificado, y se supone que tienes que resolverlo.

Pressia siente un cosquilleo por la piel de la cabeza de muñeca. Se rasca con la mano buena para calmar los nervios. Aunque quiere saber lo que significa la historia, también tiene miedo. ¿Por qué? No está segura.

—No lo entiendo —se lamenta Perdiz.

Pero el cuento tiene algo que hace que la chica lo sienta muy dentro de ella. Es una historia de separación y pérdida.

—Sí que lo entiendes —dice Bradwell bruscamente.

300

Pressia recuerda lo que le contó Perdiz sobre la historia.

—Tú creías que tu padre era el rey malo, el que le robó las alas… Tú mismo lo dijiste.

Siente que le pesa la cabeza y su corazón va a mil por hora. Eso no es todo, no es más que la superficie.

—Creí que había una razón para que le gustase ese cuento, que lo sentía muy cercano. Mis padres no se llevaban bien.

—¿Y? —insiste Bradwell.

—Dímelo tú. Al parecer tú ya lo has averiguado todo, como siempre.

—Tuvo dos hijos —dice rápidamente Bradwell—. Y luego te llevó a ti a Japón cuando eras muy pequeño y se enamoró del rey bueno y tuvo otra criatura. ¿Quién es exactamente el rey bueno? Eso no lo sé, pero era poderoso, tenía información.

Pressia mira de reojo a Perdiz, que está tenso… ¿por el miedo o por la rabia? Bradwell parece agitado, como con las pilas cargadas por todo lo que ha oído. Mira a Pressia, luego a Perdiz y después de nuevo a ambos. En teoría, debería saber lo que le pasa por la cabeza, pero no es así. ¿Por qué parece casi emocionado?

—Venga, Pressia —le insta, casi suplicándole—. Ya no eres una niñita avergonzada por una muñeca. Ya lo has entendido, lo sabes.

—¿Una niñita? Yo creía que solo era de esa clase de gente, o, mejor aún, una deuda que tenías que saldar. —Se toca la muñeca—. No necesito que me digas quién soy. —Pero al decirlo se pregunta si en cierto modo sigue siendo una niña pequeña. Tan solo unos días antes iba a vivir el resto de su vida en un armario de la trastienda de una barbería. Estaba dispuesta a retirarse y vivir su vida a través de recortes de revistas, soñando con el Antes y la Cúpula.

—Tú nunca has sido ni típica ni una deuda. Haz el favor de escucharme.

—Pues cíñete a la historia —le dice Pressia.

—Dinos lo que estás pensando —insiste también Perdiz.

—Vale. Aquí tenéis mi versión. El hombre con el que tu madre tuvo una hija sabía de buena tinta todo lo que estaban haciendo los japoneses…, o intentando deshacer. La resistencia a la radiación. Tu madre le pasaba información. En este sentido la decisión de tu madre me parece la correcta. Si quieres saber mi opinión, algunos de los japoneses fueron los auténticos buenos de la película. Mis padres también estaban en ese bando. —Hace una breve pausa—. Apenas recuerdo ya la cara de mis padres… —Mira a Perdiz y le pregunta—: ¿Por qué no recibiste más codificación? ¿Por qué no eras un espécimen maduro?

—Lo intentaron pero mostré resistencia. No cuajó —dice Perdiz con rotundidad.

—¿Cómo reaccionó tu papá ante eso?

—No lo llames así.

—Me apuesto algo a que se le fue la pinza.

—Mira, yo odio a mi padre más que nadie. Soy su hijo, puedo odiarlo de una forma en que nadie más puede.

La habitación se sume en el silencio.

—Lo odio por ser condescendiente y reservado. Detesto no haberlo visto nunca reír a carcajadas o llorar. Odio su hipocresía. Y su cabeza, ese constante meneo con el que siempre desaprueba lo que digo. Detesto el modo en que me mira, como si yo no valiese nada. —Perdiz repasa el cuarto con la vista—. ¿Que si se alegró cuando mi cuerpo rechazó la codificación? Pues no. No se alegró.

—¿Por qué? —quiere saber Bradwell.

—Porque cree que mi madre tiene algo que ver.

—La subestimó. Creo que ella lo sabía todo sobre la Operación Fénix, al igual que la persona que le dio el colgante y que hizo de «Fénix» un apelativo cariñoso, tal vez para revindicarlo de algún modo. Tu madre tenía que saber lo que su marido y su gente tenían en mente: la destrucción masiva, la supervivencia en la Cúpula y, al final, cuando la Tierra se regenerase lo suficiente, la irrupción de sus superespecies. Y puede que ella le contase al otro bando lo que tramaba su marido. «La esposa cisne se convirtió en mensajera alada», ¿no es eso? Intentaron detener el plan, salvar a alguna gente. Pero llegó un punto en el que se dio cuenta de que no iban a tener tiempo… No creo que a Willux le importe mucho si está viva o muerta… ya la dio por muerta en una ocasión. ¿Se arrepentirá de no haber acabado con ella? ¿Todo esto se trata de eso…, de una venganza? ¿Pretende utilizar a su único hijo para asegurarse de que su mujer está muerta? ¿O que haya sobrevivido significa que ella sabe algo, que tiene información que él quiere?

—Tú no lo conoces —tercia Perdiz, aunque en voz tan baja que su tono es más bien de derrota.

Bradwell se queda mirando al suelo y sacude la cabeza.

—Mira lo que nos ha hecho a nosotros, Perdiz. Somos nosotros los que podemos odiarlo de una forma en que tú no puedes.

La chica se mira el puño de muñeca, el recordatorio de la infancia que nunca tuvo.

—¿Y qué tiene que ver todo eso conmigo? —Pressia no puede pensar con claridad, la cabeza le va a estallar. Sabe que su vida está a punto de cambiar pero ignora cómo. Se queda mirando las pestañas de plástico de la muñeca, el agujerito en los labios. Tiene las mejillas ardiendo. Todos los que la rodean saben algo y no quieren decirlo. ¿Acaso no lo sabe ya ella misma? Está todo ahí, en el cuento para antes de dormir, pero no lo ve—. ¿Por qué la ORS y la Cúpula quieren que encuentre a Perdiz? ¿Cómo sabían siquiera que yo existía?

Perdiz se mete las manos en los bolsillos y fija la vista en el suelo. ¿También él lo ha averiguado ya? A lo mejor es más listo de lo que Bradwell cree.

—Tú eres la niña del cuento. Eres la hija del rey bueno.

Pressia mira rápidamente a Perdiz.

—Tú y Perdiz… —murmura Bradwell.

—¿Eres mi medio hermano? —le pregunta Pressia—. Mi madre y tu madre…

—Son la misma persona —termina la frase Perdiz.

Pressia oye el latir de su corazón, solo eso.

Su madre es la esposa cisne… y puede que esté viva.

Pressia

Chip

*P*ressia es incapaz de dejar de pensar en todas las cosas que puede que ya no sean verdad: en toda la infancia que su abuelo inventó para ella. ¿Es el abuelo tan siquiera su abuelo? El ratón gigante con guantes blancos de Disney World, el poni de su fiesta de cumpleaños, la tarta helada, las vueltas en los tazones, el pez de colores de la feria ambulante, la boda de sus padres en la iglesia, el convite bajo la tienda blanca… ¿Algo de todo eso es verdad?

Se acuerda, sin embargo, de un pez, pero no es el de las historias del abuelo que se agolpan en su recuerdo, ni tampoco el de la bolsa de plástico ganado en la feria. No. Había una pecera y la borla de un bolso de mano, y un conducto de calefacción bajo una mesa que parecía ronronear. Estaba envuelta en el abrigo de su padre. Se sentó en sus hombros y se agachó bajo ramas floridas de árboles. Sabe que era su padre. Pero ¿y la mujer a la que cepillaba el pelo, la que olía a dulce, era su madre? ¿O era la mujer del portátil, la que cantaba sobre la chica del porche y el chico que quería que se escapara con él. ¿Era esa su madre? ¿Por eso era una grabación… porque no podía estar con ella?, ¿porque tenía que volver con su auténtica familia, con sus hijos legítimos? Alguien le ponía esa canción por obligación, incluso cuando Pressia ya se había cansado de ella. «Una mujer estéril», así la había descrito Perdiz en el cuento de la esposa cisne.

Esas cosas nunca han sido un cuento; son reales. La canción de su cabeza… la tierra prometida, la guitarra que hablaba y cómo iban a esfumarse en la nada con el coche del chico.

Los pestillos de la puerta se abren por fuera y aparece la

mujer con la lanza-escoba. Lleva alcohol en un frasco grande, unos cuantos paños bien doblados, gasa, otro cinto de cuero como el que usaron para detener la hemorragia del meñique amputado de Perdiz y algo más —probablemente un cuchillo— envuelto en un trapo. Bradwell lo coge todo y, sin mediar palabra, la mujer se va y cierra de nuevo la puerta tras ella con varios chasquidos. Pressia entorna los ojos por un instante para tratar de tranquilizarse.

—¿Estás de acuerdo con que hagamos esto? —le pregunta Bradwell a Pressia.

—Ojalá me lo hiciera otra persona, no quiero más favores de ti.

—Pressia, tu abuelo no fue la razón de que te buscase. Lo dije sin pensar, no sé por qué. Pero esa no es la historia completa…

—Vamos a acabar cuanto antes —lo interrumpe la chica, que ahora mismo no quiere oír más historias, y menos una en la que Bradwell intente reparar su error.

Se tumba boca abajo en el suelo y se pone el chaquetón de la ORS de almohada. Sigue teniendo la campanita de la barbería en el bolsillo, donde forma una cavidad. Se le había olvidado y se alegra de encontrarla ahora, como un recordatorio de lo lejos que ha llegado. Se mete la cabeza de muñeca por debajo de la barbilla y, al cerrar los ojos, huele el suelo: mugre, polvo ahumado, débiles trazos de gasolina. Bradwell le echa el pelo hacia un lado para despejarle la nuca. Se sorprende cuando la toca: su tacto es tan ligero, casi como una pluma.

Bradwell no para de decir:

—No pasa nada, tendré cuidado.

—Cállate ya —le dice Pressia—. Hazlo de una vez.

—¿Eso es lo que vas a utilizar? Dios santo —exclama Perdiz, y en la cabeza de Pressia se dibujan todos los cuchillos de carnicería de Bradwell—. ¿Le has echado alcohol? —Perdiz suspira—. ¡Tienes que limpiarlo bien!

«¿Así es como se comporta un hermano mayor? —se pregunta Pressia—. ¿Merodeando? ¿Sobreprotegiéndola?»

—Aparta de la luz —le pide Bradwell.

—Créeme, no tengo ningún interés en mirar.

Pressia oye cómo Perdiz se va a una punta de la habitación llena de trastos, aunque sus botas no llegan muy lejos; se queda arrastrando los pies por allí cerca. Se imagina que también él estará procesándolo todo... porque su madre ha cambiado para él, ¿no? ¿Acaso una santa tiene una aventura y una hija con otro hombre? Le gustaría saber cómo estará llevando esa nueva versión de madre. Ahora mismo le resulta más fácil pensar en él que en ella, aunque esos pensamientos también la afectan. ¿Por qué el abuelo no le contó la verdad? ¿Por qué le mintió durante tantos años? Con todo, al mismo tiempo sabe la respuesta: es probable que se encontrase a una chiquilla pequeña y la adoptase.

Si Perdiz y ella tienen la misma madre, y Perdiz es caucásico, entonces su madre tiene que serlo también (su madre que fue a Japón, que se convirtió en una traidora, en una espía que vendía secretos). Es la mujer de la fotografía de la playa y la misma que la de la pantalla del portátil que canta una nana. ¿La grabó porque sabía que iba a abandonar a su hija? La foto... el pelo de su madre revuelto por el viento, las mejillas tostadas, una sonrisa tan feliz como triste. ¿Quién era entonces la madre que siempre se ha imaginado, la joven y hermosa japonesa que murió en el aeropuerto?

Su padre tiene que ser japonés —el rey bueno del cuento infantil—, pero entonces ¿quién es el joven apuesto que se ha imaginado como padre, el del pelo claro con los pies torcidos hacia dentro que jugaba al fútbol en canchas con rayas? ¿Era alguien a quien el abuelo quería? ¿Su verdadero hijo?

Todo eso, piensa para sus adentros, es lo que tiene que contarle a su madre si llega a verla —si de verdad está viva—: su vida hasta que ha vuelto a verla. Es un deseo que ya tenía, solo que ahora alberga esperanzas reales de llegar a ver a su madre algún día.

Aunque ¿puede en realidad tener fe en que su madre siga con vida? El abuelo es la única persona en el mundo en la que ha confiado de verdad en su vida, y aun así le ha estado mintiendo todos esos años. Si no puede fiarse de él, ¿en quién va a confiar?

Bradwell le unta el cuello con alcohol. ¿Alcohol de curar o licor? Está frío y se le pone la piel de gallina.

—Los chips fueron una idea pésima —comenta el chico—. Mis padres sabían demasiado de teorías conspirativas como para ponerme un chip. No querían que ninguna superpotencia supiese dónde estaba todo el mundo a todas horas. Eso es demasiado poder. El chip te convierte en un blanco fácil.

—Espera —susurra Pressia, que todavía no se siente preparada.

Bradwell se retira un poco y la chica se pone de rodillas.

—¿Qué te pasa? —le pregunta Bradwell.

—Perdiz —lo llama en voz baja.

—¿Sí?

No está muy segura de qué quiere preguntarle, tiene la cabeza llena de interrogantes.

—¿Qué quieres? Te contestaré a lo que quieras. A cualquier cosa que desees.

Parece como si la voz no saliese de su cuerpo, como si solo fuese un sueño, no una persona real, únicamente un recuerdo. Perdiz sí se acuerda de su madre. ¿Era ella demasiado pequeña para conservar recuerdos? «Los recuerdos son como el agua», rememora la voz del abuelo. Y ahora es más cierto que nunca. ¿O es que no la recuerda porque no estuvo mucho tiempo en su vida? ¿Fue su madre la esposa cisne que la entregó a la mujer que no podía tener hijos?

—¿Te acuerdas de mí? ¿Nos vimos cuando éramos pequeños?

En un primer momento Perdiz no contesta. Tal vez también él se sienta superado por los recuerdos, o quizás esté preguntándose si debería inventar alguna historia, como hacía el abuelo. ¿No quiere encajar en la infancia perdida de Pressia, igual que una familia de verdad? Ella lo haría por él.

—No —dice por fin—. No te recuerdo. —Pero se apresura a añadir—: Aunque eso tampoco significa mucho, éramos muy pequeños.

—¿Recuerdas haber visto a tu madre embarazada?

Sacude la cabeza y se pasa una mano por el pelo antes de decir:

—No lo recuerdo.

Las preguntas se agolpan en la cabeza de Pressia. ¿A qué olía mi madre? ¿Cómo sonaba su voz? ¿Me parezco a ella? ¿Soy distinta? ¿Me querrá? ¿Alguna vez me quiso? ¿Me abandonó sin más?

—¿Cómo me llamo? —se pregunta en un susurro—. Pressia no. Era huérfana, es probable que ni mi abuelo lo supiese. Él se apellidaba Belze, no yo. Y Willux tampoco puede ser.

—No sé tu nombre —reconoce Perdiz.

—No tengo nombre.

—Te pusieron un nombre, y alguien tiene que saberlo. Lo averiguaremos.

—Sedge —dice Perdiz, a quien se le llenan los ojos de lágrimas—. Ojalá lo hubieses conocido; le habrías caído muy bien.

Sedge es el hermano muerto de Perdiz, y, por tanto, su medio hermano muerto. El mundo es un delirio, te da una de cal y otra de arena.

—Lo siento.

—No pasa nada.

Aunque es imposible que Pressia pueda echar de menos a Sedge, es así como lo siente. Tenía otro hermano, otro vínculo en el mundo…, y ya no está.

Pressia carraspea. No quiere echarse a llorar, tiene que ser fuerte.

—¿Por qué a ti no te pusieron chip, Perdiz? ¿A vosotros no os etiquetan?

—Bradwell tiene razón en lo del objetivo fácil. Mi padre siempre decía que no pensaba convertir nunca a un hijo suyo en un blanco.

—Colocaron un sencillo aparato de rastreo en la tarjeta de cumpleaños, y puede que hubiese más —le cuenta Bradwell—. Quemamos sus cosas.

—Pero pusisteis el dispositivo en uno de los roedores —dice Pressia.

—¿Cómo lo sabes?

—Me lo he imaginado. —La chica decide que quiere zanjar el tema ya, que no tiene sentido prolongarlo. Se tumba boca abajo y dice—: Lista.

Bradwell se agacha en el suelo… ¿para susurrarle algo? Pressia se vuelve y apoya la mejilla en la mano. Pero él no dice nada. Le echa sin más el pelo por detrás de la oreja. Es un gesto mínimo… y tan delicado como ese tacto de plumas que no pensaba que sus manazas pudiesen tener. No es más que un crío, un chiquillo que se ha criado él solo. Es duro, fuerte y rabioso…, aunque también tierno. Y ahora está nervioso, lo sabe por el aleteo de su espalda.

—Yo no quiero hacerlo, Pressia. Ojalá hubiese otro remedio.

—No pasa nada —le susurra—. Tú sácalo. —Una lágrima le resbala por el puente de la nariz—. Sácalo.

Bradwell vuelve a limpiarle la nuca, y en ese momento Pressia siente sobre su piel los dedos del chico, que tiemblan. No debe de tenerlas todas consigo porque le agarra el cuello y entonces se detiene.

—Perdiz, voy a necesitar tu ayuda.

El chico se acerca.

—Sujeta bien. Aquí —le ordena Bradwell.

Después de un momento de vacilación siente la mano de Perdiz cogiéndole la cabeza.

—Más fuerte, que no pueda moverla.

Las manos de Perdiz se tensan igual que un torno.

Pressia nota que Bradwell le apoya la rodilla contra la espalda. Y otra vez siente la mano del chico, que apoya el pulgar y el resto de dedos en su cuello, esta vez con firmeza. Y entonces, en el espacio que queda, hunde un cuchillo tan afilado como un escalpelo.

Pressia pega un chillido, una voz que no se conocía. El dolor semeja un animal en su interior. El escalpelo escarba más hondo. No puede gritar de nuevo porque se ha quedado sin aliento. Sin querer, intenta quitarse a Bradwell de encima. Y aunque el animal del dolor se ha apoderado de ella y la ha convertido en uno, sabe que ahora no puede mover la cabeza.

—Para —ruega Perdiz.

Pero Pressia no tiene claro si está hablándole a ella o a Bradwell. ¿Ha salido algo mal? Podría dejarla paralítica, los tres lo saben. Nota el hilo de sangre que le corre a ambos lados del cuello y empieza a jadear. El líquido rojo está salpicando el suelo y ha empezado a formar un charco oscuro. Se prepara para más dolor. Su cuerpo experimenta un calor desde lo más profundo. Se acuerda del de las Detonaciones, de las oleadas que no paraban de llegar. Recuerda qué suponía sentirse desvinculada por un momento de todo, una niña sola en el mundo.

¿Lo recuerda de verdad? ¿O recuerda intentar recordarlo? Ve a la japonesa —joven y hermosa—, a su madre que murió y que ahora vuelve a morir porque era otra persona. Ahora tan solo es una extraña con una cara calcinada hasta las cenizas. Se le derrite la piel, tirada entre cuerpos, maletas y carritos metálicos volcados. El aire está lleno de polvo y la ola de calor vuelve. Y luego hay una mano que le envuelve la suya y sus oídos se llenan con el latido de un corazón. Cierra los ojos, los abre y vuelve a entornarlos. Una vez tuvo unos prismáticos de juguete con un botón que cuando lo pulsabas cambiaba de escena. Abre los ojos y los cierra para abrirlos de nuevo esperando ver otra imagen.

Pero el suelo sucio sigue ahí, el dolor y el suelo sucio.

—Perdiz, ¿tu madre te cantaba nanas? —le pregunta.

——Sí. Sí que cantaba.

Y eso ya es algo, un punto de partida.

Pressia

Este

*T*iene la nuca acolchada con una especie de gasa empapada de sangre y sujeta por una cinta de cuero atada al cuello a modo de gargantilla, para que no se le caiga el vendaje. Está sentada en uno de los colchones sobre el suelo con el cuello apoyado contra la pared para aplicar más presión.

El chip, ya enjuagado de sangre, es blanco. Está en medio del suelo; semeja un diente caído, algo que estuvo enraizado muy dentro de ella y ya no lo está. Y por alguna razón no tiene la sensación de haberse liberado de él sino de haber perdido otro vínculo con el mundo —con la persona que la estaba vigilando—, y siente que es algo que tiene que llorar, por mucho que esa vigilancia no fuese fruto del amor paterno ni nada parecido.

Bradwell no para quieto, está furioso y los pájaros de su espalda no dejan de sonar. Saca un cortacésped, vuelve a ponerlo en su sitio y luego coge una paleta y se queda mirando al suelo.

Perdiz está sentado al lado de Pressia en el colchón.

—¿Qué hace?

—Ha entrado en frenesí. Es mejor dejarlo.

—¿Te encuentras bien? —le pregunta Perdiz a Pressia.

El puño de cabeza de muñeca... lo levanta y los ojos se abren como un resorte. Tiene hasta los párpados cubiertos de ceniza y las pestañas pegadas entre sí. La pequeña *o* de la boca está taponada. Se limpia la cabeza de plástico con la mano buena y siente la amputada por dentro. Eso le parece ahora su madre: una presencia entumecida que pasa bajo la superficie de las cosas.

—Mientras no me mueva... —Ni siquiera termina la frase. Está enfadada con Perdiz. ¿Por qué? ¿Está celosa porque él tiene recuerdos de su madre y ella no? Él entró en la Cúpula… ella no.

—Pues no era gran cosa —comenta Perdiz señalando el chip del suelo—. Tanto jaleo para esa ridiculez. —Tras una pausa le susurra—: Yo no lo sabía hasta que tú lo has sabido. Nunca se me ocurriría ocultar algo así. —Pressia no puede ni mirarlo—. Solo quería que lo supieses.

La chica asiente y, al hacerlo, le recorre un dolor agudo desde la nuca hasta la base del cráneo.

—¿Qué piensas ahora sobre ella? —le pregunta a Perdiz.

—No lo sé.

—¿Todavía la ves como a una santa? Engañó a tu padre y tuvo una hija fuera del matrimonio, una bastarda. —Nunca antes se había visto como tal, pero, por alguna extraña razón, le gusta; le confiere cierta dureza.

—Cuando salí no esperaba respuestas sencillas. Me alegro de que existas.

—Gracias —le dice Pressia con una sonrisa.

—Lo raro es que mi padre ha tenido que saberlo todo este tiempo. Lleva años observándote, así que seguro que lo sabía. ¿Cómo se lo tomaría en su momento?

—Supongo que no muy bien.

Pressia se guarda el chip en la mano buena, y entonces se le llenan los ojos de lágrimas. Piensa en la palabra «madre»: nanas; y en «padre»: abrigo caliente. Ella es un punto rojo de una pantalla que late como un corazón. Si la Cúpula sabía que existía, es posible que la haya tenido controlada toda la vida. Pero puede que sus padres también.

Bradwell le pregunta bruscamente a Perdiz:

—¿Tu madre iba a la iglesia?

—Nos hacían presentar la cartilla los domingos, como a todo el mundo —le dice Perdiz.

Pressia recuerda entonces lo de «presentar la cartilla». Bradwell habló del tema en aquella minilección suya, sobre la confusión entre Iglesia y Estado. Los feligreses tenían cartillas y su asistencia se registraba.

—Todos no —precisa Bradwell—. Los que se negaron a ir cuando pasó a ser controlada por el gobierno y luego fueron asesinados en su propia cama, no.

—¿Por qué lo has preguntado? —quiere saber Pressia.

Bradwell vuelve a sentarse.

—Porque en la tarjeta de cumpleaños ponía algo religioso. ¿Cómo era, Perdiz?

—«Camina siempre en la luz. Sigue tu alma, que ojalá tenga alas. Tú eres la estrella que me guía, como la que se alzaba en Oriente y mostró el camino a los Reyes Magos.»

—La estrella del este, los reyes magos, eso es de la Biblia —dice Pressia, cuyo abuelo se sabía de memoria partes enteras del libro sagrado que solían recitarse en los funerales.

—Pero ¿era algo que acostumbraba a hacer tu madre?

—No lo sé. Creía en Dios pero decía que rechazaba el cristianismo sancionado por el gobierno precisamente porque ella era cristiana. El gobierno le robó su país y su dios. Una vez le dijo a mi padre: «Y a ti, también te robaron a ti». —Perdiz se echa hacia atrás como si acabase de recordar algo—. Qué raro que eso haya estado en mi cabeza todo este tiempo; casi puedo oírla diciéndolo.

A Pressia le gustaría tener palabras de su madre que rescatar de su memoria, una voz. Si su madre era la que cantaba la nana, así que algo conservaba, las letras de una canción, las palabras de otra persona.

—Entonces a lo mejor es textual —le dice Bradwell a Perdiz.

—¿Y si es textual? —pregunta este último.

—No nos vale.

—Si es textual significa lo que significa, pero eso no quiere decir que no valga.

—Para nosotros ahora mismo no. Tu madre quería que recordases algunas cosas: señales, mensajes codificados, el colgante… Por eso yo tenía la esperanza de que esas palabras nos condujesen hasta ella. Pero a lo mejor era su forma de despedirse, de darte un consejo para lo que te restase de vida.

Los tres se quedan callados por un momento. Pressia se da la vuelta y apoya la espalda contra la fría pared. Si aquello era el mensaje de su madre, ¿qué significaba? «Camina siempre en la luz. Sigue tu alma, que ojalá tenga alas.» Se imagina su alma con alas y a ella siguiéndola en su vuelo. Pero ¿adónde podría llevarla? Aquí no hay adonde ir; están rodeados por los fundizales y las esteranías. Y tampoco hay ninguna luz inmaculada: todo existe bajo un velo grumoso de ceniza. Pressia se imagina el viento que retira ese velo como si estuviese delante de la cara de una mujer y la respiración de esta bajo él: la cara de su madre oculta a la vista. ¿Y si su madre está realmente viva en alguna parte? ¿Cómo guiar a alguien sabiendo que todas las referencias del mundo estaban a punto de ser aniquiladas?

—«Tú eres la estrella que me guía, como la que se alzaba en Oriente y mostró el camino a los Reyes Magos» —repite Perdiz en voz alta—. ¿Creéis que quería que nos dirigiésemos al este?

Bradwell saca un mapa del bolsillo interior de su chaqueta, el que utilizaron para encontrar la calle Lombard, y lo extiende en el suelo. La Cúpula, por supuesto, está al norte, rodeada de un terreno baldío que da paso a algo de bosque nuevo justo antes de llegar a la ciudad. Los fundizales aparecen como aglomeraciones de urbanizaciones cercadas que rodean la ciudad por el este, el sur y el oeste. Más allá de ese cinturón se extienden las esteranías.

—Estas montañas en el este eran antes un parque nacional —les explica Bradwell.

—Y, en el cuento, la esposa cisne se esconde bajo tierra. Puede que esté en un búnker subterráneo por esa zona —propone Pressia.

—Así que mañana ponemos rumbo este —dice Perdiz.

—Pero eso podría ser un error mortal.

—No me gusta eso de mortal —opina Perdiz.

—El este es lo único que tenemos —sentencia Bradwell.

Pressia escruta la cara de Bradwell y ve las motas doradas de sus ojos castaño oscuro. No había reparado en ellas antes; son bonitas... como de miel.

—Ah, ¿es lo único que «tenemos»?, ¿nosotros? —le pregunta a Bradwell—. Tú ya has pagado tu deuda, ¿no?

—Yo sigo en esto.

—Pero solo porque te conviene.

—Vale, lo que tú quieras, porque me conviene. Tengo mis propias razones egoístas. ¿Te vale así?

Pressia se encoge de hombros.

Bradwell la coge de la mano, le abre la palma, sus dedos en los de ella, y deja caer el colgante.

—Deberías ponértelo.

—No. No es mío.

—Pero ahora es tuyo, Pressia —le insiste Perdiz—. Ella querría que lo tuvieses. Eres su hija.

«Hija»..., la palabra se le hace rara.

—¿Lo quieres? —pregunta Bradwell.

—Sí —decide la chica.

Bradwell abre el delicado broche y Pressia se gira y se aparta el pelo con cuidado de no pillar el vendaje. El chico se le acerca y mantiene el colgante cogido por ambas manos. Cierra el broche y cuando está bien sujeto, lo suelta.

—Te queda bien —le dice.

Pressia se lleva la mano al pecho y toca el colgante con un dedo.

—Nunca he llevado un collar de verdad. Al menos que yo recuerde.

El colgante le cae por debajo de la gargantilla de cuero que sujeta el vendaje contra la nuca, en el hueco entre las clavículas. La piedra lanza destellos azul brillante. En otros tiempos perteneció a su madre, rozó la piel de su madre. ¿Y si era un regalo del padre de Pressia? ¿Llegará a saber algún día algo sobre su padre?

—Ahora la veo a ella en ti —le confiesa Perdiz—, en cómo inclinas la cabeza, en los gestos...

—¿De verdad? —La posibilidad de parecerse a su madre la alegra más de lo que habría imaginado.

—Eso... Eso es: tu sonrisa.

—Ojalá mi abuelo pudiera verlo —les dice. Se acuerda de que, cuando le regaló los zuecos, le dijo que desearía que fuesen algo más bonito, que ella se merecía cosas hermosas.

Ahí lo tiene, un pequeño retazo de belleza.

Pressia

Pistones

*P*erdiz es el primero en quedarse dormido. Está tumbado boca arriba con la mano herida sobre el corazón. Pressia está en el otro palé y Bradwell en el suelo; aunque el chico ha insistido, ahora se le oye dar vueltas todo el rato para intentar acomodarse.

—Ya vale. No podré dormir si te tiras toda la noche dando vueltas. Te haré un hueco.

—No, gracias, estoy bien.

—Ah, ¿conque quieres hacer todos los favores del mundo y además ser un mártir? ¿Ese es tu plan?

—Que yo no fui en tu búsqueda solo porque le debiese algo a tu abuelo. Ya he intentado explicártelo pero no escuchas.

—Lo único que escucho es que tú vas a dormir en el suelo y yo me tengo que sentir culpable.

—Vale —cede Bradwell, que se levanta y se tumba a su lado en el palé.

Ella está tumbada boca arriba pero Bradwell no puede: tiene los pájaros durmiendo. Se hace un ovillo de cara a Pressia. Por un momento la chica se imagina que están en el campo, bajo las estrellas en una noche despejada. Con tanto silencio no puede dormir.

—Bradwell —murmura—. ¿Jugamos al Me Acuerdo?

—Ya conoces mi vida, la conté en la reunión.

—Pues piensa en otra cosa, lo que sea. Habla, quiero oír la voz de alguien.

En realidad quiere oír la voz de él. Por mucho que a veces la ponga de los nervios, su voz es profunda y calmante. Se da cuenta de que quiere que hable porque, esté de acuerdo con él o no, siempre es honesto y puede confiar en lo que le cuenta. Por eso le sorprende que lo primero que le diga sea:

—Bueno, una vez te mentí.

—¿En qué?

—En lo de la cripta. La encontré cuando era solo un crío, antes de dar con la carnicería. Estuve durmiendo allí unos días mientras la gente moría por todas partes. Y recé a santa Wi y sobreviví. Así que seguí volviendo.

—O sea que tú eres uno de los que reza por esperanza.

—Sí.

—No es una mentira muy horrible.

—Ya, no es horrible.

—¿Y funcionaron las plegarias? ¿Tienes esperanza?

Se rasca la mandíbula con saña y dice:

—La verdad es que desde que te conozco creo que tengo más.

Pressia siente que se le encienden las mejillas, aunque no está segura de a qué se refiere el chico. ¿Le está diciendo que tiene esperanzas gracias a algo relacionado con ella? ¿Le está confesando que le gusta, ya que le ha confesado que le ha mentido? ¿O se refiere a otra cosa? ¿A que ella ha hecho que vea las cosas de otra manera?

—Pero eso no era lo que querías —continúa Bradwell—. Tú querías un recuerdo.

—Está bien.

—¿Puedes dormirte ya?

—No.

—Vale, entonces un recuerdo. ¿Tiene que ser feliz?

—No. Prefiero que sea verdadero a que sea feliz.

—De acuerdo. —Se queda pensativo un momento—. Cuando mi tía me pidió que saliese de la cochera, me fui y metí el gato muerto en la caja; después oí que el motor se encendía... y un grito. Era igual que el que mi padre pegaba cuando se desollaba un nudillo o le daba un tirón en la espalda. Así que hice como si fuese su voz, cerré los ojos y me imaginé a mi padre saliendo de debajo del coche con el corazón fusionado con el motor en el pecho, como un superhéroe. Me lo imaginé resucitando. —Pressia visualiza en su mente al pequeño Bradwell con los pájaros en la espalda, en un césped calcinado y con una caja con un gato muerto a sus pies. Se ha quedado un momento callado pero entonces añade—: Nunca se lo he contado a nadie. Es absurdo.

Pressia sacude la cabeza.

—Es bonito. Estabas intentando imaginarte algo grande, otra cosa, otro mundo. Eras solo un crío.

—Supongo… Ahora te toca a ti.

—Es evidente que no recuerdo mucho del Antes.

—No tiene por qué ser del Antes.

—Vale. A ver, hay una cosa que tampoco le he contado nunca a nadie. Mi abuelo lo sabe… aunque en realidad no.

—¿El qué?

—Intenté cortarme la cabeza de muñeca cuando tenía trece años. O eso es lo que le conté al abuelo, que me la cosió a toda prisa. Nunca me preguntó por qué lo hice.

—¿Te ha quedado marca?

Pressia le enseña la pequeña cicatriz donde la cabeza de muñeca se une con el brazo. Tiene la piel surcada por venillas azules y un tacto como de goma.

—¿Querías quitártela o…?

—O tal vez estaba cansada… Pero lo que quería era no sentirme perdida. Echaba de menos a mis padres y el pasado…, quizá porque había dejado de verlos bien en mi cabeza y ya no tenía su compañía. Me sentía sola.

—Pero no lo hiciste.

—Quería vivir. Lo supe en cuanto vi la sangre.

Bradwell se incorpora y toca la cicatriz con la yema del dedo. La mira a los ojos como si estuviese asimilando toda su cara, los ojos, las mejillas, los labios. Por regla general Pressia apartaría la mirada, pero no lo hace.

—Es bonita la cicatriz —le dice el chico.

El corazón le da un vuelco y se lleva la cabeza de muñeca al pecho.

—¿Bonita? Es una cicatriz.

—Es una señal de haber sobrevivido.

Bradwell es la única persona que conoce que podría decir algo así. Siente que le cuesta respirar, apenas puede susurrar:

—¿Tú nunca tienes miedo de nada?

En realidad no se refiere a todas las cosas de las que ella

podría tener miedo, como adentrarse en las esteranías al día siguiente, o los terrones que puedan salirle al paso. De lo que está hablando es de esa ausencia absoluta de miedo por parte del chico, que dice que una cicatriz es bonita. Si no le asustase la idea, Pressia le confesaría que está contenta de seguir con vida, aunque solo sea por estar compartiendo ese momento con él.

—¿Yo? Tengo tanto miedo que me siento igual que mi tío debajo del coche, como si tuviera pistones en el pecho. Tengo muchísimo miedo, y lo siento como un repiqueteo mortal por dentro. ¿Entiendes?

Pressia asiente. Se hace el silencio y ambos oyen a Perdiz farfullar entre sueños.

—Entonces… —empieza a decir Pressia.

—Entonces, ¿qué?

—¿Por qué viniste a buscarme si no fue por mi abuelo?

—Tú sabes por qué.

—No, no lo sé. Dímelo. —Están tan juntos que Pressia nota el calor que desprende el cuerpo del chico.

Bradwell sacude la cabeza y dice:

—Tengo algo para ti. —Se hurga en la chaqueta—. Te buscamos en tu casa, pero tu abuelo no estaba.

—Ya lo sé. Lo tienen en la Cúpula.

—¿Lo han cogido?

—No pasa nada, está en un hospital.

—Aun así… Yo no estaría muy seguro de…

Ahora mismo no quiere hablar del abuelo.

—¿Qué me has traído?

—Me encontré esto.

Saca algo del bolsillo del chaquetón y lo deja en el punto donde las costillas de Pressia forman un arco.

Una de sus mariposas.

—Me hizo preguntarme: ¿cómo puede todavía existir algo tan pequeño y hermoso? —le confiesa Bradwell.

Pressia se ruboriza, pero coge la mariposa y la sujeta en alto para ver la tenue luz que pasa a través de las delicadas alas cubiertas de polvo.

—Se van acumulando todas las pérdidas; no puedes sentir una sin notar las que han venido antes. Pero esto se me antoja

319

un antídoto. No puedo explicarlo… aunque… es como algo que resiste.

—Ahora parecen una pérdida de tiempo. Ni siquiera vuelan. Les puedes dar cuerda y baten las alas pero ya está.

—A lo mejor es que no tienen que ir a ningún sitio.

Lyda

Cajita azul

*P*ara pasar el tiempo Lyda teje y desteje la esterilla una y otra vez, aunque nunca le convence; mientras, tararea la melodía de «Brilla, brilla, estrellita».

Nadie ha ido a verla, ni su madre ni los médicos. Las guardias le traen la bandeja con la comida y las pastillas, eso es todo.

Cuando se levantó a la mañana siguiente de que la pelirroja le diese el mensaje por la ventanilla rectangular, la chica había desaparecido. Igual estaba loca, después de todo. ¿A quién se le ocurre que mucha gente piense que algún día derrocarán la Cúpula? ¿Que se lo diga a él? ¿A quién, a Perdiz? ¿Creía la pelirroja que Lyda podía comunicarse con él? ¿Y por qué iba a decirle eso Lyda, en el caso de que pudiese? La pelirroja tenía que estar loca. Al fin y al cabo, están en una institución para gente desequilibrada; precisamente para eso construyen esos sitios. Lyda es la excepción a la regla.

A la mañana siguiente había otra chica en el cuarto de la pelirroja. Una nueva, aterrada por el pánico. Y lo cierto es que Lyda se sintió aliviada. ¿Qué podía haberle dicho a la pelirroja después de ese mensaje? Si pretendía salir de allí en algún momento no podía andar confraternizando con chifladas, y menos aún con chifladas revolucionarias. En la Cúpula no existen los revolucionarios; es una de las cosas buenas que tiene. No tienen que preocuparse por esa clase de conflictos —como antes de las Detonaciones—, ya no.

A Lyda tampoco la han vuelto a llevar a terapia ocupacional. Fue darle el privilegio y quitárselo todo uno. Le ha preguntado a las guardias cuándo volverán a darle permiso, pero no han sabido responderle. Aunque podía pedirles más información, se le antoja peligroso; sería como admitir lo que no sabe, y quiere que parezca que sabe algo.

Hoy, sin embargo, aparecen dos guardias antes de comer y le dicen que van a llevarla al centro médico.

—¿Ha llegado mi reubicación? —les pregunta.

—No estamos seguras —le confiesa una de las guardias, otra distinta. Su compañera la espera al otro lado de la puerta—. Ahora mismo esa es toda la información que tenemos. Dónde llevarte, solo eso.

Antes de escoltarla hasta el centro médico le atan las manos con una especie de cincha de plástico tan apretada que siente su propio pulso.

En ese momento, no obstante, pasan dos médicos por el pasillo y uno le susurra al otro:

—¿Es necesario? Piensa en Jillyce.

Es el nombre de pila de su madre. Le resulta muy extraño oírles referirse a su madre con esa familiaridad. No quieren que vea esposada a su propia hija, sería una vergüenza. ¿Significa eso que verá a su madre antes de irse?

En un acto de compasión, los médicos les piden a las vigilantes que le quiten las ataduras. Una de ellas es poco mayor que Lyda, y esta se pregunta si fue a la academia, si alguna vez se cruzaron por los pasillos. La guardia se saca un cuchillo grande de mango rojo y lo pasa entre las esposas de plástico y una de las muñecas de Lyda, quien se imagina por un instante fugaz qué pasaría si la guardia le rajase la muñeca. Todavía va vestida con el mono y el pañuelo blancos; la sangre mancharía la tela inmaculada… Le piden que ande con las manos unidas por delante y así lo hace.

Busca a su madre con la mirada cuando dejan atrás las instalaciones de rehabilitación, pero no la ve.

Las guardias la acompañan en un vagón de tren vacío que se detiene delante del centro médico y luego la conducen por otro pasillo. Nunca ha estado en el centro médico, salvo cuando le quitaron las amígdalas y una vez que tuvo una gripe no muy grave. A las chicas de la academia no se las codifica porque hay demasiado miedo a dañar sus órganos reproductores, más importantes que cualquier potenciación de mente o cuerpo. Ahora las probabilidades de que le den el visto bueno para la

322

reproducción se han reducido casi a cero. A las que son algo mayores y no pueden reproducirse se les permite someterse a codificación cerebral. Lo más probable, sin embargo, es que ella tampoco sea buena candidata para eso. ¿Por qué potenciar un cerebro con la psique dañada? Sabe asimismo que hay posibilidades de que se trasladen al Nuevo Edén mientras ella viva. Llegados a ese punto, ¿no necesitarán a todas las que puedan reproducirse para repoblar, incluso a las que han pasado un tiempo en un centro de rehabilitación como ella? Todavía alberga esperanzas.

El papel pintado de las paredes es de flores, en una especie de intento por hacerlo parecido a un pasillo de un hogar del Antes; hay hasta un par de mecedoras, como una invitación cordial a sentarse allí un rato a charlar. «Será para tranquilizar a la gente», se imagina Lyda. Al contrario que el resto de chicas a las que se les dan muy bien las clases de debate, Lyda tiene que memorizar una lista de preguntas para mantenerse en la conversación hasta el final. Siempre siente el peso de la charla, como si, al acabar, terminase algo de mayor envergadura. Se acuerda de lo que le dijo Perdiz cuando le propuso que bailaran: «Actuemos como la gente normal, así nadie sospechará». Ella no es normal y él tampoco.

Pero esos escenarios falsos de vida doméstica no pueden engañar a nadie, ¿o sí? Desde luego, no con esas luces fluorescentes parpadeando y zumbando en el techo; ni tampoco con esas puertas que se abren con un gruñido para dejar a la vista una habitación mustia donde un molde corporal reposa sobre una camilla con barrotes a los lados. ¿Hay alguien dentro del molde? Nunca lo sabrá, al menos no mientras los operarios médicos sigan pasando zumbando de un lado a otro con las mascarillas, las batas y los guantes.

Algo más allá hay chicos de la academia en fila india. Les da un repaso rápido con la mirada, y algunos la reconocen y abren mucho los ojos al verla, mientras que otros sueltan risitas. Se niega a bajar la vista, ella no ha hecho nada malo, de modo que camina con la cabeza alta y la mirada fija en una cabina que hay empotrada en la pared al fondo del pasillo.

Oye su nombre y el de Perdiz entre susurros. Quiere preguntarles qué historia les han contado: cualquier cosa —in-

323

cluso la mentira que habrán hecho circular— es mejor que la ignorancia en que la tienen a ella.

Las guardias doblan al fondo del pasillo y por fin llegan ante una puerta en la que una placa reza: «Ellery Willux». A la chica se le corta la respiración.

—Esperad. Yo no sabía…

—Si no te lo han dicho será porque tenía que ser una sorpresa —le explica la guardia que le quitó las esposas.

—Dadme un minuto —ruega Lyda, a quien ya han empezado a sudar las manos, por lo que se apresura a limpiárselas en las perneras del mono blanco.

La otra guardia llama a la puerta.

—Llegamos a tiempo —comenta.

Una voz de hombre responde:

—Pasen.

Willux es más pequeño de lo que creía. Tiene los hombros echados hacia delante, encorvados. Lo recordaba como un hombre robusto. Antes era quien daba los discursos en las ceremonias y los actos públicos. Aunque, ahora que se da cuenta, hace unos años Foresteed empezó a encargarse de todo eso sin mediar explicación, quizá porque es más joven y le brillan los dientes como si se hubiese tragado la luna y despidiera una luz desde dentro. Willux ha envejecido, al igual que la mayoría de los gerifaltes de la Cúpula, que parecen apagados, con una mirada pesada que recae sobre sus vientres. Willux, sin embargo, parece frágil y su barriga apenas es un odre desinflado.

El hombre se remueve en su asiento ante un banco de pantallas y teclados, y sonríe ligeramente. Se quita las gafas… ¿serán solo un adorno? Lyda no recuerda la última vez que vio unas gafas. Las pliega y se las apoya contra el pecho.

—Lyda.

—Hola —le dice la chica, que le tiende la mano.

Willux sacude la cabeza.

—No hay necesidad de andarse con formalidades —le dice, aunque Lyda se siente rechazada. ¿O más bien reprendida? Cuando pasas por un centro de rehabilitación, ¿te vuelves impura?—. Siéntate. —Le indica un taburete negro y la chica se sienta en el borde. Willux le hace un gesto a las guardias—. Vamos a charlar en privado. Gracias por traérmela sana y salva.

Hacen una ligera reverencia y la guardia que le cortó la cincha la mira por un instante, como para animarla un poco. A continuación se van y cierran la puerta tras de sí.

Willux deja las gafas en el filo del escritorio, junto a una cajita azul claro. Cabría una magdalena, se dice, y recuerda entonces las del baile, con esa textura esponjosa, y cómo cada bocado le parecía demasiado dulce pero le maravilló ver la forma en que Perdiz se las comía a grandes mordiscos, sin ningún reparo. Se pregunta si en la cajita habrá un regalo o algo parecido.

—Supongo que sabrás que mi hijo ha desaparecido.

Lyda asiente.

—Tal vez no sepas que en realidad no está.

—¿Que no está? —Lyda no sabe a ciencia cierta a qué se refiere. ¿Entre los vivos?

—Se escapó de la Cúpula. Y, como podrás comprender, quiero asegurarme de que regrese sano y salvo.

—Ah —dice Lyda. Hasta las chicas encerradas en rehabilitación lo sabían. Está ahí fuera, en alguna parte. ¿Debería hacerse más la sorprendida?—. Normal, es normal que quiera usted que vuelva.

—Y según se rumorea él te tenía mucho aprecio.

Se lleva la mano a la cabeza y se la pasa por el poco pelo que le queda. Así, casi calva como está, a Lyda le recuerda la cabeza de un bebé y le trae a la mente la palabra «fontanela», ese punto suave de la coronilla de los niños donde se puede tomar el pulso y ver si está deshidratado cuando está malo. Ha dado muchas clases sobre el cuidado correcto de los niños, aunque a ella siempre le pareció que la palabra «fontanela» le pegaba más a algo exótico, como a una fuente italiana. A Willux le tiembla la mano. ¿Estará nervioso?

—¿Es eso cierto? ¿Sentía algo por ti?

—Yo no pretendo saber lo que sienten los demás en su corazón, solo sé lo que siento yo.

—Déjame que te lo ponga un poco más clarito. ¿Conocías sus planes?

—No.

—¿Lo ayudaste a escapar?

—No, que yo sepa.

—Pero robó un cuchillo de la muestra y tú se lo permitiste, ¿no es así?

—Puede que robase algo mientras yo no miraba, no lo sé. Estuvimos en la exposición de hogar.

—¿Jugando a las casitas?

—No. No sé a qué se refiere.

—Yo creo que sí. —Tamborilea con tres dedos sobre la cajita azul.

Ahora Lyda se teme lo peor de la caja.

—Pues no.

Willux se echa hacia delante y baja la voz al preguntarle:

—¿Estás entera?

Lyda siente cómo le sube el color a las mejillas y una presión en el pecho. Se niega a responder.

—Puedo llamar para que venga una mujer a comprobarlo. O puedes contarme la verdad sin más.

Lyda se queda mirando las baldosas del suelo.

—¿Fue mi hijo? —sigue interrogándola.

—No he respondido a su pregunta, y no pienso hacerlo.

El hombre se acerca más y le pone la mano en la rodilla.

—No te preocupes.

Siente un mareo. Quiere pegarle una patada. Cierra los ojos; quizá pueda dejarlos así apretados. La mano se va de la rodilla. Mira hacia abajo, de nuevo a las baldosas.

—Si fue mi hijo, podemos arreglarlo para que él lo solucione…, si es que podemos encontrarlo y traerlo de vuelta a casa, claro está.

—Yo no necesito casarme con él, si es eso lo que me está diciendo.

—Pero no estaría mal, ¿verdad? Al fin y al cabo, con tu historial reciente, será difícil que encajes en algún sitio.

—Sobreviviré.

Tras un silencio breve Willux le pregunta, como quien no quiere la cosa:

—¿Sobrevivirás?

Lyda nota los latidos del corazón en los oídos y se da cuenta de que tiene otra vez las manos entrelazadas sobre el regazo, de que las está apretando la una con la otra con tal fuerza que se clava las uñas en la piel.

—Tenemos un plan y requiere de tu participación —le explica Willux—. Vas a salir fuera.

—¿Adónde?

—Fuera de la Cúpula, al otro lado.

—¿Al otro lado de la Cúpula?

Es una sentencia de muerte. No podrá respirar ese aire; la atacarán, aparecerán los miserables, la violarán y la matarán. Fuera de la Cúpula los árboles tienen ojos y dientes. La tierra se traga a niñas a las que no queda ningún trazo de humanidad. Las queman vivas en hogueras y lo festejan. Ahí es adonde va: fuera.

—Las Fuerzas Especiales te llevarán a un emplazamiento exterior donde convencerás a mi hijo para que vuelva.

—¿Está seguro de que sigue con vida?

—Sí, al menos hace unas horas lo estaba, y no hay nada que nos indique lo contrario.

Siente un pequeño asomo de alivio. A lo mejor consigue convencerlo, y tal vez Willux los deje casarse y todo. Aunque, claro, ¿qué le pasará cuando averigüen que él no está realmente enamorado?, ¿que solo fue amable con ella porque le ayudó a robar el cuchillo?

Willux da una palmada y se dirige a un ayudante invisible:

—Carga la sección uno veintisiete: Perdiz. —Al cabo le dice a Lyda—. Puedes verlo por ti misma.

La pantalla del ordenador se ilumina y aparece Perdiz, que, aunque sucio, agotado y magullado, sigue siendo él. Con sus ojos gris claro y sus fuertes dientes blancos, una cosa eclipsa a la otra… Está siendo visto a través de los ojos de alguien, de una chica. Lyda ve su cuerpo en un momento en que baja la vista y luego vuelve a Perdiz, que le susurra: «Yo no lo sabía hasta que tú lo has sabido. Nunca se me ocurriría ocultar algo así».

«¿Algo como qué?», se pregunta Lyda. Es evidente que conoce bien a la chica. Le gustaría poder verle la cara. Ya no está mirando a Perdiz, sus ojos recorren ahora una pared llena de maquinaria rota y destrozada. Están fuera de la Cúpula.

«Solo quería que lo supieses», dice Perdiz. Y aparece de nuevo su cara, y su mano, que está envuelta en un vendaje sangriento y la lleva pegada al pecho. Le sonríe a la chica, que asiente (se ve por el movimiento de la cámara).

327

«¿Qué piensas ahora sobre ella?», pregunta la chica. ¿Estarán hablando de Lyda? No puede evitar preguntárselo. ¿Por qué, si no, le iban a mostrar ese corte?

«No lo sé», dice Perdiz, y acto seguido la pantalla se funde en negro.

—Está herido. ¿Qué le ha pasado en la mano?

—Una lesión sin importancia. No hay de qué preocuparse. Aquí podemos corregir casi cualquier cosa.

—¿Por qué me ha enseñado eso?

—¡Para que veas que está vivo, que está bien!

Lyda no se fía de él. Se lo ha enseñado para ponerla celosa. Lo cierto es que ha estado mintiéndoles a ellos y a sí misma. Ella fue la que besó a Perdiz, no hay más vuelta de hoja. Y él nunca le dijo que la quería. Es todo una mentira. No le importa que Willux intente ponerla celosa, le da igual. Como Perdiz nunca ha sido suyo, no pueden quitárselo.

Hay algo más, sin embargo. Perdiz le devolvió el beso y cuando ella se apartó, la cara de él… no puede explicarse. Estaba sorprendido y contento. Piensa ahora en su cara y se sonríe. Que Willux haga lo que le venga en gana con su información. Vuelve a acordarse de Perdiz murmurándole: «Actuemos como la gente normal, así nadie sospechará». Lo dijo él, y se limitaron a fingir que eran normales. Ambos estaban aparte, eran distintos del resto. Fue una especie de confesión, un secreto compartido.

—¿Por qué sonríes? —quiere saber Willux.

—Son buenas noticias; su hijo está vivo.

Willux la escruta con la mirada y después coge la cajita azul y se la tiende.

—Le entregarás esto a una soldado —le ordena. Su mano vuelve a temblar—. Deseamos que trabaje para nosotros, aunque ya ha participado en la muerte y destrucción de uno de nuestros espías. —Respira hondo y suspira—. Llevo muchos años vigilándola. Era un cebo tentador para alguien que yo esperaba que fuese a buscarla algún día, pero ha demostrado ser bastante ineficaz.

¿Un cebo tentador para atrapar a alguien de fuera? ¿A quién? Lyda hace una pregunta más sencilla y permisible.

—¿Puedo saber qué hay en la caja?

—Por supuesto —dice, y en ese momento Lyda se fija en
un temblor, igual de leve, un cabeceo—. Echa un vistazo,
aunque no creo que te diga gran cosa. Pero nuestra soldado,
Pressia Belze, seguro que entiende el mensaje que queremos
mandarle. Tal vez nos ayude a convencerla de que recapacite
sobre sus lealtades. Puedes decirle que esto es todo lo que ha
quedado.

¿Lo que ha quedado de qué?, se pregunta Lyda, pero no dice
nada. Aunque no quiere abrir la caja, tiene que hacerlo. Pone la
mano encima de la tapa y, al levantarla, el papel de seda celeste
del interior cruje. Lo aparta y, como en un nido de papel, ve un
pequeño ventilador con un motor roto y unas aspas de plástico
sin vida.

Perdiz

Hilos

Se han puesto en camino antes del amanecer. No es ni media mañana y ya han avanzado bastante. Seis mujeres robustas los flanquean por ambos lados. Muchos de los niños van dormidos, y así deben de pesar más, se figura Perdiz. Una que lleva a un crío fusionado en la cadera le pega la cabeza a su pecho con una mano y con la otra blande un cuchillo de carnicero.

Avanzan en silencio, por medio de casas devastadas, filas y filas completamente arrasadas, pilares carbonizados al aire libre. Más tarde pasan por unas que no son más que armazones calcinados; en otras ha sobrevivido algún ladrillo. De tanto en tanto no está la casa pero en su lugar, como si fuese el escenario de una inquietante obra de teatro, hay un salón de gomaespuma ennegrecida, los palos de una silla o la pila de un lavabo, demasiado destrozados para valer de algo. Perdiz es incapaz de concentrarse, rastreando como está su memoria en busca de alguna pelea de sus padres, algún momento de mal humor, de hostilidad, un estallido de ira. No eran felices pero su padre sabía que su madre tenía otra hija que no era suya. Tenía que saberlo, conocía la ubicación de Pressia y había querido que la chica encontrase a su hermano. ¿Por qué? ¿Le parecía de una gran ironía? ¿Quería engatusar a su madre con los dos hijos que le quedaban vivos? ¿Es posible —siquiera remotamente— que su padre quiera ver a su madre porque la ama y desea que vuelva con él, porque necesita decirle que la perdona? Perdiz es consciente de que es un deseo infantil: dos padres enamorados, un hogar feliz… Pero no puede evitarlo. En una época su padre la quiso, tuvo que quererla; recordarla le duele, Perdiz se lo ha visto en la cara.

Atraviesan más centros comerciales abiertos —destrozados y saqueados— e instituciones… que son lo peor de todo. Aún quedan camillas, aunque los cuerpos hace tiempo que se pudrieron. Las instituciones distan mucho de la realidad de los cuentos de hadas. Perdiz no puede facilitarles una esposa cisne o unas alas perdidas. Son la prueba de la opresión que precedió al final de todo, el Retorno al Civismo.

Huele a muerte y podredumbre. Se acuerda del olor dulzón y fértil del cadáver que se encontró entre los carrizos, esa mujer del pastor allí atada, pero rápidamente intenta apartar la imagen de su cabeza.

Hay más supervivientes por esa zona; Perdiz los oye: un ulular, el ruido de algo que rumia, el gemido de un animal por lo bajo… Y de tanto en tanto las mujeres se detienen a escuchar con las cabezas ladeadas en la misma dirección, pero nadie los ataca.

Cuanto más avanzan, menos hay que ver. El paisaje es llano salvo por las montañas que se yerguen a lo lejos en el este. La tierra se ha vuelto negra y, sin nada que la lastre, el viento la levanta y la ondea en láminas oscuras.

Las mujeres sacan unos pañuelos de algún bolsillo y envuelven las caras de sus hijos y las suyas. Perdiz ya lleva la bufanda, mientras que Bradwell se cubre la cara con el brazo y una mujer le da un pañuelo a Pressia.

Perdiz no le quita ojo a la chica; está preocupado porque ha pasado mucho en muy poco tiempo. Es fuerte, sin embargo, y él lo sabe.

Al cabo de un rato la mujer con la cabeza de un niño pegada a su pecho les anuncia:

—Hasta aquí hemos llegado.

Perdiz les daría las gracias pero ya ha pagado con su meñique; no sale de él agradecerles nada.

—Gracias —les dice Pressia.

Bradwell les pide que le trasmitan su agradecimiento a la Buena Madre de su parte.

—Estamos en deuda —afirma.

Luego mira a Perdiz, que solo puede murmurar:

331

—Claro.

—No perdáis de vista la tierra, buscad sus ojos —les aconseja la mujer.

Cuando se inclinan para hacer una reverencia de despedida, una mujer con una larga cabellera gris se acerca a Perdiz, lo coge de un brazo y le dice:

—Si tu madre está viva, dale las gracias de mi parte.

—¿La conocía usted?

La mujer asiente y le pregunta:

—¿No lo reconoces? —Y allí, tras ella, hay un niño de unos ocho años, con el pelo largo y revuelto, y la cara brillante por las quemaduras. Está mirándolo fijamente—. Es Tyndal, pero no habla.

Perdiz escruta con la mirada al niño y después de nuevo a la madre.

—¿Señora Fareling?

—Pensé que lo reconocerías porque... bueno, al fin y al cabo no ha crecido.

Perdiz se siente desconcertado. Tyndal sigue siendo un niño, un chiquillo mudo fusionado para siempre con su madre.

—Lo siento —musita.

—No —replica la señora Fareling—. Tu madre me sacó del centro de rehabilitación. No sé cómo, supongo que movió ciertos hilos y me dieron el alta. Para cuando estallaron las Detonaciones yo ya estaba de vuelta con Tyndal.

—Tyndal —susurra Perdiz entornando los ojos, como si todavía lo estuviese buscando en la cara que tenía delante.

El niño hace unos cuantos movimientos cortos y largos con la cabeza, en una especie de código tal vez.

—Te desea buena suerte —traduce los gestos la señora Fareling.

—Gracias.

Al cabo la señora Fareling coge a Perdiz y lo atrae hacia sí, en un extraño abrazo mientras lo tiene agarrado del chaquetón con los puños. El chico la abraza a su vez.

—Ella nos salvó —llora ahora la señora Fareling—. Ojalá esté viva.

—Lo está —le susurra Perdiz—. Le contaré que sobrevivió y que le está muy agradecida.

La mujer suelta al chico y fija en él la mirada.

—Es raro abrazarte así. Supongo que, si las cosas hubiesen sido distintas, Tyndal sería ahora de tu tamaño.

—Lo siento —repite el chico, porque no sabe qué más decir; nada puede arreglarlo. Ojalá su padre viese a Tyndal Fareling.

—Gracias por todo. Gracias.

La señora y su hijo hacen una reverencia y van a reunirse con el resto de madres y niños, de vuelta al hogar.

—¿Estás bien? —le pregunta Bradwell.

—Sí. Estoy listo.

Cada uno saca un cuchillo y empiezan a avanzar. Perdiz, sin embargo, mira una última vez hacia atrás. La mujer lo saluda con ambas manos y él levanta el cuchillo para devolverle el saludo. Y entonces una nube de ceniza se levanta en cuestión de segundos y sabe que ya no los ven. Ahora están aquí en medio de la nada, y solos.

333

Lyda

Ábrete

Cuando Lyda sale del despacho de Willux, las centinelas del centro de rehabilitación ya no están. En su lugar hay dos guardias, esta vez hombres. La escoltan hasta otro vagón de tren vacío donde la dejan en manos de un tercer guardia muy voluminoso y bien pertrechado de armas, con una pequeña cicatriz en la barbilla.

Este último la acompaña a través de los túneles oscuros. Lyda va sentada en un asiento, con la caja azul celeste en el regazo, mientras ve pasar las paredes de los túneles por las ventanillas. El guardia, en cambio, no se sienta; está bien plantado sobre sus pies separados. Cambia el peso de pie cuando el tren cambia de vía.

El hombre debe saber que la llevan al exterior pero no está segura de que sepa el motivo.

—¿Me darán un traje anticontaminación? —le pregunta.

—No.

—¿Y una máscara?

—¿Y ocultar esa carita que tienes?

—¿Alguna vez has llevado a alguien fuera de la Cúpula?

—¿A una chica? Es la primera vez.

O sea que ha escoltado a chicos al exterior... No sabe si creerlo. Nunca se ha hablado de nadie que haya salido de la Cúpula antes que Perdiz. ¿Por qué mandar chicos fuera? Jamás ha oído nada parecido.

—¿Qué chicos?, ¿a quién? —intenta indagar.

—A esos de quienes no vuelves a saber nada.

—¿Y qué hay del hijo de Willux?

—¿Cuál de ellos?

—Perdiz, ¿quién va a ser? —le dice un tanto impaciente—. Él no salió por aquí, ¿verdad?

El guardia se echa a reír.

—No estaba preparado para el exterior. Dudo mucho que siga con vida —dice como si de veras desease que estuviese muerto, como si eso demostrara algo.

El tren reduce la marcha hasta detenerse y, al abrirse, las puertas dan directamente a un largo pasillo de azulejos blancos. En la pared de cada cámara que atraviesan hay un intercomunicador. El guardia la conduce por las tres primeras, dice la palabra «ábrete» y acto seguido la puerta se hace a un lado, pasan y se vuelve a cerrar a sus espaldas.

—Quedan otras tres cámaras; pasa las puertas en cuanto se abran. La última da al exterior. La plataforma de carga está cerrada.

—¿La plataforma de carga?

—No estamos tan desconectados como te crees —le explica.

—¿Y qué cargamos?

—Descargamos, más bien. Algún día volverá a ser nuestra. —Se refiere a la tierra, y por un momento teme que se vaya a poner a soltarle un discurso sobre que son los herederos legítimos del paraíso… temporalmente desplazados. Sin embargo se limita a añadir—: Bienaventurados nosotros.

—Sí, bienaventurados —repite, aunque más por costumbre que otra cosa.

—Te estará esperando alguien de las Fuerzas Especiales.

—¿Envían a Fuerzas Especiales al exterior de la Cúpula?

—No son humanos, son unos seres extraños. Que no te sorprenda su aspecto.

Lyda ha visto en otras ocasiones a las Fuerzas Especiales en impecables uniformes blancos, un pequeño cuerpo de élite donde no había ningún ser extraño; eran solo media docena de jóvenes fornidos.

—¿Qué aspecto tendrán?

El guardia no contesta. ¿Cómo puede estar preparada si no le dice a qué atenerse? Mira de reojo el intercomunicador y la cámara en lo más alto del techo. Lyda comprende por sus gestos que no se lo puede decir, que no le está permitido.

—Tengo que cachearte aquí. Parte del protocolo, para asegurarnos de que solo llevas contigo lo justo y necesario.

—De acuerdo —dice, aunque le parece horrible—. En teoría tengo que llevarme la caja para entregarla.

—Lo sé—. El guardia le palpa las piernas, las caderas, las costillas—. Manos arriba —le ordena con brusquedad, como un profesional, y ella se lo agradece. Le sorprende cuando le coge la mandíbula con ambas manos y le dice que abra la boca y mira dentro con una pequeña linterna de mano—. Oídos —dice y le gira la cabeza. Y de nuevo la linternita. Le inspecciona una oreja y luego, cuando va a mirarle la otra, le susurra en voz muy baja—: Dile al cisne que estamos esperándolo.

No está segura de comprender lo que le ha dicho. ¿El cisne?

—¡Listo! Estás limpia.

Lyda quiere interrogarlo: «¿Esperando a qué? ¿Y quiénes están esperando? ¿Por qué habla en plural?»

Pero sabe por su tono brusco de voz que no debe hacer preguntas.

—Verás tres puertas. La última da afuera. —La mira a los ojos y le dice—: Buena suerte.

—Gracias.

El joven se da la vuelta hacia la puerta por la que acaban de entrar y le dice:

—Ábrete.

Cuando se desliza el guardia la franquea, Lyda se queda en el sitio y la puerta se cierra.

Está sola. Se vuelve hacia la puerta que tiene delante y le dice:

—Ábrete. —Se abre.

En cuanto la atraviesa, se cierra tras ella. Tras repetir el proceso una vez más se queda ante la última puerta, sin saber a qué atenerse. Deja la cajita azul en el suelo, se quita el pañuelo de la cabeza, se lo pone sobre la nariz y la boca y se lo ata en la nuca.

Recoge la caja y la agarra con fuerza.

—Ábrete.

Y allí, ante ella, surge una bocanada de viento, tierra y cielo…, y algo que lo atraviesa: un pájaro de verdad.

Perdiz

Costillares pequeños

A Perdiz no le da buena espina que esté todo en silencio. No le gusta que haya amainado el viento ni que Pressia no pare de repetir «hay algo que no va bien», ni lo nervioso que pone eso a Bradwell.

—¿Creéis que nuestro viaje ha coincidido con alguna orgía sangrienta? —pregunta Perdiz.

—Claro, lo mismo los terrones están entretenidos devorando un autobús escolar lleno de niños —ironiza Bradwell—. ¡Qué suerte la nuestra!

—Sabes que no quería decir eso.

La tierra se vuelve más blanda bajo sus pies.

Y es entonces cuando Perdiz ve un pequeño ser color ceniza, del tamaño de un ratón; pero no es ningún roedor: en vez de pelo tiene carne rojiza chamuscada y se le ven las costillas, como si careciera de toda piel. Sale disparado y desaparece sin más, tragado por la tierra.

—¿Qué era eso?

—¿El qué? —le pregunta Pressia.

—Era parecido a un ratón o un topo. —Perdiz mira hacia la línea borrosa donde la tierra se vuelve sotobosque, por donde se sube a los montes, y ve movimiento: ni un ratón ni un topo, algo que da vueltas, una onda—. Creo que hay más de uno.

Y luego, al instante, se levanta una nubecilla, como de apenas treinta centímetros, que empieza a rodar hacia ellos.

—¿Cuántos crees que son? —pregunta Pressia.

—Demasiados para contarlos —responde Bradwell. La tormenta de terrones enanos se aproxima acompañada de un sonido agudo, pero no de un solo chillido, sino de muchos juntos.

El viento se levanta de nuevo y al poco sienten cómo les arrastra el aire racheado. Pressia se saca dos cuchillos del chaquetón y Perdiz blande un cuchillo y un gancho de carne. Aunque el dedo mutilado le palpita, todavía puede agarrar bien. Bradwell, por su parte, tiene una pistola eléctrica y una navaja afilada. El suelo tiembla y el aire huele a cargado y a descomposición.

—¿Qué hacemos? ¿Algún plan? —pregunta Perdiz a gritos.

—¡Quédate aquí con Pressia! —le responde Bradwell, y con esas levanta sus armas, pega un alarido salvaje y embiste la tormenta de terrones enanos.

Con sus rápidos ojillos negros y los esqueletos medio a la vista, los seres se mueven en un grupo compacto. Algunos están unidos entre sí, costillar con costillar, mandíbula con mandíbula, mientras que otros tienen cráneos fusionados. Los hay apilados unos sobre otros. Y todos están atados a la tierra, que se levanta con ellos cuando se abalanzan sobre Bradwell. No existen como un ente solo, son amasoides al mismo tiempo que terrones fusionados con la tierra. Gateando con sus garras, remontan el cuerpo del chico arrastrando tras de sí una estela de tierra, un manto que podrían usar para asfixiarlo.

Todo sucede rápidamente: Bradwell acuchilla con ágiles embestidas el manto de tierra y los cuerpecitos de los terrones van cayendo; pero siempre aparecen más, no paran de salir por todas partes. Lo tienen cubierto por completo, como atrapado en un abrigo de bichillos cenicientos y movedizos.

Pressia hace ademán de correr hacia él pero Perdiz tira de ella con fuerza y se cae hacia atrás.

—Yo voy —le dice Perdiz.

—Pero ¿tú de qué vas? —le grita Pressia, que tiene la boca cubierta por el pañuelo y el pelo revoloteándole por la cabeza, un cuchillo en una mano y el puño de muñeca listo para golpear.

Es su hermana pequeña. La idea le sobreviene con tal fuerza que por un momento se queda asombrado: su hermana pequeña.

—¡Quédate aquí!

—¡De eso nada! ¡Pienso luchar!

No hay modo de retenerla; en cuanto Perdiz echa a correr Pressia va tras él. Ya a la altura de Bradwell empiezan a atacar a los bichos con los cuchillos y los ganchos. El cuerpo de Perdiz rebosa de fuerza y agilidad, la codificación debe de estar acercándose a su efectividad máxima. Con todo, sigue habiendo demasiados terrones enanos y es incapaz de mantenerlos a raya. Bradwell se tambalea hacia delante hasta que pierde el equilibrio, y entonces el manto de tierra le cubre las piernas y lo inmoviliza; por mucho que se retuerce, como un pez en el anzuelo, no le sirve de nada.

Los terrones están ya también sobre los otros dos. Tienen garras y dientes afilados. Perdiz ve los puntitos de sangre que le aparecen por la camisa, al igual que a Pressia, y cómo han tomando la espalda del otro chico y atacan ahora a los pájaros que tiene debajo de la camisa.

Bradwell les grita:

—¡No, retroceded!

Pero continúan con la lucha, forcejeando y arremetiendo contra los terrones para apartarlos de Bradwell.

Sin embargo, la siguiente oleada de terrones está avanzando hacia ellos, ahora a la altura de la cintura. Y, tras la ola, se forman columnas de terrones emergentes. Parece que tienen cabezas, cuernos y espaldas con pinchos. Perdiz está convencido de que es el fin; esto es todo lo cerca que estará de su madre.

Pero entonces Pressia grita por encima del agudo pitido de los bichos.

—¡Se acerca! ¡Lo estoy oyendo!

—¿Quién? —pregunta Bradwell.

Perdiz también oye un sonido extraño, un leve ronroneo por debajo de los chillidos: un motor que ruge y una bocina atronadora.

Un coche, un milagroso coche negro, aparece arrollando las olas de terrones y aplastándolos a su paso. Empiezan a saltar por los aires costillas, dientes y ojos brillantes. El coche derrapa y se detiene de lado justo delante de los chicos. Perdiz apenas ve a través de la ceniza que ha levantado el coche negro pero oye que una voz les grita desde el interior:

—¡Venga, maldita sea, subid! ¡Subíos!

Aunque no tiene claro si ha de confiar en esa voz, tampoco está en posición de elegir. Se vuelve y ve que Pressia está ayudando a Bradwell a levantarse.

—¡Abre la puerta! —le grita el chico desde el suelo.

Perdiz echa mano de la manija y la abre. Bradwell y Pressia entran de un salto y Perdiz tras ellos. El coche arranca antes de que la puerta llegue a cerrarse.

El conductor va muy pegado al volante porque lleva algo puesto en la espalda. Se da la vuelta y mira a Perdiz con su cara ajada y quemada.

—¿Es él, Pressia? —grita—. ¿Es el puro?

—¡Sí! —le responde la chica, que parece conocer al conductor—. Y este es Bradwell.

El hombre gira bruscamente el volante y embiste de plano a un terrón que se deshace en una nube de ceniza, cubriendo de polvo y residuos el coche. Es nervudo y delgado y, por sus movimientos, se diría que tiene bastante genio. Perdiz se agarra al asiento. En la Cúpula todo va por raíles; apenas se acuerda de los coches, y desde luego nunca ha ido en un coche de carreras con un pirado al volante.

—Creía que habíais muerto —le dice Pressia.

—¡Y así fue!

—¡Este es Il Capitano! —lo presenta.

Bradwell señala hacia el parabrisas y grita:

—¡Una horda! ¡Santo Dios! —Arrollan a un puñado de terrones y se aplastan con un estruendo contra el coche.

—¿Sabemos adónde tenemos que ir para encontrar a la madre del puro? —pregunta Il Capitano.

Perdiz se agarra del asiento que tiene delante para incorporarse.

—¿Y tú qué sabes sobre mi madre?

Y entonces, como de la nada, aparece una cabeza por la espalda del conductor. Es una cara pequeña, pálida y plagada de cicatrices. Abre el agujerillo negro que tiene por boca y dice:

—Madre.

—¡Ostras! —exclama Perdiz, que se echa hacia atrás como un resorte y se da contra el respaldo.

El conductor se echa a reír y gira el volante con tanta fuerza que Perdiz se da con la cabeza contra la ventanilla.

—Y este es Helmud, su hermano —les explica Pressia.

Aparte de las mordeduras y los arañazos que tiene Bradwell por todo el cuerpo se le ha abierto una de las costuras de la camisa y por el desgarrón se ve a uno de los pájaros: alas grises que se agitan teñidas de sangre. Tiene que haber unos tres pájaros, aunque, por el ruido que forman, Perdiz hubiese dicho que eran más. Dos baten las alas desasosegados y el más tranquilo, que es el que se ve mejor, tiene el pico clavado en los músculos y la piel de Bradwell, todo rodeado por tejido cicatrizante de viejas quemaduras. Con la piel arrugada en torno al pico rojo y el ojillo brillante medio tapado por plumas negras, por un momento a Perdiz le parece como si el pájaro estuviese mirándolo sorprendido —el ojo inmóvil— y quisiera preguntarle algo. No tiene buen aspecto.

—Uno de los pájaros está herido —informa Perdiz con la boca pastosa por la ceniza.

—Tu madre tendrá medicinas —le dice Il Capitano—. Eso es lo que la Cúpula quiere que protejamos si la encontramos. Seguro que tiene algo para ponerte en las heridas.

—¿Medicinas? —pregunta Bradwell mirando a Pressia.

—En el caso de encontrarla, no quieren que se dañe nada de sus pertenencias.

Perdiz repara en ese momento en que en realidad no conoce a esa gente. Ha irrumpido en medio de las vidas de unos desconocidos. No los entiende, ni a ellos ni el mundo en el que viven. ¿Será también su madre una extraña?

Mira por la ventanilla; avanzan a gran velocidad por el paisaje llano y ennegrecido, semejante a un borrón. ¿Vivirá su madre en esos montes? ¿Le contó la historia para que la recordarse tantos años después? ¿Cuándo fue la última vez que tuvo la sensación de saber lo que estaba haciendo? Fija la mirada en el colgante partido del cisne que cuelga del cuello de Pressia. Oscila al vaivén de los balanceos del coche y va pegando contra las clavículas salpicadas de sangre y tiznadas de hollín de la chica. El ojo azul es pequeño y frágil. ¿Para qué servirá? ¿Qué significa?

341

Lyda

Ser

En cuanto sale del último compartimento y la puerta se cierra tras ella, resuena un grueso cerrojo. Pero no hay nadie de las Fuerzas Especiales esperándola allí, como le ha dicho el guardia.

Escruta el paisaje oscuro, los remolinos de tierra cenicienta y, en la distancia, un bosque de árboles retorcidos y una ciudad: edificios derruidos, pero con columnas de humo que se elevan hacia el cielo. Está sola, con la cajita azul entre las manos.

Se gira y alza la vista hacia los muros enormes de la Cúpula. Llama a la puerta, a sabiendas de que no hay nadie al otro lado. Del bosque llega un extraño aullido distante, pero no se vuelve para mirar, sino que golpea la puerta con el puño y grita:

—¡Aquí no hay nadie! ¡No hay nadie para escoltarme! —Está a punto de echarse a llorar pero retiene el llanto y deja escurrir el puño por la puerta.

Cuando se vuelve ve marcas de ruedas que se detienen bruscamente delante de la Cúpula, y distingue entonces la gran juntura rectangular de lo que debe de ser la puerta de la plataforma de carga que ha mencionado el guardia. Tal vez no tendría que habérselo contado; ahora Lyda sabe que la Cúpula no está cerrada a cal y canto, que se comunica con el exterior, lo que va en contra de todo lo que le han enseñado. No debería estar permitido saber lo de la plataforma de carga. Aunque puede que el guardia pensase que daba igual que Lyda lo supiese o no: total, nunca iba a regresar.

Da unos cuantos pasos y los zapatos se le hunden en el polvo. Está acostumbrada a los pasillos embaldosados de la academia de chicas, a los caminos de piedra que cruzan el césped, superficies que no se mueven al pisarlas, y al agarre gomoso de los suelos del centro de rehabilitación. Como va bajando una cuesta, se le acelera rápidamente el paso. Se da cuenta entonces de que está realmente sola, bajo el ojo del sol auténtico, bajo un banco de nubes que están enlazadas sin fin al cielo, al universo... y, de golpe, echa a correr. Aunque en la academia no hay equipos deportivos, todas las mañanas hacen una hora de calistenia en el gimnasio, vestidas siempre con un mono corto a rayas que se cierra por delante. Siempre le han parecido horribles los monos y la calistenia. ¿Cuándo fue la última vez que corrió de esa manera? Es rápida y siente las piernas cargadas de energía.

Sigue corriendo un rato y se acerca cada vez más al bosque. Y en ese instante oye una especie de zumbido, como una pulsación eléctrica, procedente de los árboles raquíticos, aunque no sabe determinar de dónde proviene exactamente. Cuando para de correr le sorprende tener la sensación de seguir en movimiento. El martilleo de los pies sobre la tierra es ahora el de su pecho. Inspecciona los árboles y ve entonces una silueta grande que se mueve ágilmente y despide destellos. «No te preocupes —recuerda las palabras del guardia—. Son unos seres extraños. No son humanos.»

¿Se supone que eso debía reconfortarla?

—¿Quién es? —grita—. ¿Quién anda ahí?

La silueta vuelve a destellar como si su piel reflejase la luz.

Y a continuación se alza y camina sobre unas largas piernas musculosas que, por lo delicado de sus movimientos, semejan las patas de una araña. Lyda decide que pertenece a las Fuerzas Especiales por la ropa que llevan, un uniforme de camuflaje muy ceñido, en una amalgama de colores oscuros para pasar desapercibido entre el barro y la ceniza. Los brazos, pálidos y voluminosos, tienen armas fijadas, artefactos negros y relucientes a los que no sabe poner nombre. Tiene las manos demasiado largas para el cuerpo pero encajan a la perfección en las empuñaduras de las armas. Atisba asimismo el destello de hojas de arma blanca y le asusta aún más, como si también estuviese preparado para el combate cuerpo a cuerpo.

343

De mandíbula gruesa, la cara es delgada y masculina, aunque a Lyda le cuesta verlo como un hombre. Tiene dos finas hendiduras por ojos y una frente protuberante. Cuando el ser la mira fijamente y se le acerca, la chica no se mueve.

—¿Has venido a por mí? —le pregunta—. ¿Eres de las Fuerzas Especiales?

El ser la olisquea y asiente.

—¿Sabes quién soy?

Vuelve a asentir. Si no es humano, ¿qué es? ¿Cómo ha llegado a trabajar para la Cúpula? ¿Será un miserable al que la Cúpula ha reconstruido para su protección?

—¿Sabes dónde tienes que llevarme?

—Sí. —La voz es humana; de hecho, está cargada de melancolía y añoranza—. Sé quién eres.

Las últimas palabras le resultan aterradoras, aunque no sabe decir por qué.

—Ya, eres mi escolta —le dice esperando que estuviese refiriéndose a eso—. ¿O debería decir mi secuestrador?

—Claro —le responde el ser, que acto seguido se vuelve y se agacha—. Súbete, iremos más rápido así.

Lyda vacila.

—¿A caballito? —Le sorprende haber utilizado esa expresión. Hace tantos años…

El ser no responde, se queda a la espera.

La chica mira a un lado y a otro pero no ve más alternativas.

—Tengo la caja; se supone que tengo que entregarla.

Alarga el brazo y le coge la caja.

—Yo la guardo a buen recaudo.

Lyda se detiene una última vez, antes de montarse en su lomo, pasarle las manos por el grueso cuello y entrelazarlas para sujetarse bien.

—Lista.

Se ponen en camino, abriéndose paso como una bala por el bosque, en dirección contraria a la ciudad. Sus andares son rápidos y suaves, casi sin un ruido. Incluso cuando salta grandes tramos de matorral aterriza con suavidad. A veces se detiene bruscamente detrás de una arboleda. En una ocasión Lyda escucha el ladrido agudo de un perro vagabundo y a alguien que canta. ¡Que canta! El canto pervive fuera de la Cúpula, la idea no puede por menos que sorprenderla.

Cuando vuelven al galope, el aire frío le invade los pulmones y le cuesta respirar. El pañuelo le cubre la nariz y la boca pero también las orejas, lo que crea túneles de viento por sus oídos. ¿Así era cuando la gente montaba antes a caballo: todo viento, árboles y velocidad? Va subida en la espalda del soldado, rodeándole el cuello con los brazos y los costados con las piernas, como si fuese una niña pequeña. Aunque el ser es un soldado, no es del todo humano; y ella tampoco es una chiquilla: es una ofrenda.

Oye el zumbido eléctrico proveniente de distintas direcciones. Su montura se detiene, se lleva la mano a la boca y emite una especie de llamada que Lyda no puede oír; es posible que sean sonidos que están por debajo de sus registros. Pero sabe que es una llamada por la vibración de las costillas del ser, bajo sus rodillas. El medio humano se queda tieso como una vara.

—Esperaremos aquí —dice, y se arrodilla para dejarla bajar.

345

Lyda se apea tambaleándose ligeramente.

—¿Sabes a quién estamos buscando? —le pregunta.

El otro la mira por encima del hombro como si le hubiese dolido la pregunta, como una acusación.

—Por supuesto.

—Perdona.

Esperan un rato más.

—¿Cómo es que me conoces?

El ser la escruta a través de sus ojos estrechos y le dice:

—Yo era.

—¿Tú eras qué?

—Yo era —repite—. Y ahora no soy.

Lyda se da cuenta en ese instante de que no se trata de ningún viejo, de que probablemente tendrá unos cinco años más que ella. Su cara no se parece a nada que ella haya visto antes, con esas cejas pobladas y esa mandíbula recia, pero ¿aun así una vez fue alguien?

—¿Te conozco de la academia? ¿Tú fuiste allí?

Se queda mirándola fijamente como si intentara recordar algo olvidado hace mucho.

—Tú eras un chico de la academia y te metiste en las Fuerzas Especiales. ¿En esto es en lo que os convierten?

Lyda piensa en el reducido cuerpo de élite... No puede ser que les hayan hecho esto; sería de una crueldad inimaginable. Alza la mano, toca una de las armas y ve el punto del brazo por el que el metal se une a los pliegues de la piel.

Él no dice nada, no se mueve; solo cambia su mirada hacia la cara de la chica.

—¿Y tu familia? ¿Sabe que estás aquí?

—Era. Y ahora ya no soy —repite.

Pressia

Luz

*P*ressia está desorientada con todo el polvo que rodea el coche. Ante ellos se extiende un paisaje baldío: el este. Esos parajes fueron en otros tiempos una reserva natural, y eso es lo único que tienen. Y puede que ni siquiera sea una pista real, tal vez no signifique nada.

—Unas señales de humo no nos vendrían mal.

Bradwell la mira fijamente.

—Tienes razón —dice como si hubiese estado pensando lo mismo—, eso es lo que necesitaríamos, aunque la Cúpula las vería.

—Vuelve a recitarlo todo —le pide Pressia a Perdiz—, lo de la tarjeta de cumpleaños. Desde el principio, que Il Capitano no lo ha escuchado.

—¿Para qué? —replica Perdiz—. Aquí fuera no queda nada. Al este no hay nada más salvo un monte y, detrás, más nada muerta y baldía. ¿Qué estamos haciendo aquí aparte de arriesgar nuestras vidas?

—Recítalo otra vez —lo insta Bradwell.

Perdiz suspira pero le hace caso.

—«Camina siempre en la luz. Sigue tu alma, que ojalá tenga alas. Tú eres la estrella que me guía, como la que se alzaba en Oriente y mostró el camino a los Reyes Magos. ¡Feliz noveno cumpleaños, Perdiz! Te quiere, mamá.» ¡Tachán!

—Camina siempre en la luz —repite Il Capitano.

—La luz —reverbera Helmud.

—No se me ocurre nada —reconoce Il Capitano.

—Nada —recalca Helmud.

Pressia se desabrocha el collar y siente un dolor punzante

en la nuca. Lo contempla sobre la palma de la mano, con la piedra azul que tiene por ojo. Se lo pone ante uno de sus ojos y mira a través de la gema, que tiñe de azul las tierras asoladas.

—¿Cómo funcionaban las gafas 3D, esas que se ponía la gente en el cine mientras comían de los cubitos de papel?

—Había de varios tipos —responde Bradwell—. Unas tenían dos lentes de colores distintos, una roja y otra azul, y se usaban con películas que en realidad pasaban dos imágenes a la vez. Otras estaban polarizadas y a través de ellas se fusionaban imágenes horizontales y verticales.

—¿Podría alguien mandar un mensaje de luz que solo pudiesen ver quienes miren a través de una lente determinada? —pregunta Pressia pensando en voz alta.

—En la Cúpula había un chico que se llamaba Arvin Weed y que mandaba mensajes a la residencia de las chicas apuntando con un bolígrafo láser al césped comunal —les cuenta Perdiz tamborileando con los nudillos sobre la ventana, la mirada perdida, como intentando imaginarse el césped—. Decían que estaba intentando inventar un tipo de láser que solo pudiera ver su novia.

—Entonces…, si quieres que te encuentren pero no puedes usar señales de humo —reflexiona Pressia—, puedes utilizar una clase de luz que solo se vea con determinadas lentes.

—¿Qué sabes sobre fotones, Perdiz? —pregunta Bradwell—. ¿De infrarrojos y ultravioletas? ¿Te enseñaban muchas cosas de ciencias en la Cúpula?

—No era muy buen estudiante que digamos. Pero sé que tenemos formas de detectar esas luces tan sencillas. Y Weed estaba en lo cierto, hay otros niveles de luz. Desde su ventana enviaba un rayo de luz hasta la de su novia y esta lo veía por una lente que solo distingue frecuencias de luz fuera de nuestro rango de visión. Eso de doscientos sesenta y dos, trescientos cuarenta y nueve, trescientos setenta y cinco.

Pressia y Bradwell intercambian una mirada; ninguno tiene ni idea de qué habla. La chica ve la consternación en la cara de Bradwell; sabe lo mucho que le gusta conocer cosas. A ambos les despojaron de una educación que a Perdiz le vino dada, y él no es consciente.

—Y necesitan lentes para ser detectadas —prosigue Perdiz—. También habría que dirigir los rayos hacia la persona que está mirando por la lente, ¿no es verdad? Porque los láseres no propagan la luz.

—Es igual que lo de los perros, que pueden oír silbidos que están fuera de nuestro rango de audición —aventura Bradwell.

—Supongo que sí. Aunque nunca he tenido un perro.

—Entonces, ¿pueden existir luces en un espectro que solo se ve a través de un tipo concreto de filtro? ¿Es eso? —pregunta Pressia.

—Exacto —concede Perdiz.

La chica siente un escalofrío que le recorre el cuerpo. Vuelve a llevarse el ojo azul del cisne al suyo y el paisaje nada ante ella, bañado en azul.

—¿Y si esto no es solo el ojo de un cisne? ¿Y si es nuestra lente, nuestro filtro?

—Camina siempre en la luz —recita Bradwell.

Pressia mira hacia los montes que tienen delante y va moviendo la cara hacia un lado y hacia otro. Pasa por una lucecita blanca destellante, se detiene y vuelve a ella. La luz es como un faro, como una estrella encima de un árbol de Navidad de los del Antes.

—¿Qué has visto? —le pregunta Bradwell.

—No lo sé…, es una lucecita blanca. —Pressia parpadea y ve un nuevo puntito blanco parpadeante por encima de otro árbol en la ladera del monte—. ¿Puede ser ella?

Si eso es obra de su madre, podría ser la primera cosa real que Pressia conoce de ella, por su cuenta, nada de historias ni fotografías, ni pasados borrosos. Su madre es una luz blanca parpadeante que late en los árboles.

—Aribelle Cording Willux —dice otra vez Bradwell, igual de asombrado y perplejo que la otra vez.

—¿Puedo mirar? —le pide Perdiz.

Cuando Pressia le pasa la piedra, el chico se sienta en el asiento de en medio, pegado al borde. Baja la cabeza y mira por la piedra con los ojos guiñados.

—Solo se ve una neblina azul.

—Sigue mirando. —No está loca, ha visto la luz, estaba allí, destellando.

Y en ese momento también él la ve. Pressia lo sabe.

—Un momento. Está justo enfrente.

—Si es así, cuando nos acerquemos no tendremos perspectiva para que nos guíe —advierte Bradwell—. Tendremos que buscar algún hito para no salirnos del camino.

—Si ya hemos llegado hasta aquí... —opina Perdiz.

—Lo mismo tenemos suerte —sugiere Il Capitano.

Helmud tiene la mandíbula lacia, pero sigue con su tic nervioso, moviendo las manos por detrás de la espalda de su hermano. Algo en sus ojos hace pensar a Pressia que tal vez sea más listo de lo que parece.

—Suerte —dice Helmud.

Pressia

Enjambre

*I*l Capitano aparca el coche entre unas enredaderas que hay a los pies de la colina y lo cubre lo mejor que puede con tiras de plantas que arranca del suelo, raíces incluidas. Mientras, les va indicando cuáles no deben tocar:

—Las que tienen espinas en las puntas de las hojas trilobuladas tienen una fina capa de ácido y os producirán ampollas. —Señala un grupo de hongos blancos florecientes—. Esos son infecciosos. Si los pisáis y se abren, escupen esporas. —Otro tipo es medio animal, les dice—. Son vertebradas. Producen bayas para atraer a los animales y luego se los comen.

Pressia va justo detrás de Perdiz, que sigue a su vez a Il Capitano mientras sortea las plantas venenosas.

Bradwell ha insistido en ir cerrando la marcha «para vigilar», pero Pressia se pregunta si estará preocupado por ella. Recuerda el tacto de su mano en el cuello antes de extraerle el chip y el roce suave de su dedo sobre la cicatriz de la muñeca. Y sus ojos, las motas doradas. ¿De dónde habían salido? Era como si hubiesen aparecido de un día para otro. Es posible encontrar belleza si te esfuerzas en mirar. De vez en cuando, en un rápido fogonazo, recordará cómo la miró, cómo fue procesando punto por punto su cara. Pensarlo la pone nerviosa, con la misma sensación de cuando tienes un secreto que no quieres que nadie sepa.

Avanzan colina arriba por la espesura, entre zarzas espinosas y enredaderas con púas, intentando mantenerse siempre en la dirección de la luz blanca. Pressia va un tanto inestable, como si tuviera piernas de potrillo. El terreno resbala por las piedrecillas sueltas y oye el ruidillo de los cantos al entrechocar entre ellos conforme avanzan. Il Capitano va resoplando y Helmud hace de vez en cuando ruidos extraños a su espalda, chasquidos y murmuraciones. Todos resbalan cada tanto. El viento es persistente y frío, lo que ayuda a Pressia a estar alerta. A sus espaldas se fruncen las esteranías.

Ahora tiene más conciencia de su cuerpo, aunque su visión sigue un tanto borrosa y los oídos le pitan; las heridas de cabeza y cuello, por su parte, le palpitan.

Si encuentra a su madre, ¿no será el principio de su propia muerte? Si consiguen llevarla a un lugar seguro y no la entregan a la Cúpula, se convertirán en objetivos todos y cada uno de ellos. Y, si fracasan y las Fuerzas Especiales atrapan primero a su madre, Pressia dejará de serles útil y la matarán.

Se le ha hecho un nudo en la barriga del miedo. La posibilidad de que su madre esté viva en un búnker en medio de esos montes debería hacerla feliz; pero, si es así, ¿por qué no buscó a Pressia? No es que el búnker esté en el otro confín del mundo, está ahí al lado. ¿Por qué no salir de él para buscar a su hija y llevársela con ella? ¿Y si la respuesta es tan simple como: «No merecía la pena arriesgarse tanto», o «No te quería lo suficiente»?

Perdiz se detiene tan bruscamente que casi choca con él.

—Esperad.

Todos se detienen y se quedan a la escucha.

—He oído algo.

Es un leve murmullo por el sotobosque. El sonido va a más, hasta que de repente aparecen alas que se baten alrededor de sus cabezas.

Una neblina dorada cae sobre ellos por en medio de los árboles. Il Capitano da palmetadas al aire y Pressia golpea lo que parece un enjambre de abejas gigantes con cuerpos rígidos, como de escarabajo. El zumbido le recorre la cabeza, el pecho, y vibra por todos los árboles que los rodean. Los insectos son como una colmena furiosa a su alrededor. Perdiz aplasta unos cuantos y caen en las zarzas.

Pero en ese momento Pressia ve a uno caído en el suelo: se parece a *Freedle*, salvo por que no está oxidado ni tiene motas. Lo coge en la mano y lo cubre con la otra para que no salga volando. La sensación le resulta familiar al instante. Las alas se pliegan muy pegadas al cuerpo, como las de una cigarra, pero están hechas de un metal de filigrana ligero y adornado. Tiene el lomo de alambre, engranajes que giran lentamente, un aguijón de avispa —una aguja dorada a modo de cola— y ojos pequeños a ambos lados de la cabeza.

—Esperad. Son buenos. —El insecto deja escapar entonces un chasquido y un ronroneo familiares.

—¿Cómo lo sabes? —le pregunta Perdiz.

—He tenido uno igual de mascota casi toda mi vida.

—¿De dónde salió el tuyo? —indaga Bradwell.

—No lo sé, simplemente siempre ha estado allí.

—La tarjeta de cumpleaños —exclama Perdiz—. «Sigue tu alma, que ojalá tenga alas».

—¿De qué va todo eso? ¿Sigue tu alma? —pregunta Il Capitano.

—Alma —repite Helmud.

—Quiere decir que nos estamos acercando.

—¿Crees que los ha mandado ella? —pregunta Pressia.

—Si los ha enviado ella es porque sabe que estamos buscándola —dice Bradwell—. Y no puede ser.

—¿Cómo, si no, sabríamos exactamente hacia dónde ir aquí en medio de los montes? Han venido para mostrarnos lo que queda del camino —dice Perdiz—. Forma parte del plan, lo que pasa es que nos ha llevado mucho tiempo llegar hasta aquí.

—Pero cualquiera podría haber encontrado el colgante y haberlo puesto contra la luz —replica Bradwell—. Estos insectos podrían estar conduciendo al enemigo hasta ella.

La cigarra se revuelve en la palma de Pressia, que agacha la cabeza y abre la mano lo justo para poder ver por los huecos entre los dedos.

Al insecto se le aceleran los engranajes y ladea la cabeza. Un ojo lanza un rayo de luz en el ojo izquierdo de Pressia, que parpadea y siente que se le humedece. El insecto repite el proceso.

—Un insecto mecánico con un escáner retinal —observa Perdiz.

—Tecnología obsoleta. Aunque no parece que reconozca las retinas de Pressia.

—Inténtalo tú —le dice Pressia a Perdiz—. Si lo ha mandado ella, te reconocerá.

353

Un abalorio que tiene a la mitad del lomo titila y hace que las alas se agiten.

—Sabe quién eres —dice Bradwell.

La cigarra empieza a batir las alas.

Pressia abre del todo la palma y la alza.

—Veamos adónde nos lleva. —Si ha sido su madre la que ha enviado a los insectos, ¿significa eso que *Freedle* fue un regalo de ella?

El bichillo, radiante, alza el vuelo y se adentra entre las ramas.

Perdiz

Pulsaciones

*L*as langostas se han dispersado, solo se queda con ellos la que escanea las retinas. Es una sensación extraña que te conozcan por la retina. Perdiz da por hecho que su madre lo programó todo antes de las Detonaciones, que lo planeó de antemano y registró sus retinas. ¿Qué otra explicación hay? Lo detallado de los planes de su madre lo inquieta. Si tanto hizo por preparar todo aquello, ¿por qué no logró mantener unida a la familia? Quiere saber lo que pasó en los últimos días.

Por otra parte, sin embargo, el plan también resulta un poco disperso, como una ráfaga de tiros al aire. Han podido perder el rastro en tantos puntos que se pregunta si de verdad su madre creía que resolvería todos esos acertijos. ¿No hubo de pequeño algunos regalos que no pudo encontrar sin su ayuda, solo con la adivinanza que se había inventado? Se figura que el plan fue fruto de la desesperación. Su madre tuvo que arreglárselas con lo que tenía bajo circunstancias extremas que él no puede ni imaginarse.

El insecto vuela alto delante de ellos, avanzando a gran velocidad entre los árboles, mucho más rápido que el grupo. Sorprende ver a alguien tan rudo como Il Capitano siguiendo a un delicado bichillo alado cual coleccionista de mariposas.

Bradwell, Pressia, Il Capitano y su hermano son ahora sus amigos, su rebaño. Se acuerda del de los muchachos de la academia la última vez que los vio, cuando se despidieron en el centro de codificación: Vic Wellingsly, Algrin Firth, los mellizos Elmsford, todos con anchas espaldas y voces graves. Se dieron empujoncitos los unos a los otros y se fueron por caminos distintos. De pronto Perdiz echa de menos a Hastings. ¿Habrá comido con Alvin Weed, tal y como le aconsejó? ¿O se habrá unido al rebaño? ¿Habrán pensado en él desde entonces? Se pregunta qué historia les habrán hecho tragarse sobre su desaparición; tal vez piensen que le implantaron una tictac y alguien pulsó el botón para librarlo de sus miserias, como ellos decían.

Il Capitano se detiene delante de él con un dedo alzado y al cabo apunta hacia el bosque. Todos se quedan paralizados y expectantes. Perdiz escruta las sombras y ve un movimiento muy rápido de luz, seguido del chasquido de una rama y el crujido de unas hojas. Pero no hay nadie.

—Son ellos. Las Fuerzas Especiales —aventura Il Capitano—. Así es como se comunican entre sí. ¿Notáis la electricidad? Tienen una especie de ecolocalizador.

—¿Las Fuerzas Especiales? —se extraña Perdiz.

—Pero ¿cómo saben dónde estamos? —pregunta Bradwell.

—Ya no tengo el chip —se defiende Pressia—. No tiene sentido.

Una descarga de electricidad le eriza la piel y cruje como la estática. El zumbido sigue flotando en el aire y Perdiz intenta seguir la pulsación que llega por ondas.

—Son medio animales, medio máquinas —les explica Il Capitano—. Te huelen de lejos.

—Pero no a kilómetros —replica Pressia—. Los han avisado.

Perdiz mira a Pressia y dice:

—Tus ojos. El escáner de retina tenía que haber reconocido los tuyos igual que los míos. Porque lo más probable es que nos registrara a los dos, ¿no?

—No lo sé.

—Algo está interfiriendo, esa es la explicación.

Se suceden varias pulsaciones seguidas que parecen zigzaguear entre los árboles.

—¿De qué hablas? —pregunta Bradwell.

—¿Dónde has estado? —interroga Perdiz a Pressia—. A ver, el coche ese… no pudo sobrevivir a las Detonaciones. Es de la Cúpula, igual que otras cosas que hay aquí. ¿Me equivoco? ¿Qué te han hecho?

—En el cuartel general de la ORS me vistieron, me dieron

de comer, intentaron que disparase a gente y al final, cuando me llevaron a la granja, me envenenaron.

—¿Que te envenenaron?

—En realidad no sé qué pasó. Me desmayé porque me hicieron respirar éter o algo así, y cuando me desperté ya estaba en el coche. Me dolía mucho la cabeza, me sentía fatal. Lo veía todo borroso y tenía los oídos como taponados.

—Estás intervenida —dice Perdiz.

—¿A qué te refieres? —quiere saber Bradwell.

—Los ojos, los oídos, cielos... Han visto todo lo que ha visto y oído todo lo que ha dicho. —Mira a Pressia y por un momento se pregunta si su padre le estará viendo en ese instante. Se imagina mirando a través de los ojos hasta el interior de la Cúpula.

—¿Me he sacado el chip para nada? —susurra Pressia.

—No. Será algo temporal, ¿no es así? Podemos quitárselo, ¿verdad? —pregunta Bradwell.

—No lo sé —reconoce Perdiz.

—Las pulsaciones eléctricas son cada vez más fuertes —les advierte Il Capitano—, se están acercando a buen ritmo.

—Vale, mantengamos la calma. Está intervenida, es todo.

—En realidad es peor —confiesa Perdiz, que, aunque no quiere decir lo que sigue, tiene que hacerlo—. El dolor de cabeza... ¿Tienes algún corte o un cardenal?

—Creo que me di en la cabeza mientras peleaba con Ingership.

Perdiz piensa en Hastings y en el miedo que tenía a las tictacs. Le dijo a su compañero que no existían, que era una leyenda, pero no es así.

—¿Qué es? ¿Qué pasa? Habla —le urge Bradwell.

Las pulsaciones se acercan ahora a más velocidad todavía. El crujido y el zumbido eléctricos parecen venir hacia ellos como un cohete a través de la espesura.

—Tiene una bomba en la cabeza.

—¿De qué estás hablando? —pregunta Bradwell.

Pressia mira hacia el suelo como si estuviese recordando lo que pasó en la granja, encajando las piezas.

—Tienen un interruptor y lo pueden pulsar, y si lo hacen le estalla la cabeza.

Todos se quedan mirando a Pressia y Perdiz se pregunta por un momento si va a echarse a llorar; no la culparía. En lugar de eso les devuelve la mirada con solemnidad, con los ojos tranquilos, como si lo aceptase. Perdiz se da cuenta de que todavía lucha contra la idea de que los humanos puedan ser capaces de tales maldades.

Pressia posa la mirada colina arriba, donde algo capta su atención.

—Se ha parado, se ha quedado suspendida en el aire.

Y allí está la cigarra, describiendo un pequeño círculo en torno a un punto en concreto.

Il Capitano corre hacia ella y empieza a escarbar la tierra con las manos. En poco tiempo despeja un panel con forma de media luna de cristal grueso.

—Aquí está.

Perdiz echa a correr y se tumba para ver el interior. Está oscuro pero de algún punto más profundo llega un resplandor.

358

—¡Es aquí! —exclama—. Coged una piedra. Vamos a intentar romperlo.

Las pulsaciones son casi constantes y el zumbido eléctrico se ha convertido en un pitido de lo agudo que es ya. No hay tiempo para piedras.

Los cuerpos surgen uno a uno de entre los árboles hasta que aparecen cinco. Son grotescos: muslos monstruosos y torsos hinchados; los brazos, de poderosos músculos, fusionados con un arsenal de armas. Tienen las caras deformadas y los cráneos con huesos ensanchados y protuberantes. ¿Pudieron alguna vez estos soldados ser muchachos de la academia que pasaban el rato en los céspedes, que atendían a las clases de historia del arte de Welch y su proyector, que oían los temerarios comentarios de Glassings? ¿A cuántos les ha hecho esto la Cúpula? ¿Eso era lo que tenían pensado hacerle a Sedge? ¿Contribuyó esa perspectiva de futuro a que se matase?

Uno de los soldados le pega un codazo en toda la cara a Il Capitano, que cae al suelo con todo su peso, y Helmud se lleva la peor parte. El soldado le quita el rifle de las manos al hermano mayor.

Aparece otro que está medio tapado por una tela blanca ondeante. Perdiz ve entonces que lo blanco es ropa, un mono. Una figura menuda con la cabeza afeitada y la cara tapada por un pañuelo, una mujer. El soldado —si se le puede llamar así— la tiene agarrada por la cintura y en ese momento le aparta el pañuelo de la cara.

Lyda… sus delicados pómulos llenos de ceniza, sus ojos de ese azul deslumbrante, sus labios, su frágil nariz…

—¿Qué haces tú aquí? —le pregunta Perdiz aturdido, aunque sabe la respuesta, al menos parte de ella: ha venido para obligarle a tomar una decisión. Pero ¿cuál?

—Perdiz —susurra, y el chico ve que tiene una caja azul en la mano. Por una fracción de segundo se pregunta si habrá venido a darle algo que se le había olvidado… ¿una flor para el ojal del traje del baile? Sabe que la idea es absurda pero no puede quitársela de la cabeza.

Lyda levanta la caja y dice:

—Es para alguien que se llama Pressia Belze. —Dicho esto, mira fijamente a cada uno de los presentes.

Pressia da un paso adelante y se dirige hacia Lyda. Es evidente que la chica no quiere coger la caja.

Lyda también está dudosa.

—¿Tú eres el cisne? —pregunta.

—¿Qué has dicho? —se extraña Perdiz.

—¿Quién de vosotros es el cisne?

—¿Te ha dicho alguien algo de un cisne?

—Están esperando al cisne —les dice Lyda al tiempo que deja la caja en las manos de Pressia—. Eso es lo único que sé. —Quiere quitarse de encima el regalo, le da miedo.

Pressia mira a Lyda y luego a los soldados que la rodean. Las luces de las miras de sus fusiles están fijas en su pecho. Le tiemblan las manos al abrir la caja y toquetear un trozo de papel de seda. Cuando mira lo que hay dentro, Perdiz ve que, de primeras, no le dice nada. Pero al instante alza la vista, deja caer la caja al suelo y se le va el color de la cara. Se tambalea hacia atrás e hinca las rodillas en la tierra.

Lyda hace ademán de coger a la chica, o tal vez la caja, pero el soldado la aparta de un tirón.

—¡Levanta! —le grita el soldado. Pressia alza la mirada y ve el punto rojo de luz que dirige a su frente. El soldado le habla entonces con más calma—. Levántate, anda. Es la hora.

359

Y es en esa voz más suave —puede que en el ritmo de las palabras— en la que Perdiz reconoce la voz de su hermano hablando como solía hablarle a él cuando era un chiquillo al que se le pegaban las sábanas y no quería despertarse.

«Levántate, anda. Es la hora.»

Sedge.

Pressia

Túnel

*L*o primero que se dice es que el abuelo no está muerto, que simplemente le han quitado el ventilador, le han arreglado la garganta y lo han cosido. Pressia sigue de rodillas, no puede levantarse. Alza la mirada hasta la cara de la niña: una pura. Perdiz la conoce, la ha llamado Lyda.

—No está muerto —acierta a decir Pressia.

—Se supone que tengo que decirte que es todo lo que han dejado —le informa Lyda intentando decirlo con el mayor tacto posible.

Las pequeñas aspas del ventilador parecen pulidas, como si alguien se hubiese tomado su tiempo para limpiarlas. El abuelo de Pressia está muerto, ese es el mensaje. ¿Y qué significa la luz que llega por la ventana en forma de media luna que hay excavada en la tierra?, ¿que su madre está viva? ¿Así funciona el mundo: un constante toma y daca? Es cruel.

Aún de rodillas, Pressia coge un puñado de tierra del suelo.

Tiene una bomba en la cabeza. La Cúpula ve lo que ella ve y oye lo que ella oye. Han escuchado todo lo que Bradwell y ella se han dicho por la noche: la confesión de su mentira, el deseo del chico de ver a su padre con un motor en el pecho, la cicatriz de Pressia. Se siente despojada de toda intimidad. Mira a Bradwell, que tiene su hermosa cara contraída por la angustia. Cierra los ojos, se niega a dejarles ver nada. Se presiona la cabeza de muñeca y la mano llena de tierra contra las orejas. Los mataría de hambre… al enemigo, a la gente que ha asesinado al abuelo y que pueden acabar con ella haciendo estallar su cabeza con un control remoto. Pero eso solo lo empeora; se está castigando a sí misma para castigarlos a ellos. «Matadme

—quiere susurrar—. Acabad con esto», como si así pudiese lograr que descubriesen su farol. El problema, sin embargo, es que no están tirándose ningún farol.

Vuelve a mirar a Bradwell, que tiene los ojos fijos en ella como si deseara desesperadamente ayudarla. Pero, cuando la llama por su nombre, Pressia sacude la cabeza. ¿Qué puede hacer él? Han matado a Odwald Belze y luego le han ordenado a alguien que pula el ventilador que tenía en la garganta, lo envuelva en papel de seda y busque la caja ideal. Y tiene a la gente que le ha hecho eso dentro de la cabeza; es así de simple y de innegable.

Pressia se levanta, todavía con la mano llena de tierra y llorando en silencio, las lágrimas abriéndose paso por su cara.

Perdiz parece mareado con esa expresión que tiene en la cara, mezcla de miedo y de expectación angustiada. Mira a Lyda y al soldado que tiene al lado. Las bestias que vio hace unos días con Il Capitano son soldados que una vez fueron humanos, niños. Busca la cigarra con la mirada: se ha posado en una hoja velluda, ha plegado las alas y ha apagado la luz.

El primer soldado que llegó va hacia Perdiz. Pressia hace un esfuerzo por oír, por prestar atención, pero le pitan los oídos.

—Saca a tu madre. No alteres su cuartel. Entréganosla. Te daremos a esta chica. Si no, la mataremos y nos llevaremos a tu madre.

—De acuerdo —se apresura a contestar Perdiz—. Lo haremos.

—Yo no quepo por la ventana —dice Bradwell.

—Ni yo tampoco —advierte Il Capitano—. Con este no. —Señala a Helmud.

Uno de los soldados va hasta la ventana, que está ligeramente en pendiente para coincidir con la inclinación de la ladera. Se tira de rodillas contra el cristal y practica un agujero, que empieza a golpear hasta abrirlo del todo a puñetazo limpio, sin un rastro de sangre en los nudillos.

—Solo el chico de Willux y Pressia.

—Puede que no esté ahí —dice la chica—. Tal vez esté muerta.

El soldado no le dice nada por un instante, como si aguardara a que le confirmasen las órdenes.

—Pues entonces traed el cuerpo.

La ventana es una media luna oscura con una tenue luz procedente del interior. Perdiz entra con los pies por delante y primero tiene que pasar un brazo por debajo de la ventana y luego dejarse caer. Pressia se sienta en el borde de la ventana, donde el suelo está lleno de cristal, mete las piernas y las deja allí colgadas un momento. A continuación siente las manos de Perdiz en sus piernas y mira hacia atrás por última vez: allí están Il Capitano y Helmud, cuyos ojos lanzan miradas de un lado a otro; la pura con la cabeza afeitada y rodeada de los soldados monstruosos que le sacan varias cabezas, y por último Bradwell, la cara llena de mugre y sangre. La está mirando como el que intenta memorizar una cara, como si no fuese a volver a verla jamás.

—Volveré —dice, aunque no es una promesa que se vea capaz de mantener. ¿Cómo puede nadie prometer que volverá? Se acuerda de la cara sonriente que dibujó en la ceniza del armario. Fue infantil, estúpido y, además, una mentira.

Se desliza por el borde y cae al otro lado de la ventana. Aun con la ayuda de Perdiz se lastima en la caída.

Han aparecido en una estancia pequeña con el suelo y las paredes de tierra. Solo se puede avanzar en un sentido, por un estrecho pasadizo recubierto de musgo. Cuando mira hacia la ventana solo ve un trozo de cielo cuajado de nubarrones y tapado por unas cuantas ramas de árbol.

Una voz de hombre resuena en el pasillo:

—¡Por aquí!

En ese momento se perfila una silueta al fondo, aunque a contraluz es difícil distinguir sus rasgos. A Pressia le pasa por la cabeza la palabra «padre», pero ni siquiera llega a escribirse del todo. No puede creerlo… no puede creer nada.

Se vuelve hacia Perdiz y le susurra con apremio:

—Tengo que saber qué va a pasar con la chica.

—Con Lyda.

—¿Vas a entregar a nuestra madre para salvarla?

—Estaba intentando ganar tiempo. Lyda sabe algo, algo del cisne. Pero ¿quién está esperando al cisne? ¿Qué significa todo eso?

—Vas a entregar a nuestra madre en el caso de que esté viva, ¿sí o no? —vuelve a preguntarle Pressia.

—No creo que esa sea mi decisión final.

Pressia lo agarra de la camisa.

—Lo harás, ¿eh?, ¿lo harás por salvar a Lyda? Yo lo hice, sacrifiqué a mi abuelo, y ahora está muerto.

¿Podría haberlo salvado? Si hubiese acatado las órdenes...

Perdiz la mira sin pestañear y le pregunta:

—¿Y qué me dices de Bradwell?

La pregunta la coge por sorpresa.

—¿Eso qué tiene que ver?

—¿Qué harías por salvarlo?

—Nadie me ha pedido que entregue a mi madre para salvarlo... —¿La está acusando de sentir algo por Bradwell?—. No viene al caso.

—¿Y si te obligaran a escoger?

Pressia no está segura de qué responder.

—Pues preferiría entregarme a mí misma.

—Pero ¿y si no tuvieses esa opción?

—Perdiz —susurra—. Nos están oyendo y viendo. Todo.

—Me importa poco ya. —Tiene los ojos llorosos y apenas un hilo de voz—. Sedge, mi hermano..., no está muerto. Es uno de ellos.

—¿De quiénes?

—De las Fuerzas Especiales, uno de los soldados que hay arriba. Lo han convertido en eso... No sé si todavía hay algo de él en su interior, no sé qué le habrán hecho a su alma. No podemos...

Por delante vuelve a oírse la voz del hombre, profunda y firme:

—Por aquí. Estamos aquí.

Perdiz va a cogerla de la mano pero la agarra del puño de muñeca. Pressia espera que la suelte pero no es así. Le rodea la cabeza de muñeca con su mano, como si fuese la buena, y se vuelve para mirarla.

—¿Preparada?

Perdiz

Abajo

*E*l suelo de tierra del túnel da paso a unas baldosas embarradas con las lechadas negras; el ambiente es húmedo y huele a moho. Al fondo del pasillo hay unas cuantas luces, bajo las cuales revolotean como polillas las cigarras, que chasquean sus alas metálicas. Perdiz coge a su hermana de la cabeza de muñeca; le pertenece: no está con ella, es de ella. Siente su humanidad —el calor, la sensación subyacente de una mano real, viva— y experimenta un gran deseo de protegerla. Las cosas podrían ponerse feas. Sabe que no debería ser tan protector porque Pressia es más fuerte que él; ha pasado por mucho más de lo que él podría imaginar. La madre de ambos está ahí en alguna parte, pero ¿será la mujer que recuerda? Prácticamente todo lo que creía cierto —incluso la muerte de ella— ha resultado ser mentira. Con todo, les dejó todas esas pistas para llevarlos hasta allí, y eso parece algo plausible, maternal.

El hombre al fondo del pasillo tiene los hombros encorvados y una cara de rasgos afilados.

—¿Eres puro? —le pregunta Perdiz sin pensar.

—No, no soy puro, aunque tampoco un miserable. Sobreviví aquí dentro. Diría que soy estadounidense pero es una palabra que ya no existe. Supongo que podéis llamarme Caruso. —Les pregunta entonces si quieren ver a su madre.

—Para eso he venido —contesta Perdiz.

—De acuerdo…, aunque ojalá no lo hubieras hecho.

—¿Que no hubiera hecho qué?

—Salir de la Cúpula —le explica Caruso—. Tu madre tenía un plan para ti.

—¿Qué pensabais hacer si me hubiese quedado?

—Tomarla, desde dentro hacia fuera.

—No lo comprendo. ¿Tomarla desde dentro hacia fuera? Eso no es factible.

—No digáis mucho más. Estoy intervenida —les advierte Pressia.

—¿Intervenida? ¿Quién te ha intervenido?

—La Cúpula.

Caruso se detiene y se queda mirando fijamente a Pressia.

—Bueno, pues entonces que contemplen lo que les parezca, que le den un buen vistazo y no pierdan detalle. Me es indiferente; yo no fui quien destruyó el planeta. No tengo nada de lo que avergonzarme. Hemos vivido aquí en un acto de rebeldía contra ellos, y hemos sobrevivido a pesar de sus muchos esfuerzos por evitarlo. —Se dirige entonces a Perdiz—: Tomar la Cúpula desde dentro es factible si cuentas con un líder allí.

—¿Un líder en el interior? Nadie es capaz de algo así. ¿Quién es ese líder?

—Bueno, en teoría ibas a ser tú. Hasta que te largaste.

Perdiz siente un ligero mareo y tiene que apoyar una mano en la pared.

—¿Yo? ¿Yo era el líder interno? Eso no tiene sentido.

—Anda, venid por aquí abajo. Ya te lo explicará tu madre.

Avanzan por el pasillo con las cigarras revoloteando alrededor de sus cabezas, hasta que el hombre se detiene ante una puerta metálica partida por una fila de bisagras por el centro. Baja la vista antes de decirles:

—Cuidado. Aribelle no es la que era. Pero si ha sobrevivido ha sido por vosotros. Recordadlo.

Perdiz no sabe a qué se refiere, mira a Pressia y pregunta:

—¿Estás bien?

La chica asiente.

—¿Y tú?

Está aterrado, como al borde de un precipicio. No experimenta una sensación de estar a punto de volver a ser el hijo de su madre o de recuperar parte de su antigua existencia, no: es más como el principio de algo desconocido.

—Sí. Estoy bien —le dice, deseando que sea cierto.

Caruso pulsa un botón y la puerta metálica se pliega hacia un lado.

Pressia

Nubes

Aunque no sabe muy bien por qué, a Pressia la habitación le recuerda las escenas hogareñas de las revistas de Bradwell. Hay un sillón con unos pájaros bordados, una alfombra mullida de lana, una lamparita de pie y unas cortinas que no esconden ninguna ventana; están bajo tierra, lo único que pueden ocultar es más pared.

Sin embargo, dista mucho de ser una entrañable escena hogareña porque también hay una larga mesa metálica llena de aparatos de comunicación: radios, ordenadores, viejos servidores, pantallas... Pero todo está apagado.

Y pegado a la pared del fondo hay algo más insólito aún, una gran cápsula metálica con una mampara de cristal. Tiene cierto aire acuático que hace que Pressia se acuerde de cuando el abuelo le habló de unos barcos con el suelo de cristal —ratoneras para turistas, como las llamaba él— que paseaban a la gente por los pantanos de Florida y sus orillas pobladas de caimanes. Es raro pensar ahora en Florida; de allí es de donde se supone que volvía cuando su abuelo fue a recogerla al aeropuerto poco antes de las Detonaciones. Disney, el ratón de los guantes blancos... Nunca pasó.

La cápsula metálica con la mampara de cristal le trae también a la memoria a santa Wi, la estatua de la niña de la cripta, el ataúd de piedra que había tras el plexiglás.

Y por supuesto a su propio armario, a su casa.

¿Ahí es donde vive su madre?

Entran unas cuantas cigarras y se ponen a describir círculos por el techo. Por un momento Pressia se pregunta si Caruso estará loco; no sería tan extraño después de tantos años de confinamiento. ¿Se trata de un funeral? ¿Su madre está muerta en realidad? ¿Es solo una broma cruel?

Perdiz debe de estar pensando lo mismo, porque se vuelve y escruta con la mirada a Caruso, que está en el umbral.

—¿Qué son estos bichos?

—Tenemos sesenta y dos. Los ideamos contra la contaminación del aire y la disminución del oxígeno, porque están equipados con oxígeno. Al final no los necesitamos para eso, pero han resultado prácticos para temas de contaminación vírica y fallo orgánico múltiple.

—¿Sesenta y dos?

—Todos los que pudimos traer. Llegamos a estar trescientas personas aquí… Científicos con sus familias.

—¿Y dónde están ahora?

—Solo quedamos tu madre y yo. Muchos murieron y otros se inflingieron heridas a sí mismos para pasar por supervivientes normales y poder integrarse en el exterior. Todavía tenemos contacto con ellos; así fue como nos enteramos de tu fuga, por rumores. No estábamos seguros de si era verdad hasta que captamos la luz de la piedra azul.

—¿También despide luz? —pregunta Pressia.

—Sí, una refracción.

Pressia no está preparada para mirar al otro lado del cristal, de modo que se queda algo por detrás de Perdiz, para que él vaya primero. El chico toma aire y se inclina hasta que Pressia no le ve la cara. Luego ella lo imita y ve una plácida cara de mujer con los ojos cerrados. Es la de la fotografía de Perdiz, su madre. El pelo, rizado y moreno, aunque con canas, le cae en bucles sueltos por la almohada. Sigue siendo guapa a pesar de tener la piel apergaminada y los ojos como amoratados.

Pero luego está el destrozo en su cuerpo.

El cuello acaba en las clavículas, una de las cuales es una barra de acero que termina en un engranaje metálico en el hombro. Tiene el brazo de acero inoxidable, pero perforado como un colador, quizá para que resulte más ligero. En lugar de dedos, el brazo se estrecha en una bisagra con un cojinete de bolas donde iría la muñeca y acaba en unas tenazas con dos puntas metálicas. El otro brazo termina en una prótesis que llega hasta por encima del codo; es de madera, delgada y barnizada, y la han labrado para que parezca una extremidad de verdad. Los dedos, muy delicados, están articulados por bisagras. Lo tiene todo sujeto por unas correas de cuero que lo unen con el hueso nudoso de su hombro.

Tampoco tiene piernas. Lleva una falda que le llega a la mitad de la pantorrilla y dejan a la vista unas prótesis esqueléticas, apenas dos tubos delgados como huesos que se juntan en los tobillos. Los pies parecen más unos pedales que otra cosa: están dentados y mellados por el uso.

Aunque le cuesta explicarlo, Pressia encuentra bonitas esas extremidades. A lo mejor es la visión de Bradwell de que hay belleza en las cicatrices y en las fusiones porque son señales de su supervivencia, algo que, si uno se para a pensarlo, es hermoso. En ese caso, alguien le ha construido los brazos y las piernas, ha soldado el metal, ha cosido las correas de cuero, ha rematado los tornillos y ha ideado la disposición de las perforaciones. La delicadeza, el cuidado y el amor con los que se han hecho saltan a la vista.

Su madre viste una camisa blanca con botones perlados y amarillos, a juego con la falda blanca, y Pressia no sabría decir dónde acaban las prótesis, igual que con su cabeza de muñeca: ni empiezan ni terminan.

Los botones de la blusa de algodón suben y bajan. En algún punto de su interior hay unos pulmones y un corazón. El resto de los que vivieron en el búnker permanecieron allí durante las Detonaciones, pero su madre seguramente no. Por un momento Pressia se pregunta si estaba fuera intentando salvar a miserables... Una santa, tal y como Perdiz la había imaginado todos esos años.

Caruso pulsa un botón a los pies de la cápsula y la mampara se abre mediante algún tipo de mecanismo neumático. Perdiz se agarra al borde para no perder el equilibrio.

En ese momento Caruso se hace a un lado y dice:

—Os dejo para que habléis.

Pressia piensa: «¿Aribelle Cording, señora Willux, madre?» ¿Cómo tiene que llamarla?

Y entonces la mujer abre los ojos, grises como los de Perdiz, gris nube plomiza. Al ver la cara de su hijo, que está justo encima de la suya, alarga la mano de madera y le toca la mejilla.

369

—Perdiz —dice, y se echa a llorar.

—Sí. Estoy aquí.

—Ven —susurra—. Pega tu mejilla a la mía.

Y eso hace. Pressia se dice que la madre quiere sentir la piel de su hijo contra la suya.

Ahora están llorando los dos, en silencio. Y por un momento la chica se siente fuera de lugar, como si nadie la hubiese invitado, una intrusa. Perdiz se aparta de su madre y le dice:

—Y Sedge también está aquí, arriba en la superficie.

—¿Sedge está aquí? —pregunta la madre.

—Y Pressia también.

—¿Pressia? —dice la madre, como si nunca hubiese oído ese nombre, y puede que así sea. Al fin y al cabo no es su verdadero nombre; alguien se lo inventó. Ni siquiera ella conoce el auténtico.

—Tu hija —le dice Perdiz al tiempo que coge a su hermana del brazo y tira de ella hacia delante.

—¿Cómo? —se extraña la madre, que engancha las tenazas a una correa del interior de la cápsula y se incorpora en posición sentada. Mira a Pressia y la escruta confundida—. No puede ser.

La chica baja la cabeza, retrocede y se choca con la mesa con los aparatos. Una de las radios pequeñas se vuelca y resuena contra el tablero de metal.

—Lo siento —dice Pressia, que extiende la mano y el puño de muñeca para poner la radio bien—. Mejor me voy. Ha sido un error.

—No, espera —dice la madre señalando la muñeca.

Pressia se adelanta y su madre abre los dedos articulados. La chica levanta la cabeza de muñeca y la pone en la palma de madera de la madre.

—Navidad —musita. Toca la nariz de la muñeca, los labios, y luego mira a Pressia—. Tu muñeca, la reconocería en cualquier parte.

La chica cierra los ojos; se siente como si estuviera abriéndose por dentro.

—Eres mía —dice la madre.

Pressia asiente.

La madre abre los brazos de par en par y Pressia se inclina

sobre la cápsula para dejar que la apriete contra su pecho. Esta es su madre... la de verdad. Oye los latidos del débil corazón y cómo sube y baja su frágil caja torácica: está viva. Quiere contarle todo a lo que se ha estado aferrando, a sus recuerdos como cuentas de un collar. Quiere contarle todo sobre el abuelo y la trastienda de la barbería. Se acuerda de que tiene la campanita en el bolsillo de la sudadera. Se la dará a ella; no es que sea gran cosa, pero es algo tangible de lo que puede decir: «Esta era mi vida pero ahora ha cambiado».

—¿Cómo me llamo?

—¿No sabes cómo te llamas?

—No.

—Emi. Emi Brigid Imanaka.

—Emi Brigid Imanaka —repite Pressia. Le suena tan extraño que no le parece un nombre, aunque los sonidos se entrelazan a la perfección.

La mirada de su madre recae en el colgante roto.

—Así que al final ha servido, después de tanto tiempo.

—¿No lo infiltraste tú para que lo encontrase? —pregunta Perdiz.

—Infiltré tantas cosas... No podía esperar que ninguna de las miguitas de pan sobreviviesen a las explosiones, por eso dejé todas las que pude. ¡Y esta funcionó!

—¿Te acuerdas de la canción? —pregunta Pressia.

—¿Qué canción?

—La de la mosquitera que se cierra de golpe y la chica del porche a la que se le levanta el vestido.

—Claro. —Y su madre le susurra entonces—: Estás aquí, me has encontrado. Te he echado tanto de menos... Llevo toda la vida echándote de menos.

371

Pressia

Tatuajes

*D*espués de eso todo sucede muy deprisa.

—No tenemos mucho tiempo… por no decir nada —les advierte Perdiz.

—Vale —le dice Aribelle a Pressia—, quita la manta estampada de esa silla y tú, Perdiz, cógeme y ponme en ella.

Pressia sigue las instrucciones y aparta la manta estampada, debajo de la cual hay una silla de mimbre a la que han instalado unas ruedas hechas con círculos de hojalata recubiertos de caucho. Sobre el asiento tiene varios cojines de loneta.

—Estoy intervenida en ojos y oídos.

—¿La Cúpula? —pregunta Aribelle.

Pressia asiente.

—¿Qué es lo que quieren?

Perdiz levanta el frágil cuerpo de su madre de la cápsula y la sienta en la silla. Al hacerlo, todas las piezas rechinan.

—Quieren lo que tienes aquí —le explica Perdiz.

—En concreto los medicamentos. Creemos que eso es lo que más les interesa.

Aribelle acciona con las tenazas una manivela que hay a un lado de la silla y un motorcillo instalado en el respaldo se enciende y empieza a vibrar. La silla está motorizada, con unos pistones que bombean detrás del respaldo.

—Así que están enfermando poco a poco. Los síntomas típicos son un ligero temblor de manos y cabeza, parálisis, deterioro de la vista y el oído. Lo siguiente es la piel, que se vuelve fina y se reseca. Al final los huesos y los músculos se erosionan y los órganos fallan. Se llama degeneración celular rauda y ocurre cuando uno se somete a demasiada codificación. Sabíamos que pasaría.

—A papá le está pasando —dice Perdiz como si se diera cuenta en ese preciso instante—. Yo pensaba que estaba enfadado conmigo y por eso meneaba siempre la cabeza, casi sin ser consciente, para mostrar su disgusto. Pero claro, por eso tiene tanto interés en los medicamentos.

Aribelle se queda paralizada por un momento, todo el cuerpo se le tensa.

—¿O sea que sigue vivo?

—Sí.

—Tenía mis razones para pensar que había muerto.

—¿Qué razones?

Con las tenazas se baja el cuello de la camisa y deja al descubierto la piel de su pecho, donde se ven seis cuadraditos, con los contornos apenas visibles bajo la piel. Tres de los cuadrados laten, los otros tres no.

—Cada uno nos alojamos el latido del corazón de los demás en la piel, para saber quién estaba vivo y quién no. Una especie de tatuaje latente. —Señala los dos primeros cuadrados apagados—. Estos dos han muerto. El primero, Ivan, murió muy joven, poco después de ponernos los latidos. Este otro falleció unos meses antes de las Detonaciones y el tercero es el de tu padre —dice Perdiz—. Se detuvo no mucho después de las Detonaciones.

—Tiene cicatrices en el pecho, se las vi una vez —recuerda Perdiz—; eran unas cuantas cicatrices en la misma disposición.

Aribelle respira hondo y suspira.

—Nos dijo que no quería saber nada más de nosotros, que iba a cortar por lo sano. Y a eso se refería, a cortarnos con un cuchillo... Todo cuadra. Aunque se quedase sin saber que estábamos vivos, prefirió sacrificar esa información para hacernos creer que había muerto.

—¿Y los que han sobrevivido? —le pregunta Pressia.

Va señalándolos y diciendo los nombres:

—Bartrand Kelly, Avna Ghosh y Hideki Imanaka.

—¿Mi padre? —pregunta Pressia.

Cuando Aribelle asiente, a la chica se le llenan los ojos de lágrimas.

373

—Crees que está vivo.

—El hecho de que su corazón siga latiendo me ha mantenido con vida.

—¿Y por qué esos tatuajes? —quiere saber Perdiz—. ¿Qué os unía?

—El idealismo —dice su madre, y se desplaza hasta la mesa y enciende los ordenadores. Las pantallas se iluminan y se escuchan interferencias por las radios—. Nos reclutaron a todos para los Mejores y Más Brillantes. De entre el grupo escogieron a veintidós para idear un proyecto de fin del mundo. No teníamos ni veinte años, éramos unos críos. A partir de ahí tu padre se fue metiendo en una especie de grupo interno; lo creyó necesario. Era brillante pero a la vez estaba algo ido. Su mente, ya antes de la potenciación, funcionaba a un ritmo frenético. Solo con el tiempo he tenido perspectiva para darme cuenta de lo loco que estaba, ya desde el principio. —Vuelve a mirar el colgante del cisne—. Tu padre, Pressia, me regaló este colgante. Yo conocía la inscripción que tenía por dentro. El cisne era ya importante para nosotros desde muy temprano, era un símbolo para los siete. Pero la Operación Fénix acabó con el cisne y lo cambiaron por el pájaro que resurge de sus cenizas. Cosas de Ellery Willux… Hideki quería que yo fuese el cisne que se convierte en fénix y sobrevive a todo lo que sabíamos que estaba por llegar. Él me llamaba «mi fénix». —Cierra los ojos y las lágrimas le corren por las mejillas—. Al principio eran tantas las buenas intenciones: íbamos a salvar el mundo, no a acabar con él.

—Pero ¿cómo es que fuiste a Japón? —le pregunta Pressia.

—Imanaka, tu padre, estaba haciendo un trabajo estupendo. La historia de los japoneses estuvo muy ligada a la radiación, por la bomba. Les sacaban ventaja a todos los demás en temas de defensa y resistencia. Sus investigaciones pertenecían a mi terreno, al tratamiento de los traumatismos por medio de la nanotecnología biomédica. Y Ellery, el padre de Perdiz, quería que fuese allí para ver si Imanaka había hecho progresos para conseguir invertir las secuelas. Temía que le sobreviniese la degeneración. Quería esa información por encima de cualquier otra cosa, y me atrevería a decir que sigue siendo así. Y ahora con más urgencia que nunca.

Mira fijamente a Pressia a sabiendas de que está intervenida.

—Ahí fuera hay más supervivientes. Si Ghosh, Kelly e Imanaka siguen vivos, entonces habrá más. A Ellery no le gustaría que esa información circulase por la Cúpula. Pero yo sé que tiene que ser verdad. No he podido establecer contacto con nadie a más de cien millas a la redonda, ni por radio ni por satélite… No funciona nada porque la Cúpula se encarga de capar todas las comunicaciones. Pero yo vivo con la esperanza.

Pressia piensa en santa Wi, y en Bradwell en su cripta, arrodillado ante la estatua de plexiglás quebrado. Esperanza.

—Pero redujisteis la resistencia, ¿no? O sea, porque algo hiciste para hacerme resistente a la codificación —dice Perdiz.

—Sí, aunque no conseguimos reducirla lo suficiente. No había nada que pudiésemos hacer para detener las Detonaciones, salvo defender y curar. Sabíamos que eso no salvaría muchas vidas, que la gente moriría en la catástrofe; sería un número de bajas desmesurado. Pero sí que podíamos reducir las fusiones y las intoxicaciones de los supervivientes. Quisimos verter sustancias resistentes a la radiación en el agua potable. Sin embargo, era demasiado arriesgado, las dosis que valían para los adultos podían matar a los niños. Por eso contigo tuve que elegir, Perdiz. No te podía hacer resistente a todo. Solo tenías ocho años, y no soportarías mucho más de unas cuantas sesiones.

—Escogiste mi codificación conductiva.

—Quería que fueses tú mismo quien conservases el derecho a decir no, a defender lo que es justo. Quería que tu personalidad quedase intacta.

—¿Y yo? —pregunta Pressia.

Su madre respira hondo, aunque con dificultad.

—Tú eras un año y medio más pequeña y no muy grande para tu edad. Era demasiado arriesgado medicarte. Te quedaste en Japón, te cuidaban tu padre y su hermana. Yo no podía volver a casa con una cría en brazos: me habrían mandado a un centro de rehabilitación y habría muerto allí mismo. Descubrí los planes de mi marido (la destrucción a escala total) y, cuando supe que estaba cerrándolos, mandé que te trajesen. Tenía que decírselo a mi marido, no tenía alternativa. Se puso hecho una fiera.

375

»Y hay muchas más cosas, no puedo explicároslas ahora todas, cosas del pasado. Asuntos turbios que sé que son ciertos, cosas que él no quería que yo supiese. No podía vivir en la Cúpula, pero tenía un plan para arrebatarle a los niños. Estaba actuando cada vez más rápido, con ese cerebro febril suyo, y sabía que estaba tomando decisiones precipitadas y que tenía un poder inusitado, sin nadie que lo controlase. Tenía que traerme a Pressia conmigo, ponerla a salvo en el búnker. Las cosas se retrasaron por problemas con los pasaportes. Tu tía iba a traerte en avión. Se suponía que las Detonaciones todavía tardarían varias semanas.

»Pero entonces, ese día, tu padre me llamó, Perdiz. Me dijo que había llegado la hora, que iba a ocurrir antes de lo previsto. Quería que fuese con él a la Cúpula, me lo rogó.

»Yo sabía que me decía la verdad. Ya había extraños patrones de tráfico. La gente a la que habían dado el soplo empezó a entrar. El avión de Pressia por fin llegaba. Le dije que no, y que le dijese a los niños que los quería, todos los días; le pedí que me lo prometiese y entonces me colgó el teléfono. Y fui en coche al aeropuerto lo más rápido que pude, aterrada. Tu tía me llamó para decirme que habíais aterrizado. Yo seguía pensando que nos daría tiempo de volver al búnker antes de las bombas. Aparqué y salí corriendo hacia la recogida de equipaje. Te vi a través de la cristalera, al lado de tu tía, tan pequeña y perfecta. ¡Mi niña! Me tropecé, me caí y cuando estaba a gatas, intentando ponerme de pie, levante la vista y me cegó un fogonazo de luz. El cristal se partió en añicos y me vi de repente fusionada con la acera, de brazos y piernas. Había gente que sabía adónde había ido y me buscaron. Cuatro torniquetes, una sierra… Me salvaron y, fuera de todo pronóstico, sobreviví.

—¿Sabías que yo había sobrevivido? —le pregunta Pressia.

—Tenías un chip. A todo el que entraba en el país le ponían un chip antes de llegar.

»Después de los bombardeos nos quedamos con un equipo poco preciso. Veíamos los chips moverse en la pantalla pero no muy bien. Cuando localizamos el tuyo, utilicé la información del escáner retinal que tu padre me había mandado desde Japón. Como estaba en uno de los ordenadores resistentes a la radiación, había sobrevivido con daños mínimos. También tenía escáneres de los chicos. Construí unos pequeños mensajeros alados, nuestras cigarras. Las mandé al exterior con los datos de tu ubicación, y les puse también un chip. Lo malo es que solían destruirlas antes de llegar a su destino… hasta que una lo consiguió.

—Si tenía un chip y sabías dónde estaba, ¿por qué no mandaste a nadie a por mí para traerme aquí?

—Aquí las cosas eran un desastre. El confinamiento, las enfermedades, las hostilidades… ¿Cómo iba a cuidar de ti en mi estado? No podía ni cogerte en brazos. —Alza la prótesis del brazo y le señala una de las pantallas, donde hay un mapa que Pressia reconoce: el mercado, los escombrales, la barbería…—. Por otra parte el chip era un puntito en la pantalla, al igual que la cigarra, siempre cerca de ti. A veces los dos puntitos estaban tan pegados que no había otra explicación, la tenías en la mano. Y tu puntito empezó a contar una historia: estaba quieto por la noche, siempre en el mismo sitio a la misma hora, se levantaba y estaba activo. Vagaba un poco y volvía al mismo punto, a su hogar. Era la historia de una niña a la que cuidaban, una niña con una rutina, y sana, que estaba mejor donde estaba. No has vivido tan mal, ¿verdad? Alguien te cuidó y te dio amor, ¿no?

Pressia asiente y dice, con las lágrimas rodándole por las mejillas:

—Sí, alguien me cuidó y me dio amor.

—Y entonces hace unos días tu puntito se fue y no volvió. Habías cumplido los dieciséis y me preocupé por la ORS. Al mismo tiempo oí los rumores sobre un puro y luego regresó la vieja cigarra de la primera bandada, la tuya. —Abre un cajón de debajo del equipo informático. Despide calor porque es una incubadora, y allí, sobre un pedacito de tela, está *Freedle*—. No traía ningún mensaje. Pensé que tal vez no fuese más que una casualidad pero, con todo lo que estaba ocurriendo al mismo tiempo, tenía la esperanza de que fuese una señal.

—*Freedle*. ¿Está bien?

—Cansado del viaje, pero se recupera bien. Está ya viejo pero alguien se ha dedicado a cuidar muy bien todos sus delicados engranajes.

Freedle ladea la cabeza y bate un ala con varios ruidillos metálicos.

—Eso intenté —dice Pressia pasándole un dedo por el lomo—. No puedo creer que haya logrado llegar hasta aquí. El abuelo… —Se le atragantan las palabras—. Ya no está. Pero seguro que lo soltó él.

—Deberías dejarlo aquí —sugiere Perdiz—. *Freedle* estará más seguro.

Pressia no sabe muy bien por qué pero ese pequeño detalle, que *Freedle* esté vivo, la llena de una extraña sensación de esperanza.

—Pressia —le dice Aribelle—, creo que tengo que decir unas cosas que la Cúpula no puede oír.

—Esperaré en el pasillo. —Pressia se vuelve hacia Perdiz y le tira de la manga—. Avísala —le susurra—. Sedge ya no es el niño que recuerda.

—Lo sé.

Pressia le da un beso a su madre en la mejilla.

—No tardaremos —le promete esta.

Perdiz

Cygnus

—No la tienes, ¿verdad? —le pregunta Perdiz.

—¿La cura para la degeneración rauda de células? —Sacude la cabeza—. No. Sospechábamos de tu padre, supusimos que ya no pensaba como nosotros, que era peligroso.

—¿Cómo lo sabías?

—Me traicionó.

—¿Y no lo traicionaste tú a él? —responde Perdiz con una rapidez que le sorprende a él mismo.

La madre lo mira un instante y le dice:

—Es cierto. Pero él no era la persona que decía ser.

—No siempre se puede ser quien se desea. —Lo ha dicho pensando en Sedge. ¿Podrá volver a ser normal? ¿Podrá salvarlo su madre?

—Escúchame, hay cosas que has de saber. Tu padre se sometió a potenciación cerebral antes de que se probase del todo, cuando era todavía muy joven. —Se queda mirando el suelo—. Para cuando las Detonaciones llegaron, su cerebro estaba en potenciación máxima. Decía que tenía que fortalecerlo para poder dar vida a ese nuevo mundo de humanos merecedores del paraíso... al Nuevo Edén. No lo veía mucho; me contó que había dejado de dormir, que solo pensaba. La mente le bullía y las sinapsis le estaban quemando el cerebro, un minúsculo incendio tras otro. Aun así pensaba...

—¿El qué?

—Que la Cúpula no era solo un trabajo. Llevaba obsesionado con ella toda la vida. Tenías que haberlo oído dar charlas sobre culturas antiguas cuando tenía diecinueve años... Se veía a sí mismo en la cima del pináculo de la civilización humana. Y sabía que el aumento cerebral al que se había sometido acabaría pasándole factura. Pero creía poder encontrar una forma de remediarlo y que, cuando la consiguiera, viviría para siempre.

Perdiz sacude la cabeza.

—Has dicho que al principio estudiabas nanotecnología biomédica para su aplicación en traumatismos. Sé lo que significa. —Piensa en Arvin Weed y sus divagaciones sobre las células autorregenerativas—. ¿Por qué no usaste esos medicamentos en ti misma? ¿Acaso no sabías favorecer la generación de hueso en las células óseas?, ¿tejido muscular?, ¿piel? ¿No tienes aquí esas medicinas?

—Por supuesto que sí. Una variedad. Y hay algunas que deberías conocer. Son muy poderosas. —Abre un cajón y deja al descubierto varias filas de viales.

—¿Poderosas? ¿En qué sentido?

—Son parte de la respuesta a la cura. Tu padre necesita lo que hay en estos viales, pero también le hace falta un ingrediente que puede que exista o no; otro del grupo estaba trabajando en ello. Y ante todo, necesita la fórmula para encajar ambas piezas.

—¿Y existe?

—Sí, hace mucho tiempo, aunque no sé si todavía estará en alguna parte.

Piensa en las armas alojadas en los brazos de su hermano, en la cabeza de muñeca de Pressia, en los pájaros de Bradwell, en Il Capitano y su hermano.

—¿Y estos viales pueden revertir las fusiones?

La madre aprieta con fuerza los ojos, como dolorida, y luego dobla lentamente las tenazas.

—No —dice enfadada—. No separan los tejidos, sino que se adhieren para construirlo. Tu padre tenía la intención de soltar esta nanotecnología biosintetizadora en el cóctel de bombas con el solo propósito de fusionar a los supervivientes con el mundo que les rodeaba, únicamente para crear una clase subhumana, una nueva orden de esclavos que los sirviese a ellos en el Nuevo Edén cuando la Tierra se regenerase. Tenía que contárselo a los demás, tenía que dejarlo e intentar encontrar un modo de salvar a la gente. Pero fracasé.

»Esa es la verdadera razón por la que te llevé conmigo a Japón, donde volví a encontrarme con el padre de Emi…, de Pressia, uno de los siete. Tenía que revelar y transmitir todos los secretos de tu padre que pudiese.

—Pero ¿por qué no tomaste ninguno de esos medicamentos?

—Por una razón: porque no estaban perfeccionados. No siempre saben hasta dónde tienen que llegar. Pero, de todas formas, aunque lo hubiesen estado, ¿sabes por qué no las habría usado?

—No —dice Perdiz exasperado—. ¡No lo sé!

—Habría sido como esconder la verdad. Mi cuerpo es la verdad, es la historia.

—No tiene por qué ser así.

La mujer mira la mano de su hijo.

—¿Qué te ha pasado?

—Hice un pequeño sacrificio.

—¿Quieres recuperarlo?

Perdiz se queda mirando el vendaje, que tiene el extremo oscurecido por la sangre reseca, y después sacude la cabeza.

—No.

—Entonces a lo mejor puedes entenderlo. —La madre cierra el cajón—. He malgastado media vida arrepintiéndome de cosas. Gran parte de esto es culpa mía, Perdiz. —Su madre se echa a llorar.

—No puedes culparte.

—Tuve que dejar de mirar atrás, me estaba consumiendo viva. Verte a ti y a tu hermana me ayuda a divisar un futuro.

—Mi padre quiere algo más.

—¿De qué se trata? —le pregunta mirándolo desde su asiento. Sus ojos se parecen mucho a los suyos, aunque tienen algo distinto. La ha echado tanto de menos que, por un momento, apenas puede respirar; tiene que mirar al suelo para mantener la compostura.

—Te quiere a ti.

—¿Para qué a mí? ¿No tiene bastantes criados a su servicio?

—Caruso me ha dicho que yo iba a ser el líder desde dentro. ¿A qué se refería?

—Pues a eso mismo: ibas a ser nuestro líder, el que derrocaría a tu padre y la Cúpula. Tenemos células durmientes dentro, una gran red.

—¿Células durmientes? —le pregunta Perdiz.

—Gente de la Cúpula que estaba allí contigo.

Aribelle acerca la silla a la mesa del tablero metálico y con las pinzas abre un cajón de donde saca una hoja de papel con una larga lista de nombres.

—La Cúpula no puede saber que esto existe, pondría en peligro muchas vidas.

Los ojos de Perdiz repasan la lista.

—¿Los Weeds? ¿Los padres de Arvin? ¿Y el padre de Algrin Firth? Pero si se supone que Algrin va a ir a las Fuerzas Especiales, al entrenamiento de élite. —Sigue leyendo la lista—. Glassings —dice, y recuerda entonces la conversación que tuvo con su profesor vestido de pajarita en el baile—. Me dio su permiso para que me llevase tus cosas de los Archivos de Seres Queridos. Y me dijo que podía hablar con él cuando quisiera, que no estaba solo.

—Durand Glassings es muy importante; era nuestro vínculo más cercano a ti.

—Es mi profesor de historia mundial.

—Era quien iba a planearlo todo.

Perdiz no da crédito.

—Pero yo no tengo madera de líder. Yo no podría comandar las células durmientes y tomar la Cúpula.

—Estábamos esperando a ver una señal de que estabas preparado. Y la vimos.

—¿Qué fue?

—Por irónico que parezca, tu propia huida.

—¿Y qué hacemos ahora? —pregunta Perdiz—. Quieren que te entreguemos, así como todo lo que tengas aquí en tu laboratorio.

—¿Y si nos negamos?

—Tienen a una rehén. Una chica que se llama Lyda. —Le tiembla la voz al decir su nombre.

—Lyda. ¿Significa mucho para ti?

Perdiz asiente y dice:

—Me gustaría que no fuese así.

—No digas eso.

—Arriesgó su vida por mí y ahora yo quiero arriesgar mi vida por ella, pero no estoy dispuesto a poner en peligro la tuya.

—Podríamos darles lo que creen que quieren. Puedo llevarme conmigo unas pastillas y, para cuando averigüen que no valen de nada, tal vez podáis escapar, poneros a salvo. Así ganaríamos algo de tiempo... De todas formas al final tendrás que luchar, Perdiz.

—Yo no puedo, yo no soy Sedge. Él era el líder, no yo.

—¿Era? ¿Qué le ha pasado?

—Me dijeron que había muerto, que se había suicidado, pero sigue con vida y está ahí arriba. Aunque pertenece al otro bando: es el soldado que tiene a la rehén. La Cúpula lo ha convertido en una máquina, y a la vez en una especie de animal. No puedo describirlo, pero he sabido por su voz que era él; la reconocería en cualquier parte.

—Quiero verlo.

—¿Significa eso que quieres subir?, ¿y entregarte?

—No me asusta plantarle cara a tu padre.

—Pero podría matarte.

—Ya estoy medio muerta.

—Eso no es verdad. —Su madre tiene algo que la hace parecer más viva que cualquier persona que haya conocido nunca.

—Tú puedes, Perdiz. Tú puedes derrocarlos y reconstruir el mundo para todos. Puro, así te llaman, pero ¿qué significa en realidad?

No sabe qué responder. Ojalá lo supiera, ojalá las palabras surgiesen de él sin más. Pero no acierta a decir nada.

—Nuestra comunicación con los de la Cúpula es muy débil, y desde que te escapaste se ha cortado por completo. Si supiéramos que siguen con nosotros, eso ayudaría.

—Sí que siguen —le cuenta Perdiz—. Han mandado un mensaje por medio de Lyda. Es muy sencillo: «Dile al cisne que estamos esperándolo».

—Cygnus —susurra.

Y en ese momento, por encima de sus cabezas, escuchan un martilleo. Las cigarras se inquietan y echan a volar por la habitación.

Disparos de metralleta.

Il Capitano

Arriba

*I*l Capitano tiene las manos en la cabeza, al igual que Brad-well, que está ligeramente cuesta abajo. Le ordenan a Helmud que ponga también las manos en la cabeza, pero el hermano les dice que no se molesten, que es un retrasado.

—No tiene ni una idea propia en esa mente demente suya.

—Mente demente —repite Helmud.

Ya podían saberlo los soldados, para algo los han estado ob-servando en el bosque, donde parecían unos seres tan elegan-tes, fuertes y asombrosamente pacíficos. Mira al que cree que le dejó la gallina desplumada y los huevos. Está seguro de que es el que ha llegado con la chica de blanco, que lleva tan poco tiempo fuera de la Cúpula que sus ropas son lo más blanco que ha visto desde las Detonaciones. Es el que de vez en cuando lo miraba con cierta humanidad. En realidad se habría fiado de todos, pero se equivocaba: seguramente los matarán allí mismo en medio del bosque. A todos. Y ahí se acabará la película.

Los han despojado de sus armas, que ahora forman un montón, dispuestas como para encender un fuego. La chica se ha tranquilizado; tanto es así que Il Capitano se pregunta si es-tará en estado de shock. Es guapa, peligrosamente bella. ¿Ten-drán necesidades sexuales las Fuerzas Especiales? ¿Debería preocuparse la chica? ¿O los habrán castrado como a los pe-rros?

El soldado que ha aparecido con la chica la deja sola y se acerca a Il Capitano. Busca un hueco entre las costillas de Il Ca-pitano, por encima del muslo de Helmud, y le clava ahí el morro del arma.

—De este no me fío —les dice al resto de soldados.

Il Capitano se pregunta si lo que quiere es dispararle. Se prepara para lo peor, pero el soldado sigue clavándole el rifle en las costillas.

—Ruidos en el perímetro —dice el soldado—. Haced un reconocimiento rápido. Yo me encargo de esto. —Salta a la vista que se trata del jefe.

Los otros cinco soldados obedecen y salen disparados por el bosque en distintas direcciones.

Con las armas de alta tecnología relucientes en sus brazos, el soldado le susurra a Il Capitano:

—Cuando vuelvan, protege a la chica. Cúbrela. —La chica debe de haberlo oído también.

Il Capitano se pregunta de qué va todo eso. ¿Está de su parte el soldado?

—¿Lo harás?

¿Piensa atacar al resto de soldados? ¿Debería prepararse Il Capitano para coger un arma?

—Sí, señor.

—Sí, señor —repite Helmud. A veces, cuando lo hace, el eco semeja un tic del cerebro del propio Il Capitano. No es solo su hermano: son uno y él mismo. Mira a la chica una vez más y ahora hay una ferocidad en sus ojos que no estaba antes. Si se trata de la única oportunidad que van a tener, desde luego parece dispuesta a darlo todo.

Y Bradwell, que está de pie con los dedos entrelazados sobre la cabeza, despide una energía recalcitrada. Está echando humo, preparado para lo que venga. Il Capitano arquea las cejas para intentar llamar su atención y ponerle al tanto del plan, pero el chico lo mira y forma un «¿qué?» con los labios.

La patrulla vuelve de uno en uno al cabo de unos instantes, con el mismo sigilo con el que se fue. No tienen nada de lo que informar; no hay rastro ni de la ORS, ni de miserables ni de bichos. Está todo en calma.

—Comprobad vuestros escáneres —les ordena el líder—. Nada de errores, no quiero fallos.

Y cuando todos se ponen a mirar los accesorios de sus brazos, el líder empuja a la chica en los brazos de Il Capitano, que la levanta por las costillas, da tres o cuatro zancadas y se tira al suelo. Sedge abre fuego contra el resto de soldados. Bradwell

385

salta hasta una oquedad en la piedra para cubrirse. Al soldado que tiene más cerca le estalla el pecho y se retuerce del dolor, al tiempo que dispara munición a diestro y siniestro por la espesura.

El líder apunta fríamente con las pistolas de ambos antebrazos y dispara. De sus hombros se despliegan entonces unas mirillas y explosionan varios tiros, que se alternan de un arma y otra, y que le retraen los hombros hacia atrás, uno tras otro, como si se meciese.

Otro soldado dispara hacia donde está Il Capitano. Las réplicas son casi instantáneas y uno es alcanzado en el fuego cruzado y recibe un tiro en todo el cráneo.

«Dos menos», se dice Il Capitano, que se dispone a gatear para coger su rifle del montón de armas del suelo, pero Lyda lo agarra y tira de él con fuerza.

—Espera —le dice la chica.

Bradwell ha llegado antes a las armas y coge el rifle de Il Capitano junto con la munición. Se vuelve y empieza a lanzar ráfagas contra los otros tres soldados. A uno le da en el cuello y se cae hacia un lado, tras unas rocas. El líder alcanza a otro en las tripas y le encaja dos o tres tiros.

Ese mismo soldado parece comprender cuando se desmorona en el suelo que tiene que disparar a su líder, que hay algo que no cuadra. Es como si se diera cuenta de que tiene que anular ciertos parámetros programados. Carga el arma, dispara y le da en un muslo al líder, que se tambalea pero no llega a caer. El soldado herido en las tripas se parapeta tras un árbol.

Il Capitano ve que al que Bradwell ha herido está recargando ahora tras un tocón gigante y retorcido. Está anulando también sus parámetros y apunta entonces a su líder. Desde su posición protegida, Il Capitano ve que, aunque el soldado está muy malherido, no tiene intención de quedarse esperando su muerte. El soldado al que no han herido ha escapado e Il Capitano sabe bien que no es ningún desertor y que seguro que vuelve.

—Pásame un cuchillo —le dice Lyda.

Il Capitano gatea hasta el montón de armas, coge uno y se lo lanza a Lyda, que lo agarra por el mango. En ese momento ve cómo Bradwell se pone a cubierto para acabar con el herido antes de que este dispare al líder. El chico lo alcanza en el brazo y la bala le desgarra la piel del bíceps, donde la sangre reluce hasta desaparecer por el uniforme. ¿Va a seguir luchando?

Il Capitano coge otro cuchillo y un gancho de carne pero de pronto el soldado que sangra por la barriga le pega una patada en el estómago, un golpe tan fuerte que lo levanta del suelo. Helmud se queda sin aire en los pulmones y jadea.

Bradwell carga contra el soldado, que no parece querer morirse. Su rival le encaja un revés que acaba con el chico en el suelo, y a continuación lo agarra por la camisa, pero está tan destrozada que el soldado se queda solamente con la tela en la mano. Bradwell, con el torso al aire, se revuelve sobre la gravilla y la tierra, y le da una patada en la rodilla al soldado, pero este apenas se inmuta, sino que, con calma, alza la pistola empotrada en su brazo derecho, la carga y apunta al chico, que se hace un ovillo. Los pájaros de la espalda se quedan quietos.

Il Capitano oye una descarga y piensa que Bradwell ha muerto pero es el soldado el que cae. Ve entonces que el líder ha logrado colocarse en un buen ángulo de tiro gracias a la carrera de Bradwell, que le ha dado tiempo para desplazarse aun con la pierna herida. Solo queda un enemigo, apretándose el abdomen desgajado mientras se cierne sobre Il Capitano, que retrocede, desarmado como está.

El líder dispara a las manos del soldado e inutiliza sus armas. El medio humano aúlla y las armas de sus hombros se despliegan al tiempo que se vuelve para buscar a su capitán. Las balas vuelan. Una de ellas roza el hombro de Bradwell —el que no estaba herido por el dardo— y hace que suelte el arma. El chico se lleva la mano a la herida, mareado por la sangre y el ruido, y se arrastra hasta detrás de una roca con los ojos apretados.

El líder vuelve a disparar, a pesar de estar tendido en el suelo y no poder levantarse, con un charco de sangre formándose a su alrededor. Sus balas perforan el pecho del soldado y los rifles de sus hombros. El rival intenta disparar pero sus armas han quedado inutilizadas. Está débil y describe círculos en su tambaleo. Enloquecido, clava los ojos en Lyda y arremete contra ella. Il Capitano salta sobre la espalda del soldado, al que desestabiliza hasta caer de rodillas en el suelo. Eso le da

387

tiempo a Lyda de correr, aunque de poco sirve. El soldado es tan fuerte que se pone de pie, con Il Capitano encima intentando asfixiarlo.

Y en ese momento aparecen los brazos escuálidos de Helmud. Lleva un trozo de hilo de alambre, algo a medio camino entre lana y pelo humano. Lo tensa y luego rodea con él el cuello del soldado. Il Capitano tira también del hilo y se echa hacia atrás con todo su peso y el de su hermano. El alambre se clava en el cuello del soldado, que retrocede e intenta quitárselo con los muñones.

Y en ese momento aparece Lyda, lo apuñala en el bajo vientre y empuja el cuchillo hacia arriba con toda su fuerza.

El soldado se tambalea y, mientras, la chica retira el cuchillo, lo restriega contra su mono blanco y se prepara para clavarlo de nuevo. Pero no hace falta. El soldado cae hacia delante con los dos hermanos a la espalda.

Il Capitano tira del cable con una mano y la sujeta en alto, un guiñapo ensangrentado y con restos de carne. Recuerda la de veces que le ha dicho a Helmud que deje de juguetear con los dedos, el movimiento ese nervioso que hace detrás de su cuello.

—Helmud, ¿lo hiciste para matarme a mí?

Y esa vez Helmud no repite las últimas palabras de su hermano. Quien calla otorga.

Por primera vez hasta donde recuerda, Il Capitano se siente orgulloso de su hermano:

—¡Vaya con Helmud! ¡Joder! ¡Estabas planeando matarme!

Y entonces oye unos ruidos. Todos se quedan paralizados y se preparan para lo peor. Puede que sea el soldado que huyó volviendo a la carga.

Pero no, proviene de la ventana con forma de media luna del suelo.

Dos manos se sujetan a los lados del marco y Perdiz se impulsa hasta el exterior, como el que sale de una tumba.

388

Perdiz

Beso

Cuando Perdiz vuelve a la superficie se queda inmóvil, intentando procesar la carnicería: Il Capitano y Helmud están ensangrentados y magullados; Bradwell está descamisado y sangra del otro hombro, de rodillas, cabizbajo y respirando agitadamente. ¿Está rezando? Tiene las manos entrelazadas. Lyda está toda cubierta de sangre y sin aliento, aturdida, y mira a Perdiz con sus vivos ojos azules y luego al resto.

Y después están los cuerpos de los soldados. Uno tiene el pecho reventado, mientras que otro está cortado por la mitad y tiene muñones sangrientos en lugar de manos. A otro le han disparado en el cráneo, donde ve un agujerito en la base de la cabeza, pero, al rodearlo, descubre que le ha desaparecido la cara entera.

—¿Qué ha pasado aquí? —Se siente desfallecer, las rodillas le flaquean—. ¿Qué ha pasado?

En ese momento ve a su hermano medio oculto por los matorrales y corre a su lado, hincándose de rodillas en el suelo.

—Sedge.

Tiene los músculos de la pierna derecha machacados por las balas, y de debajo de las costillas le sale sangre, que tiñe las rodillas de los pantalones de Perdiz.

—Dios. No, no. —El pecho de su hermano no sube y baja con regularidad. Se inclina sobre la cabeza de Sedge, ese cráneo desmesurado y esa mandíbula gruesa—. Te vas a poner bien —susurra—. Mamá está aquí, sube ya. Vas a verla. —Perdiz le grita a los demás—: ¡Traed a mi madre! ¡Ayudad a Pressia a subirla!

La chica ya ha vuelto arriba y está contemplando el rosario de cuerpos.

—Dios santo —musita—. No, Dios.

Bradwell se levanta como puede y corre hacia ella.

—Pressia —la llama, pero está visiblemente conmocionada y ni siquiera es capaz de responderle.

Il Capitano le grita a Bradwell:

—¡Ayúdame!

Entre ambos suben a Aribelle por la ventana, el delgado tronco de la mujer y sus miembros inválidos. Caruso la aúpa desde abajo pero no sube a la superficie.

Perdiz pone una mano sobre el pecho de su hermano. La sangre está húmeda y caliente.

Sedge mira a Perdiz y sonríe.

—Perdiz, tú eres el elegido.

—No, eres tú. Siempre lo has sido.

Perdiz vuelve a llamar a Pressia:

—¿Está ya aquí? —Se vuelve y ve a Bradwell llevando en brazos a su madre hasta donde está él y dejándola junto a sus dos hijos. La mujer tiene los ojos desorbitados.

—Cariño, ¿qué te ha pasado? —Tiene la voz desgarrada y aguda—. Sedge, mírame. Sedge.

—Mira, Sedge —le susurra Perdiz—. Es ella. ¡Está aquí! ¡Es de verdad!

Sedge cierra los ojos.

—No —susurra—, la historia que me contaste. El cisne.

—Es real. Ella está aquí —insiste Perdiz.

Su madre coge un frasco de pastillas con las tenazas de metal y se lo da a Perdiz.

—Dile a tu padre que le daré todas las que quiera. Que puede cogerlas. Y a mí también. Pero esto, esto no... —Sus ojos llorosos repasan el cuerpo de Sedge.

Perdiz coge el frasco y casi se cae hacia atrás. Su hermano va a morir y él lo va a ver, no hay nada que pueda hacer.

—¡Sedge! —grita su madre.

Los ojos de Sedge la enfocan y se clavan en los de ella, como si ahora sí la viese de verdad, como si la reconociera.

—¡Sedge, mi pequeño! —Y por un momento Perdiz piensa que tal vez ella lo salve. En su voz hay esperanza.

Sedge sonríe y acto seguido cierra los ojos.

Perdiz ve cómo su madre se echa sobre el cuerpo de su hermano. Le está dando el mismo beso en la frente que les daba todas las noches de pequeños cuando se iban a la cama.

Y entonces, activada por un interruptor en la distancia, la cabeza de Sedge explota y, con ella, Perdiz ve la cara de su madre hecha añicos.

La sangre sale disparada en una fina llovizna que lo rociaba.

No oye nada, solo ve la lluvia de sangre. Intenta acercarse a ellos, pero pierde el equilibrio y se cae. Vuelve a ponerse en pie y describe un círculo lento. Su madre y su hermano han muerto.

Pressia está chillando. Ve la boca abierta y los ojos desencajados por el terror, el puño de cabeza de muñeca pegado al pecho. Bradwell la tiene abrazada.

Perdiz no oye nada.

Lyda está a su lado, lo ha agarrado del brazo y está moviendo los labios.

Il Capitano quiere cogerlo por los hombros pero Perdiz cierra el puño y le lanza un golpe. El oficial lo esquiva y el chico pierde el equilibrio y se cae contra una roca. Lyda está diciendo su nombre, lo lee en sus labios: «Perdiz, Perdiz». Se pone en pie y grita el nombre de la chica:

—¡Lyda! —Pero no oye su propia voz.

Il Capitano también le está hablando; le está diciendo algo a gritos, puede ver las venas de su cuello en tensión. Helmud tiene los ojos cerrados y sus labios mascullan el eco de Il Capitano.

Y entonces vuelve a fijarse en Pressia y clava la mirada en sus ojos. Su hermana está intervenida, tiene pinchados el oído y la vista. La Cúpula los observa, su padre está allí. El chico se va directo hacia Pressia, que sigue gritando, y la coge por los hombros.

Pressia cierra los ojos.

—¡Abre los ojos! —le grita, y el sonido de su propia voz le inunda los oídos—. ¡Abre los ojos, te he dicho!

La chica le clava la vista y Perdiz mira más allá de ella: a través de las lentes de sus ojos desafía a los ojos de su padre en la Cúpula.

—¡Sé que estás ahí! ¡Voy a ir a por ti y te mataré por lo que has hecho! Si pudiera me desgarraría la parte que tengo de ti. Me lo extirparía como un tumor.

Alza la vista al cielo y empieza a temblarle todo el cuerpo. Suelta los brazos de Pressia, vuelve a mirar y allí está la cara de su hermana, que lo mira con el rostro surcado por las lágrimas y las cenizas. Es su hermana.

La neblina de sangre se ha esfumado.

Pressia

Sangre

*E*n cuanto Perdiz la suelta, Pressia corre hacia el cuerpo de su madre. No queda mandíbula y la cara está cubierta de sangre, salvo por uno de los ojos, que parpadea. Sigue con vida. Lleva la mano al pecho ensangrentado de su madre; tres de los seis cuadraditos laten. ¿Debe bombearle el corazón?

—¡Está viva! —grita—. ¡Está viva!

Bradwell se arrodilla a su lado y le dice:

—Se está muriendo, Pressia. No hay nada que hacer, no sobrevivirá.

Perdiz está en el bosque, se ha adentrado entre los árboles; puede oír sus sollozos entrecortados desde allí.

Su madre la mira fijamente.

—Está sufriendo —se oye la voz de Il Capitano—, y la cosa podría prolongarse.

Su madre se debate por respirar, su ojo parpadea con furia.

Pressia se levanta y Bradwell la sigue. La chica se vuelve hacia Il Capitano cuando este le dice:

—¿Por qué no te apiadas de ella? ¿Puedes hacerlo?

La chica lo mira antes de volver la vista de nuevo a su madre, que empieza a convulsionarse. La cabeza ensangrentada golpea la tierra y las rocas.

—Dame un arma.

Il Capitano se la da. Pressia la levanta, apunta a su madre, toma aire y, cuando suelta la mitad, cierra los ojos y aprieta el gatillo. Siente la detonación recorriéndole todo el cuerpo.

Pressia se queda paralizada, con la vista ida. La cara de su madre ha desaparecido. Los tres cuadraditos parpadean por unos instantes y se detienen todos a la vez.

—Descansa en paz —dice Il Capitano.

La chica le da el arma y no mira hacia atrás. Sabe lo que quiere recordar. Emprende la bajada por la ladera.

—¡Tenemos que movernos! —grita Bradwell—. ¡Hay otro soldado suelto por alguna parte!

Hojas. Trepadoras. La tierra suelta que cambia a su paso.

«Estoy aquí —piensa Pressia—. Estoy en el siguiente momento y en el siguiente.» Pero ¿quién es ella? ¿Pressia Belze? ¿Emi Imanaka? ¿Es la nieta o la hija de alguien? ¿Una huérfana, una bastarda, una chica con un puño de cabeza de muñeca, una soldado?

Está bajando la colina a todo correr, con los demás a la zaga. En su cabeza ve la cara de su madre: desgarrándose, haciéndose añicos, huesos astillados, las cabezas —la de su madre y la de Sedge— impregnadas de sangre. Y entonces, por todas partes, una capa de sangre sobre ortigas, briznas de hierba y zarzas espinosas.

Pero ahora están todos bajando la colina, corriendo a lo loco.

Quiere enterrar los cuerpos.

Pero… no.

Todavía hay un soldado suelto, e irá a por ellos.

Su abuelo trabajaba en una funeraria; podría haberlos dejado bien. Sabía disimular el cráneo abierto de una cabeza y recrear una nariz a partir de un trozo de hueso. Era hábil estirando la piel, moldeando y cosiendo párpados. Antes había ataúdes con forros de seda. Ahora también él está muerto para siempre.

Pressia ha llegado al pie de la colina. No habrá entierros, se los comerán las bestias salvajes. El entierro es su propio sudario de sangre.

Allí está el coche medio cubierto por los matorrales y las enredaderas, que Il Capitano arranca y tira al suelo. Los tres chicos están a su lado, sin aliento. Bradwell se ha hecho un vendaje alrededor del hombro con una pernera del pantalón. La sangre es oscura. Está sin camisa, el pecho al aire. Perdiz le ha ofrecido su chaquetón pero el otro le dice que está ardiendo. Los pájaros aletean con fuerza, los tres picos relucientes clavados, los ojos disimulados de un lado a otro. Quería verlos y ahora los tiene delante: un abanico gris de alas, los torsos claros, los ojos brillantes, las delicadas patitas de un rojo vivo… Le gustaría saber qué especie de pájaros son. Se lo imagina de pequeño corriendo por en medio de una bandada que levanta el vuelo, justo antes de que sobrevenga la luz cegadora… y los pájaros se quedan con él para siempre. El chico le ofrece la mano.

—No —se niega ella. Tiene que andar ella sola.

Aferra la campanita de la barbería que tiene guardada en el bolsillo de la chaqueta. Nunca se la dará a su madre, el testimonio de su antigua vida. No le contará todas las historias que ha ido atesorando. No hubo tiempo; ni siquiera ha tenido la oportunidad de decirle que la quería…

La chica de blanco está ahora teñida de rojo. Lyda. Perdiz está a su lado y ella lo mantiene en pie más que él a ella.

—Pero si querían a mi madre viva —está diciendo su hermano—. Querían interrogarla… No tiene sentido. —Tiene el frasco de pastillas bien apretado en el puño.

Pressia sigue siendo los ojos y los oídos de la Cúpula. Ven todo lo que ve y oyen todo lo que oye. Pero no entiende qué ha pasado. ¿Ellos sí lo comprenden? ¿Eso es lo que querían desde un principio?

Il Capitano ya ha despejado el coche de las plantas que usó para camuflarlo.

—Vámonos.

—Vámonos —repite Helmud.

Todos se montan: Perdiz y Lyda en el asiento trasero y Pressia y Bradwell delante, con Il Capitano al volante. Helmud tiene la mirada perdida y está temblando.

Il Capitano echa marcha atrás.

—¿Adónde vamos?

—A liberar a Pressia —dice Bradwell—. Quienquiera que le haya hecho eso se lo va a deshacer.

Vuelven a las esteranías, esta vez rumbo sur, rodeando los montes.

—La granja. Tenemos que ir al otro lado de este cerro.

—¿Cómo puede haber una granja aquí? —pregunta Perdiz casi sin fuerza en la voz.

Pressia se acuerda de la mujer de Ingership, y de lo que le dijo en la cocina: que la pondría al abrigo del peligro.

—Tienen ostras, huevos, limonada, unas cerraduras de goma automáticas para que no entre el polvo, una lámpara de araña preciosa en el comedor y sembrados regados por braceros —dice intentando explicarlo pero, mientras lo hace, se pregunta si se ha vuelto loca.

Ve la cara de su madre, el beso que le da a su hijo mayor. Al apretar el gatillo su madre ha muerto. Y pasa una y otra vez, a cámara lenta, en la mente de Pressia. La chica se echa hacia delante y cierra y abre los ojos para volver a cerrarlos de nuevo. Cada vez que los abre la cara de muñeca la está mirando. Así fue como su madre la reconoció: por los ojos que parpadeaban, las pestañas de plástico, la naricita y el agujerito en medio de los labios.

Los terrones se alzan una vez más, aunque en menor cantidad, pues la tierra allí da paso a algo de hierba que ha arraigado. Aun así, se yerguen y los rodean. Il Capitano atropella a uno y los demás salen repelidos hacia atrás.

Bradwell grita que ha visto algo:

—No es un terrón. Es de las Fuerzas Especiales.

Van pegados a la falda del monte, y de repente el soldado salta desde un saledizo y aterriza con un gran porrazo sobre el techo del coche. Pressia mira hacia arriba y ve las abolladuras que han dejado las botas.

Bradwell coge el rifle que está en el suelo al lado de los pies de Il Capitano, lo amartilla, lo apunta hacia arriba y dispara practicando un agujero en el metal. El proyectil perfora la pierna del soldado, que se revuelve contra el techo pero no se cae.

Il Capitano intenta vapulearlo girando bruscamente el volante de izquierda a derecha, pero no funciona. El soldado aparece por la ventanilla de atrás y rompe el cristal de una patada con la pierna buena; se cuela en segundos por el agujero y coge a Perdiz por la garganta, pero este tiene un gancho de carne y su insólita velocidad. Rodea el ancho pecho de su contrincante y le clava el gancho entre los omoplatos.

El soldado deja escapar un gemido gutural, se suelta de donde estaba cogido y Perdiz vuelve a su asiento. Con todo, sigue agarrado al coche y con la mano libre se tantea la espalda en un intento por quitarse el gancho. Bradwell baja la ventanilla, saca la mitad del cuerpo fuera del coche y vuelve a amartillar el arma, pero, antes de poder disparar, el soldado lo ve, se abalanza sobre él y lo saca del coche. Aterrizan los dos en el suelo y salen rodando hasta detenerse.

Pressia quiere gritar: «Bradwell no». No puede perder a más gente, no lo permitirá. No más muertes. Echa mano de la manija pero la puerta está cerrada:

—¡Abre! —chilla.

—¡No! —le dice Il Capitano—. ¡No puedes ayudarlo, es demasiado peligroso!

La chica golpea la cabeza de muñeca contra la puerta.

—¡Dejadme salir!

Perdiz se incorpora en su asiento y le coge las manos para tirar de ella.

—¡No, Pressia!

—Usa la pistola. ¡Apunta bien! —exclama Lyda.

Pressia coge el arma y saca medio cuerpo por la ventanilla.

Il Capitano gira en redondo para que tenga mejor línea de fuego.

—Atenta cuando se separen. Puede que solo tengas una oportunidad.

El soldado intenta ponerse de pie pero tiene desgarrados los músculos de la pierna y además se retuerce por el dolor del gancho clavado en la espalda. Tiene a Bradwell cogido por el cuello pero el chico le pega puntapiés en la herida, le pega un codazo en la barriga y consigue ponerse en pie.

Atraídos por la sangre del soldado, se ha formado un corro de terrones a su alrededor, como buitres, pero acechando desde abajo. Surgen penachos de tierra que entorpecen la visión. Bradwell patea la barriga del soldado pero este lo agarra y lo lanza. El chico se da un buen golpe en el aterrizaje y acaba delante de un terrón. Retrocede como puede. Mientras, el soldado parece estar evaluando los daños de su pierna.

Bradwell coge el gancho de carne y se lo retuerce en la espalda al soldado. Al soltarlo, el chico se cae hacia atrás por la inercia.

Pressia respira, suelta la mitad del aire y dispara.

El soldado se gira y cae al suelo.

Bradwell se levanta y, de un movimiento rápido —con los pájaros convertidos en un borrón frenético de alas—, corta al terrón en dos con el gancho. «Es hermoso —piensa Pressia—, con sus hombros heridos, como si lo hubieran armado caballero con dos tajos, la mandíbula marcada, los ojos relampagueantes.»

Il Capitano detiene el coche al lado de Bradwell y abre el pestillo, aunque Pressia ya está saliendo por la ventanilla. Agarra a Bradwell para ayudarlo a subirse, abre la puerta y ambos entran. La chica cierra nada más subir y entonces mira a Bradwell y alarga la mano para tocarle un corte que tiene en el labio inferior.

—No te mueras. Prométemelo.

Il Capitano mete la marcha y acelera.

—Te prometo que lo intentaré —le dice el chico.

Mira por la luna trasera del coche y ve que hay más terrones rodeando al soldado. Uno se eleva y se retuerce hacia atrás como una cobra. En cuestión de segundos el soldado desaparece tragado por la tierra.

Bradwell levanta la mano y la deja caer por el pelo de Pressia, que le echa los brazos encima y se queda oyendo el latido de su corazón con los ojos bien cerrados. Imagina quedarse así para siempre, y dejar que todo lo demás se diluya.

Al poco tiempo Bradwell le anuncia:

—Hemos llegado.

Pressia levanta entonces la cabeza justo cuando doblan un recodo y aparecen los sembrados de cereal y, luego, el largo camino que termina en los escalones del porche de la granja amarilla. Por un momento se imagina que han llegado a su propia casa.

Pero conforme se acercan ve algo pequeño ondeando en una de las ventanas —parece una especie de banderola—, una toalla de mano con una raya rojo sangre en el medio. La chica se echa la mano al bolsillo y allí está la tarjeta que le dio la mujer de Ingership en la cocina, la señal. ¿Qué significa? «Tú tienes que salvarme.» ¿No es eso lo que le dijo la mujer?

398

Perdiz

Pacto

Su madre no está muerta. Sedge no está muerto. La mente de Perdiz no lo permite. Ha habido un error, algo que podrá resolver más adelante. En la academia también se producían errores de vez en cuando, sobre todo de percepción, errores humanos. La culpa es de su padre; él es humano, ha sido un fallo humano.

O tal vez sea una prueba. Su padre colocó los planos originales para que los viera y le dio la fotografía a su hijo con la esperanza, o quizá la certeza, de que utilizase dicha información. Puede que desde ese momento en adelante, a partir del flash cegador de la cámara de fotos, todo haya formado parte de un plan para evaluar la fuerza mental y física de Perdiz; al final todos saldrán de sus escondrijos, como en una broma muy elaborada o una fiesta de cumpleaños sorpresa. Se trata de una explicación que deja con vida a su madre y a Sedge. Pero, por mucho que intente aferrarse a esa lógica precaria, al mismo tiempo sabe que no es así; otra parte de su cerebro no para de decirle que están muertos, que se acabó.

La gasa que envuelve su mano izquierda le cubre la punta del meñique que le falta, aunque, cuando Pressia se pone a hablar de la granja, empieza a sentir un dolor como si todavía estuviese en su sitio y le latiera. No la cree. ¿Cómo podría? ¿Una granja allí en medio? ¿Un sistema automático que sella ventanas y puertas para evitar que pase la ceniza? ¿Una araña en el comedor? ¿Y todo rodeado de campos con trabajadores que los rociaban con pesticidas? Además, cualquier tipo de ostra, venenosa o no, sería un milagro de la ciencia. Aunque en la Cúpula hay laboratorios consagrados a la reimplantación de la producción natural de comida… La granja tiene que ser cosa de la Cúpula. Ambos mundos están ligados de un modo que nunca habría imaginado. El coche en el que está es una prueba; tiene que proceder de la Cúpula, ¿de dónde si no?

Cuando Pressia intenta describirla, Lyda comenta:

—Yo vi marcas de ruedas en la Cúpula. Hay una plataforma de carga y por allí deben de entrar y salir camiones.

«¿Estarán probando ya la transición de la Cúpula a su paraíso legítimo, la vuelta al hogar, al Nuevo Edén?», se pregunta Perdiz. Bienaventurados, en la Cúpula eran bienaventurados. Perdiz recuerda la voz de su madre: «un nuevo orden de esclavos». La oye como un pequeño viso de tela que se roza ligeramente en su mente; y siente entonces un enjambre en el pecho, cómo lo posee la rabia. La han herido, pero Sedge está con ella y Caruso la va a curar, igual que la última vez, cuando casi la dieron por muerta. Un fallo humano… No, están muertos los dos, y Caruso nunca saldrá a la superficie; es el único que queda y morirá algún día, probablemente dentro de poco, ahora que su padre sabe dónde se encuentra el búnker.

La señora Fareling… se acuerda de ella y de Tyndal. No llegó a darle el mensaje a su madre, no le dijo que habían sobrevivido. «Gracias.» Hay tantas cosas que no ha llegado a contarle…

Cuando Pressia dice que están ya cerca, Lyda se vuelve hacia Perdiz y le susurra:

—Alguien quería que te dijera una cosa.

—¿Quién?

—Bueno, una chica a la que conocí en el centro de rehabilitación —le cuenta Lyda, que parece avergonzada al mencionar que estuvo en una de esas instituciones; aunque, claro, tendría que haberlo supuesto, ahí es donde le han afeitado la cabeza. Perdiz quiere preguntarle por todo lo que ha tenido que soportar por su culpa. Ojalá pudiese dar marcha atrás. Sin embargo, la chica no quiere hablar de eso ahora; se lo ve en la cara. Tiene algo importante que contarle.

—Quería que te dijese que hay muchos que, al igual que ella, quieren que derroques la Cúpula. Eso es todo lo que pudo decirme. ¿Lo entiendes?

—Células durmientes —musita. Lyda está enterada de todo: no es solo una rehén, es una mensajera. ¿Sabrá que ahora trabaja para el bando de su madre? Quiere contarle todo lo que su madre le ha dicho, que él es el líder, pero no puede, porque tiene la cabeza hecha un lío—. Sí —acierta a decir—. Lo entiendo.

Enfilan ahora por el último tramo e Il Capitano aparca detrás de una fila de árboles frutales muy frondosos y tan pegados entre sí que sus ramas se entrelazan. Y allí está: una granja amarilla, tal y como la ha descrito Pressia, y las oscuras hileras de vegetación exuberante en un valle, en una finca aislada, con las esteranías expandiéndose alrededor cual mar de cenizas. Hay un granero rojo con ribetes blancos y un invernadero. Le inquieta la forma en que aparece todo de la nada como si lo hubiesen arrancado de otro sitio y otra época, y lo hubiesen atornillado allí mismo. No se ve a ningún soldado de la ORS por los campos, pero hay dos escaleras apoyadas contra la fachada con unos cubos en los travesaños y dos palos largos hasta el suelo.

401

—¿Están fregando la casa? —pregunta Perdiz.

—Aquello que parece una banderita en la ventana es una señal. La he visto antes.

—De la resistencia —aclara Bradwell—. Mis padres tenían una bandera igual, pero de verdad, doblada en un cajón. Son de hace muchos años.

—La esposa de Ingership —dice Pressia—. Creo que tiene problemas.

—¿Cómo habrá llegado esta casa aquí? —se pregunta Perdiz entre susurros.

—Parece una casa de una revista, pero enferma, infectada por dentro.

—No tiene nada que ver con las tiendas blancas de los antiguos árabes—comenta Il Capitano.

—Bradwell necesita tu chaquetón —le pide Pressia a Perdiz.

El fragor de la batalla ha pasado y el chico ha empezado a temblar. Perdiz ve cómo le tiritan los hombros y se apresura a quitarse el chaquetón —que por otra parte era de Bradwell— y dárselo. El chico se lo pone y le da las gracias con una voz que es apenas un susurro, ¿o es que Perdiz no escucha bien? Ya no puede fiarse de nada, ni de lo que ve ni de lo que oye, ni de casas que aparecen de la nada, ni de la sangre brumosa ni de los ojos de su hermana.

—Podemos darle la medicina a Ingership a cambio de que te quite lo que tienes en la cabeza —propone Perdiz. Él es el único que sabe la verdad, que la medicina es un señuelo que solo sirve para ganar tiempo.

—¿Y qué hacemos con la mujer de Ingership? ¿Cómo la ayudamos?

—Pero ¿no fue ella la que te anestesió? —pregunta Bradwell.

—No lo sé —confiesa la chica.

Por el camino pasean unos pájaros bien gordos que parecen pollos. Son monstruosos, sin plumas y con patas de dos garras que les hacen dar bandazos de un lado para otro; en su lugar parecen recubiertos de escamas, como si la piel escamosa de sus patas se prolongase por el cuerpo entero. Las alas son colgajos huesudos que les penden a ambos lados y no parecen suyas.

—Pues esas cosas no se veían en las revistas —señala Bradwell.

Perdiz piensa en su padre, infectado por dentro, como la propia casa.

—Cuando avancemos mantén las pastillas pegadas a la cabeza —le dice a Pressia.

—No —dice Bradwell alargando la mano y poniéndosela al otro chico en el pecho—, es demasiado ya.

—¡Pero así es como funciona él! A ella la volaría por los aires pero las pastillas no. —Su padre es un asesino. Cierra los ojos un momento como si intensase despejar la vista. Pero sabe que su padre no pulsó el interruptor hasta que no vio el frasco de las pastillas en la mano de su hijo pequeño, a una distancia suficiente—. Es por su seguridad.

—Tiene razón —le dice Pressia a Bradwell.

Perdiz se imagina a su padre observándolos, siguiendo cada palabra y cada gesto. Debe de estar en comunicación directa con Ingership porque, justo ahora, dos jóvenes soldados con el uniforme de la ORS se apostan en el porche. Son miserables, pero están bien pertrechados. Van hasta el borde del porche y se quedan ahí como centinelas.

Il Capitano mira por el parabrisas con los ojos entrecerrados y les dice al resto:

—¿Sabéis lo que más me fastidia? Que son mis propios reclutas, los muy puñeteros..., y ni siquiera saben coger bien un arma. Aunque supongo que eso juega a nuestro favor.

—Me fastidia —susurra Helmud, con un murmullo áspero.

—¿Estamos listos? —pregunta Bradwell.

Perdiz quiere añadir algo, le gustaría hacer un pacto allí mismo en el coche antes de salir. Pero no sabe muy bien qué hacerles jurar.

—Ey, se me olvidaba —dice Il Capitano, que se saca algo del bolsillo de la chaqueta y lo muestra al resto—. ¿Esto es de alguien?

Es la caja de música que hizo su madre, ennegrecida por el fuego.

—Quédatela tú —le dice Pressia a Perdiz.

—No —repone el chico—. Para ti.

—Es una melodía que solo vosotros dos conocéis —insiste la chica—. Ahora es para ti.

Perdiz la coge y restriega la superficie con el pulgar, que se mancha con el hollín.

—Gracias. —Tiene la sensación de estar sosteniendo algo esencial, una parte de su madre que puede conservar para siempre.

—¿Vamos? —dice Pressia.

Todos asienten.

Il Capitano arranca el coche y loestampa contra la casa. Los reclutas no disparan; en vez de eso salen corriendo y se chocan delante de la puerta. Il Capitano pisa el freno un poco más tarde de la cuenta y se lleva por delante los escalones del porche, que se doblan bajo la parrilla y se resquebrajan.

Se bajan todos del coche. Il Capitano con su rifle, Perdiz y Lyda con cuchillos y ganchos de carne, Bradwell con una macheta y Pressia con el frasco de pastillas a la altura de la cabeza, los nudillos contra la sien.

—¿Dónde está Ingership? —grita Il Capitano.

Los reclutas intercambian una mirada nerviosa pero no responden. Están delgados y, a pesar de tener la piel chamuscada, parece que han recibido una paliza no hace mucho. Moratones y laceraciones les surcan brazos y cara.

En ese preciso instante se abre una ventana de la planta de arriba, en el lado contrario a donde está la toalla de mano manchada de sangre. Ingership se asoma, los hombros tensos y la barbilla alta. Las placas metálicas de su cara relucen y está sonriente.

—¡Habéis venido! —Habla alegremente, aunque se diría que ha estado en una pelea porque en la mejilla izquierda tiene varias magulladuras—. ¿Os ha costado encontrarnos?

Il Capitano amartilla el rifle y dispara. El estallido hace que a Perdiz le recorra el cuerpo un espasmo. Vuelve a ver la explosión en su cabeza: su hermano, su madre, el aire lleno de un fino rocío de sangre.

—¡Cielo santo! —grita Ingership, reculando—. ¡Qué falta de civismo!

En una reacción retardada, un recluta dispara a un lado del coche, con lo que Il Capitano vuelve a abrir fuego, esta vez contra una ventana de la planta baja.

—¡Para! —exclama Perdiz.

—No quería darle —aclara Il Capitano.

—Darle —repite Helmud.

—Ya está bien, se acabaron los disparos.

—Tu padre puede hacer que rodeen todo esto —le grita Ingership a Perdiz—. Ya podría haberos abatido a tiros, y lo sabes, ¿verdad, muchacho? ¡Se está portando bien contigo!

Perdiz no está tan seguro de eso. Las Fuerzas Especiales son un cuerpo de élite muy reciente, eran seis y han muerto todos. Conoce a los que estaban en la cola para unirse a ellos, los chicos de la academia que eran parte del rebaño. Pero es imposible que estén preparados para combatir como Fuerzas Especiales; no ha habido tiempo de transformarlos ni entrenarlos de esa manera.

—Quiere algo que tenemos nosotros —dice Perdiz—. Es así de simple.

Ingership no responde al momento.

—¿Tenéis los medicamentos del búnker?

—¿Tienes tú el control remoto que hace estallar la cabeza de Pressia? —replica Bradwell.

—Hagamos un trato —propone Perdiz.

Ingership desaparece y se oye un ruido en la ventana de arriba. Los dos reclutas del porche siguen apuntándolos con sus armas.

Surge entonces un zumbido sonoro de la casa, la apertura de los cierres de goma automáticos para mantener a raya la ceniza. A continuación suena un clic en la puerta de entrada y se abre de par en par.

En la ventana de arriba con la toallita ensangrentada Perdiz distingue primero una cara blanca —¿la mujer de Ingership?— y luego una mano pálida contra el cristal.

Pressia

Barcos

*E*ntran al vestíbulo con los guardasillas, las paredes blancas, las alfombras estampadas y las amplias escaleras que llevan a la segunda planta. A Pressia le embarga enseguida una acuciante sensación de estar acorralada, atrapada. Sigue con el frasco en la cabeza, los dedos tensos, el cuerpo dolorido de arriba abajo. Mira hacia el comedor, donde vuelve a asombrarle el resplandor de la araña sobre la mesa alargada, y oye entonces unas pisadas provenientes del piso de arriba: ¿la mujer de Ingership? Con la araña Pressia se acuerda del abuelo, y de su fotografía en la cama de hospital. Hace un esfuerzo por rememorar su sensación de ilusión pero recuerda, en cambio, el cuchillo en su mano, los guantes de látex, la quemazón en la barriga y el pomo que no quería girar, que solo emitió un chasquido. Y ese sonido se convierte en el del gatillo de la pistola, en la sacudida por todo su brazo, hasta el hombro. Cierra los ojos con fuerza por un segundo y vuelve a abrirlos.

Los dos soldados siguen apuntándolos. Ingership aparece entonces en lo alto de las escaleras y baja para recibirlos. Con el paso algo inestable, va deslizando la mano por la barandilla de caoba. Tiene marcas de garras en una mejilla. Pressia piensa en su mujer. ¿Estará encerrada en el cuarto de baño? ¿Ha habido una pelea?

—Dejad aquí todas las armas —les ordena Ingership—. Mis hombres también lo harán. Somos gente civilizada.

—Solo si nos dejas cachearte a ti también —resuelve Bradwell.

—De acuerdo. Por lo que veo la confianza es un bien escaso.

—Cualquiera diría que nos estabas esperando —comenta Perdiz.

—La Cúpula estima oportuno informarme de ciertas cosas, soy uno de los confidentes de tu padre.

—Seguro.

Perdiz no parece darle mucho crédito. Y por lo poco que sabe Pressia sobre Ellery Willux, duda bastante de que tenga algún confidente, y más aún de que Ingership sea uno de ellos. Willux no parece de esos que le cuentan secretos a nadie.

—Las armas en el aparador —les dice Ingership señalando un mueble pegado a la pared.

Cuando dejan pistolas, cuchillos y ganchos, los reclutas, nerviosos, se apresuran a imitarlos. Il Capitano cachea a sus propios soldados mientras los mira fijamente a los ojos, pero estos apartan la vista. Pressia se figura que está intentando calibrar su lealtad. No le dispararon cuando abrió fuego en la entrada, solo uno le dio al coche. ¿Significa eso que su lealtad está dividida? Si Pressia fuese uno de ellos, haría lo mismo que están haciendo: jugar a dos bandas para tratar de sobrevivir.

Bradwell cachea a Ingership, mientras Pressia se queda pensando que le gustaría preguntarle cómo era. ¿Cuánto de verdadero hay en él? ¿El metal que le cubre media cara le recorre la mitad del cuerpo? Puede ser, se dice la chica, que se pregunte también qué pensará Bradwell de ella. Su mejilla todavía conserva el recuerdo de su piel cálida, el latido de su corazón. Su dedo ha memorizado el corte de su labio. Le pidió que no se muriese y él le prometió que lo intentaría. ¿Siente él lo mismo que ella, un torbellino persistente que le aporrea el corazón? Con todo lo que ha perdido, lo único que sabe ahora es que a él no puede perderlo… en la vida.

Los soldados los registran por turnos. Pressia está al lado de Lyda y los reclutas recorren rápidamente sus cuerpos con las manos.

—No me gusta que me disparen —observa Ingership.

—Ni a ti ni a nadie —replica Il Capitano.

—Ni a nadie —resuena Helmud.

—Los soldados me acompañarán, solo por si acaso, y las jóvenes pueden esperar en el recibidor.

Pressia se pone tensa y mira a Lyda, que sacude la cabeza. Tienen el recibidor a su izquierda, todo lleno de cortinas y abarrotado de muebles y cojines.

—No, gracias —repone Pressia, que piensa en la trastienda de la barbería y en el armario donde en otros tiempos se escondía. Se acabaron los escondites. Se acuerda de la cara sonriente que dibujó en la ceniza: no quedará ni rastro, polvo al polvo. No tiene intención de volver a esconderse ni de que la esconda nadie.

—¡Esperad en el recibidor! —grita con tanta fuerza Ingership que Pressia se queda pasmada.

Lyda la mira de reojo y dice con toda la calma:

—Nosotras haremos lo que nos venga en gana.

Los arañazos de la cara de Ingership relucen; están en carne viva. Mira a Il Capitano, a Bradwell y por último a Perdiz.

—¿Y bien? —Espera a que hagan algún movimiento.

Los chicos se miran entre sí y Bradwell se encoge de hombros y le dice:

—¿Y bien qué? Ellas ya te han respondido.

—De acuerdo, no permitiré que la fea testarudez de estas jóvenes nos perturbe.

Da media vuelta en las escaleras y empieza a subirlas de peldaño en peldaño. Una vez arriba abre una puerta con una llave que le cuelga de una cadena del bolsillo.

Entran en lo que a primera vista les parece un gran quirófano, todo blanco y esterilizado. Bajo las ventanas hay una mesa larga con bandejas metálicas, cuchillos pequeños, algodones, gasas y una bombona de algún tipo de anestésico. Se agolpan todos en torno a una mesa de operaciones. Pressia se imagina que fue allí donde le instalaron los micros, las lentes y la tictac; lo tiene todo borrado…, salvo, tal vez, el papel pintado. Por un momento apoya el puño de muñeca en la pared, sin dejar de sujetar las pastillas a la altura de la cabeza. El papel pintado es verde claro, con unos barquitos que le resultan extrañamente familiares. ¿Fue eso lo que vio cuando recobró el sentido por un instante sobre la mesa, unos barquitos con las velas hinchadas?

—¿Haces aquí muchas cirugías? —pregunta Bradwell.

—Alguna que otra —le responde Ingership.

Los soldados parecen angustiados; no pierden de vista ni a Ingership ni a Il Capitano, sin saber quién les ladrará órdenes primero.

—Ve a por mi querida esposa —le manda Ingership a uno de ellos.

El soldado asiente y se ausenta solo por un par de minutos. Se oye un porrazo al otro lado del pasillo, unas voces y un forcejeo. Una puerta se cierra y el recluta regresa con la mujer, que todavía tiene la cara cubierta con la media de cuerpo entero, cosida para dejar solo a la vista los ojos, la boca y una poblada peluca de pelo claro. Por encima viste una falda larga y una blusa de cuello alto manchada de sangre que le traspasa desde la piel a la media y de esta a la ropa, como las humedades de una pared. La media corporal está rasgada por los dedos de una mano y se ven azulados, como si se los acabasen de retorcer. Tal vez así se haya hecho los arañazos Ingership. También tiene la media rasgada por un lado de la mandíbula, un hueco por el que se ve la piel pálida, un feo moratón y dos laceraciones que parecen quemaduras recién hechas. Pressia intenta recordar lo que le dijo exactamente la mujer en la cocina: «Te pondré al abrigo del peligro». ¿Ayudó a Pressia de algún modo? En tal caso, ¿cómo?

Ingership señala un taburete bajo de cuero que hay en un rincón de la habitación. La mujer escurre el bulto rápidamente hacia el asiento. En cuanto se acomoda, a Pressia le parece estar viendo una marioneta envuelta en una media, como los muñecos de puros que hacen los niños para luego quemarlos. Los ojos de la mujer, sin embargo, están muy vivos, no paran de mirar a todos lados y parpadear. Va repasando las caras de todos hasta que sus ojos se quedan fijos en Bradwell, como si lo reconociera y quisiera que él la reconociera a su vez. El chico, en cambio, no se da por aludido. La mujer mira por último a Pressia, con ojos huidizos, y aparta rápidamente la vista.

La chica le hace una seña con la cabeza, sin saber muy bien cómo interpretar los rasgos inexpresivos de la mujer, que le devuelve el gesto antes de volver a bajar los ojos y dejarlos fijos en sus dedos descubiertos. ¿Se supone que Pressia tiene que salvarla?

—¿Esto era antes el cuarto de un niño pequeño? —pregunta Lyda con tranquilidad, quizá para romper el hielo.

—Se supone que no debemos reproducirnos —le dice Ingership—. Órdenes oficiales. ¿Verdad, querida?

Pressia no entiende nada: ¿órdenes oficiales? Perdiz y Lyda intercambian una mirada, seguramente ellos conocerán bien las normas. Pressia se figura que a algunos se les permitirá reproducirse y a otros no.

—¿Y la caja? —le pregunta Ingership a su mujer, que se levanta y coge algo que hay junto al instrumental quirúrgico, un pequeño contenedor circular con un interruptor metálico fijado por bisagras y conectado a un largo tramo de cables que se pierden por un hueco de la pared. La mujer regresa a su asiento y deja el aparato sobre su regazo.

Bradwell se adelanta y pregunta sin más rodeos:

—Eso es, ¿no?

El movimiento repentino asusta a la mujer de Ingership, que se aprieta el interruptor contra el pecho.

—Tranquilidad, muchacho. Mi pobre esposa lleva unos días muy volátil. —Para demostrarlo, agita las manos junto a la mujer y esta se encoge del miedo—. ¿Lo ves?

La mujer se empequeñece como el perro que vivía al lado de las chabolas, al que Pressia solía dar de comer, el que mataron de un tiro los de la ORS.

—Tenemos lo que quieres —interviene Perdiz—. Mantengamos la calma.

—¿Qué es lo que pretendes? —le pregunta Ingership a Perdiz—. Eso es lo que no entiendo. Aquí fuera no hay futuro, y ya sabes que puedes volver si quieres. Tendrías que resarcirte de algún modo, pero tu padre te devolvería al redil. Eso sí, todos estos le servirían de poco. —Señala al resto de chicos con desprecio—. Tú, en cambio, podrías tener una vida.

—No quiero vivir en ningún redil. Prefiero morir luchando.

Pressia lo cree, y siente ahora que lo ha infravalorado, que tal vez ha confundido su falta de experiencia en este mundo con debilidad.

—¡Pues ten por seguro que tus deseos se cumplirán! —le dice Ingership tan alegre.

—¡Que la desarmes, Ingership! —le grita Il Capitano.

—Y tú, con ese retrasado a la espalda, ¿qué crees que será de ti? Nunca ganarás. Nada de lo que crees existe de verdad. ¡Ni siquiera tus soldados son tus soldados! Es el mundo de la Cúpula dondequiera que mires, hasta donde te alcanza la vista.

Il Capitano mira de reojo a los dos soldados.

—No pierdas el sueño por mí, Ingership. No te preocupes, estaré bien.

—Bien —dice Helmud.

—Mi mujer no ha parado de dar guerra desde que nos visitaste, Pressia. Se le han subido los humos. Un hombre sin compasión la habría dejado en medio del bosque para que se valiese por sí misma, pero yo he sido más bondadoso y me he limitado a administrarle un correctivo. Y mírenla ahora… más suave que un guante. Si le dijera ahora mismo que pulsase el interruptor, lo haría. A pesar de ser de naturaleza delicada, es muy obediente.

Mira a su mujer con condescendencia.

Claramente es todo un montaje, aunque Pressia no está segura de si es de cara a la Cúpula o si es algo más personal, una representación pública para una audiencia limitada.

Ingership se acerca a Pressia, quien agarra con más fuerza el frasco a la altura de su cabeza.

—¿Y si te dijera que están de camino? Las Fuerzas Especiales… y refuerzos, no solo media docena, sino un pelotón entero.

—Miente —dice Lyda—. Si Willux hubiese querido traerlos, ya estarían aquí.

Pressia no sabe si eso es cierto o no, pero admira la determinación de la otra chica.

—¿Me hablas a mí? —pregunta Ingership, que acto seguido va hacia Lyda y le pega una bofetada con el dorso de la mano. La chica se revuelve y se apoya en la pared para no perder el equilibrio. Pressia siente que se le enciende una mecha de rabia en la barriga.

Perdiz se abalanza sobre Ingership y lo zarandea por las solapas del uniforme.

—¿Quién te crees que eres? —Lo agarra con tanta fuerza que a Ingership apenas le llega el oxígeno.

411

Con todo, el hombre se queda mirando fríamente al muchacho.

—Te equivocas de bando —gruñe. Y, sin mirar a su mujer, añade—: Pulsa el botón.

—¡Nooo! —grita Bradwell.

Los dedos de la mujer rozan temblorosos el interruptor…, como lo haría alguien de naturaleza delicada.

—Todavía es joven —le dice Bradwell en voz baja—, acaba de perder a su madre, imagínate: una niña sin madre. —Pressia comprende lo que pretende. A la mujer de Ingership no le permiten tener hijos, pero en otros tiempos esperaron un bebé, ¿no es cierto? ¿Por qué si no empapelar una habitación como un cuarto de niños? Está jugando con ese recuerdo, con esa ternura—. Apiádate de ella. Tú puedes salvarla.

Ingership logra gritar una última vez:

—¡Pulsa el botón!

Mira a su marido y luego hace lo que le han ordenado: pulsa el botón. Pressia coge aire y Bradwell se abalanza sobre la mujer de Ingership y tira la caja al suelo, donde se hace añicos. Todos los presentes se quedan paralizados. No se produce ninguna explosión.

Pressia oye por dentro de sus oídos un tenue «tic» —solo uno en cada oído— y después, de repente, ya no los tiene taponados. Las lentes que tiene en los ojos se le nublan por un momento y se queda ciega. Pero no dura mucho, antes de poder siquiera gritar le vuelve la visión, y despejada, sin neblina.

Perdiz suelta a Ingership con un fuerte empujón contra la pared.

—¿Qué ha pasado? —pregunta Perdiz.

—Estoy viva. Y veo y oigo mucho mejor. De hecho suena todo muy alto… hasta mi propia voz. —Pressia deja caer la mano con el frasco de las pastillas.

La mujer de Ingership se pone en pie y dice:

—Nunca activé la tictac. Cambié el cableado para que si alguien pulsaba el interruptor lo único que hiciese fuese desactivarlo todo. Te dije que te pondría al abrigo del peligro, te lo prometí. —A continuación se dirige solo a Pressia—: Tienes que llevarme con vosotros.

—¡Nos matarán por esto! —le grita Ingership a su mujer, echado como está contra la pared, sin aliento—. ¿Lo sabías? ¡Nos matarán!

—Por ahora creen que ha muerto —dice la mujer de Ingership—. Tenemos tiempo para escapar.

Ingership la mira completamente conmocionado.

—¿Lo tenías planeado?

—Sí.

—Incluso vacilaste antes de pulsar el botón mientras me atacaban para que no sospecharan de que no ibas a matarla.

—Soy de naturaleza delicada.

—¡Me has desobedecido! ¡Me has traicionado! —aúlla Ingership.

—No —replica la mujer con una voz distante y etérea—. Nos he salvado para poder tener tiempo de escapar.

—¿De escapar a qué mundo? ¿Para convertirnos en miserables?

La mujer parece mareada y tiene que cogerse de las cortinas que hay por encima de la mesa para no caerse. La cara se le contrae bajo la media y lanza un grito.

Pressia mira a Lyda, que tiene una marca roja y un corte en el pómulo que le ha hecho el anillo de Ingership.

—Me ha salvado —dice Pressia.

Ingership se abalanza entonces hacia la mesa y saca una pistola de un mueble bajo. Cuando se vuelve, la apunta hacia Perdiz.

—Podría matarte ahora mismo, sin ojos ni oídos tu padre jamás se enteraría —le dice al chico, y después les grita a sus soldados—: ¡Apresadlos!

Pero los reclutas no se mueven; primero miran a Il Capitano y luego a Ingership.

—En realidad no te respetan, Ingership —le dice Il Capitano—, ni siquiera con una pistola. ¿No es verdad?

Los soldados siguen paralizados.

—Os mataría uno por uno —los amenaza Ingership, que apunta entonces el arma a la cara de Bradwell—. ¿Te crees que él no sabe quién eres?

—¿De qué hablas? —replica Bradwell.

—Willux lo sabe todo sobre ti y de quién vienes.

Bradwell entorna los ojos.

—¿De mis padres? ¿Qué sabe de mis padres?

—¿Te crees que va a dejar que un hijo de ellos le plante cara?

—¿Qué sabe sobre ellos? —Bradwell da un paso hacia Ingership, con el cañón ya en el pecho del chico—. Dímelo.

—No le importaría añadirte a su colección de reliquias. Yo te preferiría muerto, la verdad.

—¿Su colección? —se extraña Perdiz.

La mujer de Ingership tira tan fuerte de las cortinas de gasa que se sueltan de los ganchos de arriba. Se tambalea hacia atrás y está a punto de perder equilibrio, cuando se da la vuelta, por detrás de su marido, como atrapada en un capullo de gasa blanca, con algo brillándole en la mano.

Un escalpelo.

Avanza y, cuando la cortina se cae como un vestido al suelo, le clava la cuchilla en la espalda a su marido, que pega un chillido y deja caer la pistola al suelo. El arma sale disparada por las baldosas, e Ingership se arquea y se cae al suelo. Lyda recoge la pistola y apunta con pulso firme a Ingership, que se retuerce con el escalpelo hundido en la espalda, embadurnándose con su propia sangre.

Bradwell se arrodilla junto a él y le insiste:

—¿Qué pasa con mis padres? ¿Qué te ha contado Willux sobre ellos?

—¡Mujer! —grita Ingership, aunque no queda claro si grita para pedirle ayuda o por pura rabia contra ella.

—¡Mis padres! —le repite Bradwell—. ¡Que me cuentes lo que Willux te ha dicho!

Ingership aprieta los ojos con fuerza.

—¡Mujer! —vuelve a llamarla.

Esta desgarra el agujero de la media que tiene en la mandíbula y se la quita de la cara con un grito agudo que le surge de lo más hondo del pecho. Se quita la peluca y deja a la vista un pelo rojizo enmarañado y una cara cubierta de viejas cicatrices, es cierto, pero también de cardenales recientes, laceraciones y otras quemaduras. Pressia adivina por sus rasgos que en otros tiempos fue hermosa.

Tirado en el suelo ensangrentado, Ingership sigue gritando:

414

—¡Mujer, coge las pastillas!

—No valen para nada —le confiesa Perdiz.

Ingership se gira sobre un hombro.

—Mujer, ven aquí, te necesito. ¡Me quema todo!

La mujer de Ingership se echa sobre la pared, apoya la mejilla y se pone a acariciar el papel pintado, un solo barquito.

Por un momento da la sensación de que se trata del final vertiginoso de todo. Bradwell se pone en pie y mira a Ingership a sus pies. Parpadea y tiene la vista perdida: se está muriendo. El chico no va a sacarle ninguna información sobre sus padres, de modo que va hacia Pressia y la atrae hacia sí. La chica reclina la cabeza por debajo de su barbilla y Bradwell la aprieta con fuerza.

—Creía que iba a matarte, y que te perdería para siempre.

Pressia escucha una vez más los latidos de Bradwell, que son como un tambor suave. Está vivo e Ingership muerto, los ojos en blanco. Piensa en el trabajo de su abuelo en la funeraria y siente la obligación de decir una oración por él, aunque no conoce ninguna. El abuelo le contó que en los funerales solían entonar canciones que eran como plegarias, y estaban destinadas a los dolientes, para aliviarlos en su pena. No conoce ninguna de esas canciones pero piensa en la que su madre solía cantarle, en la nana. Algo tiene ese cuarto de bebé sin bebé que le hace pensar en su madre, en la imagen que veía en la pantalla y la grabación de su voz. Y Pressia abre entonces la boca y surge de ella la canción.

A Perdiz no le sorprende la voz de su hermana, es como si llevara años esperando oírla. De cadencia triste, aunque le cuesta unos instantes ubicarla, no tarda en reconocerla: su madre se la cantaba por las noches. Una nana que no tenía nada de nana, que más bien era una historia de amor. En la voz de Pressia oye la de su madre. Está cantando sobre una mosquitera que se cierra de un portazo y un vestido que ondea al viento. Se acuerda de la noche del baile, de cómo notaba la respiración de Lyda bajo el talle ceñido del vestido. A la chica también parece emocionarle la canción porque lo coge ahora de la mano, la que tiene envuelta en gasa, con un dedo menos. Sabe que la lucha no ha acabado pero por un momento finge que todo ha terminado y entonces se acerca al oído de Lyda y le pregunta:

—Y tu pájaro de alambre, ¿lo expusieron al final en el Salón de los Fundadores?

Lyda está a punto de preguntarle qué será ahora de ellos. ¿Adónde irán? ¿Cuál es el plan? Pero las palabras se le atrancan en la garganta. Lo único que tiene ya en la cabeza es el pájaro de alambre, un ave solitaria que se mece con gracia dentro de una jaula de alambre.

—No lo sé. Ahora estoy aquí.

No hay vuelta atrás.

A la mujer de Ingership le pusieron Illia de nombre. Piensa en su nombre, en volver a ser Illia. Ya no es la mujer de nadie porque su marido está muerto. Piensa en Mary, la niña de la canción, la que está en el porche. «No te vayas», quiere decirle a la niña. La sangre de su marido le ha llegado hasta los zapatos. Acaricia los barquitos del papel pintado y recuerda el de su padre, cuando de pequeña achicaba el agua con cubos. Se siente tambalear, como si estuviese en una barca mecida por las olas, y oye a su padre decir: «El cielo es un cardenal, y solo una tormenta puede curarlo».

Il Capitano mira a los soldados y se imagina todo lo que podrían contar. Hay más viviendo allí, y es probable que tengan la piel igual de amoratada que la de la mujer de Ingership. Viven en alguna parte de la finca y, por lo que se ve, seguramente casi todo lo que comen es medio tóxico; es probable que tengan un pie en la tumba. Apoya las manos en la mesa que hay debajo de la ventana para soportar mejor el peso de su hermano. Desde allí apenas se ven los oscuros restos de la vieja autovía. El cementerio del asilo no estaba muy lejos. Una vez fue allí con su madre y les sorprendió una tormenta. En esa ocasión había ido a elegir su tumba, pero él no entró. Se quedó esperándola tras la verja bajo la lluvia, que arreciaba, con Helmud, al que los relámpagos asustaban, asido a su mano.

De vuelta a casa les dijo: «No voy a necesitar la tumba hasta dentro de mucho. Pienso morir de vieja, no os pongáis así». Pero al poco volvió al asilo por sus pulmones. Fijaron la fecha y no sabían si volvería o no. «Te quedas al cargo hasta que vuelva, Il Capitano.» Y desde entonces lleva a Helmud a su cargo. Es más, él es Helmud. Cuando odia a Helmud se odia a sí mismo. Y cuando quiere a su hermano, ¿pasa lo mismo? Lo cierto es que el peso de Helmud solo lo hace más fuerte, que tenga los pies bien puestos en la tierra, como si sin Helmud probablemente ya estuviese volando lejos de este planeta.

Helmud siente las costillas de su hermano entre las rodillas y el corazón batiente de este por delante del suyo. «Abajo... bramido. Al viento... monta.» El corazón de su hermano siempre llegará a todas partes justo antes que el de él. Es la forma en que pasará por este mundo: el corazón de su hermano, un latido, y luego el suyo. Un corazón encima de otro; un corazón que manda y otro que sigue. Corazones siameses, unidos.

417

Bradwell recuerda la canción. Art Walrond, el científico borracho, el confidente de confianza de sus padres, solía ponerla en su descapotable. Se acuerda de viajar con él y el perro al que llamó *Art*, el viento arremolinado alrededor de sus cabezas. Aunque ya hace tiempo que Walrond murió, al igual que los padres de Bradwell, Willux los conocía. ¿Qué habría dicho Ingership de seguir vivo? Ojalá lo supiera. Sin embargo, no piensa en eso mucho tiempo porque la voz de Pressia se le mete dentro. La chica tiene la mejilla apoyada contra su pecho; por eso siente la canción por la piel: la vibración delicada, el movimiento de su mandíbula, las finas venas de su cuello, la caja torácica, ese frágil instrumento que retumba en su garganta. Se ha formado un recuerdo y se quedará así sobre su piel: el rápido y suave respirar, cada nota sostenida, la canción despegando de los labios de Pressia, sus ojos cerrados al futuro. Es un lujo pensar en el futuro, y no lo haría si no fuese por

Pressia. ¿Y si luchasen contra la Cúpula y ganasen? ¿Podría vivir la vida a su lado? Sin el descapotable, ni el perro, ni el cuarto de los niños con barquitos por las paredes…, algo más allá de todo eso.

Perdiz tiene que irse, no lo soporta: ni la muerte de su madre, ni su voz en una canción en la garganta de Pressia.

La mano de Lyda le acaricia el brazo, pero él sacude la cabeza y se aleja.

—No. —Necesita estar solo.

Sale de la habitación y atraviesa el pasillo. Hay una puerta, la abre y se encuentra en la sala de comunicaciones, donde está todo encendido y hay una enorme pantalla azul, una consola con indicadores, cables, teclado y altavoces.

Oye la voz de su padre dar instrucciones. La gente le responde: «Sí, señor. Sí». Y luego alguien dice: «Hay alguien allí, señor».

—Ingership, por fin, hombre.

—Está muerto —le anuncia Perdiz.

La cara de su padre aparece en la pantalla delante del fondo azul, con sus nerviosos ojos acuosos, la ligera parálisis de la cabeza, las manos extendidas sobre la consola que tiene ante él. Una de ellas está en carne viva, de un rosa oscuro, escamada, como si se la hubiese escaldado hace poco. Está pálido y sin aliento, el pecho ligeramente encorvado. Asesino.

—Perdiz —dice a media voz—. Perdiz, se acabó. Tú eres de los nuestros, vuelve a casa.

El chico sacude la cabeza.

—Tenemos a tu buen amigo Silas Hastings y a tu colega Arvin Weed, que nos ha sido de una ayuda inestimable. Nunca habríamos sabido en qué andaba trabajando si no le hubiésemos hecho unas preguntas sobre ti. Los dos tienen ganas de verte.

—¡No! —grita Perdiz.

En un susurro apremiante su padre le dice:

—Lo del bosque, con tu madre y Sedge, ha sido un error, un accidente, una imprudencia. Pero estamos reparándolo. Todo eso ya pasó.

El chico ve ahora que su padre tiene también la piel del cuello cauterizada, como si fuese tan solo una delgada membrana rosa. ¿Se le está degenerando la piel?, ¿es otro de los síntomas de los que su madre hablaba?

«¿Una imprudencia? —piensa Perdiz para sus adentros—. ¿Reparando? ¿Que todo eso ya pasó?»

—Y además he hecho que te encuentres con tu medio hermana. ¿Te das cuenta? Ha sido un regalo.

Perdiz apenas puede respirar. Su padre lo amañó todo, era cierto. Sabía lo que haría su hijo, lo manipuló como a un pelele.

—Has conseguido lo que necesitamos aquí, y muchos lo agradecerán. Lo has hecho muy bien.

—¿Es que no te enteras de nada?

—¿Qué? ¿Qué pasa?

—Esto es solo el principio.

—Perdiz, escúchame.

Pero el chico sale de la habitación y echa a correr escaleras abajo. Abre la puerta de la entrada y, por razones que es incapaz de explicar, baja los escalones del porche y se monta en el techo del coche negro, donde se queda mirando tan lejos como le alcanza la vista. Siente que es el principio de algo.

Al rato se da la vuelta y mira la casa, esa gran mole amarilla, con el cielo comprimido por detrás, y luego la toallita con sangre ondeante. En ocasiones el viento sigue sorprendiéndole.

Cuando termina la canción se produce un momento de silencio. ¿Cuánto tiempo? Pressia no sabría decirlo. El tiempo ya no se acumula, simplemente lo inunda todo y luego se desvanece. Se acerca a la ventana y Bradwell se pone a su espalda, rodeándole la cintura con el brazo y mirando por encima de su hombro. Ahora ya no pueden alejarse el uno del otro. Si bien ninguno de los dos ha expresado en palabras los sentimientos que comparten, están unidos, y con más fuerza que nunca porque han estado a punto de quedarse el uno sin el otro.

Y la vida continúa porque así tiene que ser. Il Capitano y los soldados cogen a Ingership por los brazos y lo remolcan fuera de la habitación, los zapatos arrastrándole y dejando a su paso un reguero de sangre.

419

Lyda, que ha salido de la habitación, vuelve ahora a toda prisa.

—¿Dónde está Perdiz? ¿Alguien ha visto adónde ha ido?

Como nadie lo ha visto, vuelve a irse.

La mujer de Ingership recoge la cortina y se queda con ella entre los brazos, mirando a Pressia.

—Has venido a por mí —le dice.

—Y tú me has salvado la vida —reconoce Pressia.

—Lo supe en cuanto te vi. A veces conoces a alguien y sabes que a partir de ese momento tu vida será distinta.

—Es verdad —concede Pressia; para ella ha sido así con Bradwell y Perdiz: no volverá a ser la misma.

La mujer de Ingership asiente y luego mira a Bradwell.

—Me recuerdas a un niño que conocí hace mucho, pero eso fue hace un mundo.

Lo atraviesa con los ojos, que se pierden, desenfocados en la distancia. Acaricia la suave tela de las cortinas y entonces desaparece por el pasillo.

Bradwell y Pressia se quedan a solas en la sala de operaciones. Pressia se vuelve hacía él, que la besa en los labios con ternura; el calor de su piel la embarga y siente la presión de sus labios cálidos sobre los suyos.

—Ahora te toca a ti prometerme que no vas a morir —le susurra.

—Lo intentaré —le responde Pressia. El beso parece ya un sueño. ¿Ha ocurrido? ¿Ha sido verdad?

Y se acuerda entonces de la campana muda. Se echa la mano al bolsillo, la saca y se la tiende en la palma de la mano.

—Un regalo. Crees que va a haber tiempo pero luego no lo hay. No es mucho, pero quiero que lo tengas.

Bradwell la coge y la agita, pero no suena nada. Se la pega al oído y dice:

—Se oye el mar.

—Me encantaría ver el mar algún día.

—Escucha.

Le pega la campanilla al oído y Pressia cierra los ojos. Un tenue amanecer se asoma por la ventana, siente su presión a través de los párpados. Oye un leve sonido de aire arremolinado: ¿el mar?

—¿Así suena?

—No, en realidad no. El verdadero sonido del mar no cabe en una campana.

Pressia abre los ojos y contempla por la ventana el cielo gris. El viento cargado de hollín se estremece y, acto seguido, oye la voz de Perdiz, que los llama a gritos por sus nombres.

Huele a fuego recién prendido: algo está ardiendo.

Epílogo

*E*stán en medio de un campo en barbecho contemplando cómo se quema la granja. Cables delgados prenden como luminarias alrededor de la fachada de la casa y arrojan una luz brillante, y cada uno aviva el siguiente. A Pressia le parece que la casa es una tictac y que, en algún punto de la Cúpula, alguien ha pulsado el botón.

El fuego es eficiente y veloz. Se eleva en grandes columnas y en cenizas que suben en espiral. Las ventanas saltan en añicos y las cortinas parecen bengalas al arder; hasta la toallita con sangre que había colgada por fuera de una ventana se ha volatilizado. El calor abrasante le recuerda a Pressia las descripciones que ha oído de las Detonaciones: sol sobre sol sobre sol.

Lyda coge con fuerza la mano de Perdiz, como si temiera que fuese a echar a correr de nuevo. ¿O es él quien la agarra con fuerza con la esperanza de quedarse donde está?

Bradwell y Pressia están apoyados el uno en el otro, de cara al fuego, como una pareja a la que le hubiesen cortado la música mientras baila pero es incapaz de soltarse.

Il Capitano ha apartado el coche del porche y está con su hermano observando el fuego a través del parabrisas. Los soldados están parapetados al otro lado del vehículo para escudarse del calor. El cuerpo de Ingership se ha quedado en la casa, Il Capitano les ordenó a los soldados que lo dejasen allí. «¡Un funeral sencillo!», les ha dicho con una sonrisa en los labios, aunque Ingership nunca tendrá uno.

La única que mira hacia otra parte es la mujer de Ingership, Illia, que está de espaldas a la granja con la vista puesta en los montes remotos. Pressia contempla el perfil de su cara, cicatrizado y amoratado. La media se le ha quedado enrollada en el cuello, como un pañuelo raído.

Aunque deberían irse, nadie puede moverse; el fuego los retiene.

El recuerdo de Pressia de ese día se difuminará; ya siente cómo en su interior se agolpan los detalles, en una lenta pérdida de hechos, de realidad.

Por fin se van extinguiendo las llamas por toda la casa, aunque lentamente. La mitad de la fachada sigue en pie, con la puerta abierta de par en par. Pressia da un par de pasos hacia el porche.

—No —quiere retenerla Bradwell.

Pero la chica echa a correr. No está segura de por qué lo hace salvo por un miedo abrumador que le hace tener la sensación de que está dejándose algo atrás, de que está perdiendo algo. ¿Puede salvarse algo? Sube los escalones y se interna en el vestíbulo calcinado para luego entrar en el comedor. La araña se ha desprendido del techo y ha atravesado la mesa. Hay un hueco arriba y por debajo la araña semeja una reina caída sobre un trono ennegrecido.

La voz de Bradwell llega desde la puerta:

—Pressia, tenemos que salir de aquí.

La chica se acerca a la araña y toca los cristales cubiertos de ceniza. Tienen forma de lágrimas y están calientes. Gira uno hasta que lo desprende y, al hacerlo, le recuerda a cuando se coge una fruta de un árbol. ¿Es que alguna vez lo hizo de pequeña? A continuación se desliza el cristal en el bolsillo.

—Pressia —le dice Bradwell con tacto—. Salgamos de aquí.

Pero ella sigue hacia la cocina, ya desmoronada, con rescoldos entre los escombros. Se vuelve y tiene de frente a Bradwell, que la coge por los hombros y le repite:

—Tenemos que irnos.

En ese momento oyen un leve roce, como el ruido de las uñas de una rata en el suelo, y ven una lucecita entre las ruinas, donde se escucha un zumbido y un runrún rasgado. Pressia se acuerda del sonido del ventilador que el abuelo tenía alojado en la garganta y, por un momento, como embriagada, desea que esté vivo y que vuelva con ella.

424

Abriéndose camino entre la pila más grande de escombros, justo donde el suelo se ha vencido sobre el sótano de abajo, aparece una cajita negra de metal con unos brazos robóticos y muchas ruedas. Trepa como puede con sus engranajes rechinando. De repente las luces de la parte superior parpadean con una luz débil.

—¿Qué es eso? —pregunta Pressia.

—Puede que sea una caja negra, como las que construían para que sobreviviesen a los accidentes aéreos, que grababan el vuelo y todos los errores que se habían producido con el propósito de que no se repitiesen.

Las vigas crujen sobre sus cabezas. Bradwell avanza hacia el trasto del suelo, pero la caja negra retrocede.

El viento se ha levantado de nuevo.

—¿Adónde querrá ir?

—Probablemente a un dispositivo de recepción, a su casa.

A su casa. Pressia sabe que la caja negra intentará volver a la Cúpula, pero eso le recuerda que ella no tiene casa, ya no.

Las vigas crepitan y suspiran. Pressia mira hacia el techo.

—Se va a venir abajo.

Bradwell se abalanza sobre la caja negra, la coge y se la pega al pecho.

Salen corriendo por la parte de atrás de la casa y saltan hacia la hierba alta para cubrirse. Caen uno al lado del otro, ambos sin aliento.

La casa cruje y las tablas gimen y se parten, mientras que las vigas se comban y, con una gran exhalación de polvo, el resto de la casa se hunde por fin.

—¿Estás bien? —le pregunta Bradwell.

Pressia se pregunta si volverá a besarla. ¿Así es como vivirá a partir de ahora, preguntándose si se inclinará sobre ella para besarla?

—¿Y tú?

El chico asiente y le dice:

—No tenemos alternativa. Tenemos que estar bien, ¿no crees?

Son supervivientes, eso es lo único que saben. Bradwell se levanta y le tiende las manos para que Pressia se agarre y se ponga en pie.

Ven a los demás en el sembrado, delante de la casa. Hace tanto frío que forman espectros en el aire con el aliento, aunque apenas se distinguen con el humo que se levanta de la casa.

Bradwell tiene la caja negra contra las costillas. Acaricia la cara de Pressia y luego la coge por la barbilla.

—Se supone que solo te quedarías con nosotros por tu propio bien, por razones egoístas. Me dijiste que tenías una.

—Y la tengo.

—¿Y cuál es?

—Tú eres mi razón egoísta —le confiesa el chico.

—Dime que algún día encontraremos algo parecido a un hogar.

—Lo encontraremos. Te lo prometo.

Se da cuenta de que puede amar a Bradwell en ese preciso momento con tanta intensidad porque sabe que ese instante pasará. Se permite a sí misma creerse la promesa y dejar que la abrace. El martilleo del corazón de Bradwell está tan revolucionado como los pájaros de su espalda, y se imagina que el hollín volverá a cubrir la tierra con una nueva capa, nieve negra, una bendición de ceniza.

Y entonces se produce más movimiento bajo la casa derruida, por donde se ha hundido sobre su propio sótano. Otra caja negra se alza con un chirrido de engranajes y empieza a abrirse paso entre los escombros sobre unos enclenques brazos articulados. Acto seguido, la madera en ascuas empieza a temblar por el mismo punto y, una a una, van surgiendo cajas negras de entre los restos calcinados.

Fin del libro primero

426

Agradecimientos

*E*sta novela se fue abriendo paso en mis sueños. Cuando intentaba mirar hacia otro lado, había gente que me rogaba que no lo hiciera, y en particular mi hija, que no paró de insistirme en que tenía que terminar el libro porque era lo mejor que había escrito en mi vida. Cuando les confesé a mis amigos Dan y Amy Hartman qué me traía entre manos, también ellos me presionaron para que volviera a este mundo. Les estaré eternamente agradecida por su insistencia.

Me gustaría darle las gracias asimismo a mi padre, quien, aparte de proporcionarme una gran cantidad de datos con sus investigaciones —sobre nanotecnología, historia, medicina, mataderos, luces, telecomunicaciones, piedras preciosas, geografía, agricultura, cajas negras, etc.—, hizo dibujos arquitectónicos de la Cúpula, preparó los documentos ultra secretos de la «Operación Fénix» y me envío artículos para que los leyese y reflexionase al respecto. Además, siempre estaré en deuda con él por la forma en que me ha educado, propiciando el debate y la reflexión, y dándome amor.

Gracias al doctor Scott Hannahs, director del Departamento de Instrumental y Operaciones de Campo del Laboratorio Nacional de Campo Magnético Alto de la Universidad de Florida, quien fue tan amable de charlar con mi padre sobre la factibilidad de la construcción de detectores de cristal. Le agradezco también a Simon Lumsdon la estupenda lección que me dio sobre los rudimentos de la nanotecnología. La información sobre cómo enterrar armas que envió Charles Wood a *Blackwoods Home Magazine* —disponible en www.backwoods-home.com/articles2/wood115.html— me resultó muy útil.

Asimismo me gustaría darle las gracias a mi marido, Dave Scott, por aguantar mis arrebatos de frustración, dejarme que le leyese estas páginas en voz alta, día tras día, y por lo bien que se le dan las escenas de lucha. Estoy en deuda con todos aquellos que leyeron los primeros borradores: Alix Reid, Frank Giampietro, Kate Peterson, Kirsten Carleton y Heather Whitaker, todos ellos mentes brillantes; y vaya un agradecimiento particular a mis agentes, Nat Sobel, Judith Weber y Justin Manask, por creer en mí, animarme y ayudarme a manejarme por el mundillo. Gracias de corazón a Karen Rosenfelt y Emmy Castlen: las admiro profundamente y es para mí un honor que hayan respondido a la novela como lo han hecho. Que no falte tampoco un reconocimiento para mis editores extranjeros y mi editor de aquí, Jaime Levine: gracias, gracias, gracias.

Cuando estuve documentándome para la novela, me crucé en el camino con relatos sobre los efectos de las bombas atómicas lanzadas sobre Hiroshima y Nagasaki. Durante el proceso de edición descubrí el ensayo *Last Train from Hiroshima* (*Último tren desde Hiroshima*), de Charles Pellegrino, actualmente descatalogado. Para mí supuso una lectura crucial por su descripción tanto de los que murieron como de los que sobrevivieron. Ojalá veamos pronto en las librerías una reedición de dicha obra. Y también espero, en general, que *Puro* lleve a la gente a interesarse por los relatos de no ficción sobre la bomba atómica y unos horrores que no podemos permitirnos el lujo de olvidar.